高校社科文库
University Social Science Series

教育部高等学校
社会科学发展研究中心

汇集高校哲学社会科学优秀原创学术成果
搭建高校哲学社会科学学术著作出版平台
探索高校哲学社会科学专著出版的新模式
扩大高校哲学社会科学科研成果的影响力

刘秀玉/著

生存体验的诗性超越：
贝克特戏剧艺术论

The Poetic Transcendence of Existential Experience:
Research on Samuel Beckett's Drama

光明日报出版社

图书在版编目（CIP）数据

生存体验的诗性超越：贝克特戏剧艺术论 / 刘秀玉著 . --

北京：光明日报出版社，2012.10（2024.6 重印）

（高校社科文库）

ISBN 978 - 7 - 5112 - 3248 - 9

Ⅰ. ①生… Ⅱ. ①刘… Ⅲ. ①贝克特，S.（1906~1989）

—戏剧文学评论 Ⅳ. ①I562.073

中国版本图书馆 CIP 数据核字（2012）第 226610 号

生存体验的诗性超越：贝克特戏剧艺术论
SHENGCUN TIYAN DE SHIXING CHAOYUE：BEIKETE XIJU YISHULUN

著　　者：刘秀玉

责任编辑：刘伟哲　　　　　　　　责任校对：傅泉泽

封面设计：小宝工作室　　　　　　责任印制：曹　净

出版发行：光明日报出版社

地　　址：北京市西城区永安路 106 号，100050

电　　话：010-63169890（咨询），010-63131930（邮购）

传　　真：010-63131930

网　　址：http：// book. gmw. cn

E - mail：gmrbcbs@ gmw. cn

法律顾问：北京市兰台律师事务所龚柳方律师

印　　刷：三河市华东印刷有限公司

装　　订：三河市华东印刷有限公司

本书如有破损、缺页、装订错误，请与本社联系调换，电话：010-63131930

开　　本：165mm×230mm

字　　数：250 千字　　　　　　　印　　张：15.5

版　　次：2012 年 12 月第 1 版　　印　　次：2024 年 6 月第 3 次印刷

书　　号：ISBN 978 - 7 - 5112 - 3248 - 9 - 01

定　　价：69.00 元

CONTENTS 目 录

绪　论　/ 1
　　一、研究的意义　/ 1
　　二、文献综述　/ 3
　　三、研究方法与创新　/ 8

第一章　贝克特的生存体验与戏剧创作　/ 11
　第一节　贝克特与爱尔兰　/ 12
　　一、成长与游历　/ 12
　　二、爱尔兰文艺复兴　/ 16
　　三、边缘人体验　/ 19

　第二节　贝克特与二战　/ 24
　　一、投笔从戎　/ 25
　　二、反思与创作　/ 27

　第三节　贝克特与巴黎　/ 32
　　一、现代艺术的浸润　/ 32
　　二、贝克特与乔伊斯　/ 35
　　三、顿悟　/ 39

四、《等待戈多》的成功 　/ 43

第四节　冷峻的思考者　/ 46

一、创新意识　/ 46

二、政治诉求　/ 49

三、对存在的追问　/ 52

第二章　贝克特戏剧的时代投射　/ 58

第一节　荒诞的时代　/ 58

一、西方文化危机　/ 58

二、全面异化的世界　/ 61

三、解读荒诞　/ 66

四、与存在主义的纠葛　/ 71

第二节　荒芜的世界　/ 76

一、肌体衰退　/ 77

二、人文景观的恶化　/ 79

三、不可抗拒的时间　/ 82

四、精神的沉寂　/ 86

第三节　倾覆的基督　/ 89

一、现代人的原罪　/ 89

二、记忆的羁绊　/ 93

三、向死而生　/ 96

四、自我救赎　/ 98

第四节　贝克特的宇宙观　/ 102

一、生命循环　/ 103

二、直面人生　/ 104

三、虚无的积极意义　/ 107

四、主客体的融合　/ 109

第三章　贝克特戏剧的文本建构　/ 113

第一节　消解的悲剧英雄　/ 114

一、断续的自我　/ 114

二、去性别化　／118

三、碎片化　／121

四、消解的人　／124

第二节　反传统的叙事模式　／127

一、情节边缘化　／128

二、幽默叙事　／133

三、简约主义　／136

四、非理性叙事　／141

第三节　多重的语言营构　／144

一、解构语言逻辑　／145

二、重建能指与所指关系　／151

三、能指的非联想性　／156

四、双语写作　／160

第四节　非理性的形式　／164

一、表现混乱　／164

二、形式即内容　／166

三、乱中有序　／170

第四章　贝克特戏剧的美学观照　／175

第一节　悲喜剧性　／175

一、界限的消弭　／175

二、悲剧意识　／178

三、喜剧智慧　／182

四、悲喜剧蕴涵　／186

第二节　否定意蕴　／189

一、不确定性　／189

二、贫困的艺术　／193

三、缺失美　／197

四、否定的价值　／201

第三节　超民族性　／206

一、爱尔兰性　／206

　　二、欧洲化　／210

　　三、贝克特的世界性　／212

　第四节　戏剧精神　／215

　　一、人文关怀　／215

　　二、伦理标示　／218

　　三、超越精神　／222

　　四、戏剧之魂　／226

余　论　／230

　　一、戏剧的隐喻　／230

　　二、不朽贝克特　／232

参考文献　／234

附录　贝克特戏剧作品年表　／237

绪 论

一、研究的意义

在浩瀚的现代英语戏剧舞台上，塞缪尔·贝克特的戏剧独树一帜，代表了现代戏剧发展的全新理念与未来走势，对后世戏剧产生了深远的影响。正如研究古典戏剧无法绕开莎士比亚一样，贝克特也是研究现代戏剧一个绝佳的路径。

研究贝克特面临很多难题。贝克特的创作活动持续了 55 年，创作体裁涉及短篇小说、长篇小说、诗歌、戏剧、评论等多个领域，有 27 个小说、33 个剧本、诗集、文论等面世——所有这些构成一个庞大的体系。此外，从 20 世纪 60 年代开始，西方的贝克特研究已经蔚为壮观，研究成果可谓汗牛充栋。本人不揣浅薄，选取贝克特这个课题，确实有些忐忑。但是，面对 20 世纪这样一位伟大的作家，退避三舍总不是办法，所以本书选取了最能代表贝克特艺术成就的戏剧为切入点，力求窥斑见豹，对贝克特经典进行微观梳理与宏观把握。

塞缪尔·贝克特被公认为 20 世纪最伟大的作家之一，他的戏剧创作极大影响了 20 世纪下半叶西方文学的进程。他一方面继承了古典戏剧的基本元素，另一方面充分发挥创作主体的能动性与积极性，追求形式与内容的浑然一体，抛弃传统的、狭义的"戏剧美"观念，表现"美的反面，不是丑，而是不美，或者美学上的漠不关心"①，形成了独特的诗剧风格。从总体上看，贝克特的戏剧具有三个明显特征：首先，较少考虑对象之美，而是更注重主体的美感，

---

① 孙惠柱：《第四堵墙：戏剧的结构与解构》，上海书店出版社 2006 年版，第 71 页。

一定意义上，他极大扩展了审美对象。其次，贝克特的戏剧除了倚重传统的表现手段"动作"之外，还将其扩大到了物体本身，并将物体加以抽象化、符号化，使没有灵魂的道具、布景等都上升到角色的地位，而角色却下降成为和道具一样没有灵魂、没有性格的"木头人"。再者，贝克特戏剧的表现重心从客观的外部世界转向人的心理世界，运用抽象的人与物、寓言风格、诗式的自由结构、直喻或隐喻的表现手法，表达一种人生哲理、一种对世界的体认，是戏剧艺术顺应时代的发展而进行的合乎逻辑的演进。

1969 年，"由于他具有新奇形式的小说、戏剧作品，使现代人从贫困的境地得到了振奋"①，贝克特获得了诺贝尔文学奖。贝克特以自己对生活的敏锐感受力，对现实的深刻洞察力，超群出众的艺术想象力，不同凡响的艺术创新精神，将个体对生存的体验和对人性的深刻洞察通过戏剧艺术形式传达给读者和观众，引发对人类存在与人生意义的追问和思考。2005 年，深受贝克特影响的英国当代剧作家哈罗德·品特获得诺贝尔文学奖，再一次印证了贝克特戏剧的永恒魅力，也激发了学界对贝克特戏剧研究的新一轮热情。

本书的核心思想是以贝克特的戏剧创作和文本为基点，参照作家生存的时代背景及其个体体验，从美学高度考察贝克特的戏剧创作，同时探讨他在现当代世界文学中的重要作用。在借鉴性阅读国内外已有研究成果的基础上，本书以创作主体的个体生存体验、时代生存体验为切入点，从剧作家对生存体验的诗性超越、对戏剧精神的审美诉求等角度，在对贝克特戏剧进行文本细读的基础上，分析剧作家的生存体验与其戏剧创作的历史、文化渊源，探讨贝克特戏剧所特有的人文关怀理念与戏剧美学特质，综合考察贝克特戏剧文学在传统与现代审美视域中所具有的先锋性与经典性，厘定贝克特在西方戏剧从现代主义向后现代主义转型的过程中所起的决定性作用，进而探索 21 世纪语境下戏剧文学的发展道路。

此外，本书还观照中国当代戏剧的创作实践与理论探讨，从文化的、历史的、比较的视角观审艺术与生活、作家与时代的辩证关系，揭示贝克特戏剧中所蕴含的强烈的人文精神与现世情怀，研究贝克特戏剧对中国现当代戏剧产生的重要影响及其可借鉴之处。贝克特对现实与生活深沉的反映与思考，对存在与人生勇敢的面对与发问，对道德与伦理独特的理解与表现，无疑对当下国内

---

① 焦洱、于晓丹：《贝克特——荒诞文学大师》，长春出版社 1995 年版，扉页。

戏剧创作与理论提升有极大的借鉴价值。

二、文献综述

西方世界关于贝克特的研究成果主要有英语、法语和德语三个版本，本课题主要依据英语研究成果进行。至今，西方学术界已出版数百本有关贝克特研究的专著，发表了数千篇相关学术论文，并有 2 份专门的研究期刊，即"贝克特研究期刊"（Journal of Beckett Studies）和"今日塞缪尔·贝克特"（Samuel Beckett Today）。最能体现贝克特艺术成就的戏剧素以晦涩难懂著称，由于作家本人拒绝对自己的戏剧作品进行充分阐释，这样一种开放性使西方学者们对其戏剧研究的热情持续不衰。

概括地说，根据研究重心的不同，西方学术界对贝克特戏剧的研究大致可以分为三个阶段。

（一）存在主义研究阶段。20 世纪 60 年代起，西方学者开始对贝克特的戏剧创作进行学术研究，这一时期的研究侧重于其作品的人文主义倾向，即从广义的存在主义视角审视人类的生存状态。1960 年，英国戏剧评论家马丁·艾斯林（Martin Esslin）发表论文"荒诞派戏剧"，1961 年，他出版了同名专著《荒诞派戏剧》，从此为这一崭新的戏剧流派确立了合法身份。马丁·艾斯林强调贝克特戏剧对形式和铺陈的倚重，反对将贝克特的戏剧作品进行简单地抽象化、哲学化诠释，肯定了贝克特面对荒诞世界所表现出来的勇气、理性和坚忍。马丁·艾斯林等早期戏剧批评家对贝克特的奠基性研究至今仍然是贝克特戏剧研究不可或缺的引导。

1969 年贝克特获得诺贝尔文学奖后，贝克特戏剧研究日益活跃起来，但是这一时期的研究基本上沿袭了 60 年代的风格，侧重对贝克特戏剧作品的哲学阐释，鲜有逸出。这个阶段出现的一位重要批评家是如比·科恩（Ruby Cohn），她终其一生从事贝克特研究，取得了丰厚的成果，但是其中只有一部是纯粹关于戏剧的论著《只是戏剧：贝克特的戏剧》（Just Play：Samuel Beckett's Theater，1980）。其他较有影响的研究著作有尤金·韦伯（Eugene Webb）的《贝克特戏剧》（The Plays of Samuel Beckett，1972），詹姆斯·诺尔森（James Knowlson）的《贝克特戏剧中的光与影》（Light and Darkness in the Theatre of Samuel Beckett，1972）等。这些著述为贝克特戏剧研究提供了多层面、多角度的哲学与文学阐述，呈现出将贝克特戏剧放置到更广阔的文化视域中进行观照的倾向，但是总体来说，仍未摆脱早期贝克特戏剧研究的范式而少有创新。

（二）本质主义研究阶段。20 世纪 80 年代以来，随着文学理论进入英语专业的主流研究，贝克特戏剧作品也进入了被解构的阶段。此一时期一个焦点问题就是贝克特的归属问题，即贝克特究竟是一位现代主义者，还是一位后现代主义者。在这一阶段，对贝克特的研究主要集中于贝克特艺术创作的本质问题，虽然著述较多，但是贝克特戏剧研究领域的专项成果并不丰富，只有少数女性主义研究者较为关注贝克特的戏剧研究，取得了一些成果，如玛丽·布莱顿（Mary Bryden）撰写的《贝克特散文与戏剧中的女性》（Women in Beckett's Prose and Drama，1994），琳达·本茨威（Linda Ben–Zvi）编辑的《塞缪尔·贝克特笔下的女性：表演与批评》（Women in Samuel Beckett：Performance and Critical Perspectives，1990）等。

总体来说，这一阶段学术界更加关注贝克特现代主义者或者后现代主义者的身份定位，导致关于贝克特戏剧的专题研究略有滞缓。客观地讲，贝克特现代主义者和后现代主义者的双重身份彼此并不互相排斥，相反，两者之间存在着某种内在的连续性，割裂贝克特作为作家的双重属性难免会造成认知的偏离。尽管这一阶段对贝克特戏剧的文本研究有所减弱，但是为贝克特戏剧研究系统化、理论化提供了必要条件。

（三）多元化研究阶段。世纪之交以来，随着贝克特戏剧作品的经典化，西方学者对贝克特的研究热情不减，研究视野也更加开阔。目前西方学界从更为广阔的层面，如贝克特的个人经历、历史文化背景、现代艺术对其影响等进行研究，出版了一批贝克特传记或文献考证类的著作。较有影响性的著作有《解密塞缪尔·贝克特的戏剧文本》（The Intent of Undoing in Samuel Beckett's Dramatic Texts，1985），这是 S·E·康塔斯基（S. E. Gontarski）依据贝克特的手稿，考辨出贝克特看似无所依从、没有逻辑的剧情实则是作家本人有意而为之，旨在摆脱传统现实主义的束缚，形成自己独特的戏剧风格。还有一些学者将目光投向贝克特在六七十年代留存下来的导演札记上，其中多纳德·麦克米伦（Dougnald McMillan）与玛莎·费森费德（Martha Fehsenfeld）合著的《剧场中的贝克特》（Beckett in the Theatre，1988）提及贝克特的导演经历。但是这些导演札记大多记录了贝克特为了适应舞台演出而对剧本所做的改动、调整，因此容易将原始剧本与舞台表演混淆，对戏剧本体的研究带来诸多不便。

21 世纪以来，西方学术界在贝克特研究方面出现新的动向，即所谓的

"伦理学转向",如指出贝克特作品包孕了与全球化意识相适应的民主思想,等等。首次明确提出贝克特研究"伦理学转向"的是法国哲学家阿兰·巴迪欧,他指出,"从 1960 年开始,贝克特作品的重心转向同一与他者的关系问题"[1],它没有告诉我们真理是什么,却给我们"真理的希望"[2],向真理敞开的情怀。在巴迪欧看来,贝克特的伦理性主要体现在他百折不屈、一往无前的坚忍精神。巴迪欧的观点对近年来的贝克特批评产生强烈冲击,并掀起了贝克特伦理学研究的热潮。实际上,伦理主题一直镶嵌在贝克特庞杂而丰富的作品中,从伦理角度阐发贝克特的戏剧精神并不鲜见,比如早期对贝克特的人文主义研究阶段关注人类的存在状态,20 世纪 80 年代末 90 年代初的后结构主义研究阶段侧重解构贝克特作品的伦理性,等等。可以说,贝克特的伦理学研究是一个从量变到质变、从隐性到显性的学术演进过程,当然这也再次证明了贝克特作品强大的艺术生成能力。在提倡学术研究多元化的今天,它能否真正构成一次研究重心的转向,还需要时间来考证。

作者认为,在现阶段,西方的贝克特戏剧研究如果能将历史的、文化的、伦理的、美学的考察与戏剧文本阐释有效结合起来,进行戏剧与文化美学意义上的整合,将使贝克特研究有所突破和提升,这一方面的研究也将更具建设性,这也正是本书的学理基点。

比较而言,国内对贝克特戏剧的译介与研究起步较晚,应该说国内贝克特戏剧的译介与研究真正开始于改革开放之后,此前即便偶有提及,也多是从批判的角度进行否定。20 世纪 80 - 90 年代,上海译文出版社出版的《荒诞派戏剧集》第一次收录了贝克特的《等待戈多》(施咸荣译),此后相继出现一些关于贝克特戏剧的翻译和评论性文章。1999 年社会科学文献出版社出版了《普鲁斯特论》(沈瑞、黄伟等译),收录了贝克特的论文《普鲁斯特论》,为研究者提供了了解贝克特文艺思想的一个契机;2000 年,上海外语教育出版社原版引进约翰·彼林(John Pilling)主编的《剑桥文学指南——贝克特》,其中收录了几篇当代西方学者研究贝克特戏剧的论文,使国内学界对贝克特戏剧研究的现状有所了解;2003 年,河北教育出版社出版了马丁·艾斯林的经典著作《荒诞派戏剧》(华明译),对贝克特戏剧研究大有裨益;2006 年,由

[1] Alain Badiou, On Beckett, eds. Nina Power & Alberto Toscano, Manchester: Clinamen, 2003, p. 4.

[2] Alain Badiou, On Beckett, eds. Nina Power & Alberto Toscano, Manchester: Clinamen, 2003, p. 22.

郭昌京、余中先等翻译的五卷本《贝克特选集》由湖南文艺出版社出版，里面收录了《等待戈多》、《终局》、《自由》三个完整的剧本及几个短剧，是迄今为止收录贝克特戏剧最多的一部译丛；2008 年，上海外语教育出版社原版引进罗南·麦克唐纳（Ronan McDonald）的专著《塞缪尔·贝克特》，王岚为其写了导读。这些书的出版面世为我国的贝克特戏剧研究提供了良好的基础，但是显然还远远不够深入、系统。

此外，目前我国在各类核心期刊上已发表相当数量的关于贝克特戏剧作品的论文，这些文章多是从贝克特戏剧与存在主义哲学、贝克特戏剧的荒诞性、贝克特戏剧语言的后现代性等角度对贝克特代表性戏剧作品进行的个案性研究。例如，舒笑梅的"试论贝克特戏剧作品中的时空结构"（《外国文学研究》1997.5），"诗化·对称·荒诞——贝克特《等待戈多》戏剧语言的主要特征"（《外国文学研究》1998.2）等论文对贝克特戏剧的主题、结构、语言进行了论证，指出贝克特采用反传统的戏剧手法表现人类生存宿命的主题，为了追求内容与形式的统一而打破传统戏剧中的时空理念。何成洲的论文"贝克特的'元戏剧'研究"（《当代外国文学》2004.7）有所突破，在讨论阿贝尔和霍恩比的元戏剧理论的基础上，从"戏中戏"、"自我意识"和"戏剧的评论"等方面论述贝克特元戏剧的特征，阐释贝克特运用元戏剧的重要性和意义。"戏剧与反戏剧——论贝克特的荒诞艺术特征"（童慎效，《国外文学》1992.12），"贝克特戏剧的男女声二重唱——论《克拉普的最后一盘录音带》和《快乐的日子》"（沈雁，《外国文学评论》2007.8），"《等待戈多》的'等待'"（王珊珊，《外国文学研究》2005.8），"契诃夫与贝克特戏剧中的'等待'"（曲佩慧，《戏剧文学》2007.7），以上几篇文章分别从不同侧面探讨贝克特戏剧的荒诞主题，论题涉及个体的自我分裂、人内在维度的破碎性等方面，揭示出贝克特对现代人的生存境遇及其精神危机深刻而敏锐的探索，反映了荒诞无所不在地把人桎梏于枷锁中。此外，还有研究者将《等待戈多》与高行健的《车站》做了平行研究，比较有代表性的如冯丽军的"人类生存的困惑与超越——从《等待戈多》与《车站》的比较谈起"（《戏剧文学》，2007.11），文章指出两部作品表现等待的主题相似，但在深化主题方面却有不同，反映出不同的生存状态和价值取向：前者揭示了现代西方人的生存困境，表达了他们寻求生存意义的痛苦过程；后者则在借鉴前者的基础上，反映当代中国人的生活和情绪，提倡积极进取。

贝克特对中国的先锋剧创作和舞台表演起了重要的引领与导向作用。早在20世纪80年代初期，我国一些剧作家就开始模仿荒诞剧的创作和演出，如高行健的独幕剧《车站》，费春放和孙惠柱的《中国梦》，魏明伦的《潘金莲》等，都或多或少具有荒诞剧的某些特征。1982年高行健创作的独幕剧《车站》因为与《等待戈多》极具可比性，尤为引人注意。尽管多年以后剧作家本人对此进行了否认，但是关于《车站》与《等待戈多》的比较并没有停止。实际上，《车站》并没有《等待戈多》那么超验，那么形而上学，但是两者确实异曲同工，分别从动态和静态两个角度展示了人类生存的境况。以21世纪的视角观之，20世纪80年代初的中国文化语境还无法完全理解《等待戈多》的深刻内涵，《车站》及其作者在中国的遇冷也在情理之中。

1990年，当时还是中央戏剧学院学生的先锋戏剧导演孟京辉执导了汉语版《等待戈多》，将两个流浪汉转换为中国语境下的两个待业青年，讲述了追求理想与幻灭的故事，延续了贝克特压抑与反抗压抑的主题。虽然严格意义上讲，这只是一出校园剧，但却在当时的中国戏剧界引起轰动，开启了实验戏剧的先锋。2003年，孟京辉计划排演百人版《等待戈多》，在保持原作风貌的前提下，动用了上百名演员，并在音乐、舞台形象等方面大量使用实验元素，演绎出一个另类的中国版《等待戈多》，后来因为非典疫情，演出告吹。2007年，孟京辉执导的喜剧《两只狗的生活意见》首演获得成功，至今上演不衰，该剧通过狗的视角表达人的情感，讽刺社会上的丑恶现象，孟京辉直言，《两只狗》就是《等待戈多》。此外，1998年，人艺导演任鸣导演话剧版《等待戈多》，从现代人的视角表现现代人的孤独、失落及无助感，诠释了中国现代版本的"等待"。也是在1998年，导演林兆华将契诃夫的《三姐妹》与《等待戈多》巧妙地拼接成一部女性主义的《等待戈多》，阐释"不同的时代，相似的命运"的主题。由此可见，贝克特及《等待戈多》对中国当代先锋戏剧导演的影响之深。2004年，来自爱尔兰的盖特剧院（Gate）在北京首都剧场上演了原汁原味的《等待戈多》，令中国观众领略了权威的贝克特戏剧。2005年，上海话剧艺术中心上演了德国导演沃尔特·阿斯姆斯执导的《终局》，这是继《等待戈多》后，国内引进的第二部贝克特戏剧。

一个显而易见的事实是，尽管国内学术界与戏剧界对贝克特戏剧非常热衷，并做了大量工作，但是相当一部分成果仍然以《等待戈多》为主，相较于贝克特庞大的作品体系显得单薄而肤浅，这一现象表明，国内对贝克特的研究还有很长一段路要走。目前国内对贝克特戏剧的研究基本上以译介和个案分析为主，而综合性研究尚处于起步阶段，相关的学术论文大都停留于对贝克特有限的几个戏剧文本的分析，迄今我国对贝克特戏剧的总体性、体系性研究仍属空缺，尚没有一部由国内学人完成的关于贝克特戏剧研究方面的专著，而从生存体验角度阐释贝克特戏剧则是空白。

这里有一个现象发人深思：在西方，无论是贝克特还是品特、阿尔比等大剧作家，他们都拒绝给自己贴上"荒诞派"的标签，如前所述，西方研究者也早已跳出荒诞派的狭隘视角，转而对剧作家进行多维度、多层面的深入发掘；反观国内，许多学者依然每每言贝克特必称其为荒诞派，一些剧作家、导演依然单向度地解读贝克特及其作品，使中国的贝克特研究与演绎呈现出单一、僵化的态势，这对新世纪贝克特研究显得不甚可取。国内对贝克特戏剧的理解大多建立在对"荒诞派"戏剧的整体认知基础上，这在一定程度上给认知贝克特及其作品带来了一定的障碍。究其实，荒诞派不过是戏剧作为一个艺术门类在贝克特出现的时期呈现给人们的整体感觉，一种外在征象，它无法涵盖贝克特戏剧艺术博大精深的内蕴。笔者认为，造成这种中西方认知差异的原因，一则是"荒诞"在中西方不同的历史、文化语境下，呈现出不同的艺术特质和表现形式，因此在对其理解和阐释上形成一定偏差；二则是文化大革命客观上阻隔了国内学界与西方文化即时对接和交流的通道，导致我们对包括贝克特在内的西方文学大师以及评论家的接受的延迟，某种程度上，我们的研究还在步西方的后尘，很长时间以来，消化、吸收仍然是我们对西方学术思想的主要认知途径。令人欣喜的是，新世纪以来，这些研究上的客观障碍已经基本解除，在经历了一定时期的学术探索和积淀之后，我们终于可以在借鉴西方学术精髓的前提下，与主流学术界开展平等对话与交流。面对这样的历史机遇，我们有理由相信，国内贝克特研究必将超越荒诞派的制约，迎来质的飞跃，而只有通过创作理念和艺术手法的本土化转换与生成，才能实现中西方文化的碰撞与融合。

三、研究方法与创新

在综合以往研究的基础上，本书在研究视角、研究方法及研究资料与内容等方面有所突破。

首先，在研究视角上，本书跳出贝克特研究的通常模式，从生存论角度，通过解读贝克特生命历程，揭示其独特的生存体验，梳理、解析贝克特独特生存体验在其戏剧中的体现与投射，在一个全新的视角上审视贝克特戏剧艺术，挖掘贝克特戏剧的美学精神。笔者从生存论视角出发，以存在问题为核心，考察贝克特本人的生存与创作体验，以及其戏剧作品所呈现出的生存宿命意识，结合历史和社会的生存论视阈，理解剧作家人生经历及其作品所揭示的生存意义，反思人自身生命本性与生存境遇，探寻对生存宿命的超越性维度，进而揭示存在的人文旨趣，从容面对生存宿命，获得存在的勇气和内在的超越。

其次，在研究方法上，本书尽量避免对贝克特及其戏剧作品进行概念式的、先验的解读，一方面从微观上细读文本，一方面从宏观上结合时代文艺思潮进行大视野的观照，不仅阐释其戏剧中的独特艺术特征，而且挖掘其戏剧中深厚的人文意蕴。西方关于贝克特戏剧的研究尽管取得了相当多的成果，但是显得庞杂纷乱，加之国内研究相对滞后及汉文资料的匮乏，因此必须借助历史的、比较的、逻辑的、诗学的方法去面对庞杂的原始资料，在深入解读的基础上，进行总体性的梳理和辨析，融会贯通出符合学术规范的研究成果。在对贝克特戏剧进行扎实、致密的文本细读基础上，结合他所生活的时代背景及生平活动，从文化学角度揭示"贝克特是一个悲观主义者"的伪命题性，着力阐释贝克特及其戏剧创作中始终蕴含的积极进取、直面人生的人文情怀。这一方面的研究在以往贝克特戏剧研究中有所欠缺，甚至存有一些误解，本书尝试在此一方面给出客观、理性、公允的解读和诠释，以还原剧作家贝克特及其戏剧创作在文学史及当代文化中的真实地位。

再者，在研究资料与内容方面，笔者充分掌握了贝克特研究的国内外资料，尤其是西方英文原文资料，使本书的研究能够站在一定的高度，可以总览历史的以及当代的贝克特戏剧研究，从而使本书具有了前所未有的广度和深度，也使其结论坚实而可靠。在写作过程中，文本及资料来源依循这样一个原则：有汉语译本的，直接使用汉语译本；无汉语译本的，以英语版本为主，引文为笔者自译。文中提到的贝克特作品以第一次出版时间为准，不分英语或法语。

贝克特戏剧创作与荒诞派戏剧之间的复杂关系是本论文关注的焦点内容之一。以往的论题过于强调二者的关系，而忽视了贝克特戏剧创作的独特之处，难免有削足适履之嫌。本书经过大量论证，发现二者之间的范畴划分还有待进一步廓清。实际上，荒诞派戏剧作为一个流派并没有明确统一的艺术主张或组织，之所以被如此称呼，不过是这些剧作家个人自发的创作不约而同地显示出某些共同的特点，而这些特点又恰好反映了他们所处的那个时代的精神特质。简单将贝克特的戏剧创作划分到某一个流派并不足取，这会影响到对贝克特戏剧艺术之博大精深的领悟与把握。因此，本书将侧重对贝克特其人与其剧作进行具体解读，从而发掘贝克特戏剧美学的独特性、深刻性，以弥补目前这一方面研究的不足。

此外，本书还立足于当下的中国学术界，审视国内学界对贝克特戏剧研究的现状，将历史的考察与横向的比较有机结合，考察中西方学术界贝克特戏剧研究发展的异同，这样既能反映历史的沿革，又能揭示横向的关联和互动，从而发掘出本选题的重要理论价值与现实深度，从一个侧面探讨当下国内学界对西方现代文学研究的理解与体认，以期对国内当下的戏剧理论与戏剧创作有所启示，这也是本书研究的现实意义所在。

第一章

贝克特的生存体验与戏剧创作

　　塞缪尔·贝克特的戏剧创作与戏剧美学观是他长期进行戏剧艺术创作活动的直接结果，也是他自身生活历程的经验总结和参与社会实践活动的智慧结晶。在探索战后存在主义思想与西方人文主义传统的基础上，贝克特摆脱了长期以来文学艺术领域现实主义思想的束缚，根据自身生活的时代语境，经过诗性思考，创造出全新的戏剧范式。贝克特戏剧所关怀的基本命题，始终是人类自身的命运；而他本人的生存经历及其后来取得的艺术成就实则是一种升华了的审美生存体验。贝克特的戏剧艺术实践可以称之为一种生存艺术，他终生坚持一种独特的生存方式与创作方式，塑造出反传统却又具有独特审美价值的戏剧艺术作品。

　　贝克特一生经历颇为丰富，爱尔兰独立战争、20 世纪上半叶两次世界大战、欧洲现代艺术的勃兴，以及法国存在主义思潮，等等，都曾经深刻地影响了贝克特的生活、思想和后期的戏剧创作活动。贝克特出生于爱尔兰，后半生在法国定居，一生用英语和法语从事创作。在他离世多年后的今天，法国、英国、爱尔兰都以他为荣，关于他的身份归属依然争论不休，贝克特艺术节在世界各地不断举行，人们以这种方式表达了对这位戏剧艺术大师的敬意。1969年，瑞典学院在授予贝克特诺贝尔文学奖时，吉耶洛在授奖辞中这样写道："如果将敏锐的想象力和逻辑掺拌到荒谬的程度，结果是一种似是而非的吊诡，或是一个爱尔兰人。如果结果是爱尔兰人，这似是而非的吊诡会自动地包含于其中。确曾有些时候诺贝尔奖是被分享的，吊诡的是，今年正发生了这种情况：一个诺贝尔奖颁给了一个人、两种语言和第三个国家。"[1] 这段话是对贝克特个人生活经历与艺术创作的精确概括。

――――――――――

[1]　焦洱、于晓丹：《贝克特——荒诞文学大师》，长春出版社 1995 年版，第 267 页。

在全球化的今天，讨论贝克特的国别归属问题似乎已经不那么重要。可以说，贝克特属于全世界，他的生存体验与戏剧实践超越了狭隘的民族主义，而具有了形而上的全人类的普遍意义。几乎可以这样说："现代戏剧发展到贝克特时代，终于呈现出一片前所未有的独特而葱茏的景色，这是一片既容纳了前辈栽种的奇花异草，又不失自身特点的奇异景观。"① 作为 20 世纪戏剧界当之无愧的代言人，贝克特将前人设想过的戏剧改革实验付诸行动，并取得意想不到的成功，为时代发出了声音。英国学者沁费尔如此评价贝克特说："就贝克特而言，他的剧作对人生所做的阴暗描绘，我们尽可以不必接受。然而他对于戏剧艺术所做出的贡献却足以赢得我们的感激和尊敬。他描写了人类山穷水尽的苦境，却把戏剧艺术引入了柳暗花明的新村。"②

第一节 贝克特与爱尔兰

一、成长与游历

贝克特 1906 年 4 月 13 日（官方出生证明上的出生日期为 5 月 13 日）出生于爱尔兰首都都柏林郊区。谈及自己的出生，贝克特在一次采访时说："我出生在 13 号，星期五，正好是耶稣受难日。父亲一整天都在等待我的降生。晚上 8 点钟，他出去散了会儿步，等他回来时，我已经出生了。"③ 贝克特的父母均出生于爱尔兰，父亲比尔是一位建筑工程测量员，母亲梅是位护士，同为清教徒，属于中上阶层。贝克特的父母身上还保留着英国人的风格和气质，十分注重子女的教育。一家人生活在离都柏林八英里远的一个新教徒社区，家境殷实。年幼时，贝克特经常和父亲一起去钓鱼，跟哥哥跑步、打曲棍球。贝克特 5 岁时开始接受教育，先后在德国人开设的幼儿园和法国人开设的一所清教徒学校学习，接受了音乐和法语方面的启蒙教育，并初步显示出这方面的天分。1920 年，贝克特进入神学预科寄宿学校波特拉皇家学校，学习法语、英语、意大利语及古典作品，他的法文、拉丁文、英文都很出色，并热衷曲棍球等运动。

---

① 焦洱、于晓丹：《贝克特——荒诞文学大师》，长春出版社 1995 年版，第 15 页。
② 塞缪尔·贝克特，维基百科，http：//zh. wikipedia. org/zh－cn/Samuel_ Beckett.
③ Deirdre Bair, Samuel Beckett, New York：Harcourt Brace Jovanovich, 1978, p. 4.

从儿时起，贝克特就对痛苦异常敏感。贝克特曾经说过："可以说我有一个幸福的童年，但是我没有多少体验幸福的天赋。"[①] "我有一个不错的童年，像其他孩童一样正常的童年，然而，我更知在我的周围有着许多不幸。"[②] 当他发现有些爱尔兰人喜欢吃活煮的龙虾时，他从此拒绝吃龙虾，他还喜欢画流浪者题材的画。而他的家族成员中有多人因肺结核死去，一个与他感情深厚的表姐的早逝更让他很长时间无法从伤痛中恢复。贝克特居住的小镇上有很多乞丐和流浪汉，邻居家经常有精神不正常的人被藏在家里，这些都引起贝克特的同情和好奇。1916 年复活节起义时，父亲带贝克特去都柏林，大火中的城市给贝克特留下刻骨铭心的记忆。一战结束后，当地住着很多退伍兵，他们住在战争抚恤医院，身体残疾，精神不振，这些场景一直清晰地印在贝克特的脑海中。一战给人类带来空前灾难，而这种痛苦在爱尔兰并没有因为战争的结束而消失，内战还在继续，杀戮与牺牲不断，"到处是枪杀、宵禁、伏击、街头谋杀，以及各种恐怖的事情"[③]。时代的创伤深深嵌入贝克特年少的思想经历中，儿时的天真烂漫逐渐被早熟的思考和理性填充，他对爱尔兰、对英国、对德国的复杂情感在那时就已经打下了雏形。

1923 年，贝克特进入爱尔兰著名的学府三一学院，主修艺术和人文科学。三一学院 1591 年建于都柏林，那里学者云集，培养出许多天才级人物，如著名的戏剧家王尔德等。深受三一学院严谨学风的熏染，贝克特表现出强烈的求知欲，这种对知识的追求也成为他一生的爱好。贝克特除了选修学校规定的课程以外，还大量阅读了科学与哲学书籍，思想迅速成熟、深刻起来。在此期间，贝克特还经常光顾爱尔兰国家美术馆，欣赏艺术大师的作品。都柏林生机勃勃的文化、艺术氛围开阔了贝克特的视野，为其日后的思考与创作打下良好的基础。1927 年，贝克特以优异成绩大学毕业，获得法文和意大利文学学士学位，并被推荐到贝尔法斯特的坎贝尔学院讲授法语。

1928 年 9 月底，贝克特来到巴黎，被著名的巴黎高等师范学校聘为英语教师。其间，他结识了爱尔兰小说家詹姆斯·乔伊斯，并成为他的助手，帮助

---

① Lawrence Harvey, Samuel Becket: Poet and Critic, 1929 ~ 1949, Princeton: Princeton University Press, 1970, p. 154.

② Stanley. E. Gontarski, On Beckett: Essays and Criticism, New York: Grove Press, 1986, p. 223.

③ 罗伊丝·戈登著、唐盈等译：《塞缪尔·贝克特和他的世界》，敦煌文艺出版社 2000 年版，第27 页。

整理《芬内根的觉醒》手稿。巴黎的生活极大地改变了贝克特的生命轨迹，这点将在下一节表述。1930 年至 1931 年间，贝克特返回都柏林，在三一学院教授法语，同时开始研修哲学，获得哲学硕士学位。1932 年起，贝克特因为不喜欢枯燥的教书工作而辞职，开始游历欧洲。贝克特对这段教书生涯的评价是："我发现在教学中，我讲得都是我不甚了解的东西，而听课的人也丝毫不在意你讲什么，所以我表现得很差。"① 贝克特对自己要求苛刻，没有半点矫揉造作，讲授自己不甚了了的课程对他是一种责罚，而他心理上的负担也很重，于是他毅然决定辞去这份在别人眼里十分体面的工作。这次突然辞职使他对母校十分愧疚，觉得自己是个懦夫，背叛了朋友和学校，直到 50 年代他还赠书给母校，希望做些补偿性的回报。这种自我否定的勇气贯穿贝克特的一生，无论在艺术创作领域，还是在人生经历中，他都曾多次放弃安逸的学术生涯，转身投向完全陌生、前途未卜的文学创作。而在文学创作中，他又不断否定自己，不断尝试新的创作样式。

　　游历过后，贝克特回到爱尔兰，开始创作小说、诗歌。1931 年，他的第一个单行本作品《婊子镜》发表，这是一首九十八行的诗歌，是一个与时间有关的征文作品。在这部作品中，贝克特讲述了笛卡尔反抗命运、为获取更多时间而拒绝死亡的故事，"时间"和"死亡"主题从此成为贝克特经常阐发的对象。

　　1933 年 6 月，贝克特的父亲因心脏病去世，他在心理上和经济上遭到双重打击，不得不到伦敦疗养。在伦敦自我放逐般的生活中，贝克特对周围的痛苦更加敏感，对疾病有了更深切的体会，他得以静下心来思考整个人类的生存状态。当时的伦敦一派萧条、人心涣散，有近三百万人失业，纳粹的幽灵游弋在伦敦上空。困扰贝克特的不仅是他自己的病痛，贝克特更关注他生活的世界以及这个世界充斥的痛苦。经过积极的心理治疗，贝克特艰难度过了个人危机，他如饥似渴地阅读、创作，接触新生事物，了解国际社会动态。罗伊丝·戈登这样描述过伦敦生活对贝克特的启示："如果在他快乐的孩提时代，他曾对流离失所的困窘，心理上的疾病，一战时受伤的老兵，以及其后些时候在贝尔法斯特经历的贫穷和歧视而感到过气馁，他一定会对在伦敦的萧条时期一贫

---

① Ruby Cohn，"Beckett for Comparatists"，Comparative Literature Studies，Vol. 3，No. 4，1966，pp. 451～457.

如洗的状况深为感伤的。……这些感伤一定由于认识到生命所被赋予的命运的差异而加深。……贝克特的外部世界和他的哲学反思和自省，一并影响、造就了他对人性的洞察。"①

贝克特在伦敦那段时间对英国戏剧史来说也是十分重要的一段。吉尔古德和奥利弗采用新的表演风格演出了《哈姆雷特》、《罗密欧与朱丽叶》等名剧，别开生面的戏剧抒情诗给贝克特留下深刻印象。广播剧在当时的伦敦方兴未艾，英国广播公司制作了大量音乐喜剧和幽默剧；伦敦的电影业也很发达。此外还有许多重要的艺术展在此期间举办，包括著名的超现实主义艺术展。这些文化、艺术熏陶极大拓展了贝克特的情感与思维空间，伦敦生活成为他重要的发展阶段之一。

1935年圣诞节后，贝克特离开伦敦，在都柏林短暂停留后，他来到德国。贝克特对德国有着深厚的感情，他曾经与家人在德国居住过很长时间，谙熟20世纪的德国艺术，而现实中纳粹的种种恶行耸人听闻，贝克特需要亲自到这个国家去一次，看看他曾经景仰过的民族现在是什么状况，这样才能做出自己的判断。在德期间，贝克特流连于不同城市的艺术馆、博物馆，阅读了大量德国文学作品，还有机会近距离观察犹太人的悲惨处境。可以说，德国之旅是一次探索之旅，是贝克特对德国文化与行为方式的一次探求，是为了解读一个荒芜的时代并努力与之达成妥协，是一个作家自我探索、自我教育的真诚体现。然而，他看到了一个民族的狂热与偶像崇拜的危险，以及战争的暴虐残酷，他看到了法西斯带来的文化灾难与人伦覆灭。德国之行进一步廓清了贝克特的人生观与世界观，加深了他对现代人人性的理解和感悟，为其日后的人生经历与创作体验做了准备。

德国的战争气息日益浓厚，贝克特辗转到伦敦和都柏林，短暂停留后，1937年秋，贝克特移居巴黎，暂时安定下来。

二战期间，德国占领法国，贝克特投身抵抗法西斯运动，受到追捕，被迫到乡下过起隐居生活。二战结束后，贝克特曾短暂回过爱尔兰，参加红十字会工作，不久即返回巴黎，深居简出，专心从事创作，但是最初几年的小说创作并未被当时的评论界认可。直到1953年《等待戈多》在巴黎上演，引起轰

---

① 罗伊丝·戈登著、唐盈等译：《塞缪尔·贝克特和他的世界》，敦煌文艺出版社2000年版，第151页。

动，贝克特的创作才开始被接受。《等待戈多》及其以后的戏剧的成功，第一次为贝克特带来了经济上的保障，但是贝克特生性淡薄名利，对身外之物非常超脱，他说："舆论上的成败于我从来都是无所谓的，实际上，后者让我感觉更自在些，直到两年前，我的写作生涯一直与它（失败）的活跃气息相伴。"① 1950 年和 1954 年贝克特两次回爱尔兰，分别参加母亲和哥哥的葬礼；1959 年，贝克特的母校三一学院授予他名誉博士学位。贝克特以复杂的心情接受了这个荣誉，这也是他生平唯一一次亲自接受的名誉学位。评论家克罗宁在《塞缪尔·贝克特：最后的现代主义者》中写道："在爱尔兰的辞典中，应该有一个词专门描绘回乡的失望情绪，尤其在年轻人中……20 世纪 20 年代到 50 年代之间，回到破旧不堪、纠结不清、枯燥乏味、清教徒式的、封闭狭隘的爱尔兰往往会使回乡者感觉像得了一场怪病。"② 在贝克特身上，这种感情显得更加复杂，因为他对母校三一学院一直有负罪感，他觉得接受这一荣誉可以为自己当年的辞职获得某种谅解。此后，他给母校很多慷慨的捐赠，其中包括一座图书馆、网球场等。1986 年，贝克特同意三一学院以他的名字命名一个剧场时，仍在为当年的辞职而感到内疚。即使在 1969 年获得诺贝尔文学奖后，贝克特依然保持低调作风，淡泊名利，对三一学院是唯一的例外。

二、爱尔兰文艺复兴

就地理面积和人口而言，爱尔兰是个不大的国家，但是它却对世界文学做出不成比例的巨大贡献，英语文学与爱尔兰语文学交相辉映。爱尔兰悠久的历史和古老的文明孕育出许多闻名世界的大师级文学家和艺术家，其中有四人获得诺贝尔文学奖，他们分别是诗人叶芝、剧作家萧伯纳和贝克特、诗人希尼，此外还有 19 世纪唯美主义的代表人物王尔德、意识流小说的杰出代表乔伊斯，等等。20 世纪初期的爱尔兰文艺复兴运动更是爱尔兰文学发展的一个高潮，是爱尔兰文学给世界文学的一份馈赠。贝克特是爱尔兰文艺复兴运动的直接受益者，可以说，其人生中第一份文学储备即来源于此。

从 19 世纪初到一战期间，爱尔兰人民饱受英国殖民者在政治、经济、思想文化等方面的压迫，与此同时，爱尔兰人民从没有停止过争取民族独立的正义斗争。19 世纪下半叶开始，爱尔兰的独立运动有所发展，但是直到第一次

---

① John Pilling, Samuel Beckett, London: Routledge & Kegan Paul Ltd, 1976, p. 12.

② Anthony Cronin, Samuel Beckett: The Last Modernist, London: Flamingo, 1997, p. 124.

世界大战爆发后才真正壮大起来。一战爆发后，英国忙于战争，这给爱尔兰民族独立运动提供了一个契机。1916 年 4 月 24 日，复活节后的星期一，大约有一千名爱尔兰人在都柏林发动起义，占领了首都十四个地区，并宣布成立爱尔兰共和国。英国派遣两万名士兵包围了都柏林市中心，4 月 29 日起义军领袖投降，5 月初，15 个起义领袖被处死，这次起义在英军的武力镇压下宣告失败。当时贝克特只有十岁，他目睹了复活节起义壮士的英勇无畏和英军残酷血腥的镇压，幼小的心灵第一次体会到战争的惨痛。爱尔兰的历史一直在流血，军事冲突与宗教派别和政治归属纠缠不清，残酷而野蛮的恐怖行动在贝克特的童年时代屡见不鲜，纵火、绑架、杀戮、横尸街头的灾难性场景梦魇一般笼罩着普通人的生活。1919 至 1921 年间，爱尔兰的国家法律与社会秩序几乎处于崩溃的边缘。

然而，英国人对起义的镇压激发了爱尔兰人民高涨的爱国主义情绪，复活节起义失败后，爱尔兰人民进行了数年顽强的游击战争。1918 年的下院议会选举中，爱尔兰新芬党获得绝大多数爱尔兰席位，次年，他们组成了第一个爱尔兰议会，拒绝再为英国政府供职，并以"爱尔兰共和国"的名义单方面发布独立宣言。经过艰苦的政治和武力斗争后，爱尔兰终于与英国签署了英爱和平条约，爱尔兰独立战争宣告胜利。1921 年，爱尔兰南部二十六个郡宣布脱离英国统治，成立爱尔兰共和国，而它的北部六郡仍然属于英国，英国改名为大不列颠及北爱尔兰联合王国。

随着爱尔兰民族解放运动的发展，爱国的作家、艺术家为恢复爱尔兰民族文学、语言、艺术而大声疾呼，创作出相当数量表现爱尔兰人民生活、反映民族精神的作品，形成了蔚为壮观的爱尔兰文艺复兴运动。爱尔兰的文艺复兴运动以戏剧为主，叶芝、格雷戈里夫人、辛格、奥凯西、萧伯纳等剧作家的戏剧创作有力推动了爱尔兰民族戏剧的创建和发展。1899 年，爱尔兰文学剧院在都柏林成立；1902 年，爱尔兰民族剧团组建；1904 年，著名的阿贝剧院成立，成为爱尔兰文艺复兴运动的摇篮。这些剧院上演了大量的爱尔兰民族戏剧，促进了爱尔兰现代戏剧的发展，为爱尔兰文艺复兴做出了重要贡献，这一时期的戏剧创作对贝克特未来的职业生涯影响深刻。

著名诗人、剧作家、1923 年诺贝尔文学奖得主威廉·巴特勒·叶芝是爱尔兰戏剧复兴运动的中心人物，他负责组建阿贝剧院。叶芝的戏剧创作题材始终围绕着爱尔兰，并从爱尔兰神话中汲取了无尽的灵感。1902 年叶芝的剧作

《胡里痕的凯瑟琳》首演获得成功，为爱尔兰戏剧复兴揭开了序幕。该剧以象征主义手法揭露了英国殖民主义的暴行，指出殖民主义是造成爱尔兰贫困、羸弱的根源所在，号召爱尔兰人为民族主义而斗争。他饱含深情地写道："爱尔兰不是插科打诨的故乡……而是古老的理想主义的故乡。"① 叶芝的戏剧主题更多地关注严峻的现实问题，罪恶、救赎、疾病、残暴经常出现在他的作品中，而这恰恰也是贝克特关注的主题。从贝克特的作品中，我们不难看出叶芝的影子，比如《克拉普的最后一盘录音带》和《灰烬》中宁静飘渺却又朦胧切近的写作风格，很容易使人联想到叶芝《库胡林之死》里面的老人形象，贝克特曾经在著名的阿贝剧院看过这出戏的演出。叶芝庄重、浑厚的古典戏剧风格曾经给年轻的贝克特留下深刻印象。

约翰·辛格是另一位引领爱尔兰戏剧复兴的优秀剧作家，其作品以现实主义和象征主义交错的手法栩栩如生地刻画了爱尔兰底层人物形象。他的代表悲剧《骑马下海的人》（1904）讲述了一个老妇人莫尔耶的丈夫和六个儿子先后葬身大海的悲惨故事，而老妇人绝望后的平静尤其耐人寻味，亲人都被大海夺去了生命，大海再也不会给她带来灾难了。这是一部典型的象征主义戏剧，将渔民与大海的搏斗描写得异常凄厉，也体现出剧作家对反讽、象征等技法的精湛把握。辛格最成功的喜剧是《西方世界的花花公子》（1907），讲述一个弑父的母题，该剧讽刺意味明显：盲人反倒比正常人幸运，因为他们看不到真实世界的丑恶现象，而盲目状态下，似乎又只剩下黑暗与死亡在等待着人类。死亡的阴影笼罩着辛格的戏剧，他的戏剧对白富有诗意，使用了生活化的爱尔兰方言，表现农民的疾苦，风格清新优雅，为沉闷的爱尔兰戏剧带来了新风。贝克特对辛格的戏剧颇有好感，也热衷于死亡主题，只是他采用了不同的表达方式，关于这一点将在下一章论述。

贝克特对爱尔兰戏剧复兴的另一位重要剧作家肖恩·奥凯西也情有独钟。他赞誉奥凯西对世界的碎片化、割裂感描摹得惟妙惟肖，尽管实际上描写割裂感仅仅是奥凯西创作主题之一，他的作品主要描写下层市民的生活，表现他们的爱国热情和为民族解放事业斗争的精神，其后期创作转向历史题材。贝克特借鉴奥凯西早期风格，在《等待戈多》和《终局》里将重复叙述、碎片式描摹的手法几乎发挥到极致，并成为贝克特式的经典之作。

---

① Lady Gregory, Our Irish Theatre, New York: Capricorn, 1965, p. 9.

爱尔兰文艺复兴运动还有一位十分重要的作家，他对贝克特的思想和戏剧创作走向产生了直接的影响，这便是小说家詹姆斯·乔伊斯，这一部分稍后专有论述。

爱尔兰深厚丰富的历史、文化传统以及爱尔兰文艺复兴运动构成贝克特成长宏观的历史、文化语境，为其将来的艺术创作活动进行了思想上、文学上的准备。而他的家庭背景及个人经历对其思想和艺术品味的形成也起了潜移默化的作用。乔伊斯的哥哥斯坦尼斯洛斯对此做过如下描述："这个国家的一切都不稳定；人们的思想也变动不居。当爱尔兰艺术家从事创作时，他只有完全靠自己才能从喧嚣中营构出一个属于他的道德世界……（这个环境）对有创造天赋的人来说是个巨大的优势。"① 虽然贝克特作品中的爱尔兰意象或隐或现，但是很难否认其文学创作与爱尔兰文学之间千丝万缕的联系，其作品中无处不在的不确定感、模糊性等特质依然打下深刻的爱尔兰烙印。

三、边缘人体验

贝克特一生颠沛流离，他早年离开祖国爱尔兰，后半生浪迹他乡，却始终没有放弃爱尔兰国籍。他的一生都在体验着一个边缘人的苦痛，这一行动使他能够在想象中重建爱尔兰文化，从而在精神层面摆脱殖民体制的规约。贝克特的自我放逐与他在爱尔兰殖民地和后殖民地时期的文化边缘化体验相辅相成，这些也给他的戏剧作品留下了深刻的爱尔兰印记。殖民体制使贝克特这样的艺术家在国内文化氛围里体会到深切的异化与边缘化，而放逐自我不失成为知识分子的权宜之计。伊翁·奥布莱恩（Eoin O'Brien）写道："贝克特作品中许多明显的超现实主义描写其实都与存在的现实相关联，尽管这一点有时候体现得明显，更多情况下则是不易察觉的。许多事实来自于贝克特对都柏林的记忆，只是他把这个世界的景象与人们剥离得难以辨认，以营造'真实的非真实感'。"②

贝克特的父母笃信新教，而大多数爱尔兰人信仰天主教，所以这个家庭在政治上趋向保守，并刻意与主流文化保持一定的距离。贝克特的传记作家迪德莉·贝尔（Deirdre Bair）这样描述过贝克特对 1916 年复活节起义的感受：

---

① Stanislaus Joyce, My Brother's Keeper, Ed. Richard Ellmann, New York: Viking Compass, 1969, p. 187.

② Eoin O'Brien, Beckett Country, Dublin: Black Cat Press, 1986, p. xix.

"萨姆（贝克特昵称）被这一幕深深震撼，以至六十多年后谈及此事，他还不寒而栗。"① 尽管贝克特的家庭对这一时期的历史事件保持着适度距离，但是贝克特本人的强烈反应却印证了他的敏感本性，而历史事件无疑对他的个人和职业生涯带来深远的影响。弗朗兹·法农（Frantz Fanon）曾指出："去殖民化从来不可能悄无声息地发生，因为它影响到每个个体，并彻底改变了他们。它粉碎了旁观者事不关己的看客心理，使其转变成有特权的演员，历史的强光灯猛烈打到他们身上。"② 复活节起义与以往任何一次起义都不同，它将导致一个自由国家的诞生，而且起义的领导者均为天主教徒，新教徒在这一事件中处于边缘状态。经过这次革命，爱尔兰天主教的优势逐渐被改变，而贝克特的父母对自己的爱尔兰身份认同一直处于割裂状态，既不是激进的民族主义者，也非坚定的效忠主义者，这种身份认同危机是典型的殖民地时代人们心态的写照。由此，就不难理解贝克特与爱尔兰复杂的情感关系。

如果说贝克特在爱尔兰有边缘化、异化的感受，在英国他也没有找到灵魂的慰藉。贝克特试图在伦敦获得灵魂的安慰，但是短暂的伦敦生活使他很快认识到，虽然自己外形上接近英国人，但情感上却无法接受英国人，更不能容忍自己伪装成英国人，因为他忘不掉爱尔兰曾经的屈辱历史。作家迪可兰·凯柏（Declan Kiberd）这样描述贝克特当时的体验："贝克特到伦敦时，痛苦万分。据说，他表现得像个贵族，预定出租车、买份报纸这样简单的事情都让他觉得丢面子，对他仿佛是场严峻的考验。"③ 这种情形正如赛义德所描述的："诚然，英国与爱尔兰之间在身体、地理上的关联性要比英国与印度，或者法国与阿尔及利亚、塞内加尔更近。但是，帝国的关系无处不在。爱尔兰人永远也不可能成为英国人，正如柬埔寨人或塞内加尔人永远不会变成法国人一样。"④ 在殖民地的爱尔兰，贝克特属于边缘化的少数人群；在帝国主义的英国，贝克特依然无所归依，加上爱尔兰连年战乱、饥馑带来的压抑感，这三者导致贝克特地理、民族、伦理身份认同的缺失，使他成为一个处于边缘地位的文化他者，一个没有强烈乡土情结的放逐者。贝克特笔下的戏剧人物都是没有明确身

① Deirdre Bair, Smuel Beckett: A Biography, New York: Touchstone, 1990, p. 26.
② Frantz Fanon, The Wretched of the Earth, New York: Grove, 1963, p. 36.
③ Declan Kiberd, Inventing Ireland: The Literature of the Modern Nation, Cambridge: Harvard University Press, 1995, p. 532.
④ Edward Said, Culture and Imperialism, New York: Vintage, 1993, p. 228.

份的边缘化形象，这与贝克特的生存体验有着必然的因果关系。

二战爆发之前，爱尔兰到英国和欧洲大陆的旅行已经比较容易，年轻一代爱尔兰艺术家利用这个时机游历欧洲，结交许多艺术家、思想家。在贝克特身上，这种经历一方面让他体会到爱尔兰与欧洲、爱尔兰传统与欧洲传统之间的落差与张力，另一方面，爱尔兰传统与欧洲传统的融合为他精神上与艺术上的突破提供了契机。不同民族语言的激烈碰撞以及民族文化的地域距离衍生出一系列创作的题材，例如异化的普遍性存在，地方性与世界性的冲突，由于摆脱母语约束和语言实验而获得的创作自由，等等，凡此种种为贝克特及其同时代的人带来巨大的精神满足感。与此同时，欧洲全新的文化风格也冲击着贝克特，他开始检省自我主义的浅薄，这种自省精神有助于贝克特尽快超越自我认知的两难选择，摆脱焦虑感，开始建构新的文化认同。

与爱尔兰在空间上产生距离之后，贝克特终于能够在哲学和文学层面全面、客观地审视殖民体制复杂的社会、政治内涵，他的戏剧创作因而具有了更深厚的哲理积淀。爱尔兰革命后实行的严酷审查制度逐渐使艺术家矢去了社会功能，一潭死水似的文化气候扼杀了艺术的灵感，使爱尔兰无法接触到近在咫尺的欧洲活跃的先锋派艺术。在贝克特看来，当时，政治话语几乎成为爱尔兰文学的代名词。贝克特对之深恶痛绝，他认为政治话语的重复性与简单化遮蔽了现实，而与现实脱节的阐释影响了人们的意识形态和经验。他敢于揭穿谎言，检审意识形态与现实相背离的现状，其作品体现出他对爱尔兰政治话语的厌倦与质疑精神。即便如此，故乡爱尔兰独特的地理、政治、宗教、文化语境仍然潜移默化地融入贝克特的思想和剧作。表面上看，贝克特剧作的背景并非设在爱尔兰，或者说背景没有明确的指向，可正是这种"无处可依"的状态更加凸显了贝克特的爱尔兰身份，它彻底消除了以往爱尔兰文学作品中人为的痕迹，带有了鲜活的时代气息，同时也使贝克特的剧作具有了双重的含义，既是爱尔兰民族主义文学的经典，又越过民族主义的边界。

在广泛考察爱尔兰文学的基础上，贝克特尖锐批评了二十世纪三十年代的爱尔兰文学："当代爱尔兰诗人可以分为古董和另类两种类型，其中大多数属于前者，后者被诗人叶芝先生好心地称为'躺在沙滩上苟延残喘的鱼'，但是他们至少能学会呼出空气。毋庸说，这种状况并非爱尔兰或其他任何地方所独有。传统与现实之间的问题从来没有消失，即使当二者非常融洽之时。但是在爱尔兰，这个问题尤为严峻。"① 诗人叶芝的弟弟、爱尔兰画家叶芝曾经引用麦克格里维的话批评狭隘的民族主义："爱尔兰的独特之处在于，这里的人们自认为其生活就是这个国家的全部，实际上，在精神上、文化上以及政治上也确实如此。那些在正式场合代表国家的人都生活在这个国家之外。他们对英国统治阶级的身份认同感要大于对爱尔兰人民的认同，他们的艺术不过是英国艺术的附庸。"② 贝克特赞同他的观点，认为画家叶芝是爱尔兰所造就的第一位伟大画家，代表了爱尔兰的民族精神。早在都柏林读书的时代，面对生机勃勃的都柏林文化生活，贝克特就表示过对爱尔兰狭隘的宗教观的担忧。他指出，独立后的爱尔兰文学面临新的情况，狭隘的民族主义偏见无助于文学的真正复兴。"民族主义，教区主义和乡土观念——不管是何种政治倾向，都只能扼杀'更为纯洁'的作家。"③

赛义德指出，无论何时何地，无论何种情况下，知识分子都要有自己独立的立场和判断，与现实保持一定的审美距离，敢于质疑和批判现实，惟其如此，才能保持知识分子从精神到生存的特立独行状态，这便是知识分子的边缘心态④。这种生存状态可以使知识分子摆脱各种世俗利益的牵绊，进行自由思考；同时以体制外的流放者的视角，可以更客观地考察原有体制的弊端，为社会代言。贝克特的一生为赛义德的观点做了一个生动形象的注疏，自我放逐于他意味着与周遭环境的失谐、变动不居的生存方式，以及由此带来的边缘人身份。对贝克特而言，回到故乡爱尔兰并不能让他心神宁静，而在新环境中，他也无法真正体会乡土的归依感。

弗兰西斯·华纳（Francis Warner）写道："尽管贝克特在巴黎定居，但他并没有成为法国人……他小心翼翼地使自己的护照不过期。他家的墙上挂满了能使人联想到爱尔兰的物品，其中包括一幅杰克·叶芝（画家，诗人威廉·叶芝的弟弟）的绘画作品'利菲河上的三一学院船屋'。从他居住的房间所看到的风景，可以说是当地最具爱尔兰风情的……显然，除了身体以外，他

① Samuel Beckett, Disjecta, ed. by Ruby Cohn, London：John Calder, 1983, pp. 70～71.

② Samuel Beckett, Disjecta, ed. by Ruby Cohn, London：John Calder, 1983, p. 96.

③ 罗伊丝·戈登著、唐盈等译：《塞缪尔·贝克特和他的世界》，敦煌文艺出版社2000年版，第36页。

④ 参见爱德华·赛义德著、单德兴译：《知识分子论》，三联书店2002年版，第44～53页。

（的精神）从不曾离开过爱尔兰。"① 可以说，贝克特离开爱尔兰并非出于对祖国的冷漠或厌恶，毋宁说，他是因为对爱尔兰的爱和尊重而无法忍受爱尔兰残酷的现实，无奈之下的一种自我放逐。英帝国统治下的边缘化体验、殖民地人民苦难的历史、战争惨绝人寰的杀戮行径，这一切使贝克特充分体会了强权制度对人性的扭曲与破坏，对人类历史进程的反作用。贝克特的戏剧作品诠释了他的生存体验，这体现在其主题的多样性上，包括文化边缘人形象、异化、二元对立、貌合神离的人物设置、语言与自我表述、地理指涉的含糊不清等，凡此种种展示了爱尔兰文化、地理及现存秩序等方面的复杂情况。

特里·伊格尔顿（Terry Eagleton）指出："贝克特很快离开爱尔兰，投入巴黎的怀抱，部分原因是他在国外感受到的无家可归感与其在故园感受到的并无二致。跟他的朋友、另一位爱尔兰文学游牧者詹姆斯·乔伊斯一样，他们很快从国内的自我放逐状态变成真正的移民。爱尔兰艺术家的异化不经意间就融入到欧洲现代主义的焦虑之中。"② 追求自由是一切存在者的权利和理想，然而，在非存在的客观条件下，追求自由要付出更大的代价。贝克特特定的生存环境一方面桎梏了他寻求自由的心灵，同时也为他实现灵魂与精神的超越提供了原动力。贝克特在他的人生体验和戏剧创作中始终坚持自由与抗争的生存哲学，在极端的处境中摆脱焦虑与惶恐，努力寻求"人"的存在价值，实现生存的意义与目标，获得自我的心灵拯救与艺术上的超越。残酷、阴暗的边缘文化语境里，他不是消极、病态地存在，而是张扬人性，在焦虑中找回自我，使人的生存价值在更高层次上得以体现，他的焦虑归根结底是一种文化的焦虑，人文的焦虑。

尽管贝克特的自我放逐以及法语创作曾经使他的爱尔兰身份饱受质疑，但是他的人生关注与戏剧创作一刻不曾远离爱尔兰。通过天才式的戏剧创作，贝克特塑造了精神上的爱尔兰，灵魂的栖息地。肯尼斯·布雷彻说过："当他开口说话时，我发现，尽管在巴黎生活了50年，他还没有改掉爱尔兰都柏林的

---

① Francis Warner, "The Absence of Nationalism in the Work of Samuel Beckett", O' Driscoll, Robert, Theatre and Nationalism in Twentieth – century Ireland, Toronto: Toronto University Press; London: Oxford University Press, 1971, pp. 179 ~ 180.

② Terry Eagleton, "Champion of Ambiguity", The Guardian, 20 March, 2006. http: //www. guardian. co. uk/commentisfree/ 2006/mar/20/arts. Theatre.

口音。"① 细读他的作品，无论是用英语还是用法语创作的，其中恣意流淌的爱尔兰元素依然清晰可辨。罗伊丝·戈登也说："贝克特对……爱尔兰整个国家的社会政治的和宗教信仰的危机有着极为清醒的认识。这造就了他，并形成了他作品中的诗意。"② 正是由于贝克特文化上的异质感和特殊的殖民地生存体验，他的戏剧作品才如此内涵丰富、深刻隽永，具有了超越民族、更具人类普世性的特征。

第二节　贝克特与二战

在贝克特的早期经历中，第二次世界大战对他的人生哲学和艺术创作产生了巨大影响。到二战爆发前，贝克特曾经辗转多个国家，这段履历使他对爱尔兰与欧洲主要国家的看法变得更加客观、理性。他勇于自我剖析，逐步克服了自我中心的思想，超越了小我的狭隘，转而将思索的目光投向更广阔的芸芸众生，投向更苍茫冷酷的人生与命运。这种思想的转变为其后期的文学创作提供了非常重要的提升空间，而亲历二战则促成他最终在文学道路上的辉煌成就。

二战将人类暴力与邪恶的本性暴露无遗，露易丝·戈登评论道："我认为，在'糟糕的'30年代，贝克特一定一直在关注时局——无论他身在德国，还是伦敦，或者世界上的其他什么地方。这可怕的十年经历，一定使贝克特体会到人类超乎寻常的自相残杀的残酷——通过无动于衷的冷漠和积极的行动。"③ 战争体验使贝克特的视角逐渐超离了爱尔兰和饱受战争蹂躏的欧洲，转而关注全人类的生存价值。丹纳说过，艺术家"之所以成为艺术家，是因为他惯于辨别事物的基本性格和特色；别人只见到部分，他却见到全体，还抓住了它的精神"④。贝克特深切体味了战争的惨痛与无奈，同时又积极投身到正义的战争中，几度出生入死。战争结束后，战时的经验化作一部部戏剧作品，描述战争对人类命运、生存状态、精神走向等产生的深刻影响，阐发真实

---

① Kenneth S. Brecher, "Samuel Beckett: Private in Public", New York Times, June 12, 1988.

② 罗伊丝·戈登著、唐盈等译：《塞缪尔·贝克特和他的世界》，敦煌文艺出版社2000年版，第6页。

③ Lois Gordon, The World of Samuel Beckett: 1906~1946, New Haven: Yale University Press, 1996, p. 139.

④ 丹纳著、傅雷译：《艺术哲学》，人民文学出版社1997年版，第36页。

的人性与哲理的思索。

一、投笔从戎

1939 年 9 月 1 日第二次世界大战爆发时，贝克特正在爱尔兰陪伴母亲。从广播里听到英、法对德宣战的消息，贝克特立即告别宁静的爱尔兰，返回巴黎。后来贝克特解释道："我宁愿到战争中的巴黎，也不愿呆在和平的爱尔兰。"① 坐在去往巴黎的火车上，贝克特看到路过的房屋为躲避战火都被堵上了，他清楚自己回到了一个战争一触即发的地方。1940 年 5 月，法国被德国占领，时局越发混乱。贝克特和他未来的妻子苏珊娜度过了极为艰难的几个月，经济来源几乎断绝，颠沛流离。当时的爱尔兰宣布中立，身为其公民的贝克特完全可以保持超然的态度，但是战局的发展使贝克特无法熟视无睹。

关于贝克特参加战争的背景，阿莱克·雷德是这样描述的："像乔伊斯一样，贝克特也有许多犹太朋友，对他们不断遭受的屈辱和劣遇他感到非常愤怒。对德国人不断枪杀作为人质的无辜者，他也非常恼火……他再也不能视而不见，袖手旁观了。"② 据官方记载，贝克特在 1941 年 9 月 1 日参加了英国特别行动委员会在巴黎的一个抵抗组织，接下来的两年里，贝克特为抵抗组织担任类似秘书和联络员的工作，好几次险些被盖世太保抓住。尽管贝克特只是轻描淡写地对人提起这段地下工作的经历，但是很显然他有意低估了自己的工作性质，实际上这是一个十分繁重的任务。贝克特不但熟练掌握英语、法语，而且他有惊人的专注精神和文字驾驭能力，此外他个性沉静、少言寡语，这些都是他胜任这种地下工作的有利条件。这种工作充满风险，他必须随时警惕自己的秘密工作不被敌人发现，做好掩护工作，苏珊娜也替他分担了相当一部分任务。

贝克特虽然很少在公开场合表达自己的政治观点，但是他有坚定的信念和人道主义精神。他不能容忍加在普通人身上的痛苦与灾难，也不会亵渎个人信念，并愿意为之承担风险。从这个意义上讲，他的政治观超越了一般的国家界限，表现出对全人类的同情与关切，在他眼里，一些国家披着各种主义的外

---

① Israel Shenker, "Moody Man of Letters: A Portrait of Samuel Beckett, Author of the Puzzling 'Waiting for Godot'", New York Times, May 6, 1956.

② 罗伊丝·戈登著、唐盈等译：《塞缪尔·贝克特和他的世界》，敦煌文艺出版社 2000 年版，第 215 页。

衣，却做着伤害正义公平的勾当。1942 年 8 月，贝克特所在的组织内部出现叛徒，抵抗活动遭到破坏，大多数抵抗组织的同志都被抓走了，贝克特和苏珊娜有幸及时逃出来，开始了惊心动魄的逃亡。贝克特回忆道："我记得我们藏在一个谷仓里等（我们有十个人），一直躲到天黑。然后一个向导带领我们翻越沟壑；月光下，我们能看到站岗的德国哨兵。然后，我记得在路的另一边我们还经过一个法国岗哨。路上有德国兵；我们就穿田地。"① 剧作家的回忆看似轻松，甚至有几许诗意，但是当年出生入死的逃亡磨练了贝克特的意志，也体现出一个知识分子在战乱时期敢于担当的勇气。

几经辗转，贝克特和苏珊娜终于在法国一个叫鲁西荣的小山村隐居下来。刚开始的一段时间里，两人住在一家廉价的旅馆，环境恶劣。他们的生活异常艰难，缺衣少穿，食不果腹，没有固定的收入来源，人地生疏，贝克特与苏珊娜的精神几乎崩溃，写作对贝克特更成为极度奢侈的事情。后来经人介绍，两人住到一户好心的农户家里，处境有所好转。这段时间，贝克特一直靠收听BBC 新闻了解战争的进展，时刻关注战局。与此同时，他想方设法找到一些19 世纪末、20 世纪初的小说来阅读，还交到几个终生的好朋友。他们苦中求乐，对生活从来没有丧失信心，这段时间的生活经历在贝克特后来的小说与戏剧创作中屡有描述，如《终局》、《瓦特》、《灾难》、《克拉普的最后一盘录音带》等。但是总体来说，贝克特在这里的生活几乎是一种监禁，因为他不敢离开村庄，否则就有被捕的危险。贝克特平时会到田地干活，周末跟苏珊娜在附近散步。鲁西荣不是德国占领军关注的重地，地理位置相对隐秘，这里有一个小规模的抵抗组织，主要是提供后方支持。贝克特在自身安全没有保障的情况下，参加了这个组织的秘密活动，为反对法西斯这个人类共同的敌人尽自己的绵薄之力。作为一个普通人和一位作家，这段时间的生活经历使贝克特迅速成熟起来，战争无时不在的威胁使他保持一种强烈的生存意识和坚韧态度，也坚定了他对人类忍耐力的信念。二战体验帮助贝克特完成了价值观的转型，明确了自己的身份与生存意义。虽然贝克特年轻时喜欢哲学，但他终究没有成为哲学家，可是他用自己的行动诠释了人可能达到的最高道德水准，"尽管他没有遭到最直接的威胁，但在面临威胁到人类尊严的危险时，贝克特却不止一次

---

① James Knowlson, Damned to Fame: The Life of Samuel Beckett, New York: Grove Press, 2004, p. 290.

地忘我与之斗争"①。

独立后的爱尔兰政府在道德、艺术、政治领域都持保守态度。二战中，它保持中立，拒绝与自己的前宗主国并肩作战。爱尔兰人民此时却表现出高度的人道主义精神，勇敢地加入到反法西斯的斗争中，贝克特和自己的爱尔兰同胞一起参加抵抗活动，此时，狭隘的民族主义被更本能的人道主义取代，爱尔兰人体现了人类本性中最美好的一面。与爱尔兰同胞在法国一同战斗的经历，使贝克特得到一个重新看待自己与祖国关系的机会，使他第一次将自己的过去、现在和未来与这个民族建立了一种认同感。这似乎是一个充满诗意的悖论：只有远离故土，才能与之建立一种完整而有意义的联系；也正是出于这种奇特方式的爱，贝克特将自我放逐，远离爱尔兰。

二、反思与创作

战争即将结束时，贝克特抑制不住激动与欣喜，毅然决定离开还算安全的避难处，准备重返巴黎。在他冒着生命危险穿越法国全境回到巴黎的路上，贝克特看到战火过后的法国满目疮痍、遍地狼藉，他的心隐隐作痛。1945年战争终于结束了，贝克特没有停止战斗的脚步，他又加入了一家在法国圣洛的爱尔兰红十字会，担任翻译兼仓库管理员等工作。圣洛医院是由法国红十字会和爱尔兰合作开发的一个项目，虽然爱尔兰属于中立国，但是爱尔兰人已经无法坐视战争给人类带来的巨大灾难，积极投身到正义事业中。当时，圣洛唯一的医院已经被战火摧毁，贝克特所在的红十字会医院工作量非常大，他与工作人员一起搭建简易病房、运送物资，甚至充当司机。因为设备严重短缺，人员紧张，工作效率低，直到1945年末，这家医院才艰难地完成了基本建设，开始正式接收病人。在医院的组建过程中，贝克特工作非常投入，也深受同事的敬重。可以说，圣洛医院的工作是贝克特服务人类行为的合理延伸，与其战争期间的所作所为一脉相承，他与困难作战的意志坚定不移。圣洛医院的工作对贝克特具有一种治愈战争创伤与恢复重建社会的意义。作为一个自我放逐的爱尔兰人，贝克特在圣洛一定程度上与祖国爱尔兰修复了某种亲密关系，他与法国也更紧密地联系起来。

罗伊丝·戈登认为，从广义和抽象的意义上讲，贝克特在圣洛的经历为他

---

① 罗伊丝·戈登著、唐盈等译：《塞缪尔·贝克特和他的世界》，敦煌文艺出版社2000年版，第281页。

提供了期待已久的平静感和平衡感，接近于《等待戈多》中所描述的眼泪与欢笑构成的世界，这种体验既是个人的，又是历史的①。圣洛让贝克特更深刻地理解了人类的破坏力及人类在残暴面前所表现出的忍耐、勇气、情意、甚至幽默的力量。在1946年的广播演讲《废都》中，贝克特热情赞扬了人类在变幻不定的宇宙中保持的生存尊严："无论是谁，如果他曾经四处躲避枪林弹雨，赤脚走过泥泞的土地，爬过一道道障壁，而同时永远不知道自己何时会暴露在德国坦克枪的枪口下，那么我很怀疑，在他回首那些日子时，除了无休止的疲惫和危险，他还会忆起什么别的感觉。"② 曾经一派繁华的小城圣洛如今伤痕累累，破败不已，重建工作用了十年时间，其间爱尔兰人、瑞士人都曾经伸出援手。此时此刻，贝克特一定想到了爱尔兰人民起义的情形，想到被占领的法国，想到当权者的虚荣与矫饰。

贝克特终于为自己是个爱尔兰人而感到骄傲，他认为在圣洛的爱尔兰人呈现出人性最美好的一面，"那种追求治愈与安慰而不是控制与绝望的品质"，他以少有的激情在《废都》演讲中说："我认为，直到医院结束，它都将被称作爱尔兰医院，而那些木棚，在它们被变成住所前，仍将是爱尔兰木棚。"③而对于接下来的人生计划，贝克特似乎已经做好了充足准备，他说道："也许我可以冒昧地提到另一种（可能性），它更遥远，但可能更重要……即也许那些（在圣洛的人）……确实得到了他们很难给予的东西，他们在废墟中瞥见了历史悠久的人性这一概念，甚至可能还有重新思考我们的状况的条件，这一切将发生在法国。"④ 在说这番话时，贝克特已经辞去在圣洛的工作，返回巴黎。这番话也透露出他对祖国爱尔兰心理上的认可和接受，以及日后定居巴黎，完成其创造性工作的心理准备。这样，战争使贝克特将自己的生身之地爱尔兰与最后归宿法国完成了交接仪式，历史将证明，这一妥协对即将投入创作的贝克特以及西方文学界至关重要。

① 罗伊丝·戈登著、唐盈等译：《塞缪尔·贝克特和他的世界》，敦煌文艺出版社2000年版，第293页。

② 罗伊丝·戈登著、唐盈等译：《塞缪尔·贝克特和他的世界》，敦煌文艺出版社2000年版，第293～294页。

③ 罗伊丝·戈登著、唐盈等译：《塞缪尔·贝克特和他的世界》，敦煌文艺出版社2000年版，第304页。

④ 罗伊丝·戈登著、唐盈等译：《塞缪尔·贝克特和他的世界》，敦煌文艺出版社2000年版，第304页。

贝克特很少谈及自己在战争中所做的工作，实际上，由于他在二战中的英勇表现，法国政府曾授予他英勇十字勋章和反法西斯奖章。诺尔森写道："我一直想知道他在纳粹占领法国期间的战争经历。当巴黎解放时，贝克特因为其地下工作获得了法国政府颁发的英勇十字勋章。贝克特不认为自己做了什么了不起的事。他只是轻描淡写地说，他为抵抗组织做情报工作，给盟军传递信息，这种写作风格必须简单明了。一位法国同事给他带回德军行动的具体信息，他再把它们用尽量少的文字翻译成英语，发送给伦敦。"①贝克特的自谦源自他与生俱来的对苦难的敏感，以及对时代和人类复杂性的体验。终其一生，他对哪怕些微的痛苦表露都感到发自内心的伤感和同情，罗伊丝·戈登认为，二战的经历对贝克特十分重要，因为它是一种极为重要的创造性的自我发现与积淀，尽管过程本身十分痛苦，他所观察到的世界范围的苦难，以及个人对痛苦的心理体验，诸多因素促使贝克特积极反对纳粹暴行。作为一个感觉敏锐细腻、善于自省的幸存者，战争体验是贝克特青年时期价值观付诸实践的机会，对他而言，"战争不仅仅是思忖，而是一次直面人类意愿、道德抉择、善良与邪恶等诸多事务的机会。战争也使贝克特得以参与到各种需要勇气的活动中去，而这种勇气，曾经使他的父辈们为之自豪。它们为贝克特提供了一种舞台，使他长久持有的价值观念得以体现。而且，如果在这些痛苦年代里，他对于朋友和熟人无辜的死亡感到绝望，那么，他的行动还可以使他为他们找回泯灭的天理和公正。"②

目睹了战争给人类带来的巨大伤害，一切美好的事物都被战争摧毁殆尽，残存的世界满是伤痛、疾病、毁灭，贝克特忘却自己伤病的痛苦，积极救助那些更不幸的人。战争经历加深了贝克特对人类不幸的理解与体认，他的同情心比以往更强烈了，战争的经历使他能够更加客观地看待这个世界。越是面对痛苦和逆境，贝克特越能表现出旺盛的生命力和不屈不挠的精神，这种品质已体现在他的作品中。贝克特戏剧中的人物往往絮絮叨叨，说着一些莫名其妙的话，痛苦而无助的样子，然后就是无止境的沉默。这就是贝克特所经历和体验到的世界，他敏感的心灵捕捉到了这个世界的真相，洞察了真实的人性，并将

---

① James Knowlson, Damned to Fame: The Life of Samuel Beckett, New York: Simon & Schuster Inc. , 1996, pp. 352~353.

② 罗伊丝·戈登著、唐盈等译：《塞缪尔·贝克特和他的世界》，敦煌文艺出版社 2000 年版，第 219~220 页。

其诉诸笔端，毫无保留地呈现出来。贝克特一直认为，人生处于一种两难境地，既难活又难死，既充满希望，又绝望无依。他以振聋发聩的方式表达了现实世界的可笑与荒谬，死亡的无法避免。但是，透过这些看似绝望的描写，贝克特实则在表达一种顽强的抗争精神。詹姆斯·诺尔森写道："在他的作品中，甚至是在那些最黑暗、最萧索的句子中，我们也不难发现一种形态、一种能量和一种活力，它们抵消了作品中的虚无主义。"①

战争的结束对贝克特意义重大，标志着贝克特生命中一个重要的转折点。重新隐匿到巴黎平静的生活中，已到不惑之年的贝克特开始反思战争与人类，在反思中他超越了圣洛，超越了自我。战争经历使他意识到人类忍受苦难环境的巨大潜力，即使面对疾病、贫穷、危险丛生，人们的微笑不会被炸弹毁灭；即使宇宙转瞬即逝，人类的慷慨本性不会消失，人类精神是永恒不变的，它持久维系着人类社会。贝克特说过："曾去过圣洛的人，回来时会感到他们获得的同给予的至少一样好。"② 在艺术上，贝克特将投向越来越稀疏的人类栖居地，探索拯救人类精神的美德，那种强大的自愈能力与乐观精神。兄弟相残固然令人发指，而兄弟相慰更使人动容，贝克特追求内心世界与外部世界的应和，以幽默和智慧超脱人性的束缚以及战争的伤害，在战后的宁静中重新思考生存的意义。

战后的一段时间，是贝克特创作的丰产期，尽管声名鹊起要到《等待戈多》完成之后。贝克特曾对一位评论家说过："《马洛伊》与其他作品是在有一天我意识到自己的愚蠢时出现在我脑海中的。我意识到自己一无所知。我坐在母亲在爱尔兰的小房子里，开始创作《马洛伊》。"③ 这段时间，他创作出4部长篇小说、4个短篇小说、6首诗、2个剧本、13篇文章和若干评论。也是在这一阶段，贝克特开始尝试法语创作。

这些作品在当时并没有获得评论界的认同，但这是贝克特对自己的世界观、人生观进行的详尽描述，是对痛苦、失望和绝望的心灵体验的文学阐述，也为他后期戏剧创作的成功打下必要的基础。透过浓厚的个人叙述风格，贝克特早期作品将读者引入一个纯主观的灰色地带，虽然作品中的地点、人物均语

① 詹姆斯·诺尔森著、王绍祥译：《贝克特肖像》，上海人民出版社2006年版，第21页。

② 罗伊丝·戈登著、唐盈等译：《塞缪尔·贝克特和他的世界》，敦煌文艺出版社2000年版，第303页。

③ Vivian Mercier, Beckett/Beckett, New York: Oxford University Press, 1977, p. 161.

焉不详，我们仍不难看出那些无以形容、扑朔迷离、个性十足的描写真实映照了贝克特的生存体验，是他主观世界的客观呈现。贝克特将自己的战争体验以文学的方式演绎出来，通过一些貌似诡异的人物和故事，嘲弄、鞭挞了现存的社会价值观、道德体系及异化的人际关系，对经历了战争浩劫的人类社会的何去何从进行深度追问与反思，体现出一位作家的良知与责任感。

贝克特的戏剧作品充满恐惧、无聊、失望、混乱、黑色幽默和禁锢的形象，这并不是毫无生机的高度抽象，而是数百万人真实的战争体验。许多评论家认为贝克特的写作风格是唯我论或者太过精英主义，其实这是一种狭隘的简单判断。那些以旁观者的视角进行战争题材创作的作品的确也表达了失落的灵魂，沉默的弱者的声音，但是这些作品里强有力的呐喊使读者沉默了，这种同情无异于一种残酷。贝克特不然，他以亲身经历反观战争以及战争给人类带来的苦痛，他没有振臂高呼自由的可贵，法西斯的可恶，相反，他像自己喜爱的作家但丁一样，游走在人间地狱，他的作品不是单纯的知性写作，更像是一种无意识的自我表述。贝克特用富有独创性的文学艺术手法去表现、再现战争的苦难与残忍，真实、深刻、客观地反思人性，这是你死我活的战争经历催生出的文学经典，只有勇敢地面对人生、面对历史，才能思索人生，从而避免不必要的重复苦难。战争结束之时，正是思考开始之际。贝克特对人性的思索超越了褊狭的自我，超越了时代，也超越了时空。

二次世界大战给20世纪的人类社会带来了巨大的创伤，战争的强力改变了不计其数的人的人生轨迹，像许多同时代的作家一样，贝克特经过战争的磨砺与洗礼，用心灵和智慧观照人的存在价值和生命的意义，表现出强烈的人文精神。"二次大战对贝克特的影响不在于战争的实际意义，也不是前线的故事或他自己曾参加的'抵抗运动'，而在于重返和平后的种种：撕开地狱底层的帷幕，可怕地展露人性在服从命令或本能下，可达到的非人道堕落的程度，及人性如何在这场掠夺下残存不灭。"[①]

贝克特让戏剧人物和读者/观众都陷入无言境地，这不仅是出于对战争与灾难的恐惧，更源自西方文化传统与价值崩塌的现实。和剧中人物一样，现实中的人也得了失忆症，贝克特无情解构资产阶级一度崇尚的财产与社会关系、知识与理性等价值体系，传统的神学、科学、哲学均患上集体失语。另一方

---

① 焦洱、于晓丹：《贝克特——荒诞文学大师》，长春出版社1995年版，第268页。

面，在资本全球化的远景下，贝克特的作品又为个体与他人、局域与世界的关系勾画了建立新型伦理关系的可能性。彼得·博克索（Peter Boxall）总结道："他的作品追溯了将人和空间彼此分割的边界越来越多的多孔性，同时创造出一种乌托邦的新形式，表达了离散的地理与主体性之间持续的、战战兢兢的对话，而这两者正处在要么陷入虚空的一致，要么陷入虚空的非辩证对立中的紧要关头。"① 在 20 世纪中后期，全球化的图景还不够清晰，建立一种新伦理关系的需求还不十分迫切，贝克特预见到旧世界的死亡，也隐约窥视到新型世界关系即将来临，可是，由于种种原因，他还不能惟妙惟肖地描绘出他想象中的世界。但是，通过消弭已知世界与未知世界的界限，他预言到全球一体化的可能性，尽管地理性与主体性之间还存有猜忌、冲突，毕竟一场对话已经展开，地域的桎梏已经松动，重塑地方与全球的关系已经提上日程。某种意义上说，正是这种突破疆界的思考方式使贝克特的作品具有了深邃性与前瞻性。

第三节 贝克特与巴黎

一、现代艺术的浸润

贝克特早在学生时代初来巴黎，立即被这个充满艺术气息的城市所吸引，此后他多次在巴黎逗留，直至战后在巴黎定居，可以说，贝克特与巴黎有着不解之缘，而巴黎对这位伟大剧作家的成长与成就也起了至关重要的作用。

始于 17 世纪中叶的各种社会、政治变革席卷法国，这一背景使法国成为一片沃土，滋养、孕育了各种各样的先锋艺术思想。自从 18 世纪开始，巴黎便成为欧洲文学的中心，19 世纪末，现代主义已经开始在巴黎萌芽，实验与先锋艺术取得辉煌的成就。20 世纪 20 年代的巴黎是座文化嗅觉非常敏锐的现代城市，它的文化在浪漫与古典之间游离。当时，巴黎是各国艺术家的梦想之地，他们将之看作是欧洲的文化中心，并用各种各样的词汇描绘当时的巴黎，如"流动的盛宴"、"情人"、"太阳之城"，等等。贝克特这一时期的巴黎经历对他今后的生活和工作都产生了极大的影响。

19 世纪末、20 世纪初，战争的笼罩使巴黎的文化、艺术活动一度沉寂。

---

① Peter Boxall, Since Beckett, London & New York: Continuum International Publishing Group, 2009, p. 166.

一战以前，传统的价值观依然盛行，自我奋斗、追求物质与精神的成功仍是主流思想。战后，人们的思想观念发生极大转变，将思想、道德、艺术从传统的束缚中解放出来成为风行一时的口号，巴黎的各项文化活动开始复苏。激进的政治派别依然跃跃欲试，尼采和弗洛伊德的学说方兴未艾，波西米亚风尚再次流行，以未来主义、达达主义、超现实主义为代表的先锋艺术此时达到一个高潮，其合法性也日益被接受。艺术家竭尽所能地探索新思想、新的表现手法，以此来对抗旧体系。传统价值观已经失去了魅力，宗教也褪去神圣的光环，浓烈的孤独感徘徊在巴黎上空，自我放逐式的生活渐成时尚。巴黎到处弥漫着叛逆与自由的气息，像磁石一样吸引着世界各地的青年艺术家慕名而来。"它是乔伊斯、毕加索、蒙德里安的避难所，是新发起的装饰派艺术运动的成员的避难所，也是现已稍显过时的野兽派画家、立体主义者和达达主义者及其继承者——超现实主义者的避难所。它还是柏格森、科克托、莫里亚克、瓦莱里、纪德、阿拉贡、海明威、菲兹杰拉德、斯坦因、福特·迈多克斯·福特、瓦雷兹、米约、安瑟尔、科普兰、佛吉尔·汤姆森、夏加尔、达里和加柯梅蒂的避难所。马格里特和米罗约与贝克特同时抵达巴黎；阿尔普从1927年起就居住在巴黎，布莱姆·凡·威尔德从1926年就在此办展览。"①

年轻的贝克特恰逢其时在这一时段来到巴黎，巴黎的生机勃勃深深感染了他，他如醉如痴地拥抱着各类新奇的艺术，感受大师们的灵气。巴黎的剧院经常上演斯特林堡、雪莱的经典剧目和当代剧作家的新作品，卓别林的电影、先锋派的音乐会、瓦格纳的歌剧都是贝克特经常光顾的地方。巴黎的书店里到处都有关于哲学家海德格尔，语言学家维特根斯坦、索绪尔，心理学家荣格，诗人叶芝等人的作品，贝克特是书店的常客，他如饥似渴地阅读，与大师们进行心灵对话。战后画家纷纷描绘他们心中破碎的意象，梦境般的场景，大面积的留白，这些视觉表现技法开阔了贝克特的艺术思维。贝克特戏剧的布景、对白设计、动作描写具有明显的非线性效果，画面感极强，他也从没有停止过在戏剧技法方面的革新，这些都得益于这一时期在巴黎获得的艺术熏陶。

在巴黎，贝克特还拥有一群良师益友，其中包括其终生挚友诗人、评论家麦克格里维，小说家乔伊斯，出版家尤拉夫妇，等等。贝克特像个谦虚的学

---

① 罗伊丝·戈登著、唐盈等译：《塞缪尔·贝克特和他的世界》，敦煌文艺出版社2000年版，第51～52页。

童，不拘一格，向纷繁复杂的各种思潮敞开心怀，他研读笛卡尔哲学，钻研唯美主义、象征主义、超现实主义作品，虚心听取同辈或师长的观点，使自己的思想越发充实而厚重起来。但是贝克特没有被巴黎斑驳的思潮淹没，他不是简单地满足于阅读与汲取的快乐，而是在阅读中开始了对人生与世界的思考，这种独立思考的习惯将伴随他的一生。

战争是这一时期巴黎的常新话题。20 年代的艺术家们勇于揭露世界的虚假幻像，价值的失落，将叛逆的矛头指向宗教、理性，控诉战争对人类文明造成的摧残与毁灭。尽管战后的世界一片荒芜，人们对未来依然抱有希望，期待着重生。贝克特有自己独立的想法，他不相信历史能够提供拯救之路，也不激烈地反对社会现状，或者苛责特权阶级。无论做人还是写作，他都不愿意扮成创世者或者拯救者的形象，从不在意身上的光环。

巴黎全新的艺术形式与思维方式激励了年轻的贝克特，他开始尝试创作诗歌和小说。贝克特捕捉到时代的混乱与芜杂，他抛开传统的语言与逻辑，独辟蹊径，用标新立异的言语方式表现这个混乱的世界，并深入到人的内心，描绘自我的体验与人的潜意识。贝克特一生最爱悲喜剧，因为他认为这一体裁可以得心应手展现命运与自由的张力。1930 年，贝克特写了《普鲁斯特论》一书，篇幅不大，却是贝克特研读《追忆似水流年》的成果。《普鲁斯特论》旁征博引，文风奇特，书中的思想也预示了贝克特日后的创作走向，他的基本美学观点在书中都已体现出来。时至今日，贝克特这本才华横溢的小册子《普鲁斯特论》一直是研读普鲁斯特作品的必读书目。在书中，他探讨了形式与内容的关系，考察语言的有限性，潜意识的作用，时间与记忆等一系列跟艺术与生存有关的命题。贝克特指出，"艺术所选择的方向不是扩张而是收缩。艺术视孤独为神圣，这里不存在交流，因为不存在交流的载体。即使在某些罕见的场合，词语和姿式恰巧有效地表达了人的个性，而这些表达在穿过位于词语和姿式之前的个性的屏障中已丧失了它们的意义。"[①] 贝克特认为，艺术家应该主动抽身离开周围纷乱的世界，去直面人类生存的核心，只有沉浸在孤独中，艺术家才能发掘出震撼灵魂的力量，而不是满足于浮光掠影的现象世界。这些早期的艺术思考为贝克特后来的戏剧创作奠定了基调。

---

① 塞·贝克特等著、沈睿等译：《普鲁斯特论》，社会科学文献出版社 1999 年版，第 41~42 页。

二、贝克特与乔伊斯

20、30年代的巴黎像一扇敞开的大门，将贝克特引入思想与艺术的殿堂。在众多影响贝克特的思想家、艺术家、文学家中，詹姆斯·乔伊斯无疑是最重要的一位。作为爱尔兰文艺复兴运动的领军人物之一，小说家、诗人詹姆斯·乔伊斯引领了现代主义潮流，他的意识流手法为沉闷的战后文坛带来强劲的活力，开创了现代小说艺术新的表现形式，打破了传统小说线性发展模式，使小说叙事摆脱了传统的时空与因果关系，促进了现代小说的发展。贝克特与乔伊斯两人在性情、经历、文学观念等诸多方面有相似之处，他们在小说和戏剧两个领域各领风骚，其创作实践拓展了现当代文学的视野，两人的友谊也谱写了20世纪文坛的一个传奇。两位作家仿佛文学的双峰，他们的创作风格极大地影响了20世纪的文学进程，而两位文学巨匠在巴黎的相逢似乎是文学史上的一场宿命。

詹姆斯·乔伊斯（1882~1941）出生于爱尔兰首都都柏林，他20岁开始流亡，到59岁去世，其间只有几次短暂回过爱尔兰，其余大部分时间都远离故土，但他的思念从来没有远离爱尔兰。乔伊斯1902年初次来到巴黎，本打算学医，1903年因母亲病危返回爱尔兰。因为不满狭隘闭塞的爱尔兰生活，同时也为了摆脱民族和宗教的影响和压力，客观地进行文学创作，他自愿过了多年的海外流亡生活。1920年乔伊斯再次来到巴黎，在此度过了接下来的20年时光。二战爆发后，乔伊斯不得已再次离开巴黎，回到苏黎世，没过多久就去世了。

1928年，23岁的贝克特从爱尔兰来到巴黎，在第一个月就有幸结识了乔伊斯，并很快成为乔伊斯的得力助手。在巴黎逗留的两年时间里（1928~1930），他与乔伊斯经常在一起，要么在乔伊斯的家里，或者咖啡厅、饭馆，要么一起去参加社交活动。这是一段美好的时光，两人的关系亦师亦友。1928年至1930年，乔伊斯完成了《芬尼根的觉醒》，应乔伊斯的要求，贝克特专门撰写了一篇评论性文章，题目《但丁···布鲁诺·维柯··乔伊斯》由乔伊斯拟定，中间的点数代表时间。对此，贝克特解释道："从但丁到布鲁诺跨越了大约三个世纪，从布鲁诺到维柯大约是一个世纪，从维柯到乔伊斯大约两个世纪。"① 贝克特借助文章的标题和隔点，暗示出乔伊斯与前面三位意大利人一脉相承，是他们传统与思想的继承者。在文章中，贝克特将乔伊斯与但丁、布鲁诺和维柯相提并论，认为三位作家对乔伊斯的创作影响最大，乔伊斯的作品里有他们的影子。贝克特对但丁非常推崇，他的文章集中论述了但丁使方言理论化的方式，指出这种全新的语言打破了同时代的文学传统，所以才导致公众道德和审美方面的不满。贝克特评论家丹妮拉·凯斯利（Daniela Casel-li）指出，"文章中使用的修辞手法旨在说明，作为一个有代表性的经典作家，但丁的思想如何随着时间而发展，而他的艺术最初却被认为是一个过于大胆的实验。文章指出，乔伊斯的语言是一种人为的架构，它能似非而是地通过形式与内容的结合将语言'去复杂化'。……贝克特认为，对于一种陈腐不堪的语言传统进行反拨——如但丁之于拉丁语，乔伊斯之于英语——是这两位作家的一个共性，他们都摆脱了狭隘的民族或地域的偏见。"②初出茅庐的贝克特为乔伊斯小说形式的合法性进行辩护，可见贝克特在青年时代对乔伊斯的崇拜之情。当然，这篇文章也流露出贝克特自己的审美倾向，这是他日后从事文学创作最初的理论积淀。

1930 年对乔伊斯和贝克特来说是不幸的。乔伊斯患有精神病的女儿露西亚爱上了年轻的贝克特，而贝克特只对乔伊斯感兴趣，他的婉拒加重了露西亚的病情。乔伊斯很伤心，两个人亲密的关系暂时中止。1936 年，露西亚被社会福利机构永久收留，贝克特一直非常关心露西亚的情况，在乔伊斯去世后也如此。后来他与乔伊斯的关系也得到恢复。

1938 年 1 月 7 日晚，在跟朋友回家的路上，贝克特被路边一个流浪汉捅了一刀。刀口离心脏很近，他侥幸活了下来，但是一片肺叶受伤，贝克特被紧急送到医院救治。贝克特醒来时，发现床边坐着乔伊斯和他的私人医生。乔伊斯极为关注贝克特的病情，经常去看望他，两人的关系比以往更亲密了。

战争真正开始之后，乔伊斯决定把家人带到安全的地方，但是他没有办法带走女儿露西亚，无奈之下只好将她留在法国，于 1940 年 12 月 14 日举家抵达瑞士苏黎世。由于情绪低落，身体健康每况愈下，1941 年 1 月 13 日便与世

---

① Raymond Federman & John Fletcher, Samuel Beckett: His Works and His Critics, Berkeley: University of California Press, 1970, p. 4.

② Daniela Caselli, Beckett's Dantes: Intertextuality in the Fiction and Criticism, Manchester and New York: Manchester University Press, 2005, p. 11.

长辞了。1947 年，贝克特往返于都柏林和苏黎世，与爱尔兰政府和瑞士政府谈判，目的是想把自己深爱的乔伊斯的遗体运回爱尔兰，可惜未能如愿。1955年，乔伊斯的孙子结婚，一向不喜欢热闹的贝克特亲自担当了婚礼的伴郎。

贝克特与乔伊斯能够走到一起，有其必然因素。首先，两人有着相似的家庭背景和教育背景，且品行相投。他们都出生于都柏林的资产阶级家庭，在都柏林接受过高等教育。两人的外形也很相像：雕塑般的脸庞，仿佛能穿透灵魂的碧蓝的眼睛。这些先天的物质条件使他们一见如故，惺惺相惜，两人之间立刻产生了美好的情愫。二者脾气秉性十分相投。乔伊斯和贝克特都沉默寡言，善于沉思，谦虚自尊，珍视友谊，乐于助人，对新人热情提携，看重艺术家正直诚实的品质。

其次，二人的审美取向非常接近。两人对语言和音乐有着相似的痴迷，推崇但丁。他们都对英语不屑一顾，以此表示对英国殖民压迫的反抗；同时他们又拒绝使用爱尔兰的本族语凯尔特语，因为厌恶其古板僵死。在美学追求上，他们关注人类共同的精神需求，尝试通过写作建立价值体系与道德规范。"两人都赋予普通人英雄般的结局，两人都爱把寻常变为非凡，两人都把人类从传统的英雄主义背景移到了虽然不那么美好却新鲜而真实的环境之中。两人都表现了普通人超越自我的渺小而显现的崇高精神。"①

再者，同为爱尔兰人，贝克特与乔伊斯对祖国的矛盾感情也惊人的相似。乔伊斯自 1904 年离开爱尔兰之后，总共回去过三次。1912 年，他的作品被爱尔兰出版商焚毁，乔伊斯愤然离开爱尔兰，开始了自我放逐式的生活；1938年，他被当时的爱尔兰永久驱逐，成为真正意义上的流亡者。然而，无论身在何方，乔伊斯始终牵挂着爱尔兰，他款待来自爱尔兰的朋友，打听故乡的消息，关心爱尔兰事务，他远离故土，却那么炙热地爱着她，时刻期盼着祖国的召唤。在乔伊斯素朴的墓地上，只有一棵常绿树和一个百合编织的绿色花环——那是爱尔兰的象征。可以说，在心灵深处，他从没有离开祖国。同样，离开爱尔兰也是贝克特自我放逐、自我选择的结果。对贝克特来说，只有离开爱尔兰的殖民语境，才能发展出一种"知识分子的抗拒意识"②，才能摆脱文化

---

① 罗伊丝·戈登著、唐盈等译：《塞缪尔·贝克特和他的世界》，敦煌文艺出版社 2000 年版，第120 页。

② 爱德华·赛义德著、单德兴译：《知识分子论》，三联书店 2002 年版，第 21 页。

习惯与传统的宰制，免除心灵的麻木与被动。对他们而言，只有在物质上脱离祖国，穿越具体的经验之维，在思索与写作的间隙，才能发现其中蕴涵的民族精神，才能更深切地体验集体苦难，从更广阔的人类范围理解爱尔兰民族所蒙受的苦难，进而与全人类的苦难衔接上。

最后，当然也是最重要的一点，是贝克特与乔伊斯在思想上有着更深层次的认同。他们对人类的弱点有着深刻的共识，对人类生存有着强烈的宿命感，认识到人类命运的悲剧性与喜剧性之不可分割。正是基于对人类命运的共同认识，二者的友谊才更加持久而厚重。乔伊斯与贝克特都属于具有超强反省力的艺术家，他们比同时代大多数人的思想更加独立，更加具有前瞻性，因而他们能够超离日常生活情境，从更高层面去探寻人类生存的现状与客观世界的本质。乔伊斯的小说对现代主义有奠基之功，而贝克特在戏剧领域也独树一帜，创造出一种全新的戏剧表达样式。尽管所选取的文学表达方式不尽相同，但是他们都深刻描绘了 20 世纪人类的生存图景，犀利剖析了生存的痛苦，并以极大的同情心接近存在的本质与意义。

乔伊斯对贝克特在文学上的影响广泛而深远，这一点在贝克特早年创作中体现得尤其明显。早年的贝克特追随乔伊斯，创作风格上也刻意模仿乔伊斯，甚至赢得了"小乔伊斯"的美称。从时间上看，贝克特早期创作的《但丁··布鲁诺·维柯··乔伊斯》（1929）、《普鲁斯特》（1931）和诗歌《婊子镜》（1930）等均与乔伊斯有密切关系，即使在 1941 年乔伊斯去世以后，贝克特仍然很长时间无法摆脱乔伊斯的影响。这些作品充满奇形怪状的想象，常常带有某种奇特的预言色彩，主题深奥晦涩，内容驳杂，形式上极富实验性，充斥大量的双关语、爱尔兰习语和注释，从中很容易就能看出乔伊斯的影子，以至于许多研究者在考察贝克特早期创作时，都自觉不自觉地将贝克特与乔伊斯进行对比参照。虽然后来贝克特有意识地摆脱乔伊斯的影响，但是他对语言与风格实验仍然保持了一生的痴迷，足见乔伊斯对其文学影响之深远。

不过，乔伊斯对贝克特的影响更主要体现在思想和认知层面。与乔伊斯的密切接触使贝克特感受到艺术大师的思想魅力，那就是反叛传统与锐意创新的精神。凭借艺术上的勇于求新，乔伊斯在小说创作领域独树一帜，取得了惊世骇俗的成就；同样得益于创新理念，贝克特在戏剧创作领域也自成一家，为现代戏剧奉献了令人叹为观止的浓墨重彩。生命的本质在于它时刻面临着各种可能性，而艺术创造是追求生存美的最高境界，在这一过程中，创新精神是实现审美超越的基本保障。乔伊斯一生经历了曲折的创造过程，并不断寻找更高远的审美生存目标，这才是贝克特从他身上继承的最宝贵的精神衣钵。事实上，也正是乔伊斯这种创新精神，使贝克特走上了与其不尽相同的文学道路，最终成就了文学史上的双峰。

伊格尔顿这样评价贝克特与乔伊斯之间的复杂关系："两者共有的普世情怀促使他们摆脱狭隘的、封闭内视的思想"，但是他们所走的文学道路绝不是简单的叠加，"如果贝克特的目标是没有风格，乔伊斯则致力于模仿各种风格。如果贝克特想要清除词语的意义，乔伊斯则梦想堆积词语的意义，以至于英语在他手中被挤压变形。苦行者的贝克特选择非意义的否定之路，而他的同胞则追求复调式的狂欢。"①赫尔（Dirk Van Hulle）则说："渐渐地，贝克特终于能够对乔伊斯的诗学敬而远之。意识到语言的隐喻本质，频繁的交际失败，以及不可能超脱语言而知晓一切后，贝克特开始运用词语来精确表达这种不可能性。结果，他语言的贫瘠与乔伊斯的丰富形成鲜明反差。但是，这些对立实则是一枚硬币的两面：假定任何文本可能只是掩盖了其实无可揭露的事实；除了现象的否定以外再无其他现象存在，这是其难以想象的缺场。"②

三、顿悟

和许多伟大的作家一样，贝克特早期的写作并不顺利。战前，他的长篇论文《普鲁斯特》和短篇小说集《多刺少踢》出版后，销售情况并不好。他还在一家私人出版社出版了一本诗集，但也没有什么反响。贝克特早在1936年就完成了小说《莫菲》的创作，可是辗转40多家出版社也没有结果。搁置两年后，《莫菲》才面世，但销量依然不容乐观。这一时期的作品虽然妙趣横生，表现出作者的文学技巧，但是仍然可以看出作者的创作走向不甚明朗，大量百科全书风格的语言显示出作者还没有摆脱乔伊斯的影响。但是，面对一次又一次打击，贝克特没有放弃写作事业，反而越发坚定了以写作为终生目标的决心。

随着贝克特创作上独立意识的增强，寻找并建立自己独特的风格已经变得

---

① Pascale Casanova, Samuel Beckett: Anatomy of a Literary Revolution, trans. Gregory Elliott, London & New York: Verso, 2006, p. 8.

② Colleen Jaurretche, Beckett, Joyce and the Art of the Negative, New York: Rodopi B. V., 2005, pp. 49 ~ 61.

越来越迫切。1932 年，贝克特就有了用法语创作的想法，他在小说《梦》里写道："也许只有法语能做到这一点。也许只有法语才能给你想要的东西。……我不知道如何用英语写一篇讽刺文章，我总是做过头。我却可以用法语写很好的讽刺文章，用英语就不行。"① 早在三一学院求学时，贝克特就主修过法文和意大利文，此后还自学过德语，二战期间他担任过抵抗组织的法语翻译。精通多种语言使贝克特能够更客观地看待母语英语，对之也更加挑剔。1937 年，贝克特向友人表达过对英语写作的困惑："我现在越来越难用正式的英语进行写作了，我写出的英语甚至不知所云了。"② 事实证明，逃离英语的束缚，通过另一种语言进行创作以寻找突破，在这一点上，贝克特取得了意想不到的成功。可以说，贝克特早期的创作实践在风格上还处于探索期，但是他基本的写作理念和主题已经明了，这些在其后的创作中都有所体现，而转向法语创作最终促使他的写作生涯走向成熟，走向巅峰。值得一提的是，虽然贝克特开始用法语创作，但是他并没有停止英语写作。实际上，他几乎将自己全部法语作品都亲自翻译成英语，反之亦然。他的翻译实践为翻译研究也提供了一个重要素材。迄今为止，能够同时使用两种语言进行创作，并且亲自翻译，创作体裁跨越小说、戏剧、评论等几方面，可能只有贝克特一人。

贝克特转向法语创作也可以说是一种策略性的文学尝试。贝克特十分欣赏法语的简洁、优雅和人性化，这与他的语言天赋和早年受到的语言熏陶密不可分。大学时代，贝克特的法语和意大利语成绩优秀，因此有机会在 1926 年首次赴法，开启了他对这个国家和法语的终身热忱。1937 年，贝克特决定定居法国，此后，他对法国的热爱并没有因为战争而改变，战争反倒坚定了他对法国的感情。战后的大约十年中，贝克特第一文本的创作都有意识地用法语进行，法语创作使贝克特终于祛除其早期作品中的浮华，实现了以简洁的语言表达具有普适性主题的审美追求。客居他乡，放弃母语，这是贝克特自我选择的结果，这一点在他的作品中也有所体现，主要涉及人类生存境遇中的异化感、衰败和无助的情绪，而语言则是寄寓人类处境的重要载体之一。但是，尽管很多作品有意模糊了时空背景，贝克特从精神上到创作上都没有真正脱离爱尔兰。也许这是他表达爱尔兰情怀的特殊方式吧，去国离乡让他获得远距离审视

---

① Linda Ben – Zvi, Samuel Beckett , Boston：Twayne Publishers, 1986, p. 17.
② 詹姆斯·诺尔森著、王绍祥译：《贝克特肖像》，上海人民出版社 2006 年版，第 39 页。

祖国的机会，非母语创作则让他能够始终保持清醒、客观，在一个人世界观形成的过程中，这是一个必要的"陌生化"阶段。同时，法国清新的艺术氛围也是吸引贝克特的一个重要原因，这一点我们前面已经论及，不再赘言。

关于贝克特转向法语创作，评论界历来说法不一。评论家如比·科恩在《回归贝克特》一书中，列举了贝克特在不同场合给出的七个不同答案，但答案最终都指向科恩所说的"将语言剥离到最本质状态的一种方式"①。1929年，贝克特就表示过对英语的复杂感觉："没有哪种语言像英语这样复杂。它简直抽象至极。"② 在他看来，用英语写作太随意，而法语更加清晰明快，可以使写作更简约，并迫使他去思考更根本性的问题。维柯曾说："任何人如果想成为出色的诗人，都必须全部忘掉自己的母语，回归到词语原始的赤贫状态。"③ 贝克特也认为，使用外语写作可以最大限度地摆脱文体的制约，不必因为使用母语时过度讲究修饰而分散注意力，有利于作家集中精力寻找存在的基本意义，从而能够深入发掘作品的形式、节奏、音乐性等更本质的东西。由此可见，贝克特很早就对母语写作提出了质疑。

如果说早期的法语创作为贝克特的写作成功奠定了物质基础，那么或后的一次"顿悟"则为他今后的创作提供了精神指引。1945 年战争结束后，年届四十的贝克特曾跟随红十字会回到祖国爱尔兰。尽管已经坚持创作了十五年，可是这些作品的文学价值并不高，这一认识使贝克特很长时间处于抑郁、焦虑之中，他情绪低落，意志消沉，痛苦地体验到文学追求的危机感与紧迫感。面对写作困境，贝克特没有放弃，他逐渐意识到，自己以往的写作过于个性化，过于依赖个人经历，而这种自传式写作并不能削弱或抑制生活带来的恐惧与痛苦。1947 年 3 月一个冰凉刺骨的夜晚，贝克特喝了很多酒，独自一人来到都柏林港的一个防波堤尽头。寒风与酒精的刺激使他的思维异常活跃，这时，一个足以改变贝克特文学命运的景象出现了。他在《克拉普的最后一盘录音带》中详细描述了这一具有转折意义的一刻：

整整一年智力上深陷的昏暗和贫困，直到三月的那个令人难忘的

---

① Ruby Cohn, Back to Beckett, Princeton：Princeton University Press, 1973, pp. 57～60.

② John Pilling, Samuel Beckett, London, Henley & Boston：Routledge and Kegan Paul, 1976, p. 9.

③ Sighle Kennedy, Murphy's Bed, Cranbury：Associated University Press, 1971, p. 14.

夜晚，在码头的尽头，在咆哮的风中，我突然看见了一切，那是永远也不能被忘记的。终于到了转折点。我想象这是我首先拥有的，以记下这个相对于白天的夜晚当我的工作将要完成，而且，或许在我的记忆中没有留下任何空间，对那个奇迹没有任何感激——对于它所点燃的火光。我那时看见的正是我一生都在臆想的，具体说……我终于明白了，我这一阵一直在抗争的黑暗，实际上是直到我故事的尽日以及带着理喻的光芒的黑夜，我都根本无法毁掉的联系……①

贝克特非常看重这次具有天启色彩的经历，认为这是他写作生涯中一个至关重要的时刻。贝克特一直担心自己会永远生活在乔伊斯的阴影中而无以自拔，这对于想要有所建树的作家来说，是十分危险的。这次顿悟使贝克特忽然意识到自己的愚蠢，认识到他真正关心的东西是人类的"无知"和"无能"，而非乔伊斯式的全知全能。一方面，贝克特对乔伊斯给与他的教诲心存感激，另一方面，他又急于摆脱大师的笼罩，建构自己的风格。这次顿悟使贝克特从心理上彻底走出乔伊斯的阴影，从此走上一条属于自己的文学创作道路。他曾对诺尔森说："我意识到，乔伊斯的所作所为表现了一个人在追求知识的过程中可能达到的极限，他懂得如何控制自己的素材。他在不断地增加素材。你只要看看他自己提供的证据，就会明白这一点。我觉得我自己的写作方式则会使素材越来越贫乏，知识越来越少，不断在施予，所以我的素材非但没有增加，反而减少了。"② 贝克特意识到，自己应该摹写人类的内心需求与渴望，依靠想象力来创造一个不同于传统的文学境界。所以他逐渐放弃了乔伊斯的创作原则，将写作重心转移到内心世界，专注于描写失败、贫穷、流放、枯竭、退化、失落等情感与体验，风格也渐趋简约，摸索出一个属于自己的文学天地。

需要指出的是，尽管作家本人十分看重这次顿悟给他带来的启示和影响，但是这次所谓的"顿悟"经历并不是一蹴而就，而是一个漫长的积累过程，是作家主观努力水到渠成的结果。实际上，贝克特后期创作的主题都能在他早期作品中找到影子，换言之，贝克特成熟期的写作风格其实早已深深植根于他的早期创作中，甚至可以追溯到《普鲁斯特论》。

① 焦洱、于晓丹，《贝克特——荒诞文学大师》，长春出版社 1995 年版，第 91~92 页。
② 詹姆斯·诺尔森著、王绍祥译：《贝克特肖像》，上海人民出版社 2006 年版，第 39 页。

四、《等待戈多》的成功

顿悟之后，贝克特的创作终于有所突破。他转向更本质的、不加修饰的简约风格，用法语表达难以言说的事物也成为他美学追求的核心。贝克特先后用法语完成了小说三部曲《莫洛依》、《马龙之死》和《无名的人》，后来他又亲自将它们译成英语。现在，这三部曲因为描摹出了人类生存道路上艰难、可笑而又迂回曲折的处境，已经被公认为 20 世纪最伟大的作品之一，但是作品刚问世时，并没有被看好。

贝克特再次尝试突破，转向戏剧创作。关于这次创作转向，贝克特曾谦逊地说过："我开始写《等待戈多》是一种放松，以摆脱我当时正在创作的那个蹩脚散文。"[1] 这个散文其实就是三部曲中的第二部《马龙之死》，由于种种限制，当时贝克特的小说创作并不顺利，转向戏剧对他也许真是一种放松和暂时解脱。事实上，贝克特认识到戏剧具有小说无法超越的优势，即舞台上的视觉呈现所传达的力量，这是小说无法企及的。为了摆脱创作困境，同时又不改变自己追求的艺术风格，贝克特转向戏剧创作寻求突破，而这次转变终于将贝克特的写作生涯带进柳暗花明的境地。贝克特这次创作转向并非是孤立事件，实际上，他早期的小说作品已经有一些戏剧元素，比如大量使用戏剧式独白，换言之，他的小说与戏剧之间的分野并不是完全清晰的。另外，与战前不同，战后的世界舞台都在寻找某种突破与融合，戏剧家直面惨淡生活的使命感比以往任何时候都要强烈，而观众也在期待更具穿透力的作品出现。在这种背景下，贝克特的创作转型也就不难理解了。

1948 年末至 1949 年初，贝克特用法语完成了著名的《等待戈多》。1953 年，《等待戈多》在巴黎并不起眼的巴比隆剧院首演，立刻引起轰动，取得了极具争议性的成功。剧中的迪迪和戈戈像两个小丑，除了百无聊赖的等待，几乎什么也没有做，而被等的戈多还不知道会不会来。观众与评论家们或嘲笑，或不置可否，或者干脆转身离去。但是，很快人们就意识到这是一个除尽浮华、直指人性本质的戏剧，它用抽象的手段表达了期待、伙伴关系、谩骂、希望等人性主题。在此后的戏剧创作中，贝克特将抽象主义更是发挥到极致。1955 年，《等待戈多》英文版在伦敦上演，起初效果并不好，反应也多是负面

---

[1]　Ruby Cohn, From Desire to Godot, London: Calder Publications; New York: Riverrun Press, 1998, p. 138.

的，后来评论家哈罗德·霍布森（Harold Hobson）和肯尼斯·泰南（Kenneth Tynan）分别发表了积极的评论，舆论才开始接受贝克特。1956 年，《等待戈多》登陆纽约百老汇，演出大获成功。从此以后，该剧一发不可收拾，在世界各地同时上演。1961 年，《等待戈多》获得国际出版大奖。如今，该剧已经成为西方经典保留剧目，常演不衰。

1953 年 11 月 29 日，德国一个监狱排演了《等待戈多》，囚犯的反响超乎想像，演出获得极大成功。"你的戈多就是我们的戈多，"一位囚犯在看完演出后给贝克特写信说。他还说，监狱里的每个人都从剧中人物身上看到自己的影子，大家都在等待某种能够赋予生命以意义的东西。①《等待戈多》在这个监狱连续上演了 15 场。1957 年 11 月 19 日，美国旧金山实验剧团的演员们和导演一筹莫展，他们要为圣昆廷监狱的一千四百名囚犯演出《等待戈多》，选中该剧主要是因为戏里没有女人。事实证明，他们的担心完全不必要。囚犯观众几乎在演出一开始就领悟了《等待戈多》的意义，他们全神贯注地看完全部演出。在他们心中，《等待戈多》描写的正是他们的生存状态。

五十年来，《等待戈多》一直被认为是世界剧坛最神秘莫测的剧本，它仿佛是一个潘多拉的盒子，吸引着人们用各种感性的、理性的、荒诞的、哲理的方式诠释它，解构它，无怪乎它被许多西方评论家看作是法国近百年来的第一剧作。《等待戈多》的成功为贝克特开启了戏剧创作的大门。此后，贝克特相继创作出《终局》（1957）、《克拉普的最后一盘录音带》（1958）、《快乐时光》（1960）和《戏剧》（1963）。《等待戈多》给贝克特带来的最直接的益处是经济上的保障，他平生第一次体会到富足。多年的艰苦生活与贫困让贝克特愈加珍惜安定的生活状态，因为处于创作旺盛期的贝克特需要排除各种不必要的干扰潜心写作。蜂拥而来的媒体记者使贝克特不堪其扰，生性沉默寡言的他排斥、躲避媒体。声名鹊起之后的贝克特在巴黎依然过着深居简出的生活。

进入 20 世纪七八十年代，贝克特转向广播剧和电视剧创作，风格更加趋向简约，几乎达到表达的极限。晚年的贝克特思维敏捷，他继续翻译自己后期的作品。他渐渐认识到写作对他已经是一种痛苦，但他又无可奈何。苏珊娜 1989 年 7 月去世，同年 12 月 22 日，贝克特在巴黎辞世，两人合葬在巴黎蒙巴

---

① James Knowlson, Damned to Fame: The Life of Samuel Beckett, New York: Simon Schuster, 1996, p. 369.

那斯公墓。

贝克特热爱自己的祖国和生活在那里的普通人，他的作品充满了爱尔兰意象。但是，他觉得作为一个写作者，自己不适合爱尔兰。评论家莫里斯·辛克莱（Morris Sinclair）写道："生活在爱尔兰对贝克特是一种束缚。他遭遇到爱尔兰的审查制度。他不能像叶芝那样，在爱尔兰的文学世界或者自由国家政治中游刃有余。……而在大城市，在更广阔的视野中，他可以摆脱都柏林的压抑、嫉妒、错综复杂和闲言碎语，获得一种默默无闻带来的自由与刺激。"① 巴黎便是能给他带来"更广阔的视野"的城市。在这里，他感到从没有过的自在，虽然他曾与这座城市一起历经战争的危险与艰难，虽然他也曾抱怨这座城市给他带来的名声之累。

如今，在贝克特生前居住过的巴黎 14 区附近的蒙帕纳斯咖啡馆里，贝克特的身影依稀可见。贝克特的照片赫然挂在墙上，他深邃的蓝眼睛，紧锁的眉头，坚强的下巴，满是皱纹的面孔，如浮雕一般，洞悉这个纷乱的世界。贝克特热爱巴黎这座迷人的城市，巴黎的艺术气息曾经带给他无穷的灵感和美好记忆。然而，他又始终是巴黎的客人，一个熟悉的陌生人。

1890 年至 1930 年期间是爱尔兰文学的确立期，而都柏林、伦敦、巴黎三个城市为爱尔兰文学的发展提供了不同的契机，为爱尔兰作家拓宽了美学视野，创造了更多机会，也提高了爱尔兰文学的世界影响。得益于前辈文学家的文学历程与美学积累，贝克特终于在国家与国际、文学与政治之间找到了最适合的位置。卡萨诺瓦写道："观察贝克特的足迹，我们不禁注意到三个'首都'城市对他的重要影响——都柏林、伦敦、巴黎——他游走其间，自觉追随 20 世纪 30 年代以来每一位爱尔兰作家的足迹。从美学意义上而不是地理意义上而言，爱尔兰文学就建立在这个三角形之上，由贝克特的上一代作家发明、创立、完成。在都柏林，叶芝奠定了爱尔兰原初的民族文学地位；在伦敦，身为爱尔兰人的萧伯纳占据了经典地位，使英国人有了紧迫感；乔伊斯则协调各种对立因素，既摈弃了民族诗学的要求，也拒绝向英国文学标准臣服，成功地将巴黎建造为爱尔兰人的大本营。"② 贝克特没有像叶芝那样公开致力

---

① James Knowlson, Damned to Fame: The Life of Samuel Beckett, New York: Simon Schuster, 1996, p. 253.

② Pascale Casanova, Samuel Beckett: Anatomy of a Literary Revolution, trans. Gregory Elliott, London & New York: Verso, 2006, p. 32.

于表达民族精神，也没有像萧伯纳那样与英国的文学传统周旋，他追随乔伊斯来到欧洲的文化之都，与之一道为爱尔兰文学赢得世界声望。在帮助爱尔兰文学获得令世人瞩目的辉煌成就的同时，贝克特也因其超越民族性的努力赢得了世界的尊重和认可。

第四节 冷峻的思考者

一、创新意识

贝克特的一生是创造与追求自我超越的一生，他的艺术成就是其长期知识积累的必然结果，也是其自身生活历程的经验结晶，同时又是他在批判传统艺术的基础上，根据时代境况创造出的新型审美典范。这里既有他对人类命运与生俱来的关怀，也有他自身追求精神自由，寻找审美出路的真诚体验。

60 年代以后，贝克特完成了人生中又一次转型，从戏剧家转型为剧场艺术家，这一转型对现代主义戏剧表演具有开创性意义。贝克特直接参与剧场工作，剧场之于他不仅是一个中介，而是使其作品进一步完善的过程。贝克特通过剧场实现了戏剧的再创造，从这个意义上讲，剧场成为其艺术追求的一个手段。最初，贝克特只充当自己戏剧的排演顾问，到最后他全面接管舞台导演工作，这之间经过了大约 15 年，贝克特的耐心与执着再一次回馈于他的艺术。漫长的剧场实习给贝克特提供了一个独特的自我修正与自我协调的机会，贝克特通过剧场实践改写和重塑了自我，同时也为现代剧场艺术提供了新的发展空间。

从某种意义上讲，1948 年创作《等待戈多》的剧作家贝克特与 1978 年在柏林席勒剧院执导该剧的贝克特已经不是同一个人。早在 1931 年的论文《普鲁斯特论》中，贝克特便显现出他的辩证精神，他写道："我们不仅因为昨天而感到更加厌倦，我们是他者，不再是昨天灾难之前的我们。"[①] 如果说 1948 创作《等待戈多》的贝克特是自我，那么 1978 年指导该剧演出的贝克特便是一个"他者"，或者反之亦然。创作的自我与导演的他者，还是导演的自我与创作的他者？这种身份的双重性在贝克特艺术生涯中交叠出现，与现代戏剧的

---

① Samuel Beckett, Proust, New York: Grove Press, 1957, p. 3.

发展脉络也相映成趣。贝克特正是利用戏剧舞台演绎了自己的双重属性，不断提升自己的创作视野，继续发掘文本的艺术潜力，通过修改文本的形式使其获得全新的审美样态。

从 1967 年到 1985 年，在梳理戏剧文本并将其搬演到舞台的过程中，贝克特再次超越了自己，成为一个剧场理论家。贝克特以导演的他者身份成为自己剧作的最佳诠释者。尽管最初介入舞台实践活动时，贝克特心存疑虑、犹豫不决，但是他以艺术家的敏感很快意识到，剧场工作使他能够超越作者和文本的局限，开辟一个全新的创作领域。剧场是他的试验场，可以发现新的自我。《克拉普的最后一盘录音带》是一个分水岭，它使贝克特认识到，戏剧文本的创作无法与表演割裂开来，戏剧表演将作家内心隐而未发的成分呈现出来。这一发现具有重要意义，它改变了贝克特的戏剧创作模式，迫使他重新思考，甚至改写自己的早期作品。60 年代初期开始，剧场成为贝克特创作活动不可分割的一部分，他不断将舞台上的新发现与即将完成或者已经出版的剧作加以融合、完善，为剧作增添了新的思考与洞见。

贝克特 60 年代以后的戏剧创作是与戏剧表演相伴相生、互为促进的。1961 年《快乐时光》出版后，贝克特曾给格拉芙出版社写信说：“我宁愿这个剧本在演出之后面世，也宁愿看过伦敦的排练后再让它成书。没有经过剧场的排演，我不是很确定。”① 在读完《戏剧》的第一稿后，贝克特有些惶恐，他对英国出版商提出推迟出版的请求，因为他坚持先排演剧本，然后可能会做些重大调整。

自《克拉普的最后一盘录音带》开始，贝克特一直坚持这种创作原则，有时候，出版事宜甚至会干扰整个戏剧创作过程。但是，贝克特很快又发现，排演后再出版的做法并不能保障剧本达到他所要求的准确与完满，部分原因是搬演对文本创作与作家思想的修正依然是一个开放、持续的过程。再加上出版方的压力，贝克特在剧本、演出与出版商三方面协调的结果，便是他一边执导演出，一边修改剧本，并把完善中的文本交付出版商，于是就有同一个剧本的不同版本面世，这一现象是贝克特戏剧创作过程的产物，也为今天研究贝克特提供了一个独特的视角。

---

① Anna McMullan & S. E. Wilmer, Reflections on Beckett, Ann Arbor: University of Michigan Press, 2009, pp. 156～157.

从 1967 年到 1986 年 19 年的时间里，贝克特用英语、法语和德语指导排演了二十多部剧作，而修改一直伴随每一次创作。对贝克特而言，戏剧创作并非因为出版而终止，也不会到第一次演出为止，戏剧创作是一个连续不断的修改完善的动态过程，写作、翻译与导演均是其中一个必不可少的环节。直接参与剧场导演工作的体验拓展了贝克特的创作空间，使他能够以更开阔的思想重新介入他自己创造的经典，他的思想不再停留在剧本个体，转而去思考舞台表演与出版物之间的关系，以及剧场经验本身的性质、内涵和有效性等问题。贝克特创作的复杂性与丰富性也为研究者带来了挑战，有些评论家提出，贝克特的舞台经验对贝克特研究无关紧要，不如忽略不计。这一做法难免有失偏颇。贝克特后来的创作实践表明，他的艺术观念在不断生成演化，他的戏剧美学思想对现代主义戏剧及表演理论做出了应有的贡献。

真正的艺术家不能容忍思想的停滞不前。晚年的贝克特感到创造力日渐枯竭，焦虑之中，他开始着手翻译自己的作品，同时积极参与到自己剧作的舞台指导工作中。贝克特兢兢业业投入到舞台表演工作中，几乎将自己的每一部舞台剧都至少亲自导演一遍，这种高强度的工作状态持续到 80 岁高龄。他很少谈及自己的作品，但是从他对作品的投入与严谨不难看出剧作家的执着精神。诺尔森曾说："认识无知实际上是他战前态度的核心……他从来没有压抑对学习的孜孜以求的态度。"① 在贝克特看来，老年意味着光明和精神，他的一生就是追求精神自由的过程。一旦失去了创作的自由状态，贝克特便觉得无法容忍。贝克特晚年对自己的人生做了如下评价："年少无知，人老又不中用，而其间的这段时间又全花在了对知识的不断追求上，但这是毫无意义的，因为这就是一条抛物线。但是，我从孩提时代起就一直希望，有朝一日等我老的时候，我可以从纷繁复杂的存在中找到事物的本质。"② 追求新知，尝试新事物，永不放弃，这是贝克特一生信守的准则。自年轻时决心走创作之路起，从诗歌、小说到戏剧，再到翻译与舞台导演，贝克特从没有停下追求的脚步。他以艺术为中介，反思自身及生活经历，在素朴的生活现实与历史的折叠中，不断向美的理想境界、精神的自由王国延伸。

从小说家到剧作家，从剧作家到舞台导演，贝克特追求艺术的历程没有止

---

① 詹姆斯·诺尔森著、王绍祥译，《贝克特肖像》，上海人民出版社 2006 年版，第 42 页。
② 詹姆斯·诺尔森著、王绍祥译，《贝克特肖像》，上海人民出版社 2006 年版，第 16 页。

步。这种信念对贝克特意味着，无论在文学上还是实践角度，都不存在所谓"最终的文本"，作品要经过反复搬演与修改而被不断重构，尽管这一进程并不总是一帆风顺。《等待戈多》大获成功后，世界各地的邀约不断，贝克特不堪其累。以贝克特的性格，他需要克服很大的困难，才能走到舞台上延伸其艺术创作，所以他多次中断舞台工作，而后又重新拾起，戏剧的张力与魅力召唤着他，使他欲罢不能。

经过贝克特亲自修定的戏剧文本，代表着他在戏剧领域的最新思考与沉淀，也是他与自我合作，进行自我反思的绝好途径。他的戏剧创作与导演活动持续到 80 岁高龄，充分证明了剧作家的坚定信念：在 20 世纪中后期日渐衰微的人文语境下，戏剧依然有其旺盛的生命力，充满创造的张力。

二、政治诉求

贝克特的全部戏剧作品实际上是在以艺术的形式对抗艺术本身，他不断变换创作模式，以摆脱艺术上的扁平化、单一化，终生践行一个人文主义艺术家的使命。早期贝克特批评多集中在贝克特非政治的一面，如文学理论家卢卡契（Georg Lukacs）指责贝克特的艺术走极端，以至于否定了一个公正、人性化的社会存在之可能性，从而也无法履行艺术为社会正义所应尽的义务；评论家沃纳·赫克特（Werner Hecht）也认为，人们想要改变这个世界，使之更适合人类居住，而贝克特的戏剧显得很无聊①。这种批评的声音实际上是贝克特戏剧与政治的一个反证：正是由于贝克特及其艺术创作有意识地拒绝历史，才使之更加具有历史的客观性，因而无法摆脱与历史的纠葛。

贝克特一生都持有爱尔兰护照，为了保持在法国居住的合法性，他必须不断续签法国签证，否则他的签证就会被取消。由于外国人的身份，贝克特的个人发展空间也受到限制，他不能参加政治游行，也不能签署宣言等，所以贝克特的政治活动只能以个人名义进行。一向行事谨慎的贝克特也很少宣扬自己的政治主张或行为，比如，他绝口不提自己在二战参加抵抗组织的事情，这导致一些人对他的误解。

贝克特反对任何形式的极权主义。由于朋友的关系，贝克特一直非常关心波兰。20 世纪 80 年代初波兰发生了一系列政治运动，一批政治活动家被捕或

①　H. Porter Abbott, Beckett Writing Beckett, Ithaca & London：Cornell University Press，1996，p. 127.

遭到镇压。贝克特十分关注事态的发展，听说了几位朋友在波兰的恐怖遭遇后，他在精神上和物质上提供全力支持。他写信给波兰的出版社，让其把自己的版税直接通过朋友转交给被捕人员的家属手中。他还出钱请人把一些粮食寄到波兰朋友家中，甚至亲自与英国和美国的领事馆沟通，帮助受到迫害的进步人士。1982 年，贝克特专门为捷克作家瓦茨拉夫·哈维尔创作了剧本《大灾难》，表示对当时遭到政治迫害的哈维尔的支持。贝克特以自己的行动表达他对任何形式的极权主义的蔑视。

贝克特也坚决反对种族主义。他英勇投入到二战中，参加反法西斯活动，其中一个原因就是要帮助那些受到纳粹迫害的犹太人。20 世纪 70 年代的南非还实行种族隔离政策，贝克特宣布，他的作品不会在南非上演，以示自己对种族隔离行为的痛恨。贝克特还大力支持人道主义行动，经常捐款救济儿童。他反对死刑，关心监狱里囚犯的生活。这些政治观点和道德准则贯穿贝克特的一生，他不但将强烈的人文主义精神落实到行动上，还在他的戏剧作品中留下深刻的人文主义烙印。肯尼斯·布雷彻曾经这样描述贝克特："我盯着他的脸，想起这个人曾经是詹姆斯·乔伊斯的文书，当时他的爱尔兰同乡因为眼疾已经无法誊写自己的作品。也是这个人，在德国占领期间，参加了抵抗运动。他曾经被迫藏身于树下，而上面就是集结的敌军，另一次他则与友人年迈的父亲一起藏匿在一个房子的地板下面。我总能感觉到他的戏剧表现出同样的勇气：即使在最灰暗、最荒谬的人类处境中，他的人物也在不停地追问，不停地寻找幽默，拥抱生活。"[1]

西奥多·阿多诺在贝克特的戏剧作品中发现了一种充满悖论的艺术特质，即在意义与再现之外，人们对贝克特的作品"只能理解其何以无法理解"，而不仅仅是一种"抽象的、主观主义的本体论"[2]。在研读了大量《等待戈多》的评论后，阿多诺认为，人类唯一的出路是去谴责支撑这个新世界的理念——"自由与诚实交换"的谎言[3]。贝克特却认为，作家不但要承担这个任务，还要全身心地去追求它，所以他勇敢地抛弃了存在主义与现实主义关于语言与意

---

① Kenneth Brecher, "Samuel Beckett: Private in Public", New York Times, June 12, 1988.

② Theodor Adorno, "Towards an Understanding of Endgame", Twentieth – Century Interpretations of Endgame, edited by B. G. Chevigny, trans. Samuel M. Weber, New Jersey: Prentice Hall, 1969, pp. 84 ~ 87.

③ Theodor Adorno, Minima Moralia: Reflections from Damaged Life, trans. E. F. N. Jephcott, London: New Left Books, 1974, p. 44.

义的清规戒律，塑造了一个个梦幻似的人物。他的艺术介于虚实之间，既是某种主观的象征，又似乎茫然不知所指。

如果意义本身已经受到质疑，对历史的介入也就成了问题。贝克特的戏剧艺术通过否定乌托邦而实现了乌托邦。早期贝克特研究忽略了贝克特戏剧艺术的政治性，有失偏颇，实际上，贝克特戏剧作品的政治因素随处可见。作为一个热爱人类正义事业的人文主义者，贝克特的作品不可能与其人生信念产生过多的偏离，他剧中人物很多都是对社会、政治、道德关系的折射。例如，《大灾难》和《什么哪里》是对法西斯统治的形象揭露，《戏剧》等作品则是基于法西斯审讯的原型创作出来的。在《等待戈多》和《终局》两部戏里，波卓与哈姆分明是乡绅恶霸、大资本家等有产者的形象，而幸运儿和克劳夫则是受剥削阶级的代表。《快乐时光》中的温妮是典型的布尔乔亚情调的牺牲品，而《克拉普的最后一盘录音带》中的克拉普则是技术进步的殉道者。

背离了传统叙事模型后，贝克特转向所有文学样式中最具政治色彩的反乌托邦主义风格。反乌托邦主义是一种文学体裁，也是广义的乌托邦主义的一个维度，以描绘理想社会的反面为指归，这类作品中充斥着各种社会弊病，如阶级矛盾、战争、犯罪、疾病、贫乏等等。贝克特曾经大量阅读狄更斯、金斯利①、威尔斯②的作品，熟悉物质文明泛滥而凌驾于精神文明之上时，人类被异化的精神痛苦，人类将自己关进亲手制造的物质幻想中而难以自拔，只能在阴暗冰冷的物质牢笼中逐渐僵化、萎缩，直至消亡。贝克特借助于反乌托邦体裁突破传统的制约，开创了一种走向负面的艺术走向——他始终反对艺术创作上的僵化主义，反对成为某一个批判标准的牺牲品。在这一自觉的美学追求中，贝克特将自己的作品与历史巧妙连接起来。《等待戈多》中的两幕剧本设计雷同，看似没有故事发生，但是故事的缺席恰恰传递了一个政治信息：貌似合理的历史秩序遮蔽了更深层次的社会不公，以及剧作家对非人性专制体制的愤懑。贝克特剧本中的世界盲目漆黑，充满世纪末的灾难气息，这种历只图景

---

① 查尔斯·金斯利（Kingsley Charles），1819~1875年，英国小说家、诗人，著有长篇小说《酵母》、《阿尔顿·洛克》，童话《水孩子》等。他的思想近似空想社会主义，作品多写为社会改革服务的揭露小说，对英国社会的发展产生了很大的影响。

② 赫伯特·乔治·威尔斯（Herbert George Wells），1866—1946年，英国著名小说家，社会学家和历史学家。创作的科幻小说对该领域影响深远，如"时间旅行"、"外星人"、"反乌托邦"等都是20世纪科幻小说中的主流话题。

对贝克特而言，是无法进入任何传统叙事范式的。

斯蒂芬·康纳（Steven Connor）认为贝克特是一位政治作家，他指出："贝克特的政治关乎个体和集体间的关系。因为，如果贝克特的作品中没有一个完整的自我，或者人主体，以及传统的伦理、政治准则，那就不会有其作品的存在。……实际上，正是通过对自我的强烈渴望，贝克特的作品才确认了集体的不可剥夺的必要性，这是自我对他者无止境的、灾难性的责任。"[1] 贝克特构建了两个世界来对抗传统的叙述样式——一个现实的世界和一个戏剧乌托邦的世界。在《终局》里，由于某种毁灭的力量，理想世界走到了末日；可是在剧中人物的记忆里，残存着我们现实的世界。这样，贝克特将现实与艺术联系起来，文学叙事与历史事件联系起来。于是，在贝克特的戏剧中，一切都有了双重指向：故事既是编年史，又不是编年史；人物既是剧中人物，但又不尽然；叙述好像是在回忆过去，又像是在预言即将发生的事实。这种双向反射现象是一种主观意识的观照，标举着贝克特写作过程中的政治尺度。

应该说，贝克特不是为政治而政治的作家，但是从始至终，他的人生与文学生涯便是一个漫长的背叛、反抗与构建的进程。他描写人类的卑微处境，渴望减轻人类的精神痛苦。但是，人类痛苦的根源并不仅止于社会的弊病、生产方式、物质分配、霸权统治等方面，贝克特认为，整个人类社会已经彻头彻尾地出了问题，他用戏剧创作进行着不懈的社会抗议活动。诚然，贝克特的戏剧作品大多笼罩着死亡的阴影，但在晦暗中，在一系列的死亡中，他书写了一个属于自己的乌托邦，这是他对社会政治与历史进行的自我文学表述。

三、对存在的追问

贝克特一生追求艺术，践行艺术家的使命。终其一生，他追求一种不同于现实主义的方式来表达人类心理与情感，一种不同于资本主义的文化范型来建立自己的文化尊严。一旦阶级、民族、教育、性别与文化的累积沉淀因为技术的贫乏、身体和心理的游移不定而遭到破坏，贝克特的戏剧文本便成为有意识的、无条件的见证与记录。怀抱这一目的，贝克特离开故国爱尔兰，离开母亲，离开自己的语言，摆脱西方教育体制下人类价值的重重束缚，将它们转变成一种极具杀伤力的文化批评手段，向虚假的权威价值体系挑战。正是由于这

---

[1]　Steven Connor, "Over Samuel Beckett's Dead Body", S. E. Wilmer, Beckett in Dublin, Dublin：The Lilliput Press, 1992, pp. 100～109.

些特质，贝克特的作品超越了企图给它简单归类的层次，无论是存在主义、现代主义、后现代主义，抑或荒诞主义，都只是对贝克特单向度的解读，无法观其全貌。正如斯蒂文·康纳所说："我们不应该因为贝克特的离世而终结对其作品的研究，或者是割裂的研究，这也是其作品极力抵制的。我们不应该假设，无论作为读者、教师、演员或导演，我们现在已经理解或者掌握了他的作品，抑或将他的遗产仅仅局限在这么狭隘的假想上。"①

贝克特的艺术生涯经历了几个重要阶段：20 世纪 20 年代初的大学时代，是贝克特艺术观念的形成期，这一阶段他广泛汲取爱尔兰艺术的滋养；20 世纪 20 年代末的游历生活对贝克特也至关重要，他广泛接触现代派艺术、大量阅读哲学、文学作品，培养了深厚的艺术造诣；巴黎无疑是贝克特艺术生命盛开的地方，从青年时期到老年，巴黎见证了贝克特艺术生涯的低谷与高潮。贝克特巴黎时期的创作生涯以《等待戈多》为界，分成前后两个阶段，是他从小说创作向戏剧、从学徒到独立艺术家的转变时期。但是，对人性与生命意义的探索，对人类生存困境的关注，始终都是贝克特思考的核心问题，这一关切与沉思的视角成为贯穿其创作的主要线索，使其作品达到了直指人心的思想深度和艺术高度。

贝克特是 20 世纪最后一批受到欧洲经典文学影响的作家之一。他不光熟谙莎士比亚、但丁、弥尔顿等古典作家的作品，还受到笛福、狄更斯、斯威夫特、叶芝、乔伊斯等近代和同时代作家的影响。但是，过于丰厚的知识一度成为贝克特的负担，贝克特最后通过用法语创作成功摆脱了多重文化中心的制约，终于实现了"没有风格"之风格的最高艺术境界。在贝克特的艺术实践中，悖论居于核心位置，他的创新与对文学传统的攻击实际上都深深植根于文学和文化传统之中。无论被称为"前"现代还是"后"现代剧作家，贝克特的艺术触角都可以回溯到深得后浪漫主义和后人文主义涵养的古典时代。他著名的生存困境与艺术困惑既有前苏格拉底时代的回音，又有后结构主义的身影。

贝克特坚信艺术的使命就是表达人类的存在境遇，尽管"存在"往往是无形的、混乱的、神秘莫测的、无意义的动作的集合体，尽管出生便是个错

---

① Steven Connor, "Over Samuel Beckett's Dead Body", S. E. Wilmer, Beckett in Dublin, Dublin: The Lilliput Press, 1992, pp. 100~109.

误，人类因此先天不足、痛苦不堪，尽管艺术家本人也无法避免成为"无意义"的世界的一份子，他的语言与艺术形式也不是完美无缺，但是艺术具有某种原始的力量，艺术家有义务去表现人类混乱的存在现状，这是一个艺术家尚未涉足的混沌领域。为了表达混乱，贝克特认为形式上必须摆脱传统的束缚，创造出没有形式的形式，以映衬这个混乱的时势。可以说，贝克特的戏剧创作忠实履行了他的创作思想，形式与内容相统一，打破了现实主义美学长期以来"内容大于形式"的框架，再次解放了文学创作思想，在文学史上具有革命性意义。"正是内敛和外露的存在，使得贝克特的戏剧作品具备了其非同寻常的艺术内涵，一旦涌现出来就是美和力量。"①

1949 年 3 月，贝克特在写给乔治斯·杜特惠特（Georges Duthuit）的信中，谈到艺术家的本质问题。他写道："所谓关系，当然不仅指艺术家与外部世界这种主要的关系，更重要的是指艺术家内在的东西，它能给艺术家提供出逃与退避的途径，缓解紧张的方式，尤其能够赋予艺术家一种感觉，使他在孤身一人时却体会到众多的人生况味。"② 在这个定义中，贝克特提及两个重要概念，其一是艺术家个体与作品的关系效应。贝克特认为，在某种程度上，艺术家必须割裂其与其他个体的关系或依赖，这样才能获得一种超脱各种关系束缚的表现形式；这两种关系并非截然分开，而是同一种关系的两种表现形式，与外界隔绝同时意味着与内部世界的分割，所谓的内心世界和外部世界其实是一回事。贝克特提出的第二个概念是艺术家多元视角的必要性，贝克特将其描述为"存在于几种形式中的快乐诀窍，它们彼此交替，相辅相成"③。可以说，多元性与割裂性是贝克特所追求的艺术理想。

贝克特的本体论是一种断裂性的、缺乏稳定感的存在，使人想起赫拉克利特的世界变动说，以及弗洛伊德之后的心理分析。尽管贝克特的剧作主要描绘了 20 世纪的文化错位、异化以及非人的大屠杀，但是他的作品本身却有着一致性和连续性，这便是评论界所说的"贝克特的家园"："贝克特的世界更接近于前现代，这里自行车还是主要的交通工具，舞台照明还使用脚灯，衣服扣

---

① 詹姆斯·诺尔森著、王绍祥译：《贝克特肖像》，上海人民出版社 2006 年版，第 69 页。

② S. E. Gontarski & Anthony Uhlmann, Beckett after Beckett, Gainesville：University of Florida Press，2006，pp. 18 ~ 19.

③ S. E. Gontarski & Anthony Uhlmann, Beckett after Beckett, Gainesville：University of Florida Press，2006，pp. 18 ~ 19.

还用旧式的钮钩，人物仍穿着厚重的外套，戴着圆顶高帽……"① 这是使用夜壶和油灯的时代，一个有产的世界，人与人之间亲近多于生疏。但是贝克特的人物被剥夺了财产，包括身体，因而失去了生存的资本，被逻各斯中心主义的世界放逐，进入到一个无意义、无逻辑的世界，于是，人有了鬼的特征。贝克特与物质主义传统开了个大大的玩笑，在他的艺术世界里，人物失去了一切：身体、语言、声音，甚至表达的意愿。

在西方戏剧发展进程中，亚里士多德创建的写实主义戏剧理论几乎主宰了两千多年。直到 20 世纪，西方戏剧终于打破这种僵局，这与布莱希特、贝克特等戏剧家的努力密不可分。贝克特对现实主义传统的反拨不仅体现在艺术上，还体现在人类行为、各种关系以及政治生活中。他将这些因素统称为实证主义的催眠术，而他的人生与创作经历便是消除这个催眠术的过程。在戏剧领域，贝克特证明了震撼性的戏剧作品可以通过打破现实主义既定规则来实现。从 20 世纪 40 年代末到 80 年代，贝克特创作了众多戏剧作品，而所有的作品在表演和阐释的范畴都摈弃了现实主义风格。贝克特剧作里的人物毫无个性化特征，根本谈不上形象丰满，如果非要与现实主义联系，他们的存在便是对传统形象的颠覆，象征了人类失望幻灭的情感体验。

布莱希特的叙事体戏剧和以贝克特为代表的现代戏剧实践使 20 世纪西方戏剧呈现出多样化的态势，是对两千多年写实主义戏剧传统的反叛。贝克特通过全面化解传统戏剧，创造了具有震撼力的新戏剧，他反叛传统的执着信念和戏剧的创新精神为后世戏剧发展做出重要贡献。在所有用英语进行创作的现代作家中，贝克特对现实主义的冲击最持久而强烈。他开启了一种可能性，使戏剧得以摆脱古老的"三一律"而专注于人类生存境遇的基本元素。捷克作家瓦茨拉夫·哈维尔（Václav Havel）、2005 年布克国际文学奖得主、英国作家约翰·班维尔（John Banville）、爱尔兰作家艾登·希金斯（Aidan Higgins）和2005 年诺贝尔奖得主、英国作家哈罗德·品特等都曾公开表达过创作上深受贝克特影响。品特这样说过：

对我而言，贝克特走得越远越好。什么哲学、宣传册、教条、信

---

① Chris Ackerley, S. E. Gontarski & C. J. Ackerly, The Grove Companion to Samuel Beckett: A Reader's Guide to His Life, Works, and Thought, New York: Grove Press, 2004, p. x.

念、出路、真理、答案，我统统不想要，没什么可讨价还价的。贝克特是有史以来最勇敢、也最冷酷的作者，他越是使劲儿揉我的鼻子，我越是对他充满感激。……他不引领我走上任何一条花园小径，他不偷偷给我使眼色，他不向我灌输疗救的办法、前进的道路、上天的启示，也不端给我一盆面包屑；他不会卖给我任何我不想买的东西——不论我买不买，他都不会跟我胡扯——他的手从不高过他的心。不过，我乐意买他的货：不论是钩子、线，还是锤子，因为他把所有的石头都翻了个底朝天，一只蛆也没剩。他催生了美的事物。他的工作如此美好。①

人的存在的终极形式是一种来自内心世界的精神存在，当外部环境令人绝望之时，贝克特以智者的焦虑和怀疑精神潜入人性深处，追问人类生存和生命的意义，他那颗敏感而深刻的灵魂始终关注现实社会与人生。贝克特的文学生涯以及面对虚无所展示出的惊人力量，缘自于他心灵的自由、平和与宁静，这种状态使他免除尘俗烦扰，因而能够专注于艺术创作。贝克特的老朋友、英国剧作家伊斯雷尔·霍罗威茨这样评价贝克特："我担心世人会过于崇拜萨姆（塞缪尔的昵称），却忽略掉了最重要的、也是最明显的事实：终其一生，贝克特先生证明了一个事实——即使在我们这个情形恶劣的世纪，一位作家要极其严肃、友善、正直地生活和工作，实际上是可能做到的。像塞缪尔·贝克特这样的一生，是可以做到的。他不是一位圣徒——有时甚至不是非常地有品位——但他却永远是一位艺术家：他一直都声音清亮，一丝不苟，追求卓越。"②

本章小结

贝克特坚持创作五十余年，用执着精神烛照黑暗的世界，带给人们前进的力量。艺术创作之于贝克特，是张扬生命、慰藉灵魂、通往精神自由的途径，

---

① 詹姆斯·诺尔森著、王绍祥译：《贝克特肖像》，上海人民出版社 2006 年版，封底。

② 伊斯雷尔·霍罗威茨，"我的朋友塞缪尔·贝克特"，http：//qkzz. net/article/1c37e396 - a5ae - 4f 00 - b69e - 4845b8616b9d. htm.

在创作之中，人的生存空间得以扩大和彰显，生命在他的作品中得到延长和更新。生命与作品一样会消亡，但是在消亡的虚空里，在与历史的对话中，现实被解构，有限的生命与作品得以再生，并且具有了比现实生活中更广阔的延展的可能性。贝克特不断超越自身，超越自己存在的极限，凭借理性的智慧与行动的毅力克服了人内在的分离感，抵达了创作的自由境界。爱尔兰作家理查·埃曼（Richard Ellman）如是评论贝克特："塞缪尔·贝克特是独一无二的。他遭遇了生活中可能遭遇的一切：身体的病痛、生活上的颠沛流离、声名利益的起伏不定，但是他从不曾偏离艺术与人生之路，没有犹豫，没有彷徨。他从不惺惺作态、虚伪矫饰，精致准确的语句，不禁驱散了空旷的虚无……如同传说中火中不死的蜥蜴，我们在贝克特的火焰中幸存。"①

　　贝克特历史性地见证了西方现代文明分崩离析最为剧烈的时代，目睹了迄今为止人类历史上最惨重的一场浩劫。从这些经历中，他深切体验到，人类披着正义的华丽外衣，却冷漠地从事野蛮的杀戮。他以叛逆的精神挑战其中产阶级的出身背景，超越了狭隘的权利与财富观念，以更宏大的创作视角为我们这个时代创造出特定的文学形式。贝克特的作品是其人生经历与时代印记的产物和明证。

---

① 詹姆斯·诺尔森著、王绍祥译：《贝克特肖像》，上海人民出版社 2006 年版，封底。

第二章

贝克特戏剧的时代投射

任何一种艺术形式的兴衰都与它所寄寓的时代密不可分。贝克特能够在二战以后令人眼花缭乱的文学界脱颖而出，绝非偶然，而是有着深刻的时代和文化背景。

贝克特生活的时代背景与其生存境遇是引起其戏剧创作从内容到形式发生变化的主要动力。剧作家在自身的生存体验中对人与自我、人与人、人与社会、人与自然等方面获得了整体性认识，并将其付诸作品，完成了个人、时代与作品的互动。这种互动既是共时性的，也是历时性的。戏剧艺术的发展变化是自律和他律的统一，贝克特通过戏剧创作开掘出一条向现实生活延展的路径，而现实生活与时代的身影又从其戏剧作品中弥散开来。

第一节 荒诞的时代

一、西方文化危机

考察贝克特的戏剧，必须将其纳入 20 世纪西方的文化视野中，因为在很大程度上，贝克特的生存体验与戏剧创作深刻反映了上个世纪西方文化精神的变迁。

欧洲文明经历了 19 世纪工业文明迅猛发展的洗礼，科学技术高度发展，物质主义开始膨胀。科技的发展与进步使人类信心陡增，似乎大自然已经成为我们的奴仆，宇宙的奥秘在科学目前不堪一击，人不但是万物之灵长，更是宇宙的主宰。19 世纪代表了西方文明发展的一个高峰时段，人们对自我的能力充满自信，认为科技的力量几乎可以解决一切问题，西方人引以为自豪的"自由、民主、博爱"思想成为时代的标举，人们一度以为当时的西方世界便是人间天国。然而，人的价值与生命的意义在工业文明的冲击下，逐渐发生了本质性改变。进入 19 世纪末 20 世纪初，在经济方面，工业革命进入全新阶段，西方社会享受到前所未有的物质富裕，消费文化渐成风尚。对此，艾里克·弗洛姆说道："人本身越来越成为一个贪婪的、被动的消费者。物品不是用来为人服务，相反人却成了物品的奴仆。"① 为了追求利益最大化，机械化被引入大生产，人的身份转变成机器的附属部分，人的生活也随之变得机械化。现代人沦落为机械生产和物质消费的玩偶，迷失了物我关系中最原初的精神快感与满足感，除了感官的追求与刺激之外，现代人的精神受到压抑，世俗化倾向愈来愈严重，永恒价值、道德情感、真善美的向往等西方传统的价值体系开始坍塌。

作为西方文化源头之一的基督教文明在这一时期已经褪去神秘而又神圣的光环。人类由于偷吃了智慧果，被上帝逐出乐园，从此失却了与自然的亲近关系，带着原罪的枷锁游走于世间。人与自然的统一体遭到破坏，自然沦为人的客体，人类社会的和谐不复存在。主客体分离给人类存在带来巨大的精神痛苦，于是西方文明在宗教、哲学、科学、艺术等领域探索重返精神家园的途径，这是西方文化的"罪感意识"所致。到了近代，人类的精神乐园既失，便不可复得。西方近代文明滥觞于宗教改革和文艺复兴运动，这两次思想运动对西方文明史产生了巨大而深远的影响。两次运动的核心是人本主义与科学精神，从此确立了理性主义与乐观主义的时代风气，在哲学、绘画、音乐、文学等各个领域，到处弘扬着英雄主义、乐观主义和人道主义精神，出现了大批思想、文化巨人，如康德、黑格尔、米开朗基罗、罗丹、贝多芬、莎士比亚、歌德、司汤达、托尔斯泰等等。如果说近代西方文化以理性、乐观、追求绝对主义为表征，那么现代西方文化则走向了它自身的对立面，成为非理性、悲观主义和相对主义的阵营。

20 世纪上半叶，西方文明在两次世界大战的摧残下倍显凋零，西方人的自信心被打碎了，科技与物质文明的发展逐渐显露出人类无可驾驭的一面，传统的道德观念失去了向心力。饱受西方文化奴役的殖民地国家纷纷独立，开始寻求建立自己独特的文化身份，这些都重挫了曾经沾沾自喜的西方社会心理。人们逐渐看清楚了现代文明的负面效应，在深刻咀嚼两次世界大战带来的罪孽感的同时，西方人的精神世界弥漫着一种心灵的空虚与颓唐。于是，浮士德式

---

① 　弗洛姆著、欧阳谦译：《健全的社会》，中国文联出版公司 1988 年版，第 140 页。

的乐观精神消失了，取而代之的是西绪福斯式的悲剧意识。曾经像神一样高大的人变成了虫，变成只受本能欲望驱使的怪兽，客观世界失去了理性与秩序，而前进的方向极度迷茫，现代人成了人类文明的弃儿，生活在无尽的孤独苦闷之中难以自拔。

贝克特的戏剧作品呈现的正是这样一个凋敝枯萎的世界。表面上看，贝克特的作品没有明显的时代、地点或者文化指向，没有明显的政治指涉，而是充满失败、冷漠与沉默，实际上，这些都是贝克特刻意而为。确实，在贝克特的戏剧作品中，我们似乎很难一下子对应上具体的时间、地点、人物身份等信息，贝克特似乎在描写一个极度抽象化的文化情境，为人类发出一个共同的声音，这声音超越时间与空间，因而具有了普适性。于是乎，贝克特的作品似乎超离了具体的文化与时代而孑然存在。可是，只要稍加梳理和推敲，我们便能穿越迷幻的表层叙述，进入贝克特精心营构的美学世界中。

贝克特在创作中追求一种冷静的中立态度，实则是一种纯粹美学上的努力，他使沉默发出了刺耳的声音，划破了 20 世纪的漫漫长夜，他成功地将生活丑转化为艺术美。因此，将贝克特的沉默视作政治上的退缩，将其刻意的时代遮蔽视为脱离时代的阐释是不客观的。自从 1977 年维维安·梅西埃（Vivian Mercier）在其专著《贝克特/贝克特》中首次提出贝克特的文字描述下面存在一个民族的、阶级的和宗派的潜文本之后，学界开始转向贝克特的文化背景研究，但是矫枉过正的是，研究者过于强调贝克特作品的地方性特征而忽略了其普遍性。需要强调的是，贝克特作品的地域性与超文化性并不矛盾，正是基于其在爱尔兰、英国、德国和法国的亲身经历，贝克特才能在更高的层次上构建他的戏剧世界，使之呈现出鲜明的时代性和深邃的前瞻性。

贝克特通过去除明显的时代印记来否定这个世界，同时，这也是他进入这个世界的途径。这种看似矛盾的做法表明，贝克特对资本主义机械文明的厌恶和抵制，也是对失落的世俗乐园的辛酸悲悼，这种感情是贝克特生存的时代带给他的文化体认。贝克特在排拒现实与渴望精神回归的两极之间游移，他的剧作利用否定和诗性的中立态度映射出 20 世纪欧洲的文化与政治图景。虽然贝克特在他的作品中褪掉新教的罩衣，远离爱尔兰，甚至刻意模糊其中产阶级的文化背景，但是在弗拉基米尔、埃斯特拉冈与克拉普无休止的重复与等待中，在《脚步》中梅永不停歇的脚步声中，我们分明感受到纷乱破碎的世界、文化的疏离感、精神的流浪、内心的焦虑，这些无一不透露出时代的气息。20

世纪是个焦虑的世纪，个体生存的价值受到前所未有的威胁与打击，对死亡的恐惧和对生存的绝望相伴相生，既厌生又畏死，厌倦和虚无成为时代的主题。

贝克特所处的时代正是资本主义从帝国主义阶段向后工业时代过渡的转型期，他敏锐地揭露社会问题，沉思生活，折射时代，描绘了西方文化危机背景下的真切图景。西方传统文学倚重崇高与庄严，充满对人性的坚定信念。但是到了 20 世纪，人类在自然、社会、历史面前变得异常渺小、可怜，全然丧失了昔日的英雄气概与乐观精神。贝克特深处时代变迁之中，一方面积极投入到人类的正义事业，另一方面始终保持思考者和艺术家的本色，深深体味着时代的荒诞与孤寂，自觉地在作品中加以表现。贝克特笔下的人物与环境、与生活疏离，没有坚强的生的意志，也找不到心灵的归宿，仿佛被抛到这个世界，对自己的命运无从把握，对生存本身充满了厌倦，人生介于生与死、苦与乐的中间状态，人的灵魂和躯体被肢解开来。这是西方文明遭遇空前挑战的年代，但也意味着重生终将艰难来临。可是在彼时彼刻，人的崇高精神、伟大意志、自由与奋斗，统统失去了意义，现代人只能在冰冷的现实世界痛苦挣扎。贝克特以积极的态度思考消极的人生现状，清醒地捕捉到时代的气息，戏剧化地解构了传统西方文明，激发世人在破碎与毁灭的阵痛中寻找新的出路。从这个角度而言，贝克特站在了时代的前沿，他一边诅咒，一边思考。通过他的剧作，贝克特揭示了一种人的宿命般的生存状态，这种生存状态是两次世界大战带给人的生存的深层次真实。他无意于建构一套全新的价值体系，而是忠实地将这种宿命般的真实展示出来，这是他的人生追求。贝克特艺术地实现了他的追求。

二、全面异化的世界

从古代到现代，西方哲学思考的一个主要问题就是人与外部世界的关系。古代人由于认识事物的能力有限，对自然的依赖性较强，因此总是寻求把繁杂的世界统一起来，这是本体论时期。近代大工业改变了人与外界的关系，人类增强了认识自然与社会的信心和能力，开始思索思维与存在的关系，这是认识论阶段。到了现代，人与世界的关系发生新的变化，人生活在自己实践所创造出来的世界中，人类的思考转向生存论，即如何与这个"人化的世界"交往。在享受越来越丰富的物质世界的同时，人主体地位的失落感也在加剧，这是存在与意义的矛盾。人类对物质社会的改造越深刻，就越背离自己的本性，物质利益与精神追求产生矛盾，人逐渐沦为物化世界的奴隶，这是异化的根源。

异化是伴随人类历史进程的一个现象，其哲学意义是相对于正常而言，指人走向了自己的反面，成为自己的差异物、对应物。异化的解除是人性的回归，即向人的本来面目、正常状态的回归。"异化"的概念是在文艺复兴以后逐渐形成的，后来卢梭的社会契约论深入阐释了人与社会、人与自然两重关系上的异化问题，为德国古典哲学的异化理论奠定了基础。从词源学上考证，"异化"来自拉丁语，有三种含义：从法学上讲有"转让、让渡"之意；从社会学上讲，指"与他人分离、离异"；从心理学角度，意为"精神错乱、变态"。在现代西方语言学中，异化常被当作异态、变态、异常的同义语。异化概念在西方文化史上大体经历了三次演变，其中黑格尔描写了精神的自我异化，费尔巴哈描写了人的宗教异化，马克思主要关注人的经济和政治异化。叔本华和尼采虽然没有使用异化这个词，但是他们描绘的人类病态的生存状况其实便是人类精神异化的写照。此后，雅斯贝斯、海德格尔、加缪、萨特以及法兰克福学派的弗洛姆、马尔库塞等人的作品则描写了现代西方文明的全面异化现象。弗洛姆指出："异化是一种体验方式，在这种体验方式中，个人感到自己是陌生人，或者说个人在这种体验中变得使自己疏远起来，他感觉不到自己就是他个人世界的中心，就是自己行动的创造者——他只觉得自己的行动及其结果成了他的主人，他只能服从甚而崇拜它。"[1] 可见，异化现象与人类如影随形，只是在不同时代表现的内容、深度和广度有所不同。在现代社会，异化的程度和广度几乎无以复加，因此弗洛姆认为，"我们在现代生活发现的异化几乎是无处不在的，它存在于人与他们的工作、与他们所消费的物品、与他们的国家、与他们的同胞以及他们自身的关系中。"[2]

异化的普遍存在成为20世纪现代西方文艺的重大命题。在贝克特生活的年代，异化现象达到了高潮，渗透在社会生活的方方面面——生产领域、消费领域、政治领域、社会关系领域，等等，人与自己建造的世界之间的矛盾已经没有任何回旋的余地，冲突和对立成为异化的突出表现。经过两次世界大战的洗礼，人类社会对工业文明这把双刃剑有了更透彻的认识，但是战争同时摧垮了人类的自信，战后的西方世界到处弥漫着焦虑、彷徨、沮丧、绝望的情绪。弗洛姆的感叹一语中的："19世纪的问题是上帝死了，20世纪的问题是人死

---

① 弗洛姆著、欧阳谦译：《健全的社会》，中国文联出版公司1988年版，第95页。
② 弗洛姆著、欧阳谦译：《健全的社会》，中国文联出版公司1988年版，第98页。

了。"① 贝克特以其敏感、智慧、深沉的文笔描写了现代社会人与自身、人与他人及自然相异化的生存状态,揭示了资本主义社会压榨下人性的全面异化:人对生存丧失了主宰力量,迷失了自身的主体性,存在与本质已经分离。

贝克特戏剧中的自然界早已失去往昔的欣欣向荣,出现在我们眼前的世界一片荒凉。贝克特少年时代生活在都柏林的郊区,度过一段美好的时光,曾经享受过碧蓝的天空、清澈的溪水、自然的芬芳和爱尔兰农耕文化的淳朴。可是内战毁掉了他田园牧歌式的记忆。游历欧洲时,他又目睹了工业文明和两次大战对和谐宁静生活的破坏力,对自然的亵渎和践踏,贝克特通过作品表达了强烈的愤怒和抗议,但是更多时候,他采用了"此时无声胜有声"的策略。在《等待戈多》中,虽然树木不再枝繁叶茂、果实累累,只剩下光秃秃的枝丫,但是它依稀给人自然的暗示,尤其在第二幕中枯树还奇迹般地发出几颗嫩芽,似乎没有完全凋零。可是在后期的剧作中,贝克特将这一点可怜的希冀也剥夺掉,人物生存的空间越发逼仄阴暗,要么如《终局》《克拉普的最后一盘录音带》《自由》等,人始终幽居在昏黑房间里,阴冷肃杀;要么如《快乐时光》《脚步》等,人径直生活在坟墓一般的废墟中,了无生机。贝克特笔下的人物与世界处于对立状态,昔日美好的田园生活已经荡然无存。人始终是在与社会的生存先验中开放的,前行的,但人也始终是幽居的,这是人性的两面。在不同的时代状况下,这两者有不同的层面,两次世界大战更突出地展示了幽居的一面,贝克特敏锐地感受到这一点,并予以艺术的揭示。

和自然环境的浩劫相比,人类个体的异化更加可怕。在废墟一样的世界里,外物无限张扬,人的肉身则不断萎缩、凋零,剧本《自由》中的男主人公维克托就是一个典型。按照比克乌大夫的描述,维克托是"一个聪明、极度敏感的男孩,非常独立的性格,有着强健的或者说没有受过任何伤病损害的身体,不会变通,只是找寻着他的道路。"② 维克托从事过写作,对巴黎曾经充满兴趣,热衷于艺术、戏剧、科学、政治、性的哲学流派等;他一度很有钱,到处旅行,接受教育;他曾经享受过正常的生活,与父母同住,跟一个不错的姑娘订婚——总而言之,他的前途应该一片光明。可是后来,他突然对一

---

① 弗洛姆著、欧阳谦译:《健全的社会》,中国文联出版公司1988年版,第138页。
② 塞·贝克特著、郭京昌等译:《世界与裤子》(贝克特选集1),湖南文艺出版社2006年版,第267页。

切都失去了兴趣，整天呆在肮脏的小屋子里，几个月也不动一动，不想见任何人。"这一切对他来说都死了，就好像他本人从来没有存在过。"① 为了体会"什么都不做的自由"②，维克托将自己封闭在房间里两年，足不出户，不见任何人，"不动，不思考，不做梦，不说话，不听别人说话，没有感觉，没有知识，没有意愿，没有能力，等等"③。为什么要离开家人，离开未婚妻，离开工作和娱乐，放弃生活？维克托的回答是："您接受别人超越生活，或者生活超越您，或者别人在生活中变得顽固不化，条件是为生活付出代价，放下他的自由。"④ 应该说，男主人公在精神和物质层面上是丰富和优越的，而且年轻有为，但是他却做了一个出人意料的决定：拒绝生活，"生存对他来说是种重负，他想与之一笔勾销"⑤，所以他"来一次伟大的拒绝，不是小的，是伟大的，这只有男人才能做得到，也是他能做到的最光荣的事，对生存的拒绝！"⑥ 拒绝生存形象地说明人对生活的厌倦感，即使享受高度物质化、高度技术化的生活，维克托也找不到活着的意义，对于更多尚未体验到物质富裕的人来说，活着的价值又在何方？

《自由》创作于上个世纪 40 年代末期，是贝克特第一部用法语写的剧本，也是唯一没有被译成英文的剧本，因为贝克特认为这是一个不成功的戏剧，也反对出版。贝克特去世以后，1995 年，美国出版商巴尼·罗塞特几经辗转终于将《自由》英译本出版，译者为迈克尔·布劳德斯基。出于贝克特被误读的担心，贝克特遗嘱执行人和文学研究者热罗姆·兰东授权法国午夜出版社出版了贝克特的法文原作《自由》，以还原贝克特创作该剧的真实语境。以现在观之，贝克特之所以不甚喜欢这部剧作，主要还是因为它带有明显的实验痕

---

① 塞·贝克特著、郭京昌等译：《世界与裤子》（贝克特选集 1），湖南文艺出版社 2006 年版，第 332 页。

② 塞·贝克特著、郭京昌等译：《世界与裤子》（贝克特选集 1），湖南文艺出版社 2006 年版，第 250 页。

③ 塞·贝克特著、郭京昌等译：《世界与裤子》（贝克特选集 1），湖南文艺出版社 2006 年版，第 319 页。

④ 塞·贝克特著、郭京昌等译：《世界与裤子》（贝克特选集 1），湖南文艺出版社 2006 年版，第 316 页。

⑤ 塞·贝克特著、郭京昌等译：《世界与裤子》（贝克特选集 1），湖南文艺出版社 2006 年版，第 277 页。

⑥ 塞·贝克特著、郭京昌等译：《世界与裤子》（贝克特选集 1），湖南文艺出版社 2006 年版，第 333 页。

迹。与其后期成熟的戏剧作品相比，该剧略显杂沓，作者的意图过多地在人物身上流露出来，而这是他后来创作所极力避免的。但是，惟其如此，这部作品才给我们提供了进一步了解贝克特的契机。当维克托得知父亲去世，他深受触动，一度决定结束离群索居的生活，他意识到："人不能看着自己死去。那是戏。"① 尽管他对最终的决定依然犹疑不决，但是我们能预见到最后的结果，维克托终将回归正常的生活，与生存妥协，因为他认识到："我永远也不会自由。但我会不停地感到，我将变得自由。"② 由此可见，在《自由》里，人与生活、与自我的割裂已经是贝克特关注的主要内容，只是在后来的作品中，他使用了更多戏剧性和技术性手段将这一主题表达得更加隐晦含蓄。

身处全面异化的现代社会中，贝克特强烈感受到异化对世界、对人性、对存在的破坏力量。但是，贝克特没有为其笔下的人物勾画出一个摆脱异化、消除痛苦的方略。失落了爱，也即失落了创造性精神，人在世界上体会不到曾经的主宰地位，在异己力量面前，无能为力。个人无法超脱虚无的束缚，而社会也没有提供一个可供选择的解放通道，贝克特笔下的人物只能在黑暗中摸索，虽然他们并没有放弃坚持下去的意志。美国戏剧评论家弗兰西斯·佛格森（Francis Fergusson）说："在我们看来，人性是一种令人绝望、难以捉摸而又狡诈虚伪的存在，我们的戏剧家如果能够偶尔侥幸从一个智慧的、独到的视角捕捉到它的某一个瞬间，就算幸运了。"③ 贝克特是深刻的，他用戏剧真实书写了碎片化的生活，却呈现出一个完整的嘈杂的世界。在贝克特生活的现代社会，描写伊甸园式的纯美已经不合时宜，在人类处境受到极度挑战的外部世界里，只有更真实、更人性化地描写炼狱般的世界才真实可信。贝克特在一次采访中说过："混乱包围着我们，我们唯一能做的就是让它进来。变革的唯一可能性在于睁开眼睛，直面混沌，尽管这混沌是我们难于理解的。……艺术家的任务就是找到能够恰当表现这混沌状态的形式。"④ 贝克特的目标不是理性地解释这个世界，而是真实呈现它，他为 20 世纪混沌而自相矛盾的本质面貌做

<hr>

① 塞·贝克特著、郭京昌等译：《世界与裤子》（贝克特选集 1），湖南文艺出版社 2006 平版，第 316 页。

② 塞·贝克特著、郭京昌等译：《世界与裤子》（贝克特选集 1），湖南文艺出版社 2006 年版，第 336 页。

③ Francis Fergusson, The Idea of a Theater, Princeton：Princeton University Press, 1949, p. 1.

④ Lawrence Graver & Raymond Federman, Samuel Beckett：The Critical Heritage, London：Routledge, 1997, pp. 218～219.

了镜像式的呈现。虽然贝克特没有为世人描绘出一幅田园图景，但是他以最大的努力接近了真实，在虚无中用人性、笑声、智慧和勇气寻找生存的动力。

三、解读荒诞

在国内贝克特研究中有一个思维定势，即言贝克特必然联系到荒诞派。诚然，贝克特的戏剧作品有荒诞的成分，但是进入 21 世纪，荒诞派戏剧的界定已经显示出其局限性，因此有必要从历史的和当下的视角重新审视贝克特与荒诞派戏剧的关系。

作为现代西方哲学、文学、艺术的一个主要范畴，荒诞体现了人类历史进入一个转型期时心灵深处的阵痛，有着深刻的时代背景。纵观西方文明史，当西方社会终于摆脱了漫长的、黑暗的中世纪神权桎梏，尼采高声宣布"上帝死了"的时候，一个崭新的世界正在等待人类去征服，人类迎来了科技与理性主宰的社会。19 世纪末、20 世纪初，科技在许多领域取得了巨大的成就，整个世界因为科学与理性而变得秩序井然，上帝的光环日益淡出人们的视线，人类以饱满的热情与激情拥抱理性与科学，自足于理性与科技构建的物欲大厦。可是，人类期冀中的理想国并没有就此成为现实，近代科学技术犹如一柄双刃剑，在给人类带来空前物质财富的同时，也再一次将人类置于附庸地位，人类在抛弃上帝之后，也被上帝抛弃，成为被理性与科技异化的"非人"。20 世纪爆发的两次世界大战彻底摧毁了人类对科技与理性的信念，面对一个变幻莫测、凋零不堪的世界，先知先觉的哲学家、思想家、艺术家以各自不同的理论与艺术实践表达了他们真实的时代感受。

比较而言，在戏剧研究方面，荒诞派戏剧拥有较长的批评历史。自 1960 年马丁·艾斯林发表了论文"荒诞派戏剧"和 1961 年出版了同名专著后，从某种意义上讲，他就开辟了戏剧批评的一个新领域，其地位至今没有受到真正挑战。在《荒诞派戏剧》的前言中，艾斯林陈述了该书的三个目标：一、为荒诞派戏剧定义，以区别其他传统戏剧；二、通过戏剧文本阐释明确荒诞派戏剧特点；三、揭示这一类型戏剧是对当时西方人的典型再现①。马丁·艾斯林认为，第二次世界大战摧毁了人们对进步、民族主义的信仰。他认为加缪的《西西弗的神话》就生动描绘出一个信仰凋零的世界里人类的真实处境。加缪

---

① 参见马丁·艾斯林著、华明译：《荒诞派戏剧》，河北教育出版社 2003 年版，第 15～17 页。

说过："一旦世界失去幻想与光明，人就会觉得自己是陌路人。他就成为无所依托的流放者，因为他剥夺了对失去的家乡的记忆，而且丧失了对未来世界的希望。这种人与他的生活世界之间的分离，就像演员与舞台之间的分离，真正构成荒谬感。"① 正是从这个定义出发，马丁·艾斯林进一步界定了荒诞的含义。

"荒诞"的本意是指音乐上的"不和谐"；日常生活中指"荒谬可笑"；法国罗贝尔·埃斯卡尔皮在法国《百科全书》"荒诞"一条中说："荒诞就是常常意识到世界和人类命运的不合理的戏剧性"②。在此基础上，马丁·艾斯林赞同尤奈斯库对"荒诞"的定义："荒诞是缺乏目的的……切断了他的宗教的、形而上的、超验的根基，人迷失了，他的一切行为都变得无意义、荒诞、没有用处。"③ 这个定义对后世研究起了决定性影响。尽管有不少剧作家涉足过"无意义"这个主题，但是只有荒诞派剧作家将哲学与美学完美地结合起来，荒诞派戏剧力图"通过公开抛弃合理的方法和推理的思维，来表达它对人的状态的无意义和理性方法的不适用之感……试图获得其基本假设与表达基本假设的形式之间的统一。"④ 因此，如果世界是荒谬的，美学也必然是荒谬的，所以语言受到诋毁，舞台形象与人物对白失去了协调感，这构成了荒诞派戏剧的传统。

马丁·艾斯林对荒诞派戏剧的定义与其对 20 世纪 30 年代至 50 年代欧洲历史的解读关系密切，他认为是宗教信仰的衰落与民族主义和进步观念的兴起带来战争。实际上，20 世纪 30 年代以前的欧洲历史发展是呈直线性上升的，但是战争使欧洲人第一次理解了进步的悖论。霍克海默与阿多诺在《启蒙辩证法》里写道："现代人性的堕落与社会进步密不可分。一方面，经济生产的增长给这个世界提供更多的正义；另一方面，它又赋予掌控经济生产的技术力量与社会团体在其他人群面前拥有不成比例的优越性。"⑤ 所以，进步有时候是以反面形象出现的。事实上，马丁·艾斯林的悲观看法在战后的欧洲已经发

---

① 加缪著、杜小真译：《西西弗的神话》，陕西师范大学出版社 2003 年版，第 7 页。
② 转引自陈孝英：《喜剧理论在当代世界》，新疆人民出版社 1989 年版，第 173 页。
③ 马丁·艾斯林著、华明译：《荒诞派戏剧》，河北教育出版社 2003 年版，第 8 页。
④ 马丁·艾斯林著、华明译：《荒诞派戏剧》，河北教育出版社 2003 年版，第 8 页。
⑤ Max Horkheimer & Theodor W. Adorno, Dialectic of Enlightenment, trans. John Cumming, New York：Continuum, 1972, p. xiv.

生变化，悲观失望情绪已经被悄然兴起的和平与重建的希望逐渐取代，尽管人们一时还不确知这希望来自何方。戏剧评论家威廉姆·迪马斯蒂斯（William W. Demastes）在《混沌的戏剧：超越荒诞主义，走入有序的混乱》中指出，混乱并不是堕落的必然结果，而是"一个充满机会的场所，在这里，混乱的互动可以生成新的秩序，而新秩序又将转变成有再生能力的混乱"①。这种发展就打破了传统的线性模式，荒诞就是对这个充满矛盾的世界的概括。乔治·维尔沃斯（George Wellwarth）在《反抗与悖论的戏剧：先锋剧的发展》中指出，应该将戏剧"放置在戏剧文学史的合适位置上"② 来考察，实际上《等待戈多》展示的也正是这样的世界，没有结局，只有矛盾，但是如果能够找到解决矛盾的出口，那么人生就是有意义的，所以贝克特以自己的创作呼吁人们行动，积极寻找人生的出路。

在西方戏剧批评史上，马丁·艾斯林并不是第一个将贝克特归为荒诞派的批评家。早在1954年，伊迪斯·克恩在目前看来可能是第一篇评论贝克特的文章中写道，《等待戈多》描绘了"人类在宇宙中荒谬可笑的处境"③。继大卫·海尔撒（David Helsa）提出贝克特被类型化之后，詹姆斯·罗宾森在1997年指出，至少贝克特七八十年代以后的戏剧作品已经超出了"关于无意识的存在和语言中的存在这一假设"④，认为贝克特等人的戏剧在荒诞背后还有生命存在。为了回应当代学术界对荒诞派戏剧的疑虑，2001年马丁·艾斯林发表了《贝克特与意义的追求》一文，他一直坚持的"人生无意义"论点有所松动。他说，即使人类生存在一个无法解释的世界，我们还能够"拥有深刻的敬畏之心与惊喜"，因此他得出如下结论："一旦幻想的满足感被揭穿为虚伪，它所提供的快感就更加别具味道；我们越是意识到它们的不稳定性，它们就更加珍贵。这个世界也许是一场灾难，但是被命运操纵的主人公却在最

———————

① William W. Demastes, Theatre of Chaos: Beyond Absurdism, Into Orderly Disorder, Cambridge: Cambridge University Press, 1998, p. xii.

② George Wellwarth, The Theater of Protest and Paradox: Developments in the Avant – Guarde Drama, revised ed., New York: New York University Press, 1971, p. x.

③ Kern, Edith. Drama Stripped for Inaction: Beckett's Godot [J] Yale French Studies, 1954~55, 14 (winter): 41~47

④ James E. Robinson, "Sisyphus Happy: Beckett Beyond the Absurd", Samuel Beckett Today, No. 6, 1997, pp. 343~352.

后一刻挺起反抗的头颅。在感觉到无法前行时，他们依然不放弃。"①

由此可见，理解贝克特的关键是其中的反抗精神。尽管马丁·艾斯林关于荒诞派戏剧的权威论述还没有受到正面的挑战，但是在西方当代戏剧评论界，直接或间接的质疑声音已经出现，至少他们开始从一个崭新的角度看待贝克特等人的剧作，探讨一个意义的世界，而不是像以往的研究方法径直去除了意义的可能性。马丁·艾斯林定义荒诞派戏剧的时候，贝克特的戏剧创作还在进行时，他所依据的贝克特戏剧作品显然不能涵盖其全部，而且贝克特后期的戏剧创作一直在变化发展之中，因此，随着时间的流逝，第一代贝克特研究已经显露出其时代的局限性。在当代贝克特研究中，我们认为，一方面应该继承艾斯林等第一代批评家思想的精华，另一方面要敢于创新，突破固有的框架，从多维度理解和阐释贝克特，这样才能更科学、全面、真实地认识贝克特及其作品，使贝克特研究在新世纪有更加深入的发展。

同样，认为贝克特及其作品都打上深刻的悲观主义烙印这一看法也有其偏颇之处。生活中的贝克特绝非盲目乐观之人，无论是面对身体病痛的折磨，还是战场上的硝烟弥漫，他都表现出旺盛的生命力和永不言败的精神，昂扬着生命的意志和追求真理的勇气。即使到了晚年，贝克特积极进取的精神丝毫没有减退，一边与疾病做斗争，一边坚持创作，这是典型的爱尔兰人的特质，也构成贝克特人生永恒的生命线。贝克特的顽强精神同样体现在他的作品中，他笔下的人物无论在怎样艰难的处境中，都没有真正通过自杀结束生命，实际上肉体自杀是解除荒谬最简单易行的方式，但是贝克特认为这是一种消极的逃避，等于向荒谬世界臣服，这是他不能接受的。同样，贝克特也没有让自己的人物选择精神上的自杀，《快乐时光》中的温妮是个典型例证，勇敢、乐观地面对虚无与荒谬，肯定自我意识、肯定个体生命，这是贝克特对存在的反抗。反抗是对自己或存在的超越，是在生活中创造意义，也是人之根本意义所在。贝克特创作的一生正是西西弗精神的体现，面对生活的有限性和无目的性，意识到人生的荒诞性是为了证实人生的积极意义，所以贝克特藐视荒谬，在写作中创造价值。

实际上，贝克特本人也很反感被归类为荒诞派戏剧家，面对荒诞的人生与

① Martin Esslin, "Beckett and the Quest for Meaning", Samuel Beckett Today, No. 11, 2001, pp. 27 ~ 30.

世界，他有自己独到的把握。他曾经这样表述过对"分类"的理解："我对个人混乱的'分类'不感兴趣，对历史混乱的'统一'问题也不感兴趣，对导致这种混乱的拟人化的处理方式就更不敢兴趣了。我所需要的就是稻草、废料之类的东西，姓名、日期、生与死，因为这些是我能够知道的……。我需要的是年代久远的历史参考书，而不是最时尚的上流社会的小说，不是那些大谈特谈'为什么'的书籍。路德肯定不会告诉我任何有关路德的事情，如后来他去了哪里？以什么为生？为什么死了？"① 早在 1929 年的论文《但丁...布鲁诺．维柯..乔伊斯》中，贝克特就指出为作家进行简单归类的危险，他写道："危险来自于简单的归类。……难道我们非要拧断某种体系的脖颈，将它硬塞进当代的鸽子笼中，抑或对这个鸽子笼加以修饰，以满足有类比嗜好的商贩？文学批评毕竟不是簿记。"② 贝克特也不喜欢谈论自己的作品，他说："我不想谈论自己的剧作；纯粹把它当成一个戏剧，把它搬上舞台就是了。其中没有任何哲学内容，或许也谈不上什么诗歌问题。作为一出戏，它让我们感兴趣的只是一个演戏的素材而已。"③ 在贝克特看来，他的剧作含有荒诞而又不止于荒诞，它们超越于荒诞之处，在于它们展示的是生存的宿命般的真实。正是这种面对生存真实的沉重感与真挚感，使贝克特的剧作超越了荒诞。

贝克特是最难以归类的现代作家之一，将他简单划归将会束缚贝克特研究，显然也违背艺术规律。贝克特的戏剧创作从上世纪 30 年代末到 80 年代初持续了近 50 年，这之中他的创作风格不断发展、完善，后期戏剧与早期戏剧已经有了明显变化，因此不能简单地一言以蔽之。应该说，贝克特的作品不但如实描绘了荒诞而无意义的世界，更重要的是，通过思考生活与作品中存在的种种矛盾现象，贝克特让我们更深刻地认识了如何生存、如何更有意义地生活。贝克特研究专家亨宁（Henning, S. D.）也认为，将贝克特艺术作品进行简单的归纳综合不可取，他认识到贝克特作品丰富的内涵，指出多元化解读贝克特的重要性："将一些元素进行归类表明，归类本身就是不完整的，而这种不完整性并非没有价值。在外围还有其他一些没有被主体结构涵盖进来的成分。此外，即使被某一模式容纳进来的成分也许还有多重含义，它们可以在同

---

① 詹姆斯·诺尔森著、王绍祥译：《贝克特肖像》，上海人民出版社 2006 年版，第 42~43 页。

② Samuel Beckett, Disjecta: Miscellaneous Writings and a Dramatic Fragment, ed. by Ruby Cohn, London: John Calder, 1983, p. 19.

③ 詹姆斯·诺尔森著、王绍祥译：《贝克特肖像》，上海人民出版社 2006 年版，第 105 页。

一模式或几个不同模式中同时被解读和诠释，或者根本无法解读。"①

综上所述，除了避免标签式的理解贝克特以外，我们更应该将贝克特及荒诞派戏剧看作是一个动态的、开放的、不断生成的、辩证的概念。贝克特在解构自我与世界的同时，也在尝试建构和重塑一个世界，至于建构什么样的世界，这是作家留给我们的命题。因此，只有把当下的学术成果与传统的研究方法有机结合起来，才能促进贝克特研究的深入发展，走出单一化、片面化的思想窠臼，产生更有价值的新洞见。《等待戈多》等作品在新世纪依然常演不衰，而且不断出现各种版本的演绎，足见其旺盛的生命力；贝克特克服了艺术本身的诸多局限性，终其一生实践对想象艺术的执着追求以及对创新的渴望。

四、与存在主义的纠葛

贝克特对戏剧的革新与他当时所处的历史时期密切相关，要研究贝克特，就必须将其还原到 20 世纪的社会文化背景中。20 世纪初开始，欧洲就历经磨难。两次世界大战摧毁的不仅仅是欧洲文明，更重要的是摧毁了人类的信心。欧洲的社会秩序受到大战及大战引起的政治风波的冲击。秩序所赖以生存的意识形态及文学价值观也受到了冲击。传统的宗教及信仰的权威不再存在，取而代之的是政治上的无政府主义及信仰上的空白。生活因此失去意义，生存意味着痛苦与空虚。在这种背景下，许多哲学家及作家开始思考人类生存的状况及意义。而贝克特的作品也受到了二战后的存在主义思潮的影响。"不同的时代，其时代主题各不相同。但是，归根到底，所谓时代的问题不过是造就了那个时代人的问题、人的生存方式的问题。具有'现代意识'的哲学家所发现的他们处身于其中的时代的问题正是任何人的生存问题。"②

存在主义哲学是 20 世纪中期西方哲学发展中影响较大的流派，作为时代代言人的贝克特深受其影响。其中对贝克特影响比较大的存在主义思想家、剧作家主要有海德格尔、萨特和加缪等，但是贝克特对他们的解读和吸收又呈现出不同的层面。马丁·艾斯林曾说，戏剧"是一种推究哲学的形式，不是抽象的而是具体的——用今天的哲学术语，就可以说是存在主义的推究哲学的形式。像让—保罗·萨特这样一个重要的存在主义哲学家，都感到有必要不仅写

---

① S. D. Henning, Beckett's Critical Complicity, Lexington: University Press of Kentucky, 1988, p. 7.

② 张曙光：《生存哲学——走向本真的存在》，云南人民出版社 2001 年版，第 94 页。

长篇小说，而且要写剧本，这并非是偶然的。戏剧形式是他可以用来把他的抽象的哲学思想中某些具体含义表达出来的唯一方法。"① 的确，戏剧与哲学因为关注人而具有了交融的可能性，但是如果认为贝克特的戏剧只是对某一哲学思潮的注解，这一观点显然有欠思考。在这一节里，我们将对贝克特与存在主义思潮中几位重要人物之间的复杂关系尝试予以阐释，以便更准确地在时代思潮中把握贝克特的思想及其戏剧创作。

综观贝克特的戏剧作品，不难发现海德格尔思想的印痕，这首先体现在贝克特对人的被抛状态的描写。人失去了信仰，从神的庇护所里被拉了出来，上帝不再至上，周围的世界也不再至上，人被抛入了现实生活中。海德格尔认为，此在的生存是一个荒谬的事实，无法做出合逻辑的、理性的、科学的和神学的说明。人类只感觉到自己是被抛入这个世界的，他无依无靠，没有过去，也没有未来，"无家可归是在世的基本方式"②。对现代人的存在状态，贝克特写道："如果我可以去，我会去哪儿，如果我可以存在，我会是什么，如果我有一个声音，我会说什么，谁在这么说，自称是我？你们简单回答吧，但愿有个人简单回答一下。总是同一个陌生人，我只为了这个人存在，在我的不存在的空洞中，在他的不存在的空洞中，在我们的不存在的空洞中，这就是一个简单的回答。"③ 人类迷失在这个世界，受其支配，体会着沉沦和焦虑的痛苦。海德格尔对待人类生存的态度并不是批判与拯救，而是只要揭示人类生存，这种面对生存真实的态度，与贝克特正相一致。

贝克特的作品经常纠结在这种沉沦状态，1956 年的《哑剧一》便是一例。剧中，主人公一个男人被赶上空荡荡的舞台，炫目的灯光使他找不到藏身之处。他不能说话，被抛上舞台，努力思考着什么。不知从何处传来的哨声支配他的行动。每当哨声响起，从舞台上空就会降下物品，分别有一棵小树、一把剪刀、一个长颈大肚瓶，瓶上标签写着"水"。男人试着去够水瓶，却够不着。这时舞台上方又依次落下一个大立方体、一个小立方体和一个更小的立方体，可是男人踩着立方体仍够不着水。这时落下一根绳子，男人尝试攀援绳索，仍未够到水。后来他剪断了绳子，摔倒在地。几经折腾后，男人趴在地

---

① 马丁·艾思林著、罗婉华译：《戏剧剖析》，中国戏剧出版社 1981 年版，第 14 页。
② 马丁·海德格尔著、陈嘉映等译：《存在与时间》，北京三联书店 1987 年版，第 318 页。
③ 塞·贝克特著、余中先译：《看不清道不明》（贝克特选集 5），湖南文艺出版社 2006 年版，第 298 页。

上，当初可望不可即的物件——在他眼前出现，唾手可得，他却失去了攫取的欲望，只是一动不动。贝克特反复强调人的出生就是一个错误，人对自己的过去无从把握，这与海德格尔的观点相契合。

其次，贝克特的许多作品都探讨了死亡的问题，可以说他的人物都在向死而生的状态里存在。海德格尔认为，人的"本真性"就是生活在焦虑之中，生活在一种对不确定性、对自由的充分的和忧虑性的理解中。此在知道它的存在指向一个终点，这便是向死的存在，而只有生活在对死亡的预期之中，人才能本真地生存。对死的认识伴随人的存在过程，贝克特则将这一主题浓缩在人生黄金年华已逝的中老年情境中，因此取得了更加震撼的效果，这样的例子比比皆是：《克拉普的最后一盘录音带》中，克拉普孤独地对着录音机，靠回忆打发所剩无几的时日；《脚步》中，梅悄无声息地坐在乱石堆里，似乎等待最后的告别；《快乐时光》中，温妮被黄土埋过脖子，头不能转动了，还在唱歌、滔滔不绝；《终局》里，克劳夫、纳格、耐尔几乎都在苟延残喘——这就是贝克特笔下的人物，活着，却咀嚼着死亡的滋味。死亡是对生的威胁，因为它剥夺人的存在，但是贝克特并不赞同逃避死亡，所以我们看到，面对死亡时他的人物都异常沉静理智。贝克特以戏剧的方式表现了人类"被抛"的窘境和必死的宿命，但是他更侧重的是人如何面对"被抛"和死亡。在贝克特这里，死亡成为生命的一部分，是生命的延续，因此有无限的可能性，生命与死亡互相依存，而不是互相对立，或者独立于生命过程之外。贝克特戏剧里寄寓着一种高贵的古典悲剧美学，不怨尤，不颓唐，勇敢面对，而面对死亡的从容、优雅便是对人生的态度。

需要说明的是，贝克特式的人生态度与生存体验是富于勇气的，这是敢于面对生存真实的勇气，敢于揭示生存真实的勇气。他的戏剧思考与人生轨迹相辅相成，这与海德格尔的出世思想有本质不同。从贝克特的人生经历可以看出，在社会公共领域，他是一个敢于担当、极有社会责任感的人，在时代灾难面前不畏缩；在私人生活方面，他乐于助人、富有同情心，不计较名利，具有坚定的道德操守；在追求艺术的道路上，他孜孜不倦、勇于创新，开启了戏剧艺术的新天地。海德格尔在存在的冥想中寻觅自由；贝克特则是在自由地面对现实、面对荒诞时，冥思并展示生存。这里，"自由地面对现实"是指贝克特能够用理性和智慧思考人的生存状态，并对其加以艺术化的呈现，以艺术超越现实，使现实人生与个体的心灵自由完美结合，最终达到精神自由的理想艺术境界。

贝克特戏剧与存在主义戏剧的关系也容易引起混淆，这里试做简略分析。存在主义戏剧与存在主义哲学的兴起相辅相成，其主要代表人物有萨特和加缪等。为了探索存在的本质，存在主义戏剧家大量使用隐喻手段表达生存之荒谬性，从某种意义上说，戏剧是存在主义作家阐释其哲学理念的一种有效手段，因此，尽管存在主义戏剧也取得了令人瞩目的成就，但究其实质，戏剧服务于哲学的成分要更大一些。贝克特戏剧与存在主义戏剧的关联主要体现在以下几个方面。

第一，在哲学与戏剧的关系定位上，两者各有异同。在主题上，存在主义戏剧与贝克特戏剧都描写了人的存在状态，在理论向度、价值选择和终极关怀上都着重于人学定位，关注人与自我、与他人、与世界、与人生的关系，具有明显的入世精神。存在主义戏剧突出表现了"哲理戏剧"的特点，是存在主义思想在舞台上的实验，它强调人在特定情境中自由选择的重要性。存在主义戏剧建立在虚无基础之上，表现了人类存在的荒诞性。荒诞源自人的异化、彼此的隔绝以及机械化的生存方式，人与世界的关系是荒谬的，自由选择是人命定的，所以具有偶然性和荒谬感，选择因此也是荒谬的，不受动机和目的的制约。在面对人生处境的态度上，萨特戏剧偏重悲观倾向，加缪戏剧偏重西西弗的乐观精神，贝克特作品则介于两者之间，是理性而沉静的。对贝克特而言，文学的主题——人与人之间的社会关系、行为、财富及权利斗争，只是生活的表层，掩盖了人类生存的真相。孤独、悲观、无聊、恐惧、焦虑、异化是贝克特作品的永恒主题，如马丁·艾斯林所说："贝克特的作品是对我们内心深处的恐惧与焦虑的具体反映，而这种内心深处的恐惧与焦虑在过去只是获得了在半意识层面的表达。"[1] 孤独的意义既是对死亡的诠释，也是对生命的诠释。贝克特将最有价值的东西与最无可挽回的事实并置入一种不可避免的关系和冲突之中，并将这一矛盾抽象为关于人类存在的绝对事实，这样，戏剧不再是一次行动，而成为一个僵局。宣称这个僵局是贝克特戏剧的全部意义，这就等于把一个受文化和时间制约的局部结构投射到普遍的历史之中，因而具有了人类的普适性。反观存在主义戏剧可以看出，哲学的思辨精神终究很难与戏剧的表现形式完全匹配，因此造成存在主义戏剧的短命现象。从这个意义上看，存在

---

① 　马丁·艾斯林著、华明译：《荒诞派戏剧》，河北教育出版社2003年版，第324页。

主义戏剧是哲理性的，贝克特戏剧则是戏剧性的。在沉思与展示生存时，贝克特是自由的，他没有被存在主义戏剧的存在思辨所束缚，因而没有沦落为思辨表述的戏剧工具。

第二，创作主体的身份定位不同。存在主义戏剧家并非职业剧作家出身，他们过于强调戏剧对社会的介入功能，而过分的介入使其作品失去了创作的精致与深刻，沦为时事与政治的工具。在戏剧表现的内容上，虽然两者都聚焦在人类的异化与存在的荒诞感，但是存在主义戏剧强调自由选择的重要性和必要性，贝克特戏剧则将哲学的涵义表现得比较含蓄，更加尊重戏剧艺术的创作规则。在戏剧表现形式上，贝克特借鉴了很多存在主义戏剧的长处，比如循环的模式、封闭的情景等，但是贝克特对各种现代艺术流派兼收并蓄，存在主义只是他博大戏剧体系中的一部分，所以他的戏剧远远超出存在主义戏剧而自成一体。在戏剧史上，存在主义戏剧只是昙花一现，很快就被后来更新颖、更符合戏剧艺术规律的戏剧形式淹没。因此可以说，存在主义戏剧家是身兼哲学家和剧作家两重身份，并以第一重为主业，而贝克特则是全职剧作家，这也决定了两者在艺术走向上的不同。

第三，所取得的戏剧成就与美学高度不同。由于功利性和非专业性两个因素的制约，存在主义戏剧在艺术与美学追求上没有实现重大突破，依然沉溺于陈旧的戏剧表现形式，降低了存在主义戏剧的时代冲击力和艺术影响力，最终必然被更具创造力、更符合戏剧艺术规律的新型戏剧取代。艺术的基本要求是推陈出新，不循窠臼，戏剧创作也是如此。贝克特站在时代的高度和审美的高度进行创作，其作品无论在艺术形式还是内容上都与时代相呼应，达到了思想性与艺术性的完美统一，用自己的艺术实践印证了创新的重要性。存在主义戏剧之所以在戏剧史上没有留下太深刻的印记，这是一个主要原因。德尔莫特·莫兰（Dermot Moran）指出，贝克特与哲学的关系十分复杂，但是"他不是哲学家；如果他是哲学家，他就不会从事艺术。身为作家，他强烈反对对其作品进行任何哲学的阐释。贝克特对哲学的态度是拒绝，置之不理。他的思想往往伴随着沉默、歧义、幽默而浓缩的复调。思想似乎总是高高在上，与人类的痛苦渺小分庭抗礼。思想能够给人安慰、教诲，令人神往、愉悦，但也给人以假象、幻觉、夸张，使人受到蒙蔽而走弯路，最后使我们愉快地离开真实而可悲的现实处境。思想是令人愉快的干扰，其本质是误导性。"① 这段话恰到好处地点明哲理剧与纯戏剧的区别。

总体来说，贝克特戏剧虽然表现了存在主义的主题，但是他没有停留在存在主义的哲学阐释。毋宁说，存在的主题是贝克特戏剧的切入点，但他的创作重心始终在戏剧上。萨特说过："我想，在当代，哲学本质上是戏剧的……哲学的注意力已经放到人的身上——人既是动因又是行动者，人因其生活境况而处在种种矛盾之中，他创作和扮演着人的戏剧，这场戏不到他的个性被摧毁或他的冲突得到解放就不会收场……由此看来，哲学所关注的正是这样的人。因此，我们说戏剧含有哲学意味，哲学又带有戏剧性。"② 严格说，任何文学作品都蕴涵着一定的哲学，但是我们应该看到贝克特在借鉴哲学理论的同时，进行了艺术的加工与创新，所以他超出一般意义上的存在主义剧作家，形成了自己的独特风格。贝克特并没有像萨特和加缪等存在主义剧作家那样，单纯以阐释哲学观点为己任，戏剧为哲学而服务；相反，在贝克特这里，哲学是为戏剧服务的。贝克特也说过："我不是哲学家。一个人只能谈自己眼前所见，而这不过是场混乱。"③ 戏剧毕竟不是哲学，尽管二者都以"人"为客体，因此，二者所选择的道路也不尽相同。哲学以思辨见长，而戏剧以感性和体验为主。贝克特汲取了他那个时代各种哲学思潮（不仅仅是存在主义）的精华，经过自己的去粗取精、融会贯通，形成了独具特色的贝克特式戏剧，使其作品既有哲理的深度，又有了艺术上和美学上的高度，将深刻的哲学思考与形象化的戏剧完美结合起来，避免了戏剧成为哲学的附庸，最终塑造出不可复制的贝克特风格。

第二节　荒芜的世界

统领贝克特戏剧作品的核心命题是衰败。衰朽几乎无处不在，从肉体上和情感上侵蚀着贝克特剧中的人物，这是一个破败的世界，面对着即将来临的消逝，人的肉身弱不禁风又无可奈何，贝克特却要我们关注这种境遇下人的

---

① C. Murray, Samuel Beckett – 100 Years, Dublin：New Island, 2006, pp. 93 ~ 110.
② 萨特著、黄忠晶等译：《萨特自述》，河南人民出版社 2000 年版，第 168 页。
③ C. Murray, Samuel Beckett – 100 Years, Dublin：New Island, 2006, pp. 93 ~ 110.

存在：

> 在贝克特的笔下，人只剩下赤裸裸的生存，人失去了家庭，失去了祖国，没有工作，没有计划，没有未来，无所作为。他的生存毫无意义，荒诞无用，像垃圾一般贱，像动物一样丑，像粪便令人作呕。人以什么来证明他在生存呢？以语言，以喋喋不休的连篇废话。人不知自己身在何处，何许人也，从何而来，只是拖着身心俱残的躯体，剩下一张会说话的嘴。他无力去爱，无力去恨，无力去信仰什么，无力去欣赏什么，甚至连思考的能力都没有了。他的低贱、无能、无知、机械萎缩使他已经降到物的地位，他是垃圾桶里的垃圾，泥里的虫。这就是人在世界上的微不足道的地位，是人类生存环境的真相。①

正是在这样一个荒芜的世界里，接受者经由贝克特的戏剧而面对自己本真的世界。

一、肌体衰退

贝克特的世界里鲜有完美的人物形象，每个人物似乎都在承受着某种身体的残缺与功能退化。从出生开始，人便走向腐朽，这是一个普遍真理。贝克特描绘了人类身体的缺憾与局限，同时表达了对人类不屈精神的思考：处境若此，人类哪里来的力量继续前行？身体的残疾、疾病或痛苦恶化了人的生存状态，使生存变得更加艰难，对生活的抗争也越发沉重。贝克特有意夸大和强化了剧中人物身体上的缺陷，实则是希望能够引起读者或观众的共鸣而反思自身的境遇，以及整个人类存在的现实，强迫我们去思考这个令人难堪而又无法回避的问题。

《等待戈多》是贝克特考察人类身体窘境的起点。在第一幕中，人物还只是有些小的病患，可是随着阅读的深入，我们很快意识到：身体的毛病虽小，却是他们每天必须面对、无法排解的问题，必然影响他们的日常生活质量。剧中的戈戈总是抱怨脚疼，因为他的靴子太小，他不得不经常脱下来放松放松，

---

① 张容：《荒诞、怪异、离奇：法国荒诞派戏剧研究》，社会科学文献出版社 1995 年版，第 136 页。

这是他每天要承受的痛苦。戈戈是个流浪者，舒适的鞋子对他非常重要，可是他只有一双过小的靴子，显然，这是典型的贝克特式的隐喻。人被身体这台机器操控，由于戈多也许永远不会出现，他的流浪注定不会停止，那么他的问题也就永远不能得到解决，人只能在这样矛盾的循环中踯躅而行。剧中的另一个人物迪迪也遭受某种身体的隐疾，很可能是前列腺方面的问题，这个障碍使他无法体验快乐，不得不时刻节制自己的言行。戈戈与迪迪都不再年轻，时间的流逝使他们的身体变老，而身体的衰退必然影响到他们的精神状态，从这个意义上讲，他们的问题既是身体的，也是心理的。

第二幕里，剧中人物的身体疾患更加严重：波卓成了盲人，幸运儿成了哑巴。尽管贝克特没有明确交代第一幕和第二幕之间时间是怎样流转的，他也没有透露他们身体剧变的缘由，但这些并不重要，借用身体的衰变，贝克特意在说明生命的短暂易逝，生与死不过一念之间，而介于两者之间的时日足够人类去体验衰亡的感觉。在贝克特眼里，人的一切痛苦源于出生，出生意味着人必须为之做些补偿，必须要应对来自身体和精神层面的生存压力。通过人物形象的突变，贝克特揭示了身体的脆弱以及人生的稍纵即逝。

然而，贝克特并不满足于仅仅揭示人生苦短和衰老的必然性。在他的作品中，我们看到，人虽然饱受身体衰颓的困扰，却依然顽强地活着，即使眼前没有明晰的目标，即使明天会有更多的痛苦在等待他们。《终局》比《等待戈多》更进了一步，人物的身体机能退化也更严重。哈姆的生存样态几乎是介于生死之间：他因为瘫痪只能坐在轮椅上，还盲目，身上披着一个裹尸布般的毛毯，这是怎样暗淡无光的世界！尽管如此，轮椅还是给他提供了一定的活动空间，使得这个开端已经惨不忍睹的戏剧还得继续下去。哈姆一直在思考"活着还是死去"的古老命题："算了，该结束了，这也是躲避。可我又犹豫着，犹豫着……该不该结束。"[①] 对哈姆来说，生存已经单调至此，还是有继续下去的意义，逃避不是办法。

与波卓和幸运儿相似，哈姆与克劳夫也是一对主仆，哈姆无法站立，克劳夫则不能坐下。而纳格和耐尔的处境更糟：他们在一次意外中失去双腿，听力和视力严重受损，每天都生活在垃圾桶里。垃圾桶场景的设置初看令人费解，实则不然。在贝克特这里，相对于完整的生命过程来说，身体的存在微不足

---

① 贝克特著、余中先等译：《是如何》（贝克特选集4），湖南文艺出版社2006年版，第8页。

道。这些人物确实生活在各式各样的禁锢中，受到身体的、物质的掣肘和制约，但这只是外在的存在之旅。从青春年少到锋芒尽失、凋敝衰亡，人的一生便是一个衰退的旅程，每一个阶段代表不同的衰退状态。

生理的退化与衰老必然带来心理上的变化。哈姆悲观成性，甚至有明显的虐待狂倾向。哈姆擅长讲故事，他的故事大多与痛苦相关，讲故事可以帮助他排遣时间，也是一种精神解脱——他可以假借别人的悲惨化解自己的不幸，从而使生活能继续下去。但是更多情况下，贝克特的剧中人物都讲述与自己有关的故事，这种叙述只能加深人物的精神痛苦，进一步凸现生存世界的凄惨。对于他们来讲，问题的关键不是死亡，而是如何走向死亡，如何在人生的最后阶段保持体面和尊严。敢于直面死亡的人难道会被惨淡的人生击垮吗？显然不会。在充满衰颓与堕落的世界，人的肉体承受着种种桎梏，重生的希望虚幻缥缈，沮丧沉郁之际，人只剩下一件事可以把握——那就是活下去。

在贝克特后期作品中，人物的身体越来越分崩离析，直至变成碎片。在《快乐时光》中，温妮身体被埋，最后只剩下一张嘴，却还在喋喋不休。有形可辨的身体被肢解、碎片化，直至成为多余的赘物，可是身体消解之处，恰恰是思想诞生之地。贝克特用身体衰亡的譬喻说明，从出生到死亡便是一个凋零的过程，在这个无法改变的事实和真理面前，我们只能接受现状。然而，贝克特选取比较晦暗惨淡的侧面来描写人生，揭示的人生哲理却更加犀利、透彻。"整个的一生，是一个不断的错乱与调整的延续。这里，神秘与美都不再神圣，这里，除了他的不尽的厌烦的金刚石般的硬块外，一切都被岁月奔流的溶液消蚀殆尽。人的一生在过去的时光中是如此地绵长不断，而在未来又是如此的毫无意义，任何个体及永久的需求都如此彻底地被剥夺，以至他的死亡，此刻或明天或一年之后或十年之后，也仅是个终点而不是个结论。"[1] 贝克特在身体消解的精彩表述中超越了身体消解，将这种消解提升到生存宿命的真实的高度。

二、人文景观的恶化

贝克特作品呈现的是一个破败凌乱的世界，这里没有浪漫主义的身影，没有鲜花盛开的季节，只有光秃秃的枝干和贫瘠萧索，破损的建筑物与行尸走肉

---

[1] 塞·贝克特等著、沈睿等译：《普鲁斯特论》，社会科学文献出版社 1999 年版，第 43 页。

般的人物组成一幅骇人的凄凉景象。贝克特运用这些客观景物来烘托和营造人类生活被损耗殆尽的意象，进一步强化了人物的内心体验，恶劣不堪的外部环境必然给生活在其中的人们留下阴影和创伤。贝克特经历丰富的人生体验触发他对生命悲剧感的认识，其内心的冲突与经验为他考察世界提供了独特的创作视角，使他有能力超越一般作家的局限，书写出一种强烈的生命意识，以艺术家的洞察力穿透晦暗的生活，用异常冷静的审美方式阐释时代。巨大的虚空、孤独感、色彩的缺失、如铁的黑暗、难挨的静寂和死亡的阴影构筑了贝克特的戏剧意境。

贝克特的戏剧世界带有明显的短暂易逝的特征，1975年的剧作《那时》便是一个典型例证。该剧的标题暗示了这是一部探索记忆的作品：黑魆魆的舞台上，主人公在聆听自己人生中三个片段的叙述，我们只能看到他苍老的面孔和花白的头发在黑暗中发出微茫的光亮。"时间"在剧中是一个无处不在的隐喻，掌控着一切。在主人公人生的不同时段里，有两种因素一直伴随着他：强烈的孤独感和废墟般的生存环境。即使生活在人群中，无以名状的孤独感一直萦绕着他，即使不断地变换居住场所，周遭的荒芜感丝毫没有改变，回忆的片段加剧了人生的碎片化感觉。全剧由三段叙述组成，我们按照时间顺序加以分析。剧中出现的第二个叙述是主人公年轻时的记忆，可是这个青春里没有永恒的夏天，没有令人目眩的爱情，没有抒情诗般的浪漫背景。也许在贝克特眼里，青春并不真实存在，即便存在，也会很快被颓唐腐朽所取代。乡村的背景突出了青年时期主人公的孤独状态，恋人的出现也不能使他感到片刻温暖。当麦田一片金黄，我们可以期待丰收的喜悦时，在贝克特这里却成为恋人间冷漠关系的残忍反衬。夏末的阳光温暖宜人，这对恋人却形同陌路，一生中最美好的一段时光竟是如此孤独寂寞，两人间的距离感进一步强化了主人公与世隔绝的状态。贝克特意在表明人本质上的孤独感，他人的存在只能带来片刻的缓解，而分手之后的寂寞更加深刻凝滞。

剧中的第一段叙述讲述主人公的中年时期，也即衰朽的开始。多年过去了，主人公的境遇变得更糟，周围环境的破败感加剧。这是他孩提时嬉戏的地方，可是我们已经很难将如此荒芜的环境与一个充满活力的小男孩联系起来。他坐在一块石头上，似乎很怡然自得的样子，也许只有在废墟中他才能找到安全感，因为他深知迟早有一天他会化作其中一份子。此时，阳光早已消失得无影无踪，没有色彩的天空灰突突的，这是即将进入冬季的景象，象征了人生最后一个阶段即将来临。面对荒凉的外部环境，主人公无能为力，在为凡尘琐事忙碌间，人们往往忽略了周遭的变化，直到有一天才蓦地发现，人与世界已经融进共同的衰退里。

第三段叙述描述主人公的晚年景象。现在是真正的冬季，冷雨不停地下。为了躲雨，他来到肖像艺术馆，坐在冰冷的大理石板上等衣服变干。此时此刻，人与景物间的隔膜完全消失，无生命的石头雕塑与历尽沧桑的主人公身体相映成趣，难分彼此，预示着死亡即将到来，此时的主人公和墙上挂满灰尘的画像并无二致。

贝克特长于描摹腐朽的世界，在凋敝的外部环境中展开人生，探讨存在的意义。在即将衰亡的世界，爱已经失去了生命力。但是，这个世界并非一开始就凋零不堪，它也曾有过美好的记忆，树木也曾枝繁叶茂。反观人生，又何尝不是如此？贝克特对景物终将衰败的本质描写反映出人类的局限性和不完美，满地冰霜象征着生存环境的残酷恶劣，营造出不可逆转的拒斥感，剥夺了重新开始的希望。贝克特作品描摹了黑暗的世界，黑暗是为了凸显人的孤独无依，但是黑暗也给人带来某种程度的心理安慰，毕竟虚空的黑暗遮蔽了周遭事物，可以暂时与衰败凋敝隔离，缓解外界环境带来的压抑、抑郁。在走向死亡，走向彻底的黑暗和虚空之前，这是人类必经的阶段，贝克特作品想要探讨的正是人应该如何面对，如何度过这段晦暗的时光。

生命无以为继，衰朽不可逆转，人类因此变得困顿，却又不愿意接受现状，不愿意承认自己在身体衰老和环境腐败面前无能为力的窘境。一如飘散的风信子花，人最终也会灰飞烟灭，严酷的冬天夺走了向上的最后希望。但是，贝克特仍然给我们留有希望，他这样写道："我们不应该害怕冬天，冬天也有它的恩泽，雪花带来温暖，沉寂了喧闹，惨淡的日子即将结束。"① 这句话明显带有雪莱式的乐观精神，贝克特戏剧看似颓唐，实则流露出一种坚定的信念：努力活下去，也许明天会更好。在惨淡凌乱的外部世界谋生存异常艰辛，但是贝克特笔下的人物都选择顽强地活着，在人生的灰暗地带寻找阳光和希望，哪怕死亡迫在眼前。

为什么而活？贝克特并没有给出明确的答案，也没有人能给出完满的答案。尽管活下去的动机并不清晰，甚至有些可笑，尽管活着最终要死去，任何

---

① Kathryn White, Beckett and Decay, London & New York: Continuum, 2009, pp. 43~44.

人无法阻挡衰老和灭亡的脚步，但是贝克特和他的人物都没有主动选择终结，而是宁愿与地狱般的生活厮守。贝克特不接受自杀，在他看来，自杀等于向人生低头，等于屈服于命运，是懦夫的举动。

这种对生命悲剧的认识植根于贝克特关于存在的理性思考。贝克特曾受到柏格森、尼采、叔本华、海德格尔等哲学家的影响，他们的生命哲学在贝克特的生命意识中留下深刻印记。人们在接受生命自由的同时，并不能摆脱存在的悲剧，人的存在不是个体的存在，而是与世界、与他人的"共在"，这种"共在"关系揭示了存在的矛盾性，个体生命不可能是纯粹的自我，而是与环境、与他者互相渗透、互相拆解的自我。贝克特书写的灰色人物不仅揭示了个体的生存悲剧，也透视了整个人类的生存悲剧。他对存在的犀利审视，对人性的严肃叩问，对人类存在的终极思考，无不体现出作家博大的人性关怀和对人生的悲悯之情。在看似平淡乏味的叙述中，潜藏着贝克特对人类生存浓郁的宿命感，也体现出剧作家敢于面对现实，敢于剖析现实的巨大勇气。他的剧作深刻解剖了存在的真实，启迪我们思考人生的真意，探寻生存的答案。

三、不可抗拒的时间

贝克特对时间的概念异常敏感，而时间在他的世界中大多以老年的状态呈现，也许青春岁月因为美好和短暂易逝而显得肤浅稚气，衰老却需要更多的耐心和时间去体验和读解。"时光与日子无所不在，在明天和昨天中也无所逃匿。从昨天中无路可逃是因为昨天已改变了我们，亦或昨天已被我们改造。至于这其中的心绪无关紧要。变形改造已经发生了。昨日不是一个被我们甩在身后的里程碑，而是岁月的足迹留下的日程碑，它沉重而危险地进入我们的生命，成为我们无可更改的组成部分。"① 排除各种意外因素，正常情况下，人最终都要面对身体的老去以及随之而来的心智衰退，这是死亡来临之前生存必须面对的最后一个关口。与之相伴的，是疾病、孤寂和接近坟墓的无尽惶恐。《克拉普的最后一盘录音带》（以下简称《克拉普》）便是这种状态的真实写照。

《克拉普》创作于1958年，时间设在"未来某一天的夜晚"，场景只有一个枯萎的老人和一台磁带录音机。剧作的标题有种宿命的意味，使人很自然地

---

① 塞·贝克特等著、沈睿等译：《普鲁斯特论》，社会科学文献出版社1999年版，第3页。

联想到克拉普此刻的录音将成为他生命最后一部分的记录，与录音带上的内容有机融为一体，构成他完整的人生。或者相反，"最后"也许并非"最后"，而暗示着"连续不断"，一种延伸和对结局的否弃。贝克特将克拉普的年龄定格在69岁意味深长。根据《圣经》，人的正常寿命是70岁，也就是说，克拉普的大限将至。克拉普的回忆再现了他不同的人生阶段，为我们提供了一个审视人生进程、理解衰老过程复杂性的窗口。舞台上的老人与录音带中早年的克拉普并置在一起，昭示了时间摧毁一切的力量。我们无法探知克拉普此刻的心态，他是在追忆中重拾逝去的青春，还是在回忆中等待死神的到来？贝克特也无意给我们明确的答案，如他所说："如果只有黑暗，一切都会明了。可是，正因为既有黑暗又有光明，我们的处境才变得扑朔迷离。"[①] 按照贝克特的理解，现实世界本身存在诸多不可解释的现象，因此，与其穷究作品中每一个人物的真实面目而不得要领，不如换一个视角体会大师的独特匠心。

剧中的克拉普脸色苍白，头发花白凌乱，行动困难，听力有障碍，俨然已经被无情的时间机器耗尽，而沧桑的外表恰好是其内心凄清的写照。身体上的衰竭过程是不可逆的，现实中的克拉普只能继续忍受每一个孤单的夜晚，直到完成自己的宿命。可是理论上，克拉普可以借助录音机和磁带回归过去，在被激活的记忆中重温生机盎然的时日。录音机创造出一种幻像，使时光倒流，克拉普可以随心所欲地沿时间之流回溯。这里，录音机是一个象征，它为克拉普带来短暂的解脱，可以让他暂时逃避枯燥乏味的现实，获得片刻的安宁；同时，空旷的房间里，老年的克拉普形单影只，只能与黑暗中传来的声音相伴，这又强化了他现实处境的凄苦。这是人生注定的结局，为数不多的幸福与美好只是人生中的匆匆过客，而且一去不复返。

磁带中的记忆与现实世界里正在老去的克拉普形成鲜明对照，贝克特有意以此来象征人的精神与肉体之二元对立。精神可能以某种形式永存，如录音带，肉体却注定要走向衰亡，因此也可以说，肉体的克拉普即将消散，精神的克拉普终将战胜时间而继续存在下去。可是，人的记忆就真实可靠吗？也不尽然。人到晚年，许多早年经历的重要事件在记忆中已经褪色，甚至消失得无影无踪，直如一场梦。克拉普的听力已经严重下降，有时候需要俯身才能听清楚磁带上的话语，可以预见，过不了多久，他会彻底失聪。到那时，录音机将成

---

① Kathryn White, Beckett and Decay, London & New York: Continuum, 2009, p. 23.

为摆设，克拉普将陷入永恒的寂静虚空。

克拉普不能接受变老的自然规律，一心希望回到过去，可是磁带里的记忆却传递出这样的信息：年轻时代的克拉普便显得过于早熟、老气，表现出一些老年才有的特征。具有讽刺意味的是，克拉普年轻时曾为了事业和精神追求而放弃了世俗的欢娱，可是精神上、智力上甚至身体上，他都是一个失败者，一切都是徒劳。艺术没有给他带来拯救，反而使他的生活愈加冷寂、失败。既然生命的消逝无法逆转，老年的存在只是无尽的煎熬，不如归去，克拉普淡定了，倔强不屈地等待生命终点的到来，而在这份看待死亡的淡定从容里，克拉普终于战胜了自我。这就是贝克特所揭示的生存真实——由生而老而死，他超然地面对和体验这一时间真实，并近乎零度地表述这一时间感受，实现了对时间的超越。

贝克特1956年创作了第一个广播剧《那年秋天》，借助广播这一新的媒介，贝克特使听众感受到变老的各种声音：痛苦的呻吟、悲叹和沉重的喘息。麦蒂·鲁尼拖曳的脚步声迫使我们承认身体是不可靠的，衰老是任何人都无法阻止的过程。这里，肉身被客体化，成为精神的对立物，并禁锢了人的意识。因此，即便老龄化没有损伤人的思想意志，我们对这个过程仍然无可奈何，只能在清醒的意识里目睹自己的肉体一点点萎靡下去。贝克特通过鲁尼夫人再次表明，老年人的许多身体或精神状态并不完全是年龄本身的自然结果，而是无意义的生存体验和注定消亡的宿命感累积的结果。鲁尼夫人将自己的晚年描述为歇斯底里，她的一生经历了太多的不幸：痛苦、疾病、营养不良、附庸风雅、信仰危机，现在她厌倦了一切，包括自己的身体，她唯一的愿望便是在这个世界上消失，所以日渐佝偻的躯体变成她的负担。

丹·鲁尼似乎比鲁尼夫人年龄更大，因此承受更多的身体痛苦，比如盲目、耳背等。外界发生的一切都已经跟他没有关系了，他每天只跟麦蒂和自己笨重多病的身体打交道。不过，与哈姆不同的是，鲁尼先生痛恨继续活下去，对他而言，死去意味着生存之苦的完结，因而令人愉快。所以，当那个孩子从车上掉下去摔死时，鲁尼先生没有过多的自责或难过，也许他觉得这样可以逃避人生的痛苦和变老的恐惧。通过这对夫妇，贝克特还释放出这样一个信息：两个人相伴变老比一个人孤独终老要少些痛苦，相互依存毕竟是人类的本能之一。

《脚步》（1975）一剧中也弥漫着衰老、病态的气息。老妇人梅病入膏肓，但一息尚存，住在一个虚无缥缈的地方，她的小屋外面堆满石头，给人以坟墓的联想。剧中还有 12 个人物身份模糊，有评论家认为他们代表了一年中的 12 个月，他们的存在可以证实梅还活着，因为他们一直在观察梅苟活于世的痛苦表情。年老体衰使梅的记忆变得模糊不清，头脑也迟钝了，她甚至记不起是否见过这十二个人。这十二个人也可能是死神派来的使者，他们将带走梅，让她超脱生存的种种桎梏。小屋周围的石头似乎是梅的墓碑，预示着她在这个世界上已经不合时宜。模糊的相册和克拉普的磁带一样，记录着梅的过去，可是回忆只能凸显梅的孤独冷清，因为照片中她还有另一半陪着，而现实中的她已经被时间磨蚀成孤家寡人，羸弱不堪。贝克特将"老年"定义为介乎生死之间的状态，而走向死亡的进程又是如此缓慢。可是在梅的脸上，我们却偶尔能看到一丝静穆和高贵的神色，她似乎在努力做到更有尊严地面对生命的最后时刻。当然，这种时刻如昙花一现，更多时候我们只看见一张僵硬的面孔，没有皱纹，没有表情，仿佛一个古老的面具。坐在乱石堆中的梅只露出腰部以上，黑衣裹身，背影很像一尊石像。她似乎在期待，等待最后的归宿。我们也在等待，等待她转过身来，看看她的表情。可是，梅已经融入乱石丛中，专注地等待死的解脱，这个世界与她已经不再有瓜葛。

贝克特描写的人类生存境遇表明，人本质上是为了杀戮而生，出生是为了最终的死亡，介于两者之间的所有疼痛、苦难、爱恨基本上是无意义的。贝克特善于将绚烂的青春与凋零的老年相提并论，藉以讽喻生命的短暂无常，而衰老的过程缓慢又富有神秘感。老年在贝克特看来是生命的负担，只能通过死亡卸掉，而真正的快乐也许就在死的一刹那，因为一切苦痛即将结束。他这样描写时间："然而，这难以捉摸的有创造性的时间，以其特有的作用给主体造成无限的苦恼。正如所显示的那样，这种作用无休止地改变着人的个性，使人永恒不变的真实性（如果有这种东西）只有在对往事的追溯中才能被理解。个体已处于一个没完没了的流动变化过程中，从盛着缓慢、苍白和单色的未来时间之流的管道，流入往昔那令人焦虑不安、每时每刻都充满奇迹的绚丽时光。一般说来，未来是乏味的，难以捉摸和没有个性的……未来的表层只有被某一个日期打破时才有必要，只有被临时的某个具体事物打破时才有必要，这个具体的事物能使我们度量时日，那些日子把我们从一场烦扰中分开，或把我们从誓约中解脱。"①

这段话是贝克特对时间之不可抗拒性的深刻体认。通过描写人的老境，贝克特提醒我们人生不易，衰老是人生痛苦累积的结果，而人生痛苦的根源在于彼此隔阂，记忆只能放大现实的恐惧。波卓变成瞎子之后，曾对时间表示了深恶痛绝："你们怎么老用那些见鬼的时间故事没完没了地毒害我？真是卑鄙！什么时候！什么时候！有一天，这对你们来说还不够吗？跟别的日子一样的有一天，他变成了哑巴，有一天，我变成了瞎子，有一天，我们还将变成聋子，有一天，我们诞生了，有一天，我们还将死去，同样的一天，同样的一刻，这对你来说还不够吗？（更平和一些）她们跨在一个坟墓上催生出新的生命。光明闪亮了一瞬间，然后，又是黑夜降临。"② 尽管身体的衰微无法改变，贝克特的人物依然平和面对生死，在没有其他选择的情况下从容忍受难以忍受的人生，超然面对生存宿命的浮沉，这是贝克特的力量所在——我必须生存，即使不能生存，我也会继续生存。

四、精神的沉寂

在贝克特的戏剧世界里，老年并不仅仅指一个人活了多长时间，还取决于他的智力与精神状态。贝克特的人物大多都不愿停止思想，拒绝死亡的意识迫使他们保持思想的活跃，因此对生命有了更深刻的体验。

《脚步》一剧还探讨了身体年龄和智力年龄之间关系的悖论。女主人公梅实际年龄不过中年，却显得像个老人，她终日思考自己一生的经历，从出生的挫折感到生活的种种不如意，她绞尽脑汁，却百思不得其解，精神十分痛苦。思考的混乱加剧了身体衰老的进程，所以才四十多岁的梅给人的感觉好像已经是个老人，青春和女性特有的讯息在她身上已经荡然无存，这是作者有意将其内心的痛苦外化到她的身体上。梅主要存活在自己的精神世界里，但是她的思想又无法参透生存的意义，思考并不能缓解她的精神倦怠，她只能像一具僵尸，远离现实，等待紧随身体衰老而来的智力消褪。思想的缺位实则是现实的在场。贝克特塑造了鬼魅一样的人物，其实就是现实生活的翻版，生活中的每个人都是存在与不存在的合体，在梅身上，在场就是不在场，活着同死亡无异。

---

① 塞·贝克特等著、沈睿等译：《普鲁斯特论》，社会科学文献出版社1999年版，第11页。
② 贝克特著、余中先等译：《等待戈多》（贝克特选集3），湖南文艺出版社2006年版，第368页。

梅的精神倦怠缘自她艰辛的生活经历：她之所以少年老成，是因为很小年纪就要照顾奄奄一息的母亲，承担起成人的角色，而照顾垂死的病人给她带来的精神压抑必然影响她今后的人生。童年的超负荷劳动使她成年以后也无法安睡，失眠严重影响她的精神状态，她的身体和精神始终不能协调发展。每天必做的九件事使她像一台机器一样运转，也暗示了她的一生就是一个循环，生和死对她没有分别，我们甚至怀疑，她也许根本没有出生过。关于自己的出生，梅隐约将之归咎于母亲的自私：如果不是出生，她不会受这么多苦。可是思考也无济于事，只有死亡可以让她回归宁静。

1981 年，贝克特再次转向思想衰退的主题，创作了戏剧《乖乖睡》（Rockaby）。主人公还是一位老成早衰的女性，她的精神世界似乎永远在别处，一直努力摆脱现实生存的羁绊。剧作的标题引人遐想，我们耳畔会回响起轻柔的《摇篮曲》，眼前会浮现出摇篮中粉嫩的婴孩的温馨画面。可是剧情一展开，美好的幻觉顿然消失，我们看到一位外表衰老的女人瘫坐在椅子上。惊诧之后，我们不禁为贝克特的创意折服：这个女人在椅子上来回晃动，不正是从摇篮走向坟墓的写照吗？这是一部充满诗意的戏剧，话语的节奏与椅子的晃动配合默契，剧情却非常简单：一个不知名的女人（W）在聆听自己的声音（V）从黑暗中传来。贝克特引领我们走上精神之旅，向我们展示一个孤独的老年女性的思想历程。椅子有节奏的晃动与《脚步》中梅的行走异曲同工，只是身体的衰退在《乖乖睡》里表现得更加严重，她只能靠椅子的晃动来带动身体的运动，自身已经不能驱使自己的身体。W 的晚景更加凄凉，孑然一身，没有一个"他者"来帮助她缓解精神的疲惫，孤独加剧了她思想的衰朽。

W 曾经努力寻找伴侣，却没有成功，最终厌倦了寻找，屈从了命运，将自己拘禁在地下室的摇椅上了此残生。她成为自我的"他者"，摇椅像摇篮一样包裹着她，催她睡去；摇椅又何尝不是一座棺椁，让她永远不会醒来？W最终找到了自己的伴侣——她死去的母亲，精神上的倦怠和对生存的绝望使她已经处于一种意志的临界状态。她与母亲、摇椅、大地最终达成默契，不再需要"他者"，也不必再去思考人生。她甚至停止了自言自语，一心希望摇椅让她睡去，停止。贝克特有意将 W 描写为早衰，言外之意是，也许她的身体还没有真正衰老，但是她的精神已经在拥抱死亡，她已经开始蔑视和厌倦人生。

《夜与梦》（Night and Dreams/ Nacht und Traume）是贝克特 1982 年创作的电视剧，描写做梦者 A 在梦中的自己 B 身上得到精神安慰和寄托的故事。剧中没有一句对白，主人公只能通过做梦跟自己的"他者"相拥。在空荡荡的房间里，A 孤身一人坐在桌边，满头白发，显然又是一个行将就木的人。生已无所寄托，梦境成为他逃离现实苦境的良药。他已经不能自由行动，曾经可能用来进行艺术创作的桌子如今只能停靠他沉重枯槁的脑袋。黑暗的梦境可以给他带来些许短暂的安慰，舒伯特的《小夜曲》片段也能给他带来舒适感，仿佛梦中的摇篮曲。此时，主人公 A 似乎回归到婴儿的纯粹状态。贝克特巧妙地设计了 A 梦中的自己 B，B 身上释放着柔和的光，他的精神怠惰状态只持续了一会儿，就有一双手过来抚摸他，在黑暗中给他温暖。梦中的 B 是现实中 A 的愿望的达成，反衬出现实生活中爱的缺失。

贝克特熟悉德国文艺复兴时期著名画家阿尔布雷特·丢勒（Albrecht Dürer）的名作《祈祷的手》，这幅画一定给他带来很多灵感，因为一双慰藉心灵的手经常出现在他的剧作中，例如《陪伴》（Company）、《夜与梦》等。虽然这双手的主人是谁或者性别如何不得而知，但是贝克特倾向于认为这应该是女性之手，"我想帮助之手只能是女性的。一双大的女性之手"①，因为女性之手的触摸更容易感知，也更温情。A 的梦象征着不复存在的一种"现实"，醒着的 A 找不到可以温暖自己的双手。同样的梦境缓慢地重复，暗示出做梦者 A 逐渐消陨的事实；当梦终于结束，A 恐怕也将随梦而逝。

在另一部电视剧《四胞胎》（Quad，1982 年）中，贝克特完全放弃使用语言，转而以视觉形象呈现人的精神困倦。剧中，宛如四胞胎的四个人都穿着长袍，戴着遮脸的风帽，手拿不同的打击乐器，在指定区域踱步，每个人的步伐、路线都整齐划一。除了服装的颜色、每个人身上的灯光色彩和使用的打击乐器不同外，四个人的动作基本一致，这是贝克特经常描绘的存在样态：单调的步伐、厌倦的人生、颓废的精神，大家彼此相伴却又倍感疏离。灯光的明暗暗示出生与死亡，四个人走向黑暗的过程是死亡过程的视觉化呈现，在进入彻底黑暗之前，他们不得不重复各自的生活轨迹。音乐与色彩不能拯救他们的精神，他们的腰弯了，背驼了，思想已经窒息了，可是机械的动作还在持续。在该剧的第二部分，贝克特又回到他最擅长的黑白色调，四个人物穿着白色长袍，给人以裹尸布的联想，他们行尸走肉一般，继续行走，可是我们分明已经嗅到地狱的气息。

---

① Kathryn White, Beckett and Decay, London & New York：Continuum，2009，p. 98.

在荒谬而压抑的世界里，贝克特捕捉到人类变化了的情感模式。沉默是贝克特的戏剧世界，在一无所有中，人们没有了感觉，没有了疑问，没有了追求，没有了话语，没有了思想，一切都归于沉寂。贝克特执著地要让沉默发出声音，让虚无升华为艺术。从出生到死亡，贝克特的人物都试图在茫茫宇宙间找寻自己的位置，理解个体存在的意义，结果将自己弄得疲惫不堪。贝克特揭示了生理年龄与智力年龄不相等的悖论，传达出时光对个人的不可抗拒性，显示了人类思维应对存在的无能为力。精神的疲倦和困惑来自于理解生存复杂性的欲望，这种欲望驱使他们继续活着，即使继续有时毫无意义。贝克特挑战传统文学对精神错乱的描述，刻画了精神官能衰退的过程，为文学和心理研究提供了崭新的视角。

第三节　倾覆的基督

一、现代人的原罪

根据《圣经·创世纪》第三章记载，上帝安排亚当和夏娃生活在极乐世界伊甸园中，后来魔鬼撒旦化身成巨蟒，引诱夏娃偷食了智慧树上的禁果，因此触怒了上帝，被逐出伊甸园，从此带着罪孽之身在世间吃苦受难。这就是基督教关于"原罪"的来历。原罪论揭示了人类理性与欲望的冲突，此后灵与肉的纠结构筑了西方文学的悲剧情怀。人类的罪恶是与生俱来的，人在真正成为人的一瞬间就开始了幸与不幸的双重命运，"人的最大罪恶就是：他诞生了。"[1] 根据基督教义，尘世中的人只有虔信上帝，一生行善，才有可能获得自我拯救和上帝的庇佑。

贝克特与他的母亲有非常亲密的关系，他曾在多部作品中描写过这种心理体验。即使在巴黎定居后，贝克特每年都要回国探望母亲。然而，母亲对宗教的虔敬信仰却并未影响到贝克特。他这样评价自己的宗教情感："实际上根本不存在。我不信宗教。我曾经有过宗教情绪，那是我第一次领圣餐。再就没有了。我母亲非常虔诚。我哥哥也是，他会跪在床头，能跪多久就跪多久。我父亲

---

[1]　叔本华著、石冲白译：《作为意志和表象的世界》，商务印书馆1982年版，第319页。

没有信仰。我的家庭信奉新教，但那对我来说只是令人厌恶，所以我就放下了。"① 贝克特承认自己有个平静而幸福的童年，但是他的孤独感似乎是与生俱来的，这种疏离感使他在成年以后依然保持着思考的优势。贝克特没有皈依基督教，也没有成为基督教戏剧家，他剧作中有很多基督教形象，往往这些形象会让人燃起救赎的希望，但这种希望从来没有实现，人生活在一个充满敌意的世界里，神却无动于衷。

贝克特认同"出生便是错误"的观点，他剧作中的人物几乎都曾怀疑过自己的出生，并将人生的苦难归咎于出生。《自由》中，比克乌大夫这样评价将自我封闭起来的维克托："我不知道这个年轻人到底是埋怨什么。我想，是一些比不论什么病都更严重的问题吧，而且肯定是更模糊的。据说他的身体很健壮。假设他仅仅是抱怨生存，生存综合症。这能理解，不是吗？我们不是生活在 19 世纪。我们懂得直面地看事情。好。我为他提供不再生存的方法，以最轻松的方式，脱离有意识的状态，进入最纯净的领域。"② "生存综合症"是贝克特为现代人诊断的病症，也是这个时代之殇，治疗这种时代疾病的办法是不再生存，进入最纯净的领域，这里最纯净的领域不是生，但也不见得就是死，而是介于生死之间的状态，在这样的情景中，人才可能展开真正的思考，直面现实。

贝克特笔下的人物大多患有他所谓的"生存综合症"，而疾病的根源是人的出生。在《普鲁斯特论》中，贝克特写道："悲剧与人的正义无关。悲剧是某种赎罪的证词，但不是那种可悲的赎罪。——是一种由一帮无赖为一帮白痴准备的，与实地情况相违背的杜撰性言语。这个悲剧形象体现了对于原罪的赎罪，对于人及其他的恶运之伴的最初及永恒之罪的赎罪，对其与生俱来之罪的赎罪。人之最大之过是其被生出。"③ 然而，尽管贝克特承认出生的原罪，但他并不赞同基督教式的赎罪方式，实际上，谙熟基督教的贝克特正是站在基督的肩头开始了他的反思与反叛。

20 世纪，意义丧失了，基督教支配社会秩序与解释世界意义的功能随即

---

① Lawrence Graver & Raymond Federman, Samuel Beckett: The Critical Heritage, London: Routledge & Kegan Paul, 1979, p. 220.

② 塞·贝克特著、郭京昌等译：《世界与裤子》（贝克特选集 1），湖南文艺出版社 2006 年版，第 272 页。

③ 塞·贝克特等著、沈睿等译：《普鲁斯特论》，社会科学文献出版社 1999 年版，第 9 页。

宣告失败。贝克特认识到基督已经不能解救人类免于苦难，在他的戏剧世界里，他开始了颠覆基督之旅，这主要体现在否定秩序，推翻人与上帝的契约，怀疑基督的博爱精神等几方面。

首先，贝克特的作品展现的是一个支离破碎的无序世界，这与基督的有序理想形成对立。《圣经·创世纪》记录了上帝创造世界万物的过程，并强调日月星辰、鸟兽鱼虫各司其位的和谐状态，可见秩序是基督教义的首要内容。西方文明承袭希腊哲学与基督精神，认同智慧与秩序，万物有序成为科学发展的基本前提。但是随着人类文明历史的不断发展，秩序的时空内涵也在不断发生变化，人类面对茫茫宇宙对自己位置何在的追问一刻不曾停止。从宇宙中心论，到文艺复兴时期的人本主义，人类对自身价值的认识逐渐增强，终于摆脱了神秘主义、神权等思想对人的精神桎梏与束缚，人的身体自由、个人权利、生命价值都得到了肯定。到了近现代，工业文明与科学理性的过度开发再度成为压抑人性的障碍，20世纪上半叶两场世界大战的浩劫彻底摧毁了人类对秩序与家园的美好寄托，山河破碎，生命凋零，一派凄凉。贝克特的许多作品都刻画了现代人孤独的情感与思想斗争过程，理性与感性之间的徘徊与迷茫。基督的世界已经混乱不堪，人类已经失去了传说中的精神家园，秩序早已成为遥不可及的梦，现代人自然不会自欺欺人地生活在梦境中。所以，在贝克特的作品中，我们看到秩序的缺位，混乱的登场。

其次，贝克特暗示了人类执着与顽强的契约精神，对神提出质疑。契约精神是基督教义的另一主题。在《圣经》里，人神之间共有七个约定，包括伊甸之约、挪亚之约、亚伯拉罕之约、西奈山之约、祭司之约、大卫之约和新约等，这些约定是神为人订立的，人只有守约才能获得上帝应许的福祉。人皆有原罪，这是人生存不可逃遁的有限性，所以自由意志随时会使人偏离上帝的意旨，有追求无限性的倾向和愿望。尽管人类曾多次违背约定，但是上帝并没有因此抛弃人类，人的有限性与约定的观念在这里起到了平衡作用。契约理念在历史演进过程中，逐渐具有了平等、自由、独立、诚信、协作等内涵，其意义也延伸到宗教以外的政治、经济、社会等方面。但是到了近现代，契约的自觉自律精神已经不复存在，在《等待戈多》里，两个流浪汉遵守约定来见戈多，期冀得到某种救赎，可是，这次违约的竟然是戈多——一个可能的上帝或神。戈多到底是谁这个问题已经争论了多年，我们暂且放下不论，但是我们依稀能看出一点神灵的影子。当埃斯特拉冈与弗拉基米尔讨论《圣经》，讨论上帝的存在与否，上帝的受难以及四个贼的结局时，他们的语气中早已失去虔敬之情，取而代之的是怀疑、讥讽、否定。现代人已经渐渐远离了上帝，因为上帝无法帮助人类摆脱生存的困境。但是人类依然信守约定，在一片荒芜中苦苦等候，等候戈多或者上帝或者希望。反观戈多，不断食言，不断改变约会时间，恐怕见面是永无可能了。弗拉基米尔说："我们如约而至……我们不是圣人，但我们如约而至。有多少人能够说出这样的话呢?"① 显然，贝克特在批评冥冥之中操纵人们的某种力量，同时肯定人类的执着精神，上帝弃我而去，我依然活着、坚持着，这是人的胜利。

再者，贝克特的戏剧世界里没有完满的爱，只有模糊的记忆，而上帝的博爱也无法拯救人类，这是对基督泛爱精神的又一挑战。基督教宣扬博爱、众生平等，所谓博爱不是狭隘的、相对的爱，而是具有普遍性和超越性的爱。这是神人之爱，人人之爱，在上帝之爱的烛照下，人的生命不再寂寞、空虚，爱使一切成为可能，爱使人生有了意义和价值。爱不仅是一种情感，还有伦理的价值，爱的力量似乎可以化解一切。果真如此吗? 20 世纪的人类社会给出不一样的答案，爱不是一切。当人的欲望无限膨胀，物质文明的过度发展击垮了脆弱的爱的防线，西方社会普遍出现了人际疏离、异化、精神颓败等异常现象，基督已经无力应对。贝克特用自己的作品揭示了基督的虚伪面容，鼓励世人勇于面对凄惨无爱的现实。

同样，贝克特笔下的人物也拒绝忏悔。忏悔也与原罪说有关，由于人类共同的罪性，人类只有不断忏悔，才能重回天堂，得到上帝的宽宥并最终获得救赎。"人，由于他堕入罪恶，所以在根本上丧失了达到任何崇高的善的意志力以及与此相伴的灵魂救赎。"②《等待戈多》里埃斯特拉冈与弗拉基米尔一开始就提到忏悔，当弗拉基米尔说"咱们是不是要忏悔一下"时，埃斯特拉冈反问"忏悔什么"，"为出生而忏悔吗?"这里，我们看到贝克特怀疑忏悔的作用，既然人是被出生，从一开始就别无选择，那就只好继续下去，没什么需要忏悔的。人类的理性和欲望驱动着现代世界一步步走向灾难和毁灭，上帝的承诺已经没有任何意义，现代人渴望获得此岸的解救，而不是虚幻的彼岸世界。

---

① 塞·贝克特著、余中先等译:《等待戈多》（贝克特选集 3），湖南文艺出版社 2006 年版，第351 页。

② 马克斯·韦伯著、陈平译:《新教伦理与资本主义精神》，陕西师范大学出版社 2007 年版，第127 页。

换言之，现代人否定了传统的上帝，期待一个新的"上帝"出现，而在贝克特心中，这个救赎者应该是人自己。

贝克特对基督蒙难的主题似乎情有独钟，《等待戈多》中波卓和幸运儿的形象、弗拉基米尔摆的树的造型、十字架与救赎等话题反复出现；《终局》的开头和结尾两次出现哈姆将带血的手帕盖在头上的场景，人物的名字也意味深长，哈姆、克劳夫、耐尔、纳格都是锤子或钉子的变体，这些意象很容易使人联想到蒙难的基督。但是，稍加留意便会发现，贝克特剧本里的受难者虽然在承受苦难，却总是昂着不屈的头，眼神坚毅决绝，没有丝毫的退缩与恐慌，面对灾难、失败、甚至死亡，他们没有惧色，与权威抗争到底的精神跃然纸上。

在贝克特时代，尼采"上帝死了"的观念已经不再新鲜，他无意在作品中重复前人的宗教批判主题，转而以不羁的精神，挑战虚幻的上帝秩序，深刻揭示出上帝秩序已经不能改变人类生存的宿命感。上帝已经缺位，人类新的希望在哪里？贝克特为我们留下谜一样的戈多，至死不肯多做解释。但是，我们还是窥探出贝克特的狡黠：埃斯特拉冈与弗拉基米尔的昵称戈戈、迪迪合起来正是戈多的名字，而两个人分别代表了人的理性和感性双重属性。戈多就在人自体，当人的灵魂与肉体、感性与理性能够融为一体，人自身就是救赎之路。贝克特塑造了很多灵肉分离的人物，显然是在昭示现代人对话与沟通的重要性，以及人类精神净化的必要性。从这个意义上讲，戈多将会替代基督成为人类摆脱原罪的途径，但前提条件是，人要抛开久远的童年记忆，积极投入此岸的人生。

二、记忆的羁绊

贝克特对记忆和习惯有自己独到的看法，他拒绝将记忆理想化，而是迫使人在荒芜的现实语境中重新思考记忆的功能。在他的艺术世界里，记忆仍然与过去的经验关联，但却在现实中加速了人退化的脚步。贝克特剧中的人物大多将记忆理想化，有时候甚至虚构记忆以缓解或消除过去经验的痛苦，这时记忆起了反作用，因为人物既不能凭借记忆真正摆脱过去，也没有丝毫减少过去经验带给他们的痛苦。于是记忆本身成为衰颓的象征。

贝克特将回忆分为"自主回忆"和"非自主回忆"。他认为"自主回忆作为一种起唤醒作用的工具毫无价值，它所提供的影像与真实相去甚远，犹如我们想象中的神话或直觉描绘的对事物的歪曲图画"，它"是千篇一律的理性记忆，依靠它，我们可以再产生那些令我们的检验功能也满意的过去有意识地和理智地形成的印象。……它呈现的往事是单色调的，它们选择的形象与想象所选择的形象同样武断，同样远离现实。"① 广播剧《灰烬》（Embers，1959 年）是贝克特最高深难解的作品之一。在这部作品中，贝克特充分发挥广播剧这一新兴媒体的长处，用声音手段深入挖掘了人的意识的各个侧面。正常与疯狂之间的距离很微妙，《等待戈多》中的埃斯特拉冈曾经说过，"我们生下来都是疯子。有些人还一直都是疯子。"② 《灰烬》的主人公亨利精神状态混乱，人们甚至怀疑他是否能够控制自己的声音。如果亨利的思想能够控制记忆，这就是自主回忆在起作用，但是显然贝克特不会停留在记忆的一个层面，他更重视非自主回忆的形式及其对人的作用。贝克特认为非自主回忆是一种更准确、更可信的记忆形式。但是，如果非自主回忆能够更真实地呈现过去，人就得放弃对自己思想的控制权。

在《灰烬》中，大海是唯一的外在物体，但是亨利却逃不掉海的咆哮声，这说明声音不仅是外在客观存在物，同时也在主体的脑海中存在，并时刻影响着主体的内心世界。大海的声音使亨利联想到自己死去的父亲，因而强化了现实的恐惧感。亨利努力让自己大声说话，希望能够淹没大海的咆哮声，这个隐喻暗示了他想从脑海中驱除过去的记忆，而他强迫症病人般的喋喋不休不禁让人怀疑，他的头脑是否正常。关于父亲的记忆一直困扰着亨利，同时他又盼望死去的父亲能够与自己同在。"没完没了地回忆对死者所做的种种残酷之事是对自己的鞭笞，因为死去的人们只有继续存在于活着的人们心中时，才是死了。对所遭痛苦的怜悯较之对受痛苦者清醒的评价，是对痛苦的更为严酷、更为准确的表达。因为受痛苦者至少免除了一种绝望——作为旁观者的绝望。"③ 亨利以讲故事的方式回忆过去，同时又否认故事是自己的人生，也许过去的经历太痛苦，他已经无法面对自己或者自己的记忆。贝克特让笔下人物用叙述的方式来理解过去，用记忆排除现在，故事中的人取代了现实中的人，这种置换表明主人公对现实的不满足感。

此外，亨利记忆的准确性也值得怀疑。在回忆中，他似乎对妻子的声音充满期待，但是现实中妻子已经消失，那是一段心碎的记忆，因此回忆没有给他

---

① 塞·贝克特等著、沈睿等译：《普鲁斯特论》，社会科学文献出版社 1999 年版，第 10、21 页。

② 塞·贝克特著、余中先等译：《等待戈多》（贝克特选集 3），湖南文艺出版社 2006 年版，第 352 页。

③ 塞·贝克特等著、沈睿等译：《普鲁斯特论》，社会科学文献出版社 1999 年版，第 29 页。

带来多少安慰，反倒让他感觉更加凄凉。可以想象，随着时间的推移，亨利的记忆会愈加模糊，他的声音终会被大海的嘶鸣声吞没，而他将面对更大的精神折磨。不过，也许只有与大海合二为一，亨利才能最终逃脱声音的困扰，与父亲团聚。亨利不愿意承认自己形单影只的现实，记忆也无法真正代替另一个个体的存在，记忆本应成为人生的一种补充，这里却于事无补。思想无法摆脱现实，过去的凄苦记忆又进一步伤害了现实，人的苦楚在这里已经无以复加。

1980 年贝克特 75 岁生日时，应邀创作了短剧《俄亥俄即兴》（Ohio Impromptu）。剧中，贝克特考察了记忆的一种新形式：丧亲之痛，孤独之苦，以及对逝去之爱的真挚呼唤。剧中的听众与读者外貌几乎相同，均为黑色长大衣，白色长发。通过舞台上静止的人物与叙述中流动的时间的对比，贝克特突出了人与人之间既相依又陌生的关系，剧中的读者与听众实则为同一个人的两面，互为镜像，表明人的孤独本质。读者是主人公记忆的外化，是虚构了约现实，他的故事又是听者的镇静剂。这里，说者与听者被分离开来，前者代表构成记忆的话语，后者代表回顾的行为，通过在记忆中重新塑造自我，主人公学会了应对现实缺失的办法。外部现实世界逐渐褪去，记忆中的相聚成为他活下去的支撑。

然而，回忆没有给主人公带来期盼已久的安慰。听者不想抹煞记忆，因为回忆可以让现实生活变得易于忍受；读者在讲着听者的故事，展示的却是不同的人生，他想通过叙述来缓解自己的寂寞。读者的故事里有张"可爱的脸"，似乎是主人公逝去的爱人，她派读者来安慰主人公，出现在主人公的梦里，鼓励他不要放弃他们曾经共同生活过的地方。由此看来，读者又是逝去爱人的化身，主人公通过他回味往昔岁月，他也许后悔离开了曾经与爱人共同生活的地方。可是爱人已逝，剩下的另一半只能孤独地继续前行，面对生活的种种变故。该剧意在说明，人可以在精神上和心理上停留在过去的记忆中，身体却必须接受孤独的现实。然而，随着衰老和死亡的逼近，主人公的思想开始退化，他的回忆也随之僵化枯萎。故事讲完了，听者与读者对望之际，我们终于明白，他们其实就是同一个人，想象中的伙伴凸显了主人公的寂寞。回忆已经没有意义，因为记忆已经被淘空，黎明到来却没有晨曦，晦暗的天色暗示着生者的弥留状态。

贝克特说过："一个死去的人还在继续不断地对他发生影响。这两个方向不同的磨难的位置重新获得了朝向十字架的最初推动力、增长力及加强力。这中间的每一次停顿都使他痛苦地感受到一种幻觉：那已经在他身后的东西，'这就是记忆的残忍之处。'"① 虽然回忆过去也很痛苦，虽然记忆像头脑一样也会衰老，但是它毕竟能帮助人摆脱虚空无聊，暂时缓解孤独感。贝克特试图表明，即使我们生活在人群中，孤独仍是存在的基本属性之一，回忆也许能够一时减轻这种与生俱来的孤独感，但是无法根除它，因为人永远不能潜入自己的意识深处。既然意识无法穿透，我们也就只能继续凭借记忆获得精神的慰藉。

三、向死而生

在贝克特的世界里，精神应该是使我们负重前行的力量。但是存在的虚无感和希望的缺失不断消蚀人的精神，直到最后人被生存的厌倦感彻底击垮，在单调的生活面前倒下，不能、也不愿意继续。贝克特成功地描写了精神的磨损过程，指出丧失了精神之力的人便和死人无异，生命的真正完结应该是身体、智力和精神三者的同时死亡。"但成就究竟为何物？它是欲望的客体与主体的契合。但在主体追寻客体的路上——可能多次，主体就已经死亡。"② 贝克特界定的死亡并不是一个突然终止的事件，而是在生命行将结束之前必须经历的一个过程，而这个过程的临界状态似乎又引出一个疑问：身体终将逝去，意识是否也会随之而死？没有答案。有评论家指出，20 世纪创造了许多新的可能与不可能，甚至包括死亡，贝克特的伟大就在于，他将死亡命题的内涵拓宽了。

在贝克特剧作中，肉体的死亡与精神的死亡似乎有些错位，肉体衰亡的速度明显比精神衰退快。面对必然的死亡时，贝克特剧作中的很多人物都选择一种较为积极的智力活动来刺激残存的意识，驱散眼前的凄婉，例如听录音机、看相册、讲故事、写作等。在贝克特眼里，这些精神活动是对存在的确认和肯定，不会随着时间的流逝而消失，因此可以成为人类思想的一部分而继续存在下去。

《快乐时光》是一部充满反讽的剧作。"来于尘土，归于尘土"的理念暗含着死去是对现世苦难的解脱，但是贝克特笔下，大地母亲并不总是慈眉善目、笑脸相迎。主人公温妮每一天都乐观地生活，即使被土埋了大半截。贝克

---

① 塞·贝克特等著、沈睿等译：《普鲁斯特论》，社会科学文献出版社 1999 年版，第 9 页。
② 塞·贝克特等著、沈睿等译：《普鲁斯特论》，社会科学文献出版社 1999 年版，第 10 页。

特用这一形象强化了在枯槁的世界中个体在宿命面前的无助感，死亡与出生对贝克特来说，只是同一体验的两个侧面，而非截然分开的对立项。肉体的死亡并非一定指向精神的终结，死亡是一个漫长而复杂的生命过程。《快乐时光》的第一幕里，温妮被描写为一个青春不复的中年妇女，但是她保养得很好，金发、胸部挺拔，可是她腰部以下被大地紧紧拥抱而动弹不得，暗示着身体机能开始衰退。温妮这一形象看似滑稽，实则象征了人与死亡和大地的关系：死亡面前人人平等，大地母亲将是所有人的归宿。贝克特借用温妮半生半死的状态，引发人们去思考存在的意义：我们真正活着，还是已经处在死亡之中？在坟墓一般的土地包裹中，温妮求永生的乐观精神和坚强意志显得有些可笑而悲哀，但是她选择顽强、乐观地活着。这里，贝克特成功地展示了人类求生的本能和积极乐观的禀赋。为了保持存活的状态，温妮不停摆弄口袋里的物品，不停地说话。话语能力此时成为生命犹存的表征。温妮需要活下去，但是要有人来见证她还活着的事实，丈夫威利的存在起了这样的作用。时间的流逝体现在温妮身上，泥土将她埋得愈来愈深，她仿佛化身为一个日晷，或者沙漏。我们从温妮的脸孔上看不出多少变化，可是周遭的一切都在凋落。

第二幕中，温妮开始接受自己的宿命。土地慢慢剥夺了她身体的各种机能，生命力逐渐消失，祈祷、说话都不再能给她带来安慰，她甚至无法转头看自己的丈夫，无法用手臂拿起镜子，此时她的生存已经受到极大限制，死亡和极端的寂灭终将到来。然而，温妮依然顽强地自说自话，精神上傲视自己的终局。剧中丈夫威利在温妮身后时隐时现，是温妮死亡过程的见证人。尽管贝克特没有描写温妮的结局，结局却是完全能够预见的，任何人都无法阻拦命运的步伐，任何人都只能孤独面对自己的终局。想到温妮死后自己将孤独终老时，威利拿起了枪，也许他希望厮守一生的两人可以在死后继续相伴吧。

"我们对永葆个性的天堂的梦想是多么荒谬啊，因为我们的生命就是对天堂不断否定的过程，那唯一真实的天堂是已经失去的天堂，而死亡将医治许许多多渴望不朽的欲望。"[①] 在《圣经》里，人类是不完满的，有各种各样的缺陷，但是人类依然可以得到拯救。可是在贝克特的世界里，人类的痛苦是永存的，无法解脱。如果出生不过是为了最终走向坟墓，人生就是一个转瞬即逝的衰老的过程，青春太短暂，根本不容人去细细体味，所以贝克特更愿意关注上

---

① 塞·贝克特等著、沈睿等译：《普鲁斯特论》，社会科学文献出版社1999年版，第17页。

了年纪的人。《自由》中的维克托曾说："如果我死了，我不会知道我死了。这是我对死亡惟一不满的地方。我想享受我的死亡。这也是自由的所在：看着自己死去。"①"看着自己死去"需要极大的勇气，也是出生赋予人的自由。

贝克特一生都在通过写作来试图理解死亡的复杂性。死亡的过程几乎与生存的过程一样难以忍受，人们甚至怀疑自己是否还有出生的愿望，这样就可以免除责罚般的生存，也不会体味太多的失望。死亡是骇人的，人类身体的运行轨迹表明物质的无意义，但是贝克特认为，身体的死亡并不意味着精神的死亡，只有意识消亡才是彻底的虚无。贝克特的作品使我们对死亡有了更深刻的认识，死亡的内容也是包罗万象。既然身体之死只是死亡进程的一个出口，贝克特提醒我们去更多地关注人存在的价值和精神意义。品味死亡才能思考生的意义，在自我否定的过程里生命迸发出前行的动力。在死亡中生存是一种坚定的人生态度，因为死亡不是生存的终结，而是一种延续，是一种担当，只有置身于死亡的各种可能性中，人才能领悟生命的真正意义与价值。从这个意义上讲，贝克特作品中的死是"死而后生"的死，是生命的另一种存在形式，死亡使生命更加丰美、完整，在与死神共舞的过程中，人类的坚贞与智慧得以弘扬。

四、自我救赎

贝克特生长在一个笃信新教的家庭，早年受到基督教的熏陶。尽管成年后贝克特放弃了基督教，但是少年时代的宗教烙印还是在后来的作品中有所体现，而原罪、救赎也是其作品重要的主题之一。在苦难的人生旅程中，救赎是对受难灵魂的慰藉和支撑。耶稣为了拯救世人脱离苦难，宁愿自己被钉死在十字架上，那是星期五，耶稣受难日，也是贝克特出生的日子。三天后，基督死而复生，昭示了生命的奇迹和力量。因为罪恶而死，因为爱而得到拯救，因此苦难是自我救赎、净化灵魂的必经之路。但是在贝克特的思想和作品中，救赎的含义已经发生了变化。墨菲指出："中世纪天主教炼狱的概念是介于罪恶与救赎间的中间状态，在这一框架内考察其文本，我们发现贝克特的人物都被困在不确定的来世里。通过拒绝把宗教上的炼狱看作是灵魂升入天堂之前的涤荡之地，贝克特及其人物就否弃了中世纪的确定性，堕入现代的不可知论困境。

---

① 塞·贝克特著、郭京昌等译：《世界与裤子》（贝克特选集1），湖南文艺出版社2006年版，第320页。

贝克特受到传统的灵魂净化说熏陶，但是他笔下的人物又失去了痛苦会终结的信念，他将炼狱重新塑造为一个灵魂与肉体没有自由的消极之处，在这里，逃亡与救赎一样模棱两可。"①

　　爱尔兰很早就解构了奥古斯丁的本体论。被黑格尔称为"中世纪哲学之父"的爱尔兰思想家 J. S. 爱留根纳（J. S. Eriugena）将世界看作是一出自娱自乐的无稽的戏剧，一个不受任何约束的非同一性的混乱状态，创作则是自我指涉的漩涡。在这个非线性、完全无端的世界里，戏剧与自我进行不间断的交流。主体性难以捉摸，仿佛人人心中的上帝形象，只有当我们对自己的身份也模糊不清时，我们才能获得完美的自我认知。所以，主体既是"我"，又是"非我"，上帝既是自然之因，又是自然之果，而上帝又不可认识，就连上帝自己也无法认识自己。

　　贝克特的戏剧作品继承了这样一种否定神学，对生命的境况提出质疑。他的作品描写了人类对宗教救赎和来世的怀疑，所以死亡的过程被无限拉长、放大，凸显了对死后的茫然。对贝克特剧中人物而言，上帝的偶像并不存在，唯一的上帝便是人类自己；承认人类是上帝的造物，几近于承认人的主体性与上帝同样难于捉摸、难以辨识。在神学处于支配地位的文化中，对表现主义的怀疑论十分盛行，但是爱尔兰文化对此不屑一顾。实际上，18 世纪的爱尔兰神学提倡意动而非认知，褒扬修辞而贬抑真实。形象与实物之间的蹩脚关系反衬出爱尔兰文化对上帝认知的矛盾性：物体是万能的上帝命名的，而上帝又是虚妄的非实体，于是世界本身便从虚无中诞生，这个推理充满否定意味。由此，爱尔兰神学话语的遗传在贝克特的戏剧场域中具有了反表现主义的美学特征。

　　死亡是对存在的威胁，是极具悲剧色彩的命题，可是贝克特笔下的人物在这个宏大命题前显得笨手笨脚、滑稽可笑。这种犹疑不决越发凸显了世界的荒诞与可悲，现实中是否还有希望的一席之地存在？贝克特深谙，清醒而忧郁的现实主义者远比乐天的乌托邦主义者更忠实于人类解放事业，他们为此不惜忍受苦痛折磨。可是贝克特对他们的坚忍也无以回报。在贝克特的世界里，为了简单的生存，为了使自己哪怕些微地摆脱虚无，为了能在泥泞中蜗行一小步，为了在死气沉沉的人生中留住一丝卑微的余烬，人往往要付出万分艰辛的努

---

　　① Colleen Jaurretche, Beckett, Joyce and the Art of the Negative, New York: Rodopi B. V. , 2005, pp. 109～124.

力。贝克特意欲从极度匮乏的质料中制造出一台娱乐盛宴，这几乎是一种自我惩罚，其结果是完成了一个更无意义的置换，只剩下赤裸裸的贫瘠，真实而执着。

不可否认，贝克特作品中散落着大量与基督教有关的隐喻，十字架、枯萎的智慧树、受难基督、流浪汉等，其中尤以《等待戈多》和《快乐时光》为最。许多人甚至将戈多等同为上帝，依据是戈多的名字（Godot）是由英语的上帝一词"God"加上法语表示名字昵称的词缀"ot"构成，所以戈多就是上帝，传话的小男孩就是天使，两个流浪汉是在等待上帝的救赎。我们说，对贝克特进行宗教式的解读有其道理，但是应该避免机械地对仗，而应该透过宗教的表象捕捉贝克特更深层的美学和文化旨归。从贝克特早年背弃基督教的决绝，以及他精读哲学著作、极高的艺术造诣等方面看，贝克特戏剧作品中呈现的基督形象显然已经不是一般意义上的宗教，因而也不能简单地进行一对一地解读。

自从亚当和夏娃被上帝逐出伊甸园，人类便开始了漫长的自我救赎之路。人作为有限的物理存在，精神上却有追求无限自由的指向，以有限的存在去博取无限的归宿，人类的悲剧感由此而生。基督教宣扬此岸的短暂虚化，彼岸却是完美无瑕的。上帝派耶稣来到人世传递博爱，拯救世人，人类只有追随基督，背负沉重的十字架，铭记自己的原罪，才能期冀重回乐园。天堂的美是理想形态的美，反衬出现实的局限性。在充满矛盾地探寻理想美的过程中，人类文明形成了多种救赎方式，如宗教的、审美主义的、现世的、文化的，等等。

贝克特应该尝试过宗教式的救赎，在他的剧作中存在大量精神与肉体的二元对立，以及"出生就是错"的原罪观念，但是他年轻时代就放弃了基督教，也就是说，他认为宗教救赎不是最有效的，所以贝克特剧作中的耶稣形象永远都瞪着那双满含愤怒与不羁的眼睛，全然消解了慈善忍让的温和。贝克特认识到存在的悲剧性，以及文明的发展如何反制于人类，但是贝克特并不主张简单地回归古典主义，在冥想中找寻失落的理想，用审美主义的方式来解救文明困境下的人类。海德格尔提出以"诗意的栖居"进入人的本质，在对现实的否定中达成理想，获得救赎，可是审美主义的自我拯救也不适合贝克特。

应该说，贝克特是现世的，他关注惨淡的人生，直面时代的苦难，为动荡的时代奉献一己之力；贝克特也是出世的，他在戏剧与艺术的世界思考人生，将现代文明的缺憾以审美的方式表现出来，实现了文化上的自我救赎。他一面执著地体验此岸世界，向各种私人的、集体的、人类的困境呐喊、抗争，一面沉浸在戏剧的诗意境界，寻求精神的超越。因此，贝克特的救赎方式既不是纯粹的宗教体验，也不是精英式的审美主义，而是一种积极的、入世的，同时又诗意的综合审美体验方式。英国戏剧家艾斯林曾说："在表达终极确定性消失后的失落感方面，按照一种奇怪的悖论方式来看，荒诞派戏剧也是一种探索的征兆，它也许最能称得上我们时代真的宗教探索：它是一种努力，尽管这种努力是小心翼翼的，尝试性的，但它仍要歌唱、欢笑、哭泣及怒吼———如果不是为了赞美上帝，至少是寻求一种不可言喻的精神维度。"① 失去了宗教关怀并不可怕，人类依然可以执着地等待，等待何人也无关紧要，只要坚持下去就有希望，这才是贝克特戏剧要传达的信念。卢卡契在《当代现实主义的意义》中写道："现代宗教上的无神论一方面失去了其革命性的锐气——空旷的天堂反衬出没有了救赎希望的世界；另一方面也表明，在没有上帝的世界，救赎的愿望依然强大，人们在上帝缺位带来的虚空中祈祷。"② 在历史的梦魇中，救赎的愿望依然强大，但是我们不能苛求贝克特设计出一场社会革命。贝克特式的救赎是冷静的人生体验和对宿命的泰然接受，是知必死而平静面对死的救赎精神，正是在这一点上，贝克特实现了对宿命的超越。

认为贝克特的戏剧作品过于晦涩、悲观的观点实则未能领会到贝克特的真实思想、他语言的质感和作品中的喜剧质素。勇于面对生存的残酷和人类处境的悲惨，实际上正是贝克特应对生活的积极手段，正像《终局》里哈姆所说："开始时就料到结果了，可是还要继续"③，虽然人生惨淡，可是贝克特的人物别无选择，只能继续前进。诺尔森说过，贝克特的作品传达了这样一种人生观，即"出生与痛苦和死亡紧密相联，而人生就是一条任人踩踏的痛苦之路"④，而贝克特的精神力量激励我们勇敢地走上这条路。贝克特的作品介乎悲剧和喜剧之间，是典型的悲喜剧，这与他生活的时代因素关系密切。贝克特放弃了宗教式的救赎，悲天悯人的本性使他也不能专心于审美体验式的自我精

① 黄晋凯：《荒诞派戏剧选》，中国人民大学出版社1996年版，第13页。

② G. Lukacs, The Meaning of Contemporary Realism, trans. John & Necke Mander, London：Merlin, 1963, p. 44.

③ 塞·贝克特著、余中先等译：《是如何》（贝克特选集4），湖南文艺出版社2006年版，第61页。

④ Kathryn White, Beckett and Decay, London & NY：Continuum International Publishing Group, 2009, p. 2.

神拯救。贝克特成功了，他将苍白的世界如实呈现，以文化的方式介入自己的时代，准确判断时代痼疾，实现了在生存中的自我精神救赎。从这个意义上讲，贝克特的戏剧也是一种宗教，更是一种哲学，因为真正的宗教便是真正的哲学，同样，真正的哲学也即真正的宗教。

第四节　贝克特的宇宙观

贝克特一生都毫不妥协地以片段、抽象和抒情诗的方式书写他的史诗，他的自我投射与自我重建的写作风格成为现代浪漫主义传统的一部分。在阅读与书写的过程中，他频频回首，并未真正远离传统。在描写失败的表象之下，贝克特意在建构一个更宏大的美学领域。通过描写失败与挫折，贝克特参与到西方形而上学的传统之中，而不是背离或颠覆它，他追随新柏拉图主义思想，钟情于奥古斯丁和但丁的理想，汲取乔伊斯和叶芝的宇宙观。贝克特的戏剧以简驭繁，追求一种抒情诗般的统一，他笔下的人物与背景、自我与他者、流浪与家园相反相成，互为补充，形成一个有机的统一体，这才是贝克特的真实世界。贝克特戏剧有和解，有坚守，有融合，有分歧，这些具象元素从不同侧面表达出完整的贝克特式的人文理想。贝克特的戏剧是对人生的重新审视，是对生命漫长的哲学追问。

贝克特的戏剧作品自成一体，有其内在的逻辑性。贝克特将人生描述为一个双重的循环，主体一边向上追求超越，一边不断沉入具体的现象世界，在游走人世的进程中，主体逐渐丧失了人的具体性，具有了超越人格的特点。贝克特的艺术之所以魅力无穷，并不只在于其具体的描摹，而在于其所构筑起来的高度抽象化的世界。欲望与理性之间难以逾越的鸿沟在贝克特形而上学的叙述中因而具有了诗一般的精确性。贝克特的戏剧作品承袭西方形而上学传统，延续了柏拉图、亚里士多德、维吉尔、奥古斯丁、但丁、弥尔顿、维柯、叶芝、乔伊斯等的宇宙论、目的论，在广义的人类周期视角下搭建起更宏阔的艺术平台。理解贝克特的戏剧艺术，不可能忽视其背后强大的西方文化与哲学传统，对此，贝克特质疑过，但最终成为其中的一份子。从语言的创造性表达方式看，贝克特也许是空前绝后的，但是从他对形而上学宇宙观的坚持来看，他绝不是孤身一人。

一、生命循环

贝克特对存在的循环模式以及真实或隐喻性的彼岸世界非常感兴趣，并将这一主题推演到极致。叶芝曾谈到主导形象的力量，认为如果诗人穷尽一生一世用拙劣的技法去思考这个形象，这一形象就会"引领他的灵魂，超离意义的语境和自然界的规律，进入那所遥远的房间，不死的神明正在那里，等待那些灵魂如火焰般单纯、身体如玛瑙灯一样沉静的人。"① 叶芝想说明的是，人的一生有限，自我超越，作为一个纯然的存在物而超脱物质阈限，这种知识是无法学到的。但是，人可以从传统中学到这些知识，实现自我超越。叶芝还认为，故去的人知晓人一生才能获得的知识，"因为智慧是死者的财富，与今生并不匹配"②。因此，活着的人可以从传统中获得智慧。叶芝甚至设计出一个人生的循环图，认为"人追求自己的对立面或者自己处境的对立面，在力所能及的范围内接近自己的客体"③，从黑暗趋向光明，从客体回归主体。

尽管贝克特很少评论叶芝，但是两者的宇宙观确有异曲同工之妙：他们都将生命看作是一个对立统一的整体，只是贝克特将叶芝的观点掉转了方向，从光明走向黑暗，从主体走向客体。贝克特笔下的流浪者貌似为情侣，实则是二位一体，他们必须克服现实中的很多困难才能实现真正的结合。尽管贝克特关注人思想穿越黑暗与光明的循环运动，但是他始终拒绝接受生命会在其中一极停下来的可能性。贝克特还将重生与主体的游走联系起来，这也是生命循环的必要条件。他时常把坟墓意象和母体的子宫、婴儿的摇篮等意象重叠，借此表明在死一样的世界里重生的必要性。

贝克特生活在混乱的时代，子宫或伊甸园的意象能够给人带来秩序和生命的联想。在他的想象世界里，死去的灵魂等待新生，活着的人则处于半生半死的状态，在无尽的循环里继续各自的命运。贝克特认为，生命本身才是终极的障碍，阻止了主体通往客观理想的通道。在《普鲁斯特论》中，他写道："现在与过去的共同之处，比单纯的现在或过去都更具本质意义。现实，无论是更接近想象的，还是更贴近经验的，只是一个表象，一个孤立的存在。想象，主

---

① W. B. Yeats, Essays and Introductions, New York: Collier Press, 1968, p. 95.

② Richard J. Finneran, Poems, New York: Macmillan, 1983, p. 237.

③ W. B. Yeats, A Vision, New York: Collier Press, 1966, p. 81.

要应用于不存在的事物上，在虚空中发挥，不能容忍真实世界的种种限制。"①
贝克特将人生视作一种"惩罚"，与理想不可兼容，主体若想与客体彻底融合，必须首先舍弃生命的重负。脱离客体的主体只能处于"半活"的状态，是一种发育不全的存在，这种半生半死的状态在贝克特戏剧中大量存在，如行将就木的温妮、克拉普先生、梅等，他们生活在半明半暗的环境中，介于睡着与醒来的中间地带。这是一个生命的循环，一个没有始终的存在之圈，不能结束，也无法开始。

也许只有合时宜的生才能使主体正常死去，从而脱离这个存在的循环，可是贝克特笔下的人物都是被出生，在这种情况下，他只能继续生命的行程。出生是人生的入口，也是贝克特人物的理想内核，是主体能够接触到的意识历史的最初时刻。追问出生实则是考察人与祖先、与传统的关系。据说，毕达哥拉斯能记起自己的前世，柏拉图也相信回忆，认为这是非私人的记忆，是灵魂与理想交流的时刻。克拉普每到自己的生日就会放录音带，这种对出生的寻求已经有了仪式的色彩。

受维柯、但丁、奥古斯丁的影响，贝克特十分看重人类智慧的起源。作家只有把本人连同并未完全死去的人类文明结合起来，才能激活自己的感知系统，超越自己的局限。换言之，贝克特强调不但要吸收先人的思想，还要汲取鲜活的知识，藉此与先贤建立一种联系，在这个过程中，贝克特的先祖、前辈和他本人一道成为叙述的主体。人类历史上的先贤建立起某种传统，贝克特在其中找到了自己的位置，并激活这一传统，因此能够超越存在的重重束缚，领悟生命与艺术的本真。

二、直面人生

贝克特认为，存在的轮回涉及到生存的本体论追问。受新柏拉图主义思想影响，贝克特的剧作大多反映精神在现象世界的投射，以及具体的现象如何归于"一"的观点。"一"与多是一个变动不居、不断进化的世界观，众多的灵魂构成生生不息的生命链条，这是新柏拉图形而上学倚重的二元对立观点，也是贝克特津津乐道的命题。在贝克特这里，生命链条将唯一与从唯一衍生出的诸多具体物象连接起来，人类的传承不是线性的，而是圆形的，影射人类繁衍

---

① 塞·贝克特等著、沈睿等译：《普鲁斯特论》，社会科学文献出版社 1999 年版，第 48 页。

的历史，由一而众。贝克特认为，生命的链条是一个封闭系统，主体在其中不断变换位置完成它的延续，所以贝克特作品中往往是一个人来了，另一个人就离开。在《终局》里，贝克特更暗示出折磨者与受折磨者之间的位置也是互换的：哈姆以折磨人见长，他掌管一切，发号施令，不断强化自己在家庭的中心地位；克劳夫是被折磨的对象，他想离开却不能，只好忍受哈姆的驱使。在《等待戈多》里，波卓与幸运儿也是一对折磨者与受害者形象。但是当受害者一旦要离开折磨者，他便转换成折磨人的角色，使从前的主人痛不欲生。直到后来双方和解，这一循环得以完成，然后进入下一轮循环。

在《录音带》一剧中，克拉普回忆起他有过一个质地坚硬的橡皮球，给狗玩的，还说他本应该把它保存下来。贝克特解释说："如果把黑色的球给白色的狗意味着为精神而牺牲情感，那么形式在这里也有这样的含义。"①《录音带》借用黑暗与光亮的对立象征了理性与感性的斗争。克拉普竭力使用光明和对艺术的回忆等理性手段取代自己对护士、饮品、香蕉等性欲或物质的渴望，可是无论怎样努力，他也无法理清两者的纠缠，黑暗和光明如影随形，不可能被截然分开。桌子上的灯光突出了包裹他的黑暗，黑暗移走让他感觉似乎已经超离了欲望，可是很快他又被黑暗包围。在克拉普身上，理智与情感难分胜负，黑白依然难以截然分开。

感官需求战胜了理智，尽管如此，这并不违背克拉普的理想。克拉普喜欢重复一个词"转折点"（equinox，本意为"春分或秋分，昼夜平分点"），他认为自己人生的转折点是与爱告别那一刻，这是他人生的"春分日"，此后黑夜与白昼的平衡被打破，预示着克拉普终于放弃自己阴暗的欲望，不再为爱情纠缠不休，因此获得了新生。克拉普的艺术生涯也有一个类似的转折点，即他意识到自己的创作题材应该集中于黑暗，尽管这是他极力逃避的一部分。这里有贝克特"顿悟"时的艺术体验，人的身体状况与生存的世界不过是表象，一个实在而已。当贝克特转向描写晦暗的世界，开始用法语写作时，他在艺术上与精神上同时获得了新生，在文学道路上终于迎来了柳暗花明。实际上，克拉普黑暗与光明的譬喻也是贝克特宇宙观发展的一个缩影。

尽管贝克特的人生传递过程涉及到人类的繁衍生息，但它并不以性生殖或家庭为纽带，而是依循一个法则，是一种神秘莫测却根本性的生命运动流程。

---

① S. E. Gontarski, "Crapp's First Tape", Journal of Modern Literature, No. 1, 1977, pp. 61~68.

贝克特作品中经常出现一对同性的流浪者，这反映出他的世界观，即人性回归与性无关。《等待戈多》中出现了两对这样的流浪者，埃斯特拉冈和弗拉基米尔，波卓与幸运儿，他们实际上分别代表同一事物的不同侧面，如肉体与精神、理智与情感。贝克特以这样的人物设置强调了人存在的唯一性，而伴偶之间的矛盾揭示出人类本性中的矛盾性。一方面，伴偶之间可以互相替代、转换，因为他们有相似性；另一方面，他们又分别代表了初始的人与经过后天改造的主体，因此，伴偶的类型实际上具有平等和垂直两种属性。平等关系伴偶的代表人物有《终局》里的纳格和耐尔，《等待戈多》里的埃斯特拉冈和弗拉基米尔等，垂直关系的代表人物有哈姆和克劳夫、波卓和幸运儿等。其中，埃斯特拉冈和弗拉基米尔的关系尤为特别，他们既彼此同一又有明显区别，前者更健忘、孩子气、情绪化，后者更像母性的角色，沉稳、理性。这一对人物似乎印证了贝克特心中人的形象：既是初始的统一，又是衍生的主体。

贝克特式的人物虽然都相信最终会回归到人本真的状态，但是他们找不到明确的方向，因此沉浸在失落与茫然中，这便是人存在的悬浮状态。贝克特坚信人的本真存在于万事万物，只有经过思想的过滤和精神的净化，主体才能在纷乱的物质世界游刃有余地生活，保持质朴的真性情。他大量吸收西方思想的精华，尤其认可但丁关于整一性的观点，但是他也清楚地意识到，整一性的时代已经一去不复返。因此，他借笔下的人物不断找寻存在的可能解释，他们怨恨在人生中被剥夺了意义和确定性，盲目而又徒劳地追随各种思想。但丁时代对生存的追问还能找到依稀的答案，可是贝克特的时代已经破碎变形，对生存的追问便显得滑稽可笑、不合时宜。从跟随传统到与传统决裂，贝克特的人物一步步走向幻灭，但是最终他们赢得了对自我生存的肯定，以及意志的自由。许多贝克特式的人物都处于死亡的边缘，不能行动，但是他们依然能思想，在这里，思想是一种戏剧形式，戏剧也构成了思想。

在贝克特生活的时代，人类沉淀了几个世纪的文明轰然坍塌，人成为莫名其妙的宇宙中的陌生者。可是人的本性驱使他去理解，贝克特拿起智慧的笔，进行了几乎不可能实现的艺术尝试，将20世纪混乱无形的世相赋予形式，开启了西方文学史上一个崭新的视角。贝克特戏剧在荒诞纷乱的表层叙述下，一直呈现出一种不寻常的连续性和内在一致性。为了超越早期小说创作的局限，贝克特在戏剧领域不断尝试，一方面加强形式的营构，另一方面更深入地诊察人类困境的根源，并努力找到超越困境的路径。贝克特曾经说过："革新的唯一可能就是睁开双眼，直面乱世。"① 诚然，贝克特的剧作里写满失望，但是它没有让我们沉溺其中而不能自拔。失望是时代现实的一部分，贝克特忠于时代，坦然面对，惟其如此，才有超越时代局限的希望。

三、虚无的积极意义

评论界一般认为，贝克特的戏剧作品描绘了失败的主题，作品彼此之间缺乏内在联系，缺少高度抽象的浪漫主义表述。实际上，这只看到了贝克特戏剧的一个侧面，贝克特的创作也具有强烈的抒情色彩和无穷的想象空间。他着力建构起一个泥泞沉郁的宇宙，这个世界是抽象的，因而也是超越时间的，而建构这样的世界本身就是浪漫主义行为。贝克特的戏剧展示出来的人生并不是完全凋零的过程，相反，他笔下的人生永远没有完结，永远没有真正屈服于虚无。同样，贝克特的艺术也不是自我解构式的失败的艺术，它们自成一体，形式严谨致密，实质上的相似性形象、时间的周期性和文学化了的隐喻是其主要特征。专注于描摹死亡和虚无，贝克特的艺术却赢得了永生。

贝克特的戏剧似乎在搭建一个失败的领地，在这种极限状态下，任何一点进步或成功都显得意义重大，但是显然，贝克特的目标不是创造关于失败的诗学。在贝克特的戏剧世界中，失败不等同于无意义，在他看来，虚无是存在的条件之一。从生存论角度说，虚无非无，而只是有的不在场，是意义的缺失；贝克特戏剧借助于表现看似无意义的世界，传达出无限丰富的意义，这正是其虚无的积极性之所在。越来越多的评论家发现，贝克特的作品并非那么无助、绝望，波特·阿尔伯特（H. Porter Abbott）就称贝克特为"狡猾的文学策略家"②；韦恩·布思（Wayne C. Booth）也认识到贝克特戏剧作品的独特品质，即"诚实、勇气、慷慨、先知般的智慧、对我们所缺失的正义的执着热情，以及同情心"③。托马斯·特来奇兹（Thomas Trezise）写道："所谓的绝望（已经被）误解为存在主义人文学者的悲怆"④。实际上，在贝克特诸多文本间或单个作品内部，存在一个更深层次的逻辑线索，这是一种积极的逻辑，显

① Eugene Webb, The Plays of Samuel Beckett, Seattle: University of Washington Press, 1972, p. 25.

② H. Porter Abbott, The Fiction of Samuel Beckett: Form and Effect, Berkeley and Los Angeles: University of California Press, 1973, p. 1.

③ Wayne C. Booth, A Rhetoric of Irony, Chicago: University of Chicago Press, 1974, p. 263.

④ Thomas Trezise, Into the Breach: Samuel Beckett and the Ends of Literature, Princeton, N. J.: Princeton University Press, 1990, p. 33.

示出作者对生命基本问题进行求解的愿望。

贝克特笔下的人物排斥外在客观世界，在他们看来，客观现实包括外在现实和心理现实。外在现实包括身体，贝克特将之看成思想的对立物，是邪恶可怖的。整个世界，包括身体在内，仿佛变成一具僵尸，与思想处于完全对立状态。与思想成敌对状态的除了世界本身，还有世界上一些可怕的观念，而这不可避免地在主体思想中有所体现。贝克特认为，人与外部世界的相异关系可以得到克服，因为它毕竟外在于思想，但是他不能为剧中人想象出一个更加和谐的世界，只能在头脑中改造它。

这是贝克特思想的矛盾性所在。贝克特认为，艺术不能表达任何真实的事物，艺术只展示它本身，以及它的历史，所以"做一个艺术家注定要失败，因为别人都害怕失败"[①]。换言之，艺术的失败根本不成其为问题，因为只有真正的艺术才能失败，所以艺术家无需在乎失败与否。这是一个两难选择，贝克特认为，艺术家本人既不希望成功也不希望失败；真正的艺术家不想失败，但是害怕失败。贝克特承认艺术家的主观能动性，艺术家可以讲述失败，却不能展示失败。正因为此，他对世界、对人类极端的展示并没有毁掉世界或者人类的思想，而是最终丰富了这个世界。

贝克特对生存的思考是一个渐进的过程。早年目睹的杀戮激发了他探究人类本性、思考生命意义的强烈愿望，亲历战争进一步深化了他对人性和人类命运的理解，长时间潜心创作，远离浮名喧嚣，使他能够获得更客观而理性的反思空间。随着阅历的日渐丰富以及艺术修养的日臻成熟，他对人类生存与宿命的考量得以不断推进和深化，最终形成一套表现生存体验的独特方式。贝克特时常提起他作品的体系性。他曾给小说《瓦特》的出版代理人乔治·利维（George Reavey）写信称："这本书并不令人满意……但是，它在我的系列作品中有其位置，这一点将来也许会显现出来。"[②] 后来，贝克特也多次做过类似的表述，他有意识地围绕一个统一的主题从事写作，他的全部作品构成一个宏大的连续不断的叙事。贝克特的人物形象都是虚拟的，但是他的作品呈现出一种周期性，并将具体的历史性指涉融入永恒的时间中，从而超越了时间。

---

① Samuel Beckett, Disjecta: Miscellaneous Writings and a Dramatic Fragment, Ed. Ruby Cohn, Grove, 1984, p. 145.

② Deirdre Bair, Samuel Beckett: A Biography, New York: Penguin, 1961, p. 364.

《等待戈多》展现了一个幻想的世界，真实被遮蔽，人物虽然存在，却没有历史感，没有真正的失落感，他们拒绝思考。而在《终局》里，人物的思想有了深度，有了悲剧感。哈姆坐在轮椅上，行动不自由，只能承受命运。他存在于时间之中，对将来的忧虑干扰了他的现实生活。从《等待戈多》的貌似非历史性到后来作品中的历史意识渐渐浓厚，贝克特逐渐形成自己的意义世界。贝克特曾经这样评论普鲁斯特："他用时间写作，如同他用时间生活。古典作家们假定自己是全知全能的。而他有意识地跳出时间之外，以摆脱时间顺序和因果关系对其作品发展的影响。"① 而这也是贝克特后来创作中一直遵循的信念。

贝克特的作品寓深于浅，化历史于虚拟，通过隐匿历史意识，强化人性从时间中沉入不断重复的仿真世界的可悲下场，揭示出人在时间操纵下沉沦的状态。他曾经这样评价普鲁斯特说："在具有创造性和毁灭性的时间中，普鲁斯特发现了作为一个艺术家的自己：'我懂得了死亡、爱情和使命的意义，我明白了精神的欢悦和痛苦的价值。'"② 时间既能摧毁人的肉体和意志，也能改造和创造新的价值，这是潜藏在贝克特作品中的线索。尽管贝克特戏剧中的场景大多模糊不可辨，但总会有一个象征性的事物激起人们的联想，给人以依稀的寄托。

四、主客体的融合

贝克特认为艺术家的使命是寻找真相与意义，并最终与客体结合或者妥协，这个过程是曲折的、缓慢的。流浪是贝克特戏剧的常见主题，流浪行为揭示了主体追求客体的努力。贝克特的人物先是在表象世界里探寻存在的意义，后来转向主体自身，最后则在主客体的张力中求得平衡。这种追求的目的是为了最终消除追寻本身，进入终极的沉寂。"客体的活动性不仅是主体的功能之一，而且还是独立的、有个性的：两种内在推动力并不属于同步的时间体系，这样，对任何客体来说，我们的占有欲是无法真正获得满足的。充其量，所有这些在时间中实现的欲望（所有的时间产品），无论在艺术或在生活中，只能一步步获得，由各自独立的附加物构成一个系列——从来就没有一蹴而就。"③

---

① 塞·贝克特等著、沈睿等译：《普鲁斯特论》，社会科学文献出版社 1999 年版，第 53 页。
② 塞·贝克特等著、沈睿等译：《普鲁斯特论》，社会科学文献出版社 1999 年版，第 50 页。
③ 塞·贝克特等著、沈睿等译：《普鲁斯特论》，社会科学文献出版社 1999 年版，第 12 页。

贝克特沉醉于主客体之间，游历于主体对于客体的理解与想象，也游历于客体对于主体的建构，这是一个精神在主客体之间使二者互动互生的过程。

在分析普鲁斯特的艺术特色时，贝克特给现实下了这样一个定义——"主体与客体的恰当结合……在走出了时间、习惯、激情及理智的黑暗后，现在的他高居于其短暂的永恒之中，他理解了艺术的必要性。因为只有在艺术的光明中，那使人困惑的狂喜——他曾面对一片云朵，一个三角形，一个锥形体，一朵花，一块卵石的不可思议的外表时所曾体验到的狂喜，才能被解释清楚，当那禁锢在事物中的神秘、本质和印想诱发了从旁经过的、裹在其混沌外壳里的主体的思绪，至少，他们还提供了某种永不衰败之美，犹如但丁将其诗歌献于'模糊不清的、扭曲的创造才华'。他理解了波德莱尔为真实所下的定义的含义：'主体与客体的恰当结合。'而且他比以往任何时候都清楚地看到所谓的现实主义艺术的荒谬绝伦——'对轮廓与表面的粗劣陈述'，和那种注释文学的低劣与粗俗。"①

从这段话可以看出，贝克特认为主客体的结合不能通过预先设定获得，只能通过直觉，一种神秘的体验获得。这个体验过程有宗教式的狂喜：象征纯粹思想的一片云朵，代表上帝头脑的三角形，象征精神的锥形体，充满泥土气息的花朵、卵石等物质——思想终于与物质结合，实现了完满的统一。在这里，感知者与被感知者合而为一。然而，在贝克特的时代，主体面对的客体已经异化，如何将已经异化了的客体经由主体以语言的方式呈现出来，这是贝克特戏剧所要追求的一种转换。通过这种转换，思想的中心地位得以重新确认，贝克特也藉此实现了主客体的融合。

贝克特希望克服主体自身的客观性或者物质性，在表象之下发现难于感知的纯粹主体，回忆成为其完成这一置换的中介。记忆中的客体可以被再次体验，它的存在也无需物质化。但是这种结合的弱点是其短暂性，主体在一瞬间超离了时间与空间，但是很快又要回到现实中来。人不能真正脱离时间而存在，而客体又不可阻挡，独立存在于普遍概念之外。因此，主体与客体的交流在于主体对于客体的理解与融合，是一种融合中的把握，也即生存论所说的"在之中"的把握。在贝克特的世界里，具体的事件是主体存在的心理条件，表层的行为映衬出内心的活动。既然思想与物质世界不能截然分开，所以贝克

----

① 塞·贝克特等著、沈睿等译：《普鲁斯特论》，社会科学文献出版社 1999 年版，第 48～49 页。

特希望读者不要过于信任实实在在的具体形象。贝克特剧中人物的游历具有强烈的寓言色彩，他们大多生活在当下，但是精神似乎都沉浸在战前那么一个平静温馨的时段，可是由于主体精神停留的世界有内化的、想象的成分，词语与形象之间显然也存在着某种偏离。

贝克特戏剧呈现的世界近乎疯狂，而疯狂正是超脱时空限制的一种方式，从而使思想成为可能。为了弥合主客体之间的罅隙，贝克特主体在分裂的现实世界与自我的精神世界中寻找出路，寻找进入客体世界的入口。从外部入手，需要剥离客体的表象；从自我入手，需要克服习惯的力量。贝克特认为，"习惯的作用是不折不扣地掩藏起客体的精髓——思想。""习惯的创造物回避着客体，客体不可能和他的某些理性的偏见相呼应，客体拒绝他的整体命题，这整体命题由习惯在节省劳力的原则下组织。"① 和宇宙一样，个体也自成一体，在离心力和向心力作用下它将自己撕裂；但是个体同时又是他者，一个纯粹的、不可言说的存在。在精神游历的过程中，个体既是分裂的又是完整的，在通往客体的路上，主体介于生死两极之间，这是一个文学化了的内心世界，超越了主体能够感知的时间与空间，这是第三种存在的境界——艺术的、宗教的、哲学的存在。

贝克特生活在传统的真善美标准已经失落的时代，他无法高歌造物主的伟大，也捕捉不到原始朴素的经典之美的灵光。宗教或者世俗的信念在这个世界已经失去效用，但是艺术家本能的表达冲动没有改变。贝克特不满足于仅仅成为时代的记录员，他的文学创作不折不扣地反映了当时的生存体验，同时也是一份珍贵的人类史文献。他的创作活动是对人类存在模式的一种探索，直指人类存在的本质。贝克特没有利用文学给自己的思想赋予形式，而是以更高的艺术性和创造性阐释人类的生存体验，通过不断的自我否定，自我省察，在短暂易逝的物质世界中，探寻非物质的自我意识的永恒性。

本章小结

考察贝克特的戏剧创作，体验的质素要重于具体文本的内容。贝克特毫不妥协地面对荒凉的现实处境，不把希望寄托在肤浅的过去，放弃了自怜自艾，

---

① 塞·贝克特等著、沈睿等译：《普鲁斯特论》，社会科学文献出版社 1999 年版，第 15～16 页。

不期待天方夜谭式的救赎，孤独而又决绝地在虚空中履行表达的使命。贝克特不会为了迎合别人而写作，他忠于自己的内心体验，执着地诊断时代顽症，勇敢而深刻地解剖人类命运。他的戏剧多以人类存在的阴暗面为写作对象，这种否定性本身便是希望所在，是剧作家对人类怀有的普遍同情心的独特体现。了解人性的堕落会加剧人类的痛苦，这将有益于人类认识自己的真正价值，这正是贝克特戏剧对人类的关怀方式。他以丰富深沉的同情心和深邃的诗性思考，拥抱对人类的爱，反思人类生存的状态。他的戏剧作品发自近乎绝望的心境，标举人类的不幸，但在凄如挽歌的叙述中，却始终回荡着对受难者的救赎和对遇难魂灵的抚慰。

从这个意义上讲，贝克特是位诗人、艺术家，但他首先是个探索者。从零点出发，他的全部作品便是对人类存在的追问。在 20 世纪的人类记忆中，宗教、哲学、政治带来的确定性消失殆尽，既定的信仰体系全部坍塌，艺术家在无所表达、无力表达的窘境中，还要履行表达的义务。面对几乎倾覆的世界与时代，贝克特顽强地履行一个艺术家表达的义务与使命，真挚、勇敢地面对并不友善的世界。贝克特为人类审美领域建立起一套全新的话语体系。他不拘泥于细节，摒弃偶然性，直面赤裸裸的生存，遵循内心的驱使和表达的义务，不计较名利或者个人得失，执著地将时代体验呈现出来，为后世的道德与价值评判提供了可贵的摹本。贝克特用幽默的心态看待自己与人类的不幸，虽然他没有给我们带来宗教的或者极端主义的慰藉，但是他用自己的人生体验与艺术实践向我们展示出，在神秘莫测、不可企及的宇宙中，人们需要同情心、怜悯和关爱，要敢于直面人生的苦痛，并积极求解。贝克特对战后世界的冷静图解实际上是出于对人性的严肃拷问和对存在与自由的终极思考，体现出作家深切的人性关怀和对生存的极大悲悯之心。他通过自己的生活体验和创作生涯向我们表明：生存的全部魅力就在于不断地创造，在充满变化和不确定性的生活中，要始终保持创造的激情、独立的思考和坚韧的人生态度。

第三章

贝克特戏剧的文本建构

迄今为止，塞缪尔·贝克特戏剧研究大多着眼于其戏剧品格的评判及其代表作品的研究，相对而言，对其人格定位和生存体验与戏剧创作之间的互动关系研究则略显不足。本文认为，贝克特在戏剧创作上取得的巨大成就是与他积极的现世精神和对人生的理性观照相辅相成的。在经历了战争的洗礼和个体人生的悲喜之后，贝克特通过戏剧手段成功实现了对生存焦虑和终极关怀的诗性超越，提升了其人格与艺术造诣。与尘世间的浮华名利、苦难人生相比，精神的飞升与诗性的情怀使贝克特能够排除世俗干扰，洗尽铅华面对生命与存在，在创作的自由境界里体验生存的另一重馈赠。他刺破了虚空，将破碎的时代印记诉诸笔端，使陷于尘世污浊的人们从他的戏剧艺术中获得心灵慰藉和诗意寄托，依稀看到未来和希望。和许多寄情于文学艺术而逃避现实生活的作家不同，贝克特始终保持清醒犀利的头脑，在追求艺术升华的过程中，念念不忘对现实人生的审视，这一点在现代艺术家中尤其可贵。

从 20 世纪 30 年代末开始尝试戏剧创作，到 80 年代初，贝克特一共完成了 33 个剧本（包括戏剧、电视剧、广播剧等）。他一直关注现代生存的中心命题——人与无意义的抗争。莎士比亚时代，李尔王在最后才认识到人类的可怜可悲；可是在贝克特的作品中，这种认知是人物生存的基本前提，他要表现的是人物如何在这种桎梏下生活。这也是贝克特本人的生存体验，他曾在一次采访中说："我想在当今时代，任何人只要稍微留意自己的生存经验，就会发现这是一个非知者、非能者的体验。"[1] 贝克特认为，他生活的时代已经与巴尔扎克的世界完全不同，因此戏剧表现形式必然要突破旧有的模式，"巴尔扎克的作品给人的印象是一个经过氯仿萃取的世界。他是素材的绝对主宰，可以

---

[1]　Israel Shenker, "A Moody Man of Letters", New York Times, 5 May 1956.

随心所欲地处理，还能预见和计算出其盛衰变化的规律。在完成第一段落之前，他就可以写出全书的结局。"① 面对分崩离析的世界，贝克特拒绝赋予人物以更加友善的居住环境，拒绝传统文学可能营造的安适居所，他创造性地使用全新的戏剧形式使现代人从空虚的生存窘境中获得精神的飞升。

阅读贝克特戏剧，首先要抛开关于戏剧的各种预设性想象，因为用传统的方法很难接近贝克特。贝克特的戏剧里没有典型情节，故事往往被叙述者或作者打断，读者或观众不能指望能够沉浸到虚拟的文学世界中。贝克特戏剧也没有传统文学中设定的人物或者地点，他的戏剧场景模糊不清，难以辨认，人物大多衰老疲惫，饱经沧桑。时间与空间在贝克特戏剧中具有更强的隐喻色彩，自我又往往分裂成两个单独的个体：一个外在的、物质的自我，一个内在的、看不见的自我，交流因此变得困难重重。要想在虚空中重建生命，语言在贝克特戏剧中承担了极其重要的角色。一方面，语言成为目的本身，失去了交际的功能，另一方面，各种语言表现方式综合起来，揭示了通过寻找词语而努力自我重建的痛苦。本章将回归戏剧本体论，集中探讨贝克特戏剧创作使用的文本策略，从这一微观视角考察其追求诗性超越的努力与取得的成就。

第一节　消解的悲剧英雄

一、断续的自我

贝克特作品中的自我处于割裂、断续的状态。这里，断续体现为精神活动的跳跃性，非连续性，人格的不统一性，以及机体与精神的非一体性。自我统一是一个永恒的难题。传统观点认为，自我是一个统一体，但是又很容易被割裂。约翰·洛克认为，自我不过是记忆或意识的内容，在某种程度上，人的意识"可以回溯到过去的行为或思想中，直达他的自我"②。休谟则认为，自我的延续不过是通过想象连接起来的一系列感觉，因此不需要单个的自我，"对我而言，当我亲密接触所谓的自我时，我总能无意中发现这样或那样特别的感觉……当我的感觉暂时消失，比如熟睡时，这段时间我对自我毫无知觉，实际

---

① Linda Ben－Zvi, Samuel Beckett, Boston：Twayne Publishers（a Division of G. K. Hall & Co. ），1986，p. 2.

② John Locke, An Essay Concerning Human Understanding, New York：Dover Books, 1959, p. 130.

上可以说不存在了。"① 康德也认为自我统一是超越我们认知能力的想法。在西方文明史中，自我的存在无可辩驳，但是自我统一一直是个悬而未决的问题。进入 20 世纪，自我被解构、分割、碎片化，肉体的自我被分解成多个部分，又以怪异的形式重新组合，形成更加抽象的自我。现代文学艺术中，对自我的焦虑与消解还预示着重建自我的可能性，贝克特戏剧中无处不在的分裂、复制、重复等意象实际上孕育着再生的希望。

贝克特戏剧给人的鲜明印象之一，是其人物的二维性。他们看起来永远没有什么大的变化，似乎在循环往复的运动中渐趋衰弱。尽管他们的肉体苟活于世，他们对自我的身份已经迷失。他们经常混淆彼此的名字，记忆模棱两可，每个人都需要另一方来印证自身的存在。由于作品的时间、地点交代不清，自我的时空定位成为难题，增加了叙述的不可信度。琳达·本·兹维这样描述了贝克特人物追寻自我的困境：

> 使自我追寻变得更加复杂的是，贝克特还指出，在任何特定时刻，自我都是以两个彼此独立的实体存在：一个是外在的"我"，活在宏观世界中，与物质世界混溶，另一个是内在的"我"，无形的，无声的，仅向"我"而活。这是微观世界的"我"，没有交流，只能通过"我"讲话，这个内在的"我"操控着外在的物质的"我"，喋喋不休地评论，而听众只有"我"一个。这种现象产生了分离感和断裂感，也是贝克特所有人物都经历的。②

这种被放大的自我意识是贝克特戏剧人物的一个主要特征。他们不但内在自我与外在自我分离，精神的自我与肉体的自我也处于隔绝状态，这在贝克特后期剧作中尤其明显。如美国学者班尼特·西蒙（Bennett Simon）写道："尤其在（贝克特）后期剧作中，自我的某些部分松散或拙劣地组合起来，成为能够自治的器官，或自我在不同年龄、不同时段的某些特征，但是它们不能传达出一个完整的、有代理人意义的自我。……每一个形象都不过持续一瞬间；

---

① David Hume, An Enquiry Concerning Human Understanding, New York: Oxford University Press, 1975, p. 252.

② Linda Ben-Zvi, Samuel Beckett, Boston: Twayne, 1986, p. 5.

每一个形象都驱赶走它面前的另一个形象，似乎想象力的完美并不是创造形象，而是毁灭它们。"①

贝克特剧中的自我形象大多具有双重属性，他们既聪明、博学，又愚蠢、迟钝，缺少最基本的逻辑思考能力。以《终局》开场为例，克劳夫目光呆滞、语调平直地宣布："终局，这就是终局，将要终局，可能将要终局。（略停）谷粒加到谷粒上，一颗接着一颗，有一天，突然地，成了一堆，一小堆，讨厌的一堆。（略停）他没法再惩罚我。（略停）我躲到我的厨房去，长三米、宽三米、高三米，我只需等着他用哨子叫我。这真是漂亮的立方体，我要靠在桌子上，我要看着墙，等着他吹哨叫我。"② 重复反映出人物内心的痛苦、焦虑，数字与几何图形显示出人物的失落情绪，同时也是人被异化的暗示。自我已经失去意义和感觉，体验不到作为意义生成者、意义中心的快感，退化为一个实体与空壳。哈姆和克劳夫的一段对话是这种状态的形象写照：

　　哈姆：大自然把我们忘了。

　　克劳夫：没有大自然了。

　　哈姆：没有大自然！你说得过分了。

　　克劳夫：在我们身边是这样。

　　哈姆：可我们在呼吸，我们在变化！我们在掉头发，掉牙齿！我们的纯真！我们的理想！

　　克劳夫：这么说，它没忘了我们。

　　哈姆：可你说再也没有大自然了。

　　克劳夫：（悲伤地）这世上没人会像我们想得这么古怪。

　　哈姆：他们不可能想到。

　　克劳夫：他们错了。

　　哈姆：你把自己看成是一块碎片，嗯？

　　克劳夫：许多块碎片。③

---

① Bennett Simon, Tragic Drama and the Family: Psychoanalytic Studies from Aeschylus to Beckett, New Haven: Yale University Press, 1988, p. 346.

② 塞·贝克特著、赵家鹤译：《是如何》（贝克特选集4），湖南文艺出版社2006年版，第6~7页。

③ 塞·贝克特著、赵家鹤译：《是如何》（贝克特选集4），湖南文艺出版社2006年版，第14页。

哈姆和克劳夫心中的大自然应该是有着纯真理想、井然秩序的时代，但是它一去不返了，人只剩下碎片式的存在，七零八落地消散在各个角落里。哈姆反复追问"我是从什么地方来的"，责怪父亲为什么将他生下来，强烈的碎裂感始终伴随着他："破了，我们都破碎了。会破碎的。不会再有声音了。一滴水在脑袋里，自从有了头顶骨上那条未合拢的缝。"① 出生即是错误，这个想法是对自我最具破坏力的否定。对出生的追问和质疑一直是贝克特人物的精神困扰。不希望被出生并非贝克特的独创，早在古希腊时代，索福克勒斯笔下的俄狄浦斯就发出这样的质疑，莎士比亚的《麦克白》中，只有不是妇人所生的人才能打败麦克白，出生以及与此相关的男女关系问题一直是西方戏剧的命题之一。对出生的关注其实质是为了理解生命与生存的意义，表现了人对精神与肉体分离或对立的深刻焦虑。《终局》尤其表现了人对人类生殖过程及其结果的恐惧心理：一场核武器杀戮之后，或者一次滔天洪水过后，面对着穷途末路，哈姆谴责父亲，为什么将他带到人世间，人应该像细胞一样分裂、消散，哈姆的质疑是对生命繁衍不息本能的强有力反抗和否定，揭示出现代人自我分裂的内心状态。

贝克特对出生的攻击与大工业的批量生产有一定联系，他对传统的有性繁殖提出挑战。在《录音带》中，克拉普放弃与他人交流并最终被他人放弃，孤独中靠听磁带中记录的过去打发时间，与其为伴，以这种方式复制另一个自我。他害怕与人接触，尤其是与女人接触，其深层次的原因是担心两性关系可能会制造下一代，这是克拉普不敢想象、也不愿意接受的，所以他宁愿与孤独为伍，生活在过去的碎片式记忆中。贝克特对生殖问题的关注离不开 20 世纪的特殊语境，当时出生与人口控制话题已经进入政治、宗教、经济等社会各个方面。两次世界大战以及可能的核战争给人类带来种族灭绝的恐慌，战后女权运动蓬勃发展，科技对人类生殖过程影响越来越大，这些社会因素改变了当时的两性关系和生育概念，也体现在文学表述中。

贝克特的戏剧人物多以成双成对的形象出现，比如埃斯特拉冈与弗拉基米尔、波卓与幸运儿、哈姆与克劳夫、纳格和耐尔，即使是孤身一人，贝克特也为他们设置了对立的另一半——现实中的克拉普与录音带上的克拉普，或者主人公与自己的声音。贝克特没有交代人物具体的身份信息，我们无从知道他们

---

① 塞·贝克特著、赵家鹤译：《是如何》（贝克特选集4），湖南文艺出版社 2006 年版，第 46 页。

的出身、身份、年龄、教育背景、职业，剧中展示的只是赤裸裸的生存，以及人可笑、可怜而又顽强的生存意识。高度抽象化的人物将自我撕裂成碎片，在终局的绝境中继续前行。他们是坚忍顽强的，在各种诱惑、各种不可抗力的百般蹂躏下，依然没有放弃，沉静地过每一天，也许他们深信，这是黎明前最黑暗的时刻。

贝克特戏剧人物对现实生活表现出深深的失望，内心的痛苦因荒诞感和对救赎的渴望而加剧。与环境的疏离、与人的疏离形成无边的孤独感，因此他们渴望维系一种伙伴关系，在破碎的世界里渴望获得精神的救赎。尽管现代人已经丧失了宗教的、超验的精神家园，尽管他们对基督表现得桀骜不驯，但在内心深处他们仍然渴望一种类似宗教的皈依。阶级、性别的力量对比在现代已经发生变化，贝克特描写单细胞分裂式的自体繁殖，在更广义的背景下，似乎提示了人类社会发展的另一种可能——批量生产代替传统的繁育方式。通过塑造近乎分裂的人物形象，贝克特引领我们深入社会与人生的最底层，抛开固有的关于人自身的思维模式，从全新的视角看待人类与世界的关系。

二、去性别化

贝克特的女性角色完全颠覆了传统意义上的女性形象。与以往的女性形象不同，贝克特笔下的女性形象几乎丧失了女性的基本外在特征，她们既非天使也非恶魔，而是一种抽象的、去性别化的存在。贝克特去性别化的写作方式一来与其对出生的否定有必然联系，因为否定出生必然否定女性的生殖能力；二则与他对两性关系实质的认识有关，其剧作中的两性关系已经没有了通常的意义。他借用女性这一特殊载体，探讨母性及母女关系，女性的失意、失败，以此隐喻人类的失落。在贝克特作品中，女性角色占据的空间明显少于男性，尤其是其早期作品几乎为男性所垄断，女性要么完全缺席，要么就是非常类型化。至少到 50 年代中期，贝克特还没有创造出一个真正有女性角色的戏剧。《终局》里出现一个女性配角耐尔，《快乐时光》的温妮是个转折点，愈到后期，贝克特对女性的信任感愈强，性别对戏剧的作用愈重要。在其后期剧作中，女性人物的身体几乎隐形，并且失语，只剩下符号式的动作揭示其身份和性别最基本的特征。她们要么有声无形，要么有形无声，在现实世界中无法担当母亲或女儿的角色，因为这一角色只能给其带来死亡和痛苦。

女性身体分裂是贝克特戏剧的特征之一。贝克特的女性人物已经从传统的生育者变成人类主体失落与分离过程的象征。对女性而言，性别身份的丧失更具悲剧性，这在贝克特作品中是以身体本体的分裂为表征。在传统戏剧里，现实生活中的能指与所指可以复制到舞台上，而在贝克特戏剧中，人物间的互动关系降到极致，甚或销声匿迹。以《不是我》为例，剧中女性身体被抽象化为一张嘴，张着的嘴、舌头和它里面蹦出的话语构成全剧。身体被肢解，人物的身份模糊，她是母亲还是女儿已经无从判断，自我失去了意义，语言与身体也不能划定身份，人物因此失去了可信度。《脚步》中梅的形象也很含糊，她可能是一位母亲、女儿，或许两者都不是。梅的母亲只是一个远离舞台的声音，没有形体可见；梅本人鬼魅似的身影忽隐忽现，仿佛一个活着的死人，失却了传统女性应有的特征。

　　传统的两性关系在贝克特这里也被改写。从传统社会学意义上讲，女性的完整取决于她的女儿、妻子、母亲的身份定位，男性被定义为丈夫、父亲和领导者，父权制规定男性养家糊口，处于主宰地位，女性生儿育女，恪守妇道。在贝克特后期戏剧中，传统的两性关系彻底覆灭。在他的作品中，女性失去性别器官因而丧失了生育本能，男性也失去了雄性力量，甚至比女性退化得还厉害。贝克特还将母性与死亡联系在一起，剧中的母亲大多都有不育症，堕胎、死婴也是经常出现的话题。在贝克特第二个广播剧《灰烬》中，为了驱赶令人窒息的孤独，主人公亨利与父亲和妻子的声音进行交流。亨利的父亲希望他在尚未出生时就流产死掉，他认为弑婴是合法行为，性生活只能带来失败；不成功的性生活反复出现在贝克特剧中，人的繁衍不能带来新生，只能带来死亡，堕胎和绝育成为一种刻意追求。在亨利看来，与其将生命不负责任地带到这个混乱的世界，放弃人类繁衍后代的天职何尝不是一种勇敢的选择和反抗。在贝克特剧中，女性的性属、母亲与妻子的角色均受到严格监控，她们的子宫丧失了生育能力，身体被肢解，可是女性的声音却填充了整个舞台。从早期作品中女性的缺位、失语到后来女性成为戏剧表现的核心，贝克特通过解构女性躯体表达了人类社会沉沦的深意。

　　贝克特戏剧中的性别问题十分复杂，很难一言以蔽之，他的女性形象应该放置到社会、文化语境中进行多维度的分析。（女性）身体的割裂与贝克持戏剧想要表达的生存危机主题是相辅相成的。开始转向戏剧创作时，贝克特认为性别对作品无关紧要，后来他逐渐修正了早期看法，认识到无性别写作几乎是不可能的，任何人都无法超越其寄寓的社会、文化属性。他后期的文本实践表明，解构身体不等于解构性别，肢解语言也不见得就肢解了意义。即使人的身体、名字、物理特征都被滤去之后，男女之别还是无法抹杀。实际上，在最后几部剧中，贝克特试图打破两性对立的观念，以性别多重中心取而代之。贝克特意识到，即使男性、女性面临同样的痛苦命运，性别之差仍然无法消除，女人还是说着女性的话语，扮演女性的角色，男性也一样忠实于自己的性别属性。但是如果两性对立的初始格局被打破，女性就可以告别他者的身份，成为真正具有独立意识的人。在后期创作中，贝克特有意淡化男女之间既定的性别差异，意欲把它上升到更普遍的人的意义上。

有些评论家根据女性主义观点，认为贝克特剧中的女性仍然没有脱离男性作家视角下的"他者"形象，处于沉默的从属地位。的确，最初的女性人物在贝克特剧中基本处于隐身状态，但是在其后期作品中，贝克特赋予女性越来越重要的地位，她们拥有绝对的话语权，成为戏剧的主体。贝克特塑造的女性并不年轻，甚至失去了生育能力，身体支离破碎，但是她们还有和男性一样强大的声音。贝克特用《快乐时光》中温妮和威利的对比说明了这一点。剧中，威利的形象很猥琐，有话语功能障碍，像动物一样住在地洞里，整天重复着无意义的语言和动作，是个无能、无用的男人，不能完成社会赋予他的性别职能。温妮则不同，尽管身体被泥土掩埋，她还想尽办法彰显自己的性别特征，即使这一切仍然在男性的注视下进行。泥土渐渐遮蔽了她的性别特征，温妮的焦虑感加剧，但她仍然坚持讲话，剧中她既不是母亲，也不是女儿，唯一明确的身份是威利的妻子，可是与丈夫相比，她的乐观与独立精神要强大很多，显然，在两性关系中，温妮居主宰地位，丈夫则是沉默的他者。贝克特将男性形象刻画成失语者，陪衬女性角色的丰满，意在表明女性比男性更加坚忍不拔的精神品格。

应该说，贝克特对女性身体的描写依然没有超离两性的双重属性，但他设法以平等的文化视角看待女性，不再是一个局外者、旁观者。在赋予女性话语权的同时，他还给女性赋予和男性一样的"人"的一般意义。所以说，贝克特塑造的女性既非天使，也非恶魔，而是与男性平等的实实在在的"人"。男性作家很难成为真正的女性主义者，但是如果他有意识地颠覆固有的两性层级与结构，从思想或语言上建构新的话语体系，探索新的写作视角和表达方式，就能创作出更真实的形象。贝克特以罕见的洞察力预见到这一点，所以他能剥离男人与女人的身体差异，在更本真的存在中考察赤裸裸的人，而以女性的残缺隐喻病态的世界，其深刻含义更加耐人寻味。

三、碎片化

贝克特的戏剧人物具有碎片化、抽象性特征，是机体碎片与精神碎片的合二为一。他通过符号化手段将其戏剧中的人物、世界、主题与真实的社会背景建立联系，透露出他所生活的时代特定的历史、文化信息，使其具有了普遍性特征。贝克特对人物的处理方式与传统的写实主义手法不同，他刻意简化人物的性格特征和戏剧情节，以凸显人的普遍性特征。他没有将人物安置在传统的家庭、厂矿、社区等写实语境中，而是在更具抽象意义的层面探索"人"的精神与文化身份，揭示现代人普遍的生存状态，表现了剧作家对人类普遍性的思考，以及对人类命运与前途的忧虑。他的剧本没有俄狄浦斯式的大喜大悲，也没有哈姆雷特那样的矛盾冲突，人物也没有鲜明的性格，更像是一组具有象征意义的符号，每个人在他们身上都能看到自己的身影。20 世纪中后期的西方人面临的生存困境与精神危机使人们筋疲力尽，却无法挣脱，个体在与外部环境对立中体会着刻骨的孤独与迷茫。为了表达现实的虚无缥缈，贝克特等现代主义作家描写了没有性格、没有自我、善恶模糊的看似扁平的人物，他们的名字在一定程度上已经没有了意义，甚至可以用字母或符号来代替，这样做的目的是要揭示人物"类"的属性。符号化的世界，符号化的人物，构成 20 世纪中后期的社会。

从 1962 年的《戏剧》开始，贝克特的人物越发孤独无依，他们要么自言自语，要么对着自己幽灵般的过去絮絮叨叨，要么同时用几种声音说话，而舞台上仍然只有一人。在《快乐时光》以前，只有两个女性人物耐尔和温妮出现在贝克特剧中，此后的剧中出现 22 个人物，其中八位男性，十位女性，还有四位没有交待性别。此外，贝克特后期剧作越来越简短，并且充斥大量重复性内容，早期作品中时间上的均衡分布基本消失，人物的躯体虽然还呆在前台，但是他们的精神逐渐退缩到过去深邃的回忆里，通过在声音里回忆从前，他们的当下状态得以突显：他们不停地踱步、走路、微笑、摇摆、站立，好似卡通片里的动画形象，机械单调的姿势表明创作的荒谬可笑。

贝克特的人物大多生活在别人的注视中。在《戏剧》中，注视的目光来自冷漠的聚光灯，它随意扫在三个僵死的人身上。灯光消失时，他们沉默不语；灯光扫过来，他们开始滔滔不绝地说话。这三个人一男二女，没有具体名字，英语词"男人"（man）的首字母 M 代表男性，"女人"（woman）的首字母 W 代表女性，两个女人分别标注为 W1 和 W2。剧中两个女人都想单独拥有男人，而男人则对两人都有欲念。初看这部剧好像一出肥皂剧，对话围绕三个人纠缠不清的关系展开，但是正如他们均为无名氏一样，情节与人物身份在这里并不重要，贝克特着意刻画的是戏剧的背景和氛围：三个各怀心事的人分别被装在一个三英尺高的瓮中，只露出脖子以上部分，他们的脸因而不能转动，而他们的面孔毫无表情，透露不出个性化信息，几乎就是瓮的组成部分。他们说的话没有抑扬顿挫，仿佛只是机械地被聚光灯操纵。三个人以齐声朗读的方式讲各自关于背叛的故事，每个人的故事都不完整，当灯光暗下来，他们的声音也减弱。W2 对没有听众、没有交流的困窘感到异常苦恼，称他们的状态就像在烈日下拉着一个巨大的滚轴欲罢不能。该剧的第二部分是前一部分的简单重复，剧终又回到开头，三个人齐声说话。在该剧中，贝克特用人间地狱似的场景影射了 20 世纪人们无法逃脱的劫难，逝去的美好生活与此刻地狱般的存在形成鲜明对比，而被激活的记忆似乎又在暗示，这看似无始无终的存在应该有结束的一天。

简约化和符号化倾向在贝克特后期作品中越来越明显。例如在《来往》（Come and Go，1965）中，贝克特仅用 121 个词来描写人的生存体验。三个女性人物穿着长款大衣，戴着宽沿帽子，只露出半张脸，看不出年龄、身份，她们的名字也像代号一样，看不出任何含义（Flo, Vi, Ru）。三个女人与《麦克白》中的三个女巫形成对照，只是她们活在过去，而女巫能够预见未来。贝克特用这三个女性人物演绎时间的流逝，她们在黑暗与光亮中来回穿梭，仿佛昼夜更迭，人终将在不知不觉中走向死亡。

剧本《不是我》（Not I，1972）是贝克特表现人物抽象化的代表作。该剧用一张嘴代替了完整的人物形象，嘴喋喋不休地说着没人能理解的话，她说话的目的仅仅是为了能够最终停止说话。在试图去理解几乎听不见的絮语时，读者/观众本能地体验到一种无能为力之感。从嘴的形象我们无法辨析人物的任何特征，但是贝克特赋予其女性的声音。她讲述了自己的出生，因为过去的罪孽而受到的惩罚，但是她否认自己遭受的痛苦，当她拒绝表达、拒绝思想时，她开始祈求能够停止讲话。剧终时嘴又回到开始时的状态，只是词语有所减少。剧中还有一个听不见的"声音"存在，嘴为之停顿了 20 次，这个不存在的声音要么纠正嘴的错误，要么补充她的讲述。这里，听不见的"声音"是另一个"我"，内心的自我，这个自我受到压抑不能出声，只能以阻断嘴说话来表达自己的诉求。这之中，嘴曾经 5 次拒绝声音的干扰，拒绝的姿态与其说是对自我的排斥，不如说是自我无法弥合其内在与外在的体现。此外，剧中还有一个旁观者，他穿着黑色长袍，戴着风帽，从始到终保持沉默，唯一的动作是端起两只手，做出爱莫能助的姿势。

《不是我》里的嘴在《那时》（That Time，1975）里扩大成一个悬浮在舞台中央的头，苍老惨白的面孔，银白色的长发，表情空洞。这一次嘴沉默了，代表自我的三个声音 A、B、C 分别讲述"那时"的记忆，其中，A 讲述童年的宁静，B 讲述年轻时无疾而终的爱情，C 讲述出入公共场所的冬季故事。剧本不追求时间上的延续性，三个声音的顺序明显出现断层，每个声音都是一段破碎的记忆，A 潜入过去，走进乡村，仍未能找到记忆中的美好；C 在冰冷的街道上进进出出，意识到"那时"已经无处可寻；只有 B 回忆起有人陪伴的温馨时刻，但是它的声音被 A 和 C 淹没。三个声音讲话时，脸的反应仅仅体现在眼睛的一张一合上。A、B、C 开始说话时，眼睛无声地睁 7 秒钟；当三个声音开始回忆时，眼睛就闭上，直到这一轮讲述结束，下一轮讲述开始时再睁开，如此循环。剧终时，眼睛睁开的时间缩短为 3 秒钟，微笑却持续了 5 秒钟，最后消失在帷幕中。结尾的微笑意味深长，而在《一段独白》（A Piece of Monologue，1980）和电视剧《魔鬼三人行》（Ghost Trio，1975）中，也分别有一个神秘的微笑。在贝克特看来，微笑是一种人生姿态，表示人对苦难与挫折的蔑视，预示人类意志的最终胜利，只有不断埋葬陈旧的过去，愉快地向过去告别，人类才能进入历史的最后阶段，那将是令人欢欣的时刻。

在《俄亥俄即兴》（Ohio Impromptu，1981）、《电影》（Film，1965）《魔鬼三人行》、《夜与梦》、《四胞胎》（Quad I and II，1981）等作品中，贝克特也多次使用字母代替人物的名称，而且人物越发趋于静态、专注和神秘。《等待戈多》中迪迪和戈戈玩弄鞋子、帽子，《终局》里克劳夫爬梯子等小丑式的动作，以及《克拉普的最后一盘录音带》中克拉普踩香蕉皮，《快乐时光》中温妮不停歇的手和嘴——这些琐碎的动作在后期作品中都消失了，静默代替了一切，贝克特似乎开始追求没有动作的戏剧，这也是他对人类生存体验的最后陈述。从早期戏剧程式化的人物转入静态、本质化的人，人物的肉体逐渐消退，贝克特用这种极端的人物塑造手法表达着语言无法企及的存在状态：混沌、神秘、寂灭、虚空。"在灵肉毁灭的领域，塞缪尔·贝克特的作品出现了。就像来自全人类的爱怜之歌。它那压抑低沉的音调召唤着被压迫者的解放，安慰着那些穷困的人们。"①

贝克特综合运用夸张、重复、对比、程式化等多种手段，塑造人物的审美意象，使其富有更抽象、更深刻的哲理性和隐喻性，因而提升了戏剧作品阐释的张力，具有了特殊的美学价值和研究价值。在戏剧人物荒诞不经的表层下面，是一种无法言说的关于存在与命运的悲剧感，它引发我们多向度、深层次的思考。贝克特抽象化、隐喻化的人物形象拓展了戏剧的表现功能，拓宽了戏剧话语理解与阐释的空间。从漂浮不定的感性之流中抽取、剥离出某些人性中固定的成分，从而超越现实的生物需要和利益考量，找到通向理想世界的道路，这是贝克特的关怀所在。当然，不能否认的是，符号化的塑造模式也有类型化、样板化倾向，后期贝克特作品中的人物形象渐趋雷同，就是这种写作方式走向极端的表现，影响了艺术上进一步创新的需要。贝克特在追求人物符号化表述的过程中，不知不觉陷入程式化，人物形象逐渐失去了新鲜度和冲击力，这在一定程度上留下了缺憾。

四、消解的人

贝克特戏剧消解了传统的悲剧英雄，这表现在社会危机中全面异化的人类与自然、与社会、与自我、与他人的对立关系。他运用戏剧象征手法，将人物抽象化，使其性别、背景、年龄、职业等私人信息模糊化，看似迷失的身份实则是象征挣扎于异化世界里的孤寂灵魂。贝克特承认："我的人物一无所有，我是以机能枯萎，以无知为材料的。"② 于是，贝克特从描写悲剧人物的命运转向对人类存在本质的考察，受难主体由英雄伟人扩展到人类整体，因此主人公的社会地位、身份特征等外在指标被他忽略了，他们甚至没有名字、没有职业身份，人物具有了高度的象征意义和隐喻性，对个体生存体验的描述已经升华为一种对人类命运的普世情怀。贝克特戏剧由关注外在细节转向人物内心体验的世界，由个体命运转向人类运动，主人公体验着人被异化为非人后的精神苦难，但是理性审视与思辨一直隐匿在看似荒诞的叙述中。非理性走上前台，理性拷问却得到彰显，贝克特戏剧在表现个体与人类、客观世界与主观体验等方面体现出矛盾互证的美学特征，使悲剧人物达到了更高的深度和广度。展示现代人的生存困境及各种悖谬构成贝克特戏剧浓厚的人本意识，这与亚里士多

---

① 焦洱、于晓丹：《贝克特：荒诞文学大师》，长春出版社1995年版，第267页。

② 詹姆斯·诺尔森著、王绍祥译：《贝克特肖像》，上海人民出版社2006年版，第51页。

德的悲剧人物观相比是一种进步和深化。贝克特戏剧塑造了一系列反英雄的人物，他们像西西弗那样反抗无意义的生存窘境，在逆境中依然坚持，这种坚守体现出现代人企图超越困境、重拾人之价值与尊严的真诚努力。在贝克特看来，只有沉入生存的最底层，才能深切体验人性和生命的各种可能性，而这是超越现实、追求自由的必经之路。

西方传统戏剧美学一直推崇亚里士多德的悲剧理论，悲剧英雄多为出身显赫之人，因为某种过错而遭到不公或者犯错误。亚里士多德对悲剧英雄的界定在西方戏剧史上影响深远，在相当长一段时期里，戏剧英雄多以王公贵族为原型。到文艺复兴时期，市民阶层开始出现，虽然还不够强大，但是这种新兴的社会力量在莎士比亚的剧作中已经有了曲折体现。虽然大部分莎剧主人公仍是高高在上的统治阶层，但是他们已不同于传统悲剧主角，有了面目可憎的一面，以哈姆雷特为代表的人物身上初步体现出市民阶层的人文主义特质。意大利剧作家瓜里尼的戏剧观更进一步，他打破"伟大人物"与"卑贱人物"对立的僵局，并提出悲喜剧融合的可能性。此后，普通人物逐渐走上舞台，突破了传统戏剧理论对主人公身份的设定，开始引起更广泛的关注。

18世纪启蒙运动时期，市民阶层力量发展壮大起来，这种状况在戏剧舞台上也有所体现。这一时期，虽然伏尔泰等人仍然坚持古典主义创作，但是锐意创新的声音日渐强大。以狄德罗、莱辛等人为代表的戏剧家在这一时期实现重大突破，使市民阶层真正成为戏剧的主角。狄德罗、莱辛等剧作家提倡"市民剧"，反对古典主义戏剧脱离现实、极端化的弊端，认为戏剧应该主要描写市民生活，由于生活本身就是悲喜交加，所以应该用新型的悲喜剧取代壁垒森严的悲剧和喜剧之分。莱辛就曾尖锐地指出，"就喜剧来说，人们想到对滑稽玩艺的嬉笑和对可笑行为的罪行的讥嘲已经使人腻味了，倒不如让人转换一下，在喜剧里也哭一哭，在宁静的道德行为里找到一种高尚的娱乐。就悲剧来说，过去认为只有君主和上层人物才能引起我们的哀怜和恐惧"，"所以要找出一些中产阶级的主角，让他们穿上悲剧角色的高跟鞋"①。普通人登堂入室，终于堂堂正正地站在戏剧舞台上。

进入19世纪，欧洲各国的市民阶层（资产阶级）相继登上政治舞台，成为统治阶层，与此相呼应，戏剧的主角逐渐游离到下层无产者身上，资产阶级

---

① 朱光潜：《西方美学史》（上卷），人民文学出版社1983年版，第311、318页。

的虚伪、冷酷以及资本主义制度的缺陷逐渐暴露出来。车尔尼雪夫斯基提出悲剧主角社会身份的问题，他说："伟大人物的命运是悲剧的吗？有时候是，有时候不是，正和渺小人物的命运一样；这里并没有任何必然性……伟大人物的命运是悲剧的或不是悲剧的，要看环境而定；在历史上，遭到悲剧命运的伟大人物比较少见，一生充满戏剧性而并没有悲剧的倒是更多。"① 可见，伟大人物并不是天生就有成为悲剧主角的特权，小人物则应该是现代戏剧描写对象的不二人选。到易卜生、契诃夫时代，小人物已经成为戏剧表现的主体，戏剧与生活的融合更加紧密，戏剧家转向全人类的生活和生存，考察生命的价值与意义。

尽管悲剧主人公从远古的贵族转变成现代的普通人，但 19 世纪末以前的西方悲剧精神主要还是对传统的继承与发展，依然强调理性、崇高、神圣感。到 19 世纪末出现了反传统的趋势，到 20 世纪西方戏剧在现代主义语境中迸发出强烈的反传统色彩。在对传统的扬弃过程中，西方戏剧步入新一轮嬗变，向传统发出振聋发聩的挑战。悲剧主人公从古希腊的命运决定论，到莎士比亚的性格决定论，再到近代的社会决定论，进入 20 世纪则演变成全面异化的现代人。由于人类文明发展的进程与异化相生相伴，19 世纪末以前的戏剧实际上是对人类异化意识的诗性表达，但是理性与历史仍是其基本参照，悲剧主人公在受难的同时，仍然相信永恒正义的最终胜利。可是 20 世纪经历了两次世界大战的蹂躏和工业化及后工业时代的浸淫后，西方文明推崇的理性主义陷入危机之中，人类在失去上帝的信仰断裂中成为弃儿，自我怀疑、自我否定成为时代主题，这必然给戏剧概念带来深刻的变革。

纵观西方戏剧美学，悲剧主人公的身份演变与不同的社会制度密切相关。在奴隶社会和封建社会，贵族阶层拥有绝对主宰地位，悲剧主角自然是英雄神圣、王侯将相。资产阶级兴起和发展的上升时期，资产阶级取代王公贵族成为戏剧的绝对主角。到了 19 世纪末 20 世纪上半叶，资本主义走向垄断时期，其进步性逐渐减弱，无产者走到历史的前台，戏剧的主人公于是转向普通的小人物。别林斯基认为"只有拥有高尚天性的人才能够是悲剧的英雄或者牺牲物：在现实生活本身中，情况正是这样！"②

---

① 车尔尼雪夫斯基著、周扬等译：《车尔尼雪夫斯基选集》（上卷），三联书店 1958 年版，第 28 页。
② 别林斯基著、满涛译：《别林斯基选集》（第三卷），上海译文出版社 1980 年版，第 73 页。

贝克特承袭了西方戏剧的精神，其戏剧主人公虽然生活在一个支离破碎、毫无希望的境况中，依然保持精神的高贵和天性的高尚，没有轻易向命运和环境屈服。贝克特以坚定的目光和悲悯情怀感受人类永恒而神秘的痛苦，认识人类的罪恶与挫败，他不是以旁观者的视角审视时代与人生，而是尽可能地接近虚幻的真实，在生存的沉潜中寻求超越的可能。这种深切的关注使他的人物有了深层的意义指向，贝克特也因此保持了对现实世界的批判意识和反叛精神。贝克特戏剧中的人物是典型的"荒原人"的写照，他们失去了主体性地位，与周围的人和物充满了隔阂却又难分难舍。贝克特后期作品中的人物越来越趋向静态、神秘，他们岌岌可危地悬挂在物质世界的边缘，日渐缩小，直至融化和消失，但是他们带给观众的震撼力却更加强烈。要言之，贝克特淡化人物身份的策略非但没有使人物扁平化，反而使之具有了一种普遍性。古往今来，文学家的使命不外乎描写普遍的人性，贝克特的人物便是现代的"人人"。

评论家约瑟夫·史密斯（J. H. Smith）在《塞缪尔·贝克特的世界》一书的序言中指出："贝克特式的人物不禁使临床医生想到他们的病人，并常常引发疗救的思考，而需要疗救的不但是贝克特笔下的人物，还有他们的作者。正如在我的文章中所说，和弗洛伊德、拉康一样，贝克特挑战了任何关于疗救可以给人带来幸福的概念。疗救不可回避，无法克服，更不能逃离贝克特所营造的黑暗世界；它是转向黑暗与虚无深处的产物。"[①] 贝克特有些怪异的戏剧人物实际上包孕了人类生存的普遍问题，如隔绝、碎裂、孤独、空虚、死亡，等等，在沉思的间隙，我们感受到栩栩如生的爱、优雅、安慰和欢笑的存在。贝克特的人物没有为我们提供一个放之四海而皆准的生存答案，他们只是醉心于向我们展示生存的本真样态，在这种沉迷里，我们隐约看见了镜子中的自我。

第二节　反传统的叙事模式

亚里士多德认为："史诗和悲剧、喜剧和酒神颂以及大部分双管箫乐和竖琴乐——这一切实际上是摹仿，只是有三点差别，即摹仿所用的媒介不同，所

---

① 　J. H. Smith, The World of Samuel Beckett, Baltimore & London: The Johns Hopkins University Press, 1990, p. xvii.

取的对象不同，所采的方式不同。"① 基于此，亚里士多德给悲剧下了这样的定义："悲剧是对于一个严肃、完整、有一定长度的行动的摹仿；它的媒介是语言，具有各种悦耳之音，分别在剧的各部分使用；摹仿的方式是借人物的动作来表达，而不是采用叙述法，借引起怜悯和恐惧来使这种感情得到陶冶。"② 从此以后，模仿戏剧奠定了西方戏剧的理论根基，而作为与"模仿"相对的"叙述"则一直受到贬抑，这种现象直到 20 世纪初才有所突破。布莱希特提出了"史诗剧"这一形式，首次肯定叙述于戏剧的重要性，赋予戏剧评论和描述的特点，打破了模仿戏剧传统一统天下的格局，在戏剧史上具有颠覆性意义。此后，戏剧的叙事性逐渐成为戏剧理论与戏剧美学的一个核心概念，戏剧家们在叙事方面的种种努力不断丰富和拓展了传统戏剧理论。现代戏剧家越来越认识到戏剧叙事的重要性，戏剧与叙事不可分离，从文本创作到舞台表演，无论戏剧符号形式如何变化，其叙事内容却没有随之减少，叙事功能也没有随之减弱。

贝克特戏剧叙事呈现出鲜明的反传统特色，对传统的叛逆与超越使他打破传统戏剧叙述的疆界，触摸到戏剧表现的极限，展示出其超强的创新意识。贝克特式的戏剧拒绝传统叙事范式，他的剧中没有完整的故事情节，没有叙述者主观意识的流露，结构单一，戏剧的主要手段——对白几乎消失，只剩下人物在徒劳地做些莫名其妙的动作。贝克特本人崇尚极简主义叙事风格，受超现实主义艺术的影响，他有意将现代绘画、音乐手段融入剧作中，创造出零度风格的叙事，颠覆了戏剧叙事传统，但在更高层次上，他的戏剧叙事又与古希腊传统遥相呼应，确立了没有叙事的叙事风格，为西方戏剧的创新与发展提供一个新的参照系。

一、情节边缘化

西方戏剧理论推重情节，这种情况到 20 世纪初期才有所改观。在 20 世纪，戏剧情节的重要性不断被边缘化，情节的概念也不断被颠覆，传统的具有因果关系的情节遭到排斥。在反传统叙述的浪潮中，贝克特的戏剧创作实践对颠覆情节更具挑战性。

首先，贝克特的戏剧没有完整一致的动作，没有连续动态的事件，有的只

---

① 亚里士多德著、罗念生等译：《诗学》，人民文学出版社 1997 年版，第 3 页。

② 亚里士多德著、罗念生等译：《诗学》，人民文学出版社 1997 年版，第 19 页。

是偶然事件的随意拼贴。亚里士多德认为，戏剧的情节是对动作的模仿，应该具有整一性，其中每一个环节都不可置换或取消，否则就会影响情节的完整性。贝克特挑战了戏剧史上的权威观点，以《终局》为例：该剧没有一个完整的事件发生，每一个片段之间看不出任何关联，也没有明确的中心指向，在这里追寻情节的发展脉络已经变得十分困难。一开场，克劳夫就宣布了终局状态，将结局残酷地呈现出来，哈姆认为整个房子都散发着死人的臭气，克劳夫认为整个宇宙都腐臭了。这样，贝克特将传统戏剧的基本前提——变化排除在外，这个残存的世界就是结局，一切都失去了故事性，转入毁灭之后的沉静，故事已经没有讲述的价值。当哈姆问克劳夫为什么跟着自己时，克劳夫的答案仅仅是"无处可去"，情节一再被拒之门外；读者/观众的预期也一再被毫无目的性的对话阻断，最终只有放弃追寻故事线索的努力。从这个角度讲，《终局》是反情节的戏剧。

《等待戈多》同样没有完整的故事情节，没有开端、高潮和结局，剧中的人物、地点、时间都充满不确定性，唯一的动作就是等待，而等待却是静态的，这进一步阻碍了情节的推动。贝克特戏剧的偶然性、无变化性、重复性等特点与传统的"结局性情节"形成鲜明对比，具有了非理性叙述的特点，对传统的故事与情节等基本概念提出挑战。如果说贝克特早期的剧作难以找到明显的情节，其后期作品则完全摒弃了情节，只剩下形单影只、残缺不全的人。美国戏剧理论家布赖恩·理查森这样描述传统的故事/情节观：

> 总体来说，人们渴望一种放之四海而皆准的理论，期望它能囊括所有的叙事，不管是虚构的，还是非虚构的；不管是文学性的，还是大众化的；不管是被说的，还是被演的。这种渴望就隐含在情节/故事二分法及有关情节的理论中。该二分法由此假定：总能从任何文本或表演中推断出一个连贯的故事。这样，一本传记、一部纪录片或一部小说不必从其主题的源起开始叙述；像其他叙事一样，它可从故事中间入手，或用后来的高潮事件作为开端，然后反向推进进行追叙。在这种情况下，不管事件呈现的顺序如何，一个完整的、前后一致的

故事总能从诸多事件中推断出来。①

根据传统戏剧理论，故事由一系列按时间顺序发生的事件组成，而情节就是将这些事件展现给观众的先后顺序。然而，在贝克特戏剧中，故事与情节的二元对立被彻底瓦解，想要挖掘出一个完整的、前后一致的故事几乎不可能，尤其在《戏剧》、《不是我》、《呼吸》等剧作中，除了支离破碎、自相矛盾的语言，我们找不到在逻辑上可以依托的情节，传统戏剧理论在贝克特这里遭遇诠释的困难。

其次，贝克特在戏剧中使用了循环式的叙事结构，消解了戏剧冲突推进故事情节向前递进的可能性，使叙事节奏处于停滞状态。"叙事节奏是戏剧的重要手段，它决定着戏剧各个部分以整体形态向前推进的速度，也决定着每一个叙事环节的处理和情节的叙事走向。"② 西方戏剧传统一直遵照"开端——发展——高潮——结局"的模式来推进情节进程，这一模式要求有相应的叙事节奏相匹配，要求在观众可以接受的限度内尽量完整、快速、紧凑，"三一律"就是这种观点的极端体现。象征主义戏剧家梅特林克彻底打破这种戏剧节奏与冲突的传统叙事范式，以静止戏剧取而代之，开创了戏剧叙事的新模式。在此基础上，贝克特进一步将叙事节奏同戏剧结构和戏剧语言建立密切联系，使叙事节奏渗透到戏剧的各个角落。

传统的戏剧结构以矛盾冲突为中心，将纷繁复杂的事件有机合成一个完整的线性叙事行为。贝克特创造性地采用环形结构消解了戏剧的线性叙事传统，阻断了依靠戏剧冲突推进的路径，使情节止步不前，叙事节奏也因此停滞。《等待戈多》是个典型的环形结构叙述。两幕剧的结构完全相同，出场人物也一样，内容几乎没有太大变化，给人以无始无终的宿命感。稍许的变化是第一幕里光秃的树干在第二幕中长出几片叶子，波卓变成瞎子，幸运儿变成哑巴，其余基本都是第一幕的重复。在循环往复中，"等待"是贯穿全剧唯一可以依循的线索，焦虑的等待、徒劳的等待将人生的忧伤况味展现得淋漓尽致。我们几乎感觉不到戏剧的节奏流淌，没有戏剧的发展与律动，只有等待的迷失的氛

---

① 布赖恩·理查森著、许德金译：《当代戏剧中叙述进程的几种新方式》，《江西社会科学》2008 年第 1 期，第 45~48 页。

② 冉东平：《西方现代派戏剧的叙事节奏》，《外语研究》2009 年第 6 期，第 96~100 页。

围。如果说《等待戈多》的人物对话还能为我们提供一点模糊的线索，那么贝克特后期作品则完全剥夺了我们阐释的自信。无论是《快乐时光》、《克拉普的最后一盘录音带》，还是越来越简短的后期作品如《脚步》、《乖乖睡》、《夜与梦》、《四胞胎》等，导引情节的叙事线索全然消失，我们再也找不到戏剧继续下去的动因和目的，找不到传统意义上的中心事件。在贝克特这里，循环式的戏剧结构在消解传统叙事结构的同时，也形象地直喻了人生的循环往复、单调乏味。循环结构也打破了惯常的戏剧情节逻辑，使读者/观众对接下来要发生什么无法加以判断，这又增加了剧情的不确定性，显然也暗示了充满变数的人生与未来，提醒我们思考所处的荒谬情境。

这种静止的、开放式的戏剧结构强化了叙事节奏的停滞状态，而人物经常陷入无语的沉默或停顿中，又进一步淡化了戏剧的叙事进程，使戏剧节奏出现了间歇和空当。过多的停顿阻碍了人物的注意力集中于一件事上，思路被打断后情绪也发生断裂，而大量堆积的、彼此不连贯的语言不但失去有效交流的功能，而且削弱了戏剧的叙事节奏，这样，读者/观众的审美连贯性被打乱，不得不停下来思考戏剧之外的蕴涵。和许多现代作家一样，贝克特摒弃了对故事情节的追求，转向对自然、社会及人类生存状态的深度思索，在放缓甚至停滞的叙事节奏中，完成了敦促读者/观众与其一同思考现实人生与哲理蕴涵的愿望。

此外，贝克特戏剧具有明显的从时间性叙事向空间化叙事转化的倾向，传统叙事空间从叙事背景一跃成为叙事的主导元素。在传统叙事视野下，戏剧是对一个或多个真实或虚构事件的模仿与再现，因此戏剧叙事讲求严格的时间性、序列性和因果性，必须尊重一定的时间规律建立叙事秩序。充满悖论的却是，故事并非总是按照线性模式发展，而是经常在同一空间下进行。实际上，时间与空间是不可分割的统一体，既是一种存在，也是一种意识，二者互为参照和考察对象，只是在以往的戏剧创作中，空间往往"被当作僵死的、刻板的、非辩证的和静止的东西，相反，时间却是丰富的、多产的、有生命力的、辩证的"①。20世纪中叶以后，美学更加关注空间的重要性，文学与艺术作品纷纷从传统的时间之维转向空间维度的开掘与阐释。福柯敏感地意识到空间与人类生存状态之间的关联："我们时代的焦虑与空间有着根本的关系，比之与

---

① 阿格呢斯·赫勒著、李瑞华译：《现代性理论》，商务印书馆2005年版，第14页。

时间的关系更甚，时间对我们而言，可能只是许多个元素散布在空间中的不同分配运作之一。"① 现代人生活在一个具有无限多样性的社会空间中，与自然空间和精神空间互相渗透、互相叠加、互相冲突，因此折射出复杂多变的社会状况。20 世纪的西方人体会着历史感的消失，经历了表达和自我身份迷失的焦虑与困惑，传统的直线式叙事已经不能满足现实语境的需要，立体性、多元化、多层次的空间化叙事恰好契合了人们表达生存焦虑的愿望。贝克特戏剧的空间化色彩正是这种特定时代意识形态的反映。

贝克特戏剧的空间化叙事主要体现在内心空间的外化和舞台空间的内化两个层面上。贝克特戏剧空间高度浓缩，极具视觉冲击力，是心灵状态的直接呈现。在他的戏剧叙事中，与肉体分隔的声音、空虚的舞台和黑暗的空间等要素成为实现人物内在转向的手段。贝克特许多剧本展露的空间都有双重蕴涵，一为舞台自身，一为人物的内心世界。贝克特有意模糊了模仿空间与讲述空间的界限，所谓讲述空间就是指将内心世界进行具体化再现，用空间化的话语使人物内心活动呈现出来，用话语的方式创造模拟空间，比如在《终局》里，贝克特将舞台设计成空旷的场地，没有家具等修饰物，只有两个窗户或类似窥视孔的东西，这样的舞台布景很容易使人联想到人的头颅意象，舞台因此具有了人格化特征。而舞台的虚空与主人公哈姆实体的头部互为印证，舞台是人物内心活动的物化呈现，人物的精神荒芜反过来又被舞台意象无限放大，于是形成一个可以进行图解的、可感可视的精神虚空隐喻。在贝克特看来，彻底的表达几乎不可能实现，而舞台设计却能弥补语言与时间的缺陷与无能，克服了存在的虚无感，使虚空获得空间化的在场呈现，这个图像又反作用于人物内心，戏剧舞台因此成为内心空间的自我反思式的场所。

此外，贝克特还通过人体动作、舞台道具等视觉手段实现戏剧对话的有效性表达，以此打断时间的匀速流动，或者说拉长了实际的时间，取得了空间化效果。比如《等待戈多》里迪迪和戈戈不停地摆弄帽子、靴子，《终局》里克劳夫不断地攀爬梯子，《快乐时光》中温妮不停舞动的手臂，以及后期短剧中重复的脚步、动作等，每一个细小的动作都被无限放大、放慢，以此强迫人们去触摸行为背后更深层次的意义。无限膨胀的动作显然是对传统行动说的解

---

① 戴维·哈维著、阎嘉译：《后现代状况——对文化变迁之缘起的探究》，商务印书馆 2003 年版，第 250 页。

构，反衬了人类的孤独与虚空，因此带来全新的戏剧体验和审美挑战。在这个过程中，读者/观众获得了空前的审美自主性和创造性，开始重新思考时间和人类行为的关系。

贝克特戏剧突破了传统情节理论的规约，拓展了情节、叙事结构、戏剧的时空观等旧有框架，使戏剧叙事呈现丰富多样的艺术形态。当然，如同任何人都无法摆脱时间的束缚一样，贝克特戏剧叙述手段的创新也是建立在继承传统的基础之上，惟其如此，才产生如此强大的艺术生命力和审美延展性。

二、幽默叙事

贝克特秉承古希腊戏剧化的模仿和幽默等特征，吸收历代喜剧大师的精髓，革新了喜剧表现手法。弥漫于贝克特作品中的幽默叙事手段不一而足，怪异风趣的话语，不屑一顾的怀疑神情，无助绝望的反讽，开放的幽默感，这些都是现代社会普遍的怀疑情绪的体现。从早期仿效传统喜剧手法，到突破传统架构，建构独特的幽默叙事，以及后期对喜剧要素的折中处理，贝克特戏剧一直包含自我反思的特质。贝克特的幽默叙事手法否定了思想的文本性，他主要是从认识论角度从事创作，其文学实践的主旨不是建构一种新的话语模型，而是为了抨击文本作为一种人工产品的虚伪性。贝克特戏剧中的幽默、喜剧策略是抵制文化上制作符号的习惯的手段，他从怀疑的阐释学走向抨击的实践，最后向交流的困境敞开并试图解构它，在这个意义上，贝克特与超现实主义有所靠拢，两者在瓦解符号生产方面显示出某种一致性。但是，贝克特并不满足于效仿超现实主义，他很快挣脱其束缚，坚信极端的不一致也可以与反现实、反艺术效果相协调，最终他向封闭的文本挑战，运用陌生化、元叙述、开放性等喜剧手法完成了一次戏剧叙事的变革。

陌生化叙事是贝克特常用的喜剧表现手段之一。亚里士多德主张艺术模仿生活，指出模仿与叙述的不可调和性，戏剧应该通过模仿来制造真实的幻觉，以此引起观众怜悯与恐惧的心理共鸣，实现戏剧的净化功能。布莱希特提出"史诗剧"的形式，以叙述代替模仿，破除戏剧给人们带来幻觉的审美定势，使戏剧具有评论和描述的功能，颠覆了长期以来的模仿说。贝克特赞同布莱希特的叙事理论，将戏剧当作反映和批判社会现实、促成社会变革的媒介，所以他主张观众应该与戏剧情节保持一定距离，这样才能保持评判辨识的能力。为了达到这个目的，贝克特使用多种方法阻止受众对戏剧产生认同与共鸣，努力将其从戏剧幻象中解放出来，恢复其作为独立主体的判断意识。对贝克特而言，文学的特性就是一种违规叙述，喜剧的效果来自于将现实中的真实转换成叙述中的极度非真实。通过非理性的极度夸张的形式，贝克特将现实与非现实糅合起来，语义与语境陷于矛盾和脱节状态，人类的苦闷心理得以夸大、抽象地呈现。贝克特希望通过这种表现方式达到"陌生化效果"，让人们意识到戏剧不等同于现实，分属于两个世界，舞台上的东西不是我们正在进行的生活。这种反现实主义的叙事范式突破了一直以来艺术制造幻觉的陈规，摆脱了早期戏剧文本受文学机制的束缚。

和其他喜剧作家不同，贝克特没有为他的戏剧叙述预设一个世界，在他的作品中，只有一个受到监督和挑战的语言实体存在，而喜剧手段打破了与符号生产相关联的惯性思维。滑稽的动作、不合逻辑的对话、重复的场景与情节，这些类似滑稽剧的创作手法阻碍了读者/观众去思考主人公的命运轨迹，他们甚至放弃了继续跟踪故事的欲望。贝克特认为，他的时代充满非理性色彩，这也是戏剧应该表现的核心，所以他打破传统的规约，化解传统人物形象和戏剧冲突，解构传统的时空观念和戏剧结构。他的喜剧式叙述散落在主题、情节、舞台形象、语言、道具设计等方面，形式复杂，充满模糊性和歧义性，这种解构的、碎片化的叙事风格呼应了贝克特表现时代真实的需要。例如《等待戈多》中的"等待"主题就十分含混，它既可以被解读为期待拯救的希望，又可以被看作是异化的人存在的体认方式和无以排解的精神苦痛与孤单寂寞。同时，等待似乎也是一种西西弗式的抗争，人不甘于命运的摆弄，等待将催生行动的勇气与力量。正如布莱希特所言，戏剧应当从"帮助解释世界的阶段，进入帮助改变世界的阶段"①，贝克特利用喜剧陌生化手法，其目的正在于警醒世人去思索眼前的世界，而不是沉溺于戏剧的幻觉里。

贝克特在文学反思中从事创作，具有明显的喜剧元叙述特点。贝克特的戏剧是对语言符号、词语、写作等西方传统价值体系的全面挑战和质疑，他强行将读者/观众从想象中超拔出来，反复提示他们叙事的虚拟性，这种自我指涉性的叙事即为元叙述。贝克特戏剧散漫无序的叙述否定了明晰和正确，词语的堆积不但没有使表述更加清楚，反而为文学语言自我指涉的虚伪性提供了佐证。在叙述层面，一系列的否定和矛盾进一步强化了指涉的虚伪性，叙述者也因此失去了传统意义上的可信度。卡拉·洛卡特利（Carla Locatelli）在《解

---

① 布莱希特著、丁扬忠等译：《布莱希特论戏剧》，中国戏剧出版社1990年版，第176页。

构语言的世界》中这样写道：

> 如果说资产阶级作家的写作目的是创造生活的神话，即创造模拟现实生活的作品，那么贝克特的喜剧表现手法则是为生活中的隐形人塑像。他必须将话语显现出来，因为传统作家一直试图掩盖它；他的词语从所指游离开，反讽与幽默成为达到这种间离效果的手段。喜剧效果基于这样一个事实，即语言是用来破坏掌管叙述的看不见的语言游戏。贝克特"贫乏的诗学"似乎意欲避开语言模型与现象界之间想当然的类推关系，语言表述与认识论上的意义指涉相背离，形成一种喜剧式的断裂。在贝克特剧中，传统戏剧中的情节、结构完整性消失，重复和循环结构使剧情的推进变得困难重重。然而，叙述只能被自己的规则打破，任何元叙述的现实主义只能指向一个无法逃避的语言悖论的存在。在某种程度上，话语的再现似乎是我们能够把握的唯一真实。但是，一旦话语废止，它就被宣告为无意义，走到了尽头，因为它失落了与现实的任何联系。①

这段话表明，叙述者对现实表现出一种无能为力与无知木讷，而凡比种种都违背了文学艺术的常规。贝克特的喜剧叙述否定了词语对认识的可能性，剥离了语言对现实的成像功能，从而使喜剧手段成为一种置换，一种对假定的语言稳定性的暂时拒绝。在《等待戈多》等剧作中，人与外部世界相隔绝的状态得以尽情展现，时间、空间的模糊性透露出冷漠不羁的客观世界给人带来的压迫感，在这样的现实中，语言已经失去了逻辑性，如果还按照传统的模式去解读人物的对白显然力不从心。贝克特的喜剧叙事充满怀疑精神，是对意义反思的终结。在他看来，只有用不合逻辑、无意义、单调重复的语言才能更直观形象地表达出世界的混乱与人生的无常，从某种意义上说，这又何尝不是一种模仿？实际上，这种碎片式叙述正是为了突出物体与其表征相割裂的主题，使我们跳出语义的狭窄范畴，获得更宏观的判断视野。

因此，贝克特的喜剧叙事具有一种动态的开放性特质。这里所说的开放性是指贝克特的喜剧叙事文本始终处于敞开的状态，不断吸引读者、观众、导

---

① Carla Locatelli, Unwording the World, Philadelphia: University of Pennsylvania Press, 1990, pp. 95~96.

演、演员、评论家等来参与、解读和进行再创造。早期的戏剧（喜剧）叙述要求文本是封闭和统一的自足体，应该阻断其与外部世界的联系，戏剧诸要素的构成与功能必须纳入这一体系中才能获得准确理解。贝克特力图摆脱这种桎梏，采用喜剧手法使文本显得杂乱弥散，叙述与现实时而交叠重合，时而分崩离析，对物体与词语之间关系的质询被发挥到极致，以至于两者都成为有问题的存在，由此瓦解了独立封闭的叙事结构。当叙事类型变得不再明晰，原有的理解思路必须进行相应的调整，贝克特喜剧叙事与其整体的叙事风格相互关联，是其大叙事系统中一个主要组成部分，呈现出动态、开放的特点。这种喜剧叙事的开放性与其话语的含糊指涉已经不单是机械的语义倒置所能阐明，同样，"语境"一词也不能给出一个结论性的澄清。实际上，即使假定叙事语境是确定的，歧义性的降低也无法解释贝克特剧作中某些喜剧所指。因此，喜剧叙述所传达的信息形式自然而然地成为模糊、开放性语境的一部分。

喜剧叙述的效果可以看作是贝克特剧作中话语的回声，它只能被反复解读，而不能被推翻，这样我们才能理解喜剧叙述的开放性和自由度所具有的解放性质，从而破除封闭的逻各斯中心主义的条条框框。在解读贝克特喜剧叙述时，我们不需要明晰其所指为何物，我们甚至可以忽略僵硬的话语结构本身，而只需要关注文本的意义生成过程。这时，喜剧叙述不再是某种"含蓄陈述"，它在解构、贬抑封闭性文本的同时，又催生出许多阐释的空间和可能性，成为一个立体、动态、开放的系统。贝克特善于使用重复性叙述来达到反讽的喜剧效果，这种方法脱离了传统叙事的羁绊，在一定程度上将叙事本体转变成一种模仿。重复将叙述拉长，持续的时间变成文本的另一重含义，也表明叙述本身已融入到一种文化体制中。通过重复性的喜剧手段，贝克特冲破语言的界限和二元对立的制约，通向一种散文诗式的开放自由之美。无论结局是好是坏，现实都不依人的意志继续，语言对此也无可奈何。在经历了去神秘化之后，喜剧式的的放松让我们超越恐惧，真切认知了存在的现状。这种喜剧的自由因此带有认识论的色彩，它迫使我们进行再次阅读，反观先前话语的内容与结构，对既在的知识结构提出质疑，由此实现了意义的搁置和生成。

三、简约主义

贝克特的简约叙事与去神秘化手法创造出 20 世纪惊人的文学语料，成为人类认识革命的有机组成部分。简约的叙事风格对贝克特来说也是一个去神秘化的过程，可以避免先验主义的体系化，捕捉到物质世界残渣碎片中的价值。

在 1956 年的采访中，贝克特说道："我写的是无能、无知。我想无能这个主题过去还没有开掘过。"① 实际上，贝克特或多或少继承了艺术的浪漫主义思想，将艺术视为个人表达的领域，沉迷于创造和修辞的快感。但另一方面，在贝克特身上，语言承担了表达认知与批评的功能，在 20 世纪的文学表达中，与其长篇大论地探讨人与外物的关系，不若考究无能无知来得更理智些。在追求真理的体验中，语言的贫乏、叙述的节省更能掠过物质的表象而直抵认识的本质。法国思想家、文学家乔治·巴塔耶（Georges Bataille）对贝克特的叙事策略进行了如下阐述："这不是一个流派的宣言，根本不是宣言，而首先是一种表达，它表达了超越任何流派的运动，最终需要文学将语言变成饱受风蚀、满目疮痍的表象，使其拥有废墟的权威。"②

所谓"废墟的权威"是指贝克特叙事风格的怀疑与否定倾向，而在建构这种权威的过程中，我们还看到了一种建设性，它引领我们进行一场认识论上的革命，创建了人类体验的新历史阶段。贝克特是一位严格自律、坚持不懈的戏剧探索者，他化简、压缩、甚至取消了许多传统的戏剧构成要素，将剧作的持续时间一再压缩，出场人物的数量大大压缩，动作消减至几乎静止的程度，舞台空间也逐步缩小，直至整个外部世界缩减为人体的某个器官，剧中充满词语的堆砌却失去了意义的连贯性，等等。当我们试图理解费解的贝克特作品时，我们看到贝克特在尽一切可能解构戏剧的同时，也试图创立一种新的认知结构。只有承认贝克特的戏剧就是人生，我们才能还原真实的戏剧场景，意识到人类无法摆脱的命运。

简约主义并非贝克特的首创。作为一种研究策略，它在 19 世纪末、20 世纪初的科学、哲学、艺术领域已经大量使用。简约是一个过程，与传统的实证主义或现象学方法不同，它通过去除所有非本质性要素，着力描述最不可或缺的成分，来考察概念、思想、结构、现象等问题，使我们能够通过切入最简要的组成部分而获得知识、提高理解力。在戏剧方面，尤内斯库、品特等剧作家都使用了简约风格，以补充现实主义戏剧的不足，回归戏剧原初的叙事形式。尤内斯库曾写道："如果戏剧的本质是放大其效果，它们必须被继续放大，被最大限度地强调。将戏剧从既非戏剧又非文学的中间地带推出来，就是恢复其

---

① Israel Shenker, "An Interview with Beckett", New York Times, May 5, 1956.

② Carla Locatelli, Unwording the World, Philadelphia: University of Pennsylvania Press, 1990, p. 50.

自身领地，使之回归其自然的疆界。"① 但是尤内斯库也意识到，重新发现戏剧的最基本要素十分困难，所以后来他又撤退到传统的创作模式中。品特后期的戏剧创作中有明显的简约主义趋势，他认为作家的体验越敏锐，越难以清晰地表达，简约与扩张成为一个奇特的矛盾组合，互相交缠。

对贝克特来说，简约风格则是他探索艺术与人生要义的一种基本方式。一般认为，简约主义容易使人产生某种否定性联想，如"强制"、"约束"、"限制"、"不充分"、"后退"等暗示。简约主义的批评者就指出这种方法的局限性，认为这类戏剧作品的表现内涵越来越少，甚至走到了极端地步，以至于文本失去了意义，这种观点不无道理。实际上，作为一个语义宽泛的词汇，简约的界定也是见仁见智，它可以是一种文化倾向，一种艺术理想主义的探索行为，或者是一种思想方法。《牛津英语词典缩印版》第二卷给"简约"（reduction）下的定义是："将（一种物体）化简为另一种（通常较为简单的）形式的行为或过程……减少、变小、消减"②，也就是说，"简约"含有"减少"、"变小"、"消减"之意，与"最小化"、"压缩"、"凝练"有部分重叠之处，这也是我们用来分析贝克特戏剧的立足点。在贝克特身上，简约主义的戏剧实践带来了全新的艺术体验和表达的可能性。贝克特认为，作为一种表达方式，语言并不完美，但是又是他唯一能够选择的媒介，这种矛盾的态度揭示出他对语言既爱又恨、既尊崇又怀疑的心理。简约主义的方法使他能够去除语言的非本质成分，或者使用非词语的方式达到无声胜有声、以少胜多的效果。

在消减语言的过程中，贝克特意欲发现一种能够昭示存在现实的新语言，它可以同时涵盖人生的失意与语言的贫乏。在1937年给艾克赛尔·考恩（Axel Kaun）的信中，贝克特写道：

> 语言对我来说越来越像一个面罩，为了理解隐藏在其后面的事物（或者虚无），必须将其撕碎。语法和文体。在我看来，它们已经无关紧要，仿佛一件维多利亚时期的泳衣，或者一位真正绅士的镇定自若。面具而已。让我们期待这一时刻的到来，谢天谢地，在某些圈子

---

① Eugene Ionesco, Notes and Counter Notes: Writing on the Theatre, New York: Grove Press Inc, 1964, p. 26.

② The Compact Edition of the Oxford English Dictionary, 2nd Vols., Oxford, London, Glasgow et al: Oxford University Press, 1971, p. 2458.

它已经来临，在语言被淋漓尽致地滥用之处，就是其被尽情使用之时。既然一时之间无法取缔语言，至少我们应该为使之声名狼藉而不遗余力。在它身上一个接一个地钻孔，这样，隐藏其后的东西——无论是有是无——就会逐渐显露；我不能想象今天的作家还有比这更崇高的目标。①

这段话流露出贝克特对简约主义的向往，而贝克特创作过程中的简约作风反衬了语言的悲剧性：词语已经成为扭曲的人生与艺术的附属品。以贝克特1965年的短剧《来来往往》（Come and Go）为例。这个小剧只有简短的121个词，但是由于精湛的艺术处理，它还是成功地传达出许多意思。这出短剧表明，借助于非语言的视觉技术等手段，语言在确定意义方面已经不再不可或缺。该剧从舞台布景到人物的名字都被极度删减，形式与意义互为补充，当演员在舞台上来回走动时，他们的行为就可以隐喻出生与死亡的循环，于是舞台即人生，人生则如戏，舞台上的人物就是我们自己的影子，在出生与死亡之间的时段里，徒劳地寻找意义。如果贝克特意在通过该剧展示人生的短暂无常，其简约的形式显然契合了这一主题，人物的动作本身几乎可以传达出剧作家的完整意图，语言则退居到从属和补充的位置。该剧简单的标题却捕捉到人存在的根本状态，揭示出个体人生的短暂性和人类生命整体的延续性这一深刻主题。该剧的舞台设计被精简到无以复加的程度，只剩下舞台中央柔和昏暗的光线和没有靠背的长椅，长椅的意象使人联想到学校时光，暗示时光流转，转瞬即逝。除此以外，舞台其余部分全部包裹在漆黑中，观众被迫将注意力集中在人物身上。如果光亮处暗示了存在，那么黑暗处也许就是非存在之地，可能是人物的现在，也可能是他们的未来。三个女人手拉手，好像三位一体的组合，她们彼此独立又互相依存，她们都穿着显不出身型的长款大衣，戴着宽边帽子将脸部几乎完全遮蔽，这种装扮消弭了她们的个性化特征。充满反讽意味的是，简约叙事使该剧有了多种阐释的可能，化简居然促成艺术表现形式的新生。所以布拉特（E. Brater）说："简约主义是一种抽象，在某种程度上甚至

---

① Samuel Beckett, Disjecta: Miscellaneous Writings and a Dramatic Fragment, London: John Calder, 1983, p. 171~172.

是一种几何艺术形式，其目的至多是用更少表现更多。"①

如果按照历时顺序考察贝克特的戏剧作品，很容易发现一个规律，那就是文本长度和表演时间的递减。从这个角度而言，其早期作品还算依循传统，中规中矩，至少还有幕次之分，演出时间一般控制在一个半小时至两小时之间。从《戏剧》开始，文本长度锐减，表演时间也骤降到二十几分钟、甚至半分钟左右。20世纪60年代中期，贝克特戏剧达到简约的极限，《呼吸》的文本甚至只有明信片大小，简直就是一个五幕剧中间穿插助兴的滑稽剧。诺尔森和皮林如此评价《呼吸》对贝克特的特殊意义："……关键在于，继《戏剧》之后，它昭示了贝克特70年代微型剧的创作方向。这一点并不仅限于它的简短，还在于灯光、音响与沉默之间微妙的互相作用，舞台照明的均衡变化，形式上的对称性，以及扩音的使用等。"② 尽管贝克特本人一再声称对创作体裁没有自信，但是《呼吸》为他提供了一次体验越界的机会，对其后来戏剧的简化风格起了一个近乎转折点的作用。

从《等待戈多》开始，贝克特就表现出对简单舞台布景的偏好，反对使用超过作品舞台说明之外的任何布景。在后期剧作中，贝克特的舞台越发简省。《等待戈多》里还有一棵树、一个土堆、一条路的实景设置，尚有帽子、鞋子、绳子等物件供人把玩，还有胡萝卜、手表、板凳等体现生活气息的道具；到《那时》，舞台上只剩下茫茫黑暗中一张苍白的面孔，戈多的世界已经不复存在，只剩下神秘而荒凉的黑暗。可是，在物质世界被归零之后，人物的内心景观却得以放大式的呈现，无论是哈姆还是克拉普、温妮，他们灵魂的痛楚深深震撼着我们。如约翰·弗莱彻和约翰·斯珀林所说，贝克特精简舞台意在表明，"在音响、布景、道具、人物之前，戏剧真正必不可少的要素是灯光（或其不在场）。舞台上的灯光相当于每页小说的印刷字。"③ 舞台灯光的弱化必然导致黑暗的递增和光明的缺位，黑暗因此有了不同于传统意义的戏剧重要性。克拉普桌子周围的漆黑，不仅是一个房间的暗示，同时也是死亡笼罩的世界；《不是我》中那张嘴的背景也是一片昏黑，将主人公的心理状态视觉化呈现出来，凸显了他的孤独、失落、闭锁；《乖乖睡》中的灯光几乎被弱化到明

---

① Enoch Brater, Beyond Minimalism: Beckett's Late Style in the Theatre, New York: Oxford University Press, 1987, p. ix.

② James Knowlson & John Pilling, Frescoes of the Skull, London: John Calder, 1979, p. 128.

③ John Fletcher & John Spurling, Beckett: A Study of His Plays, London: Eyre Methuen, 1972, p. 44.

与暗的临界点。布拉特评论说,《乖乖睡》让我们知道"黑暗,灰黑与漆黑,阴影及其他纯粹舞台灯光的变化,也能成为'布景'"①。通过简约叙事,贝克特的戏剧舞台换化作光明与黑暗构成的双重世界,上演着不同的人生故事。

此外,在人物数量和动作设计上,贝克特戏剧的简约化叙事也十分明显。让我们做一个简单的对比:在第一部剧作《自由》中,贝克特共安排了 17 个人物出场,而到第一部正式出版的《等待戈多》时,我们只看到 5 个人物,此后剧中人物越来越少,经常全剧从头到尾只有一个人物,《呼吸》更是达到顶峰,我们甚至找不到一个完整的人物形象。同样,戏剧人物的动作也有从繁到简、从动到静的明显变化。《等待戈多》、《快乐时光》、《终局》里,人物还在不停地做着小动作,后期作品中,贝克特的人物越来越静止化,很多人物甚至给人以雕塑的感觉。对贝克特来说,后期人物刻画的简约倾向仍然延续了他"少即是多"的创作原则。

总而言之,简约主义叙事风格是贝克特将其戏剧视角从外部世界移向内心世界的一种努力。摆脱了生物的、物理的、社会的、历史的种种规约后,贝克特终于可以潜入人类存在的最底层,考察黑洞一样的人的内心光景。当行动与欲望尽失,语言已经支离破碎,沉默似乎成为唯一的选择。然而,正是通过将自己的戏剧移向沉默与静止,贝克特改变了我们对戏剧的常规认识,重新界定了戏剧的基本要素。作为一个简约主义者,贝克特比他之前的任何一位剧作家走得更远、更彻底,他引领我们去思考存在与非存在的界限,去追索也许永远没有答案的问题。从贝克特的戏剧中,我们获得的唯一确定的信息就是知识的不确定性。也许贝克特的简约主义戏剧实践最终也不能实现其理性主义的认知目标,但就戏剧本身而言,他的成功非同一般:他重新界定了戏剧这一体裁的局限性和更多的可能性。尽管他的简约主义叙事风格经常要面临质疑的压力,但与此同时,这种风格提升了我们的戏剧体验和艺术敏感性,显然,这已经远远超出了其戏剧文本的规模。

四、非理性叙事

西方思想文化的每一次变革都直接影响着西方戏剧的发展走向,戏剧叙事范式也在顺应时代思潮的同时,通过对西方传统戏剧的扬弃和变革,突破传统

---

① Enoch Brater, "Light, Sound, Movement, and Action in Beckett's Rockaby", Modern Drama, No. 25, 1982, pp. 342 ~ 348.

的艺术界限，张显出独特的叙事魅力。

在 20 世纪西方戏剧发展史上，由亚里士多德创建、经过两千多年形成的写实主义戏剧理论受到很大程度的颠覆，戏剧呈现出前所未有的繁荣与创新景象，正如美国学者斯蒂芬·恩威所说，20 世纪的剧作家"对于何为戏剧与戏剧何为尽可以有各自的理解。他们以各自不同的方式工作，凭借不知疲倦的精神和创造的热情，探索各种各样的戏剧模式"①。19 世纪末以前的戏剧叙事风格依然沿袭"艺术模仿自然"的古典美学思想，但是 19 世纪末 20 世纪以后，受到现代哲学思潮的影响，西方剧作家的作品多表现出反思现实的特点，戏剧成为剧作家形象化的思想。为了将哲学思辨转化成艺术形象，相应的，创造新的叙事范型被提上日程。以贝克特为代表的现代剧作家的艺术实践为 20 世纪戏剧多样化做出了重要贡献，他们在方法上的创新精神和反叛传统的探索精神为后世戏剧创作提供了成功的范例。

贝克特戏剧在叙事范式上呈现出明显的反传统特点，这首先体现在叙事的主体化倾向。受现代哲学思潮影响，贝克特的戏剧表现出强烈的主体意识和哲理性，他努力挣脱情节的约束，巧妙控制着戏剧叙事与哲理叙事的比重，使哲理叙事潜藏在戏剧情节之下，形成一种具有复调意味的双重叙事格局。传统所倚重的情节在贝克特戏剧中退居其次，作品似乎跟随剧作家的主观意识散漫流淌，人物被置于几乎静止的状态下，而在情节的静止与停滞中，剧作家的主体意识逐渐上扬。贝克特使用非模仿性叙事将其主观意象融入情节的客体性叙事，二者相互交织、互为补充。"主体性叙事是指剧作家不以'摹仿说'为叙事原则，而以主观感受真实性原则来进行戏剧叙事，将剧作家的主观意象化为具有叙事规模的戏剧情节表现出来；客体性叙事是指在剧作家进行主体性叙事的过程中，戏剧中的非主体性形象，即'物'（可作为道具或非自然物质出现在舞台上）成为同戏剧人物对立的一方，变成独立存在于主体意识之外的客体性叙事；由于戏剧中的"物"是以戏剧人物对立的身份出现，它本身也具有了相对独立性。"② 在贝克特这里，客体的"物"更多表现为人的生存环境，这种生存环境既是客观存在的，又具有主体意识。这是因为它首先是一种有形或无形的客观存在物，如枯树、乡村小路、土堆，或者荒芜的背景、一片

---

① 斯蒂芬·恩威著、周豹娣译：《二十世纪西方戏剧指南》，百家出版社 2006 年版，第 6 页。

② 冉东平：《突破西方传统的叙事范式》，《广东社会科学》2009 年第 6 期，第 131～137 页。

黑暗；其次它又具有了某种主体意识，成为与人对立的戏剧元素，进而参与了戏剧的进程，体现出人与其生存环境的紧张关系。贝克特的双重叙事手法使作品充满了非理性和不确定性，这是因为他在按照心理真实的原则进行创作，叛离了模仿客观现实的叙事传统。

贝克特戏剧叙事的另一个特点是非线性结构。传统戏剧讲求情节的整一性，按照时间和空间顺序动态呈现戏剧情节，使之形成一个完整的、连续的、流畅的叙事行为，这就是线性叙事。线性叙事按照戏剧冲突的发展搭建，属于纵向叙事范畴，具有较强的客观性。贝克特戏剧则打破了线性叙事的框架，旧有的时空叙事观念对戏剧失去了约束力，代之以发散的、跳跃性的、多维度的叙事形态，线形流动的节奏感彻底瓦解，我们在循环反复或踟躇不前的剧情里迷失了方向，找不到终点。这是横向的、非线性的叙事范式，它与剧作家的主体意识和思维相呼应，具有较强的主观色彩。

当然，贝克特并没有完全摒弃线性叙事。在人物絮絮叨叨的对白或独白中，我们还依稀能够感受到时间的流逝，空间的变换，只是剧作家总是人为地打断时间或空间之流，阻断我们的注意力，直到他成功地将我们彻底拉出剧情。通过混用线性叙事与非线性叙事，贝克特意在展示人心理变化的意识之流，他运用夸张、象征、直喻等戏剧手法把人的无意识、直觉、意念等非理性内容客体化、戏剧化地呈现出来，迫使我们直面内心最隐秘、也最真实的部分。时空的模糊、情节的松散、凌乱的叙事消解了推动戏剧事件前进的中心线索，记忆、想象、荒谬、即兴表演结合在一起，表现出一种发散的艺术特性。一切都可能发生，一切似乎都不会发生，似有若无间，戏剧叙述充满了不确定性。在后期渐趋静止的剧作中，贝克特完全放弃了情节的连贯性，只剩下人物喋喋不休地说话，动作也越来越少、越来越怪异，非线性叙事特征更加明显。在贝克特的叙事模型中，非线性叙事占据明显的优势，而线性叙事则处于从属位置，只为剧作家的剧情铺陈进行补充说明，这是他在戏剧叙事方面又一突破传统之处。

再者，贝克特的戏剧叙事具有明显的碎片化特征。与萨特等哲理剧作家不同，贝克特将自己对外部世界的严肃思考和哲学追问用非理性的、直喻的方式呈现出来，他不再遵循传统的整一性叙事准则，将戏剧观念、戏剧语言、舞台形象、故事情节一一进行解构，塑造出一个碎片化的戏剧世界。贝克特用直喻的手法表现世界的不确定性，他还将这种直喻放大到整个剧场，使整个戏剧变成一个直喻的符号，产生了极大的感官震撼力。他从肢解情节开始，最后走向瓦解传统戏剧的语言功能，剧中人物沿着各自的思想轨迹自说自话，语言成为悬浮物，在戏剧叙事中游荡，失去了中心位置。贝克特的戏剧叙事映射着人生的循环往复，似乎每一部分都可以被拆解、重新拼装，各部分的链接很松动，时空顺序上也没有严格的限制，戏剧的内容也很难自成一体，没有推动剧情的核心冲突，所以我们看到忙忙碌碌、絮絮叨叨的剧中人，却看不到一出传统意义上的完整戏剧。贝克特的戏剧叙事范式通过消解人物凸显了人的处境的不确定性以及救赎的歧义性，通过消解语言质疑了意义的权威与生存的本质，通过消解情节直喻了未来和人生的茫然。贝克特借助非理性的叙事外壳表达出对世界现实与生存状态的清醒认识，是对理性的否定之否定。只有撕破假象的面具，我们才能开始对意义世界进行质疑和拷问，才能在认同意义的不确定性之后，直面存在的意义或无意义，这是贝克特偏离传统叙事，转向碎片化范型的初衷。

总而言之，贝克特的戏剧叙事范式是对戏剧叙事传统的一次成功反叛。他运用主体化、非线性、碎片化等叙事手段，将戏剧的诸要素变为审美符号，收到了意蕴隽永的审美效果，使他的戏剧获得了写意叙事的诗化审美特征。马丁·艾斯林指出，贝克特等剧作家的戏剧"旨在以本质上抒情的、诗意的组合来达到集中和深入"，他们"放弃了心理刻画、个性描写和通常意义上的情节，着重强调诗意成分……因此，这样一种戏剧的形式结构仅仅是一种手段，它通过把一个复杂形象展开为一系列相互作用的成分来表现这个形象"，"在把这种同样具有诗意的努力贯彻到舞台的具体形象中去的时候，在摒弃逻辑性和推论性的思想和语言方面，它可以比纯粹的诗歌走得更远"[1]。贝克特对故事本体的消解正是讲述、遮蔽、复述故事的新形式，一种叙事艺术的死亡将唤起新的叙事形式，同时也证明叙事功能在全新文化语境中的再生能力。

第三节　多重的语言营构

贝克特大胆革新传统戏剧语言，对后世的戏剧创作影响深远。起始于模仿说的传统戏剧要求尊重外在世界的客观性，作为艺术表达形式的语言要明晰、

---

①　马丁·艾斯林著、华明译：《荒诞派戏剧》，河北教育出版社 2003 年版，第 280～282 页。

准确，也即语言的能指、所指与外在客观事物应该高度一致。法国古典主义者布瓦洛对诗与戏剧提出这样的要求："诗的表达方式的美在于得体，……不是单凭表面的魅力，而是以其思想的朴素明晰、表达方式的精当去影响读者。"①现代文学基于对客观世界的怀疑，更多地转向人的内在精神世界，语言的意义与外在世界逐渐脱节，丧失了形象性、具体性和明晰性特征，具有了抽象性。在贝克特的戏剧语言中，这一现代文学特征得到充分体现，他使能指、所指和客观世界的关系发生断裂，消解了传统戏剧叙事语言的高度逻辑性和理性特点，只是用语言符号呈现纷乱的生存现实，让读者/观众去亲身感受和体验世界。贝克特剧中人物的语言接近梦呓，本能地表现出对表达的拒绝，我们很难把人物的语言与戏剧的主题联系起来，然而，在看似零碎、无意义的言语间，贝克特深刻揭示了人类存在的现状，颠覆了传统的价值观。

一、解构语言逻辑

贝克特对语言的不信任感从《等待戈多》开始就有所体现，这种情形到后来变得愈加明显。安娜玛利亚·斯波特里（Annamaria Sportelli）这样评价贝克特的戏剧语言："语言是间断的完美，语言是灾难的载体。"② 贝克特熟练运用压缩的语言与艺术形式进行戏剧创作，目的是要证明艺术是注定失败的，语言也无法获得表达的成功，只能陷入悲剧之中难以自拔。我们仅以贝克特几个有代表性的短剧为例来阐释贝克特戏剧中蕴含的语言危机。德里达自认为与贝克特有种文学上的亲缘关系，他说：

> 这位作家让我感觉非常亲近，或者说我愿意这样感觉；但是也太亲近了。正是因为这种亲近感，让我觉得太难，既太容易又太难。我一直回避他与这种认同感有些许关系。太难也是因为他的文本对我来说似远又近，以至于我不能做出任何反应。他用我的语言创作，一定程度上，这是他的语言，也是我的语言，对我们来说，这是一种'与众不同'的外语。③

① 卡西勒著、顾伟铭等译：《启蒙哲学》，山东人民出版社 1996 年版，第 280 页。
② R. J. Davis, & L. St. J. Butler, Make Sense Who May: Essays on Samuel Beckett's Later Works, Gerrards Cross: Colin Smythe, 1988, p. 123.
③ Jacques Derrida, Acts of Literature, Ed. Derek Attridge, New York: Routledge, 1992, p. 60.

1961 年，贝克特用英语创作了广播剧《词语与音乐》（Words and Music），这个剧本将贝克特对语言的不信任感表露无遗，同时也显示出语言本身正受到来自非语言媒介的威胁，变得无所适从。该剧戏剧化地表现了语言与音乐这一非言语形式的媒介之间的对立以及和解的困境，暗示了戏剧可以撇开语言而独立。广播剧这一特殊的戏剧形式满足了贝克特追求简约风格的需求，没有了视觉形象的顾忌，为了最大限度地取得戏剧性效果，贝克特必须使用更加凝练的语言。而在本剧中，词语本身已经变得绵软无力，全然失去表达的能力。和贝克特其他许多戏剧一样，《词语与音乐》几乎没有剧情推进，主要表现艺术创造的痛苦与焦虑。但是该剧结构清晰，贝克特想要通过它传达出这样一个观点：艺术表达是不能企及的，词语与形式都有其极限。用语言自身来颠覆其表达的有效性，这是贝克特的智慧，也充分证明语言危机之深。

剧中共设有三个象征性人物——"词语"、"音乐"和克罗克（Croak，象声词，青蛙或乌鸦的叫声），其中克罗克的身份像是指挥，他强迫词语和音乐就爱、年龄、脸等话题发表评论，表达情感。而具有讽刺意味的是，"克罗克"名字暗示出他也不过是一种单调的声音实体，所以他需要词语和音乐这两种媒介来满足自己表达的欲望和对和谐美的渴求。这里，贝克特流露出艺术家从事创作时所经历的情感痛苦：语言与音乐试图合作完成一首歌曲，可是他们互相质疑对方表达的能力，以至于表达本身取代了意义本体，最终导致艺术创作的失败。克罗克在这里显然代表了艺术家，他必须认识到，要想成功地表达自我，必须首先承认表达的不可能。在《普鲁斯特论》中，贝克特曾这样评价艺术：

> 就艺术而言，长期以来他（普鲁斯特）如此相信这是在这个腐败的世界中的一块理想而纯洁的元素，现在看来，无论是因为他不可救药的才气不足，还是艺术自身先天的虚假性，艺术既不真实也缺乏独创，就像那些出自狂乱想象的建筑物——那总是走调的残缺的手摇风琴；而艺术的材料——无论是贝雅特丽丝还是浮士德，无论是巨大、深蓝的寰宇，还是四面环海的城市，所有这些在这魔术般世界中的绝顶美妙之物，其真实本质如同拉谢尔和戈达尔（小说中人物）一样既鄙俗不堪又毫无价值，如同雪莱的月亮一样，苍白，消沉，冷

酷，反复无常，没有乐趣。①

作为一位艺术家，虽然他的作品具有音乐或绘画艺术的特色，但贝克特基本上还是要靠文字进行创作，可他深刻认识到语言文字的局限性，希望能够借助非语言方式提高其艺术表现力。所以，在《词语与音乐》这部广播剧中，贝克特放弃使用常规的描述性语言，没有通过细节描写给读者/听众提供一个心理背景，我们甚至无从知道词语与音乐之间的较量在何处发生，也许这场战争发生在克罗克的头脑中，但是谁也不确知。这实际上也是贝克特艺术创作思想演变的一个缩影，在语言凋零的过程中，他作品的艺术性却在加强。剧中，词语恳求音乐停下来，"他"喊道："求你了！求你了！……在黑暗中还得关多久？和你？"② 这里的黑暗暗示了作家清晰表达的无能，而音乐对词语又形成一种干扰，词语最终认识到自己的脆弱无力，开始担心自己不可避免地将沦为僵死的表达方式。该剧透露出剧作家本人对语言的不信任感，他认为语言最终也会衰亡，总有一天将无法再为像他这样的艺术家提供服务，他只能在无法表达的间隙，寻找一种替代的表达方式。

语言的贫瘠是该剧的一个主题。在对诸如怠惰、年龄、爱、脸等话题发表意见时，词语总是不能正确理解中心话题，逻辑上也不连贯，缺乏统一的风格。可笑的是，虽然词语不能有效阐释其思想，却要努力掩饰自己的尴尬，结果是欲盖弥彰。在剧中，词语称克罗克为"主人"，也就是说，"他"清楚地知道，要想成为有效的表达方式，自己需要接受艺术家的掌控和驾驭，而实际情况却是，词语无法完成艺术家的指令。比如在给"年龄"下定义时，词语结结巴巴地说："年龄就是……年龄是当……我是说老年……如果那是主人您的意思的话……是当……如果你是个人……曾是个人……蜷缩着……点着头……炉火……等待——"③ 显然，词语领会了话题的意思，但是不断的停顿和犹疑表明"他"不能用有效的话语来表述自己的思想，但我们能感觉到他是在描述老年的状态。这里，贝克特意在强调，表达的内容并不重要，关键是表达的方式，语言的节奏、声音效果或许比它要传达的语义更重要。

---

① 塞·贝克特等著、沈睿等译：《普鲁斯特论》，社会科学文献出版社 1999 年版，第 43～44 页。
② Samuel Beckett, The Complete Dramatic Works, London: Faber and Faber, 1990, p. 287.
③ Samuel Beckett, The Complete Dramatic Works, London: Faber and Faber, 1990, p. 289.

《词语与音乐》的另一个主题是词语与音乐之间协调的可能性问题，音乐在这里是一种象征，泛指与语言相对的其他表达方式。克罗克试图强迫词语和音乐合作，称二者为自己的安慰，希望他们能成为朋友，可是他们不服从克罗克的指示，这让他十分沮丧。这也是艺术家心理困顿的体现：艺术家渴望用语言文字获得救赎和安慰，结果总是事与愿违；比较而言，音乐似乎更有合作的诚意，也更自信能完成艺术家的使命。可是艺术家却发觉，二者都不能满足他表达的欲望，他只能继续寻找更合适的方式。具有讽刺意味的是，在剧的结尾，词语意识到自己的疲弱之后，居然想用歌唱来表达自我，而音乐却尝试说话，这里，贝克特暗示了二者角色互换的可能性，也表明他们不满足于自身的表达方式。在谈论最后一个关于"爱"的话题时，词语和音乐都表现出合作的愿望，结果却令人遗憾：词语表现得苍白乏力，暗示出词语不能真正把握人类情感的窘境；音乐努力通过煽情来表达自己的观点，却被漫无边际的词语淹没。当他们终于调整好状态，彼此可以进行合作时，我们却听到一首与谈论主题无关的歌曲，克罗克彻底绝望了。剧终时，词语不得不承认自己失败了，语言作为一种表达方式已经不合时宜。

《广播剧Ⅱ》（Rough for Radio Ⅱ）是贝克特1961年完成的法语短剧，1976年由他本人翻译成英语。根据马丁·艾斯林的描述，贝克特认为这个作品属于"未完成的，只是一个草稿"①，但是我们从中更容易窥见剧作家的语言观。贝克特在该剧中没有使用任何音乐元素，完全倚赖语言。剧中共有四个人物，分别为动画师、女速记员、哑巴迪克和福克斯。动画师在女速记员和迪克的帮助下，强迫福克斯讲话，希望他能说出"正确"的词语。迪克是个哑巴，这样一个形象出现在广播剧中十分有趣，而他的任务是遵照动画师的指示迫使福克斯说话，如果福克斯不说话，迪克就会用一个由牛的阳具做成的鞭子抽打他。具有讽刺意味的是，动画师要求福克斯说正确的词语，他却不清楚所谓正确的词语是什么。他要求福克斯讲述自己人生的片段，可是福克斯的每一段故事都不完整，十分简短，故事的内容模糊不清，这些自然不能满足动画师想要正确词语的愿望。开始，我们觉得福克斯是个受害者，他每天都要受到鞭打，说话的目的是为了满足动画师的兴趣。动画师希望从福克斯口中听到一些具有启发性的话语，他总是这样说："福克斯，我希望你昨晚睡了个好觉，神

---

① M. Esslin, Meditations: Essays on Brecht, Beckett and the Media, London: Methuen, 1980, p. 149.

清气爽，今天比以往更有灵感。"① 动画师似乎是艺术家的象征，为了获得灵感，他不惜像驱使动物一样驱使福克斯，使福克斯遭遇到非人的待遇。可是，随着剧情推进，我们渐渐发现，福克斯心甘情愿去寻找正确的词语，真正的受害者实际上是代表艺术家的动画师。因为语言已经不再可靠，福克斯不能准确描述自己的经历，也就意味着动画师的工具（福克斯）已经失效了。

可见，该剧依然包含了贝克特的观点：词语已经力不从心，其准确阐述的愿望只能是继续走向失败。凯瑟琳·怀特认为，剧中的四个人物也许分别代表了贝克特创作过程的四个组成部分：致力于艺术创作的动画师代表想象力，速记员象征了无所不记录的笔，福克斯代表有强烈表达愿望的思想，哑巴迫克则代表了表达的最高境界——沉默；四个人物的合体便是艺术家②。该剧结尾时，动画师使用自己的词语承认，他还没有找到他一直要找的词语。可以预见的是，他会在另外三人的帮助下，继续孜孜不倦地进行徒劳的追寻，如此看来，正像西蒙·列维（Shimon Levy）所说，"《广播剧 II》讲的是真实生活与用来总结或解释它的词语或概念之间的不一致问题"③。象征艺术家的动画师尝试找到合适的词语实现其表达的需要，结果却发现完美语句并不存在，即便如此，最后他依然没有失去信心："不要哭，小姐，擦干你漂亮的双眼，冲我微笑吧。明天，谁知道呢，也许我们就自由了。"④ 他所要的自由也许永远不会到来，但是他追求完美的努力没有止境。

《等待戈多》中幸运儿著名的一大段独白是贝克特表现语言危机的初始实验，表现了现代人所患的失语症。这段独白摘录如下：

> 幸运儿：恰如普万松和瓦特曼新近公共事业的存在本身所显示的那样一个白胡子的嘎嘎嘎的上帝本人嘎嘎嘎超越时间超越空间确确实实地存在在他神圣的麻木他神圣的疯狂他神圣的失语的高处深深地爱着我们除了极少数的例外我们不知道这是为何但他终将会来到并遵循着神圣的米兰达的样子跟人们一起忍受痛苦那些人我们也不知道是为

① Samuel Beckett, The Complete Dramatic Works, London: Faber and Faber, 1990, p. 275.

② K. White, Beckett and Decay, London; New York: Continuum, 2009, p. 126.

③ Shimon Levy, Samuel Beckett's Self - referential Drama: The Three 'I' s, London: The Macmillan Press, 1990, p. 84.

④ Samuel Beckett, The Complete Dramatic Works, London: Faber and Faber, 1990, p. 284.

什么但我们有时间生活在折磨在火焰中而烈火和烈焰哪怕再持续烧一段时间当然这是值得怀疑的最后就会把横梁烧着甚至把地狱端上那么蔚蓝的天空有时候今天它还就那么蔚蓝那么宁静这宁静尽管时断时续总还算受欢迎但是我们先别那么快另一方面要等待一下在一些未完成的探索之后不要赶在未完成的探索之前但是尽管如此那些探索还是得到了乌龟和蠢猪的伯尔尼昂布赖斯的人体测测测测量学科科科科学院的嘉奖早已经断定并毫无任何错误的可能除非属于在乌龟和蠢猪的未完成的未完成的探索之后作出的人类计算的差错早已经已经已经作出如下如下如下判断都是我们还是先别那么快人们不知道为什么在普万松和瓦特曼的事业之后还显得如此清楚此清楚鉴于法尔托夫和卑勒歇尔的未完成未完成的工作看来人相反地跟观点正相反人在乌龟和蠢猪的布赖斯的人总而言之总而言之最终尽管食物的进步和垃圾清除的进步正在渐渐地消瘦同时相平行地人们不知道为什么尽管有身体训练和体育实践的飞跃如此的如此的如此的网球足球跑步自行车游泳骑马飞翔意识运动网球划船滑冰在冰上滑在柏油路上滑网球飞翔体育冬天的夏天的秋天的秋天的网球草地上的场地上的硬地上的飞翔网球曲棍球在土地上在海上在空中盘尼西林和代用药总之我接着说同时平行地萎缩下来人们不知道是为什么尽管有网球飞翔高尔夫球九洞的和十八洞的都一样冰面上的网球总之人们不知道是为什么在塞纳河省塞纳—瓦兹省塞纳—马恩省马恩—瓦兹省换言之同时平行地人们不知道为什么瘦下来缩小了我接着说瓦兹河马恩河总之自从伏尔泰死后每个人按人头计算的净损失只在毫厘之间平均每人一百克左右差不多大约粗略大概整数净重在诺曼底就算脱衣后的重量人们不知道为什么总之没什么要紧的事实就摆在那里尤其考虑到那些更严重的由此可见更为严重的依据依据斯丹威格和彼得曼目前的经验由此可见更为严重的由此可见更为严重的依据依据斯丹威格和彼得曼目前的经验在乡村在山区在海边在河流边在火边气是同样的而土换言之气和土在寒冷时气和土被寒冷变成了石头哎呀在它们的第七纪天空大地海洋被巨大的寒冷巨大的寒冷变成了石头在海上在土地上在天空中可怜啊我接着说人们不知道为什么尽管有网球事实摆在那里人们不知道为什么我接着说下面的内容总之一句话哎呀接着说变成了石头谁能怀疑它我接着说但我们不要

那么快我接着说开头同时平行人们不知道为什么尽管有网球接着胡子
火焰哭泣石头那么蔚蓝那么宁静哎呀脑袋脑袋脑袋脑袋在诺曼底尽管
有网球被抛弃的未完成的劳作更为严重石头总之我接着说哎呀哎呀被
抛弃未完成脑袋脑袋在诺曼底尽管有网球脑袋哎呀石头蠢猪蠢猪……
（混成一团。幸运儿又发出某些狂妄的叫喊）网球！……石头！……
那么的宁静！……蠢猪！……未完成！……①

　　这段话体现出贝克特在语言表达方面的两难处境：欲语还休，欲罢不能。
没有停顿，没有标点，逻辑混乱，不知所云——这段自我解构式的独白表明贝
克特叙述的困惑以及西方世界文学表述的危机。在前工业化时代，艺术生产对
叙述的依存度极高，工业化与印刷术的出现使口口相传的文学样式发生质的改
变，而随着现代媒体技术的发展，传统文学叙述形式遭遇前所未有的危机，传
统的语言表述功能受到普遍质疑。面对挑战，此前建立起来的语言权威和真实
性只能寻求突破，重新建立一套美学规范来抗衡这场现代化带来的旷日持久的
危机。在现代语境下，个体与社会的纽带断裂了，交流作为追求真理与智慧的
功能丧失，矛盾的现实使人们再也找不到一种可供集体共享的沟通手段，每个
人自说自话，彼此隔绝，仿佛是一群构筑巴别塔的人，绝望而无助。从《等
待戈多》到后期的《什么哪里》（What Where，1983），贝克特戏剧越来越简
短，舞台布景也趋向黑暗、单调，幽默感逐渐减少，语言越来越简省，而其背
后的潜文本却显得越来越重要。贝克特对语言的操控能力使戏剧文本具有了多
重阐释的可能，而他早期剧本中的宏观世界最终也被微观心理世界所取代。在
这个转变过程中，贝克特思索语言的困境，表现语言陷入的危机，并努力寻找
新的表达方式。他对语言的态度也从怀疑、不信任，渐渐走到极端的排斥、抵
制，他用作品宣告，语言正在从危机走向衰亡。实际上，贝克特的语言危机与
困境是对现代社会巨大的毁灭人性力量的警示与谴责。

二、重建能指与所指关系

　　贝克特在后期创作中致力于极端的戏剧体验，试图通过"无"来表达万
有，在这个过程中，语言的表意功能受到质疑。贝克特甚至用人体器官，如

---

　　① 塞·贝克特著、余中先等译：《等待戈多》（贝克特选集3），湖南文艺出版社 2006 年版，第
294～298 页。

《不是我》中的嘴，来消解人物形象或者语言，以实现无声交流的目的。如果语言对传达意义已经无关紧要，那么戏剧或者语言还有存在的必要吗？

如前所述，贝克特认为艺术所选择的方向是收缩，在通往收缩性艺术的进程中，贝克特努力让沉默发出声音，赋予空虚丰富的内涵。这一点上，《呼吸》达到了极致，可以说它是一部极短的没有语言的表现主义戏剧。整个剧只持续 35 秒钟，舞台说明却占了很大篇幅。《呼吸》更像一幅绘画作品，描绘了没有词语的世界和静止的生活。尽管没有使用语言，《呼吸》依然传达出与以往作品类似的讯息：出生与死亡。这个短剧几乎把戏剧文体压缩到极限，使之接近于无形的非存在，却活画出更生动的戏剧场景。它给现代戏剧带来的启示在于，人物与对话在戏剧创造中已经不再是必须的要素。与此同时，我们从该剧中也预见到贝克特后期剧作的走向，灯光将成为他最重要的表现手段，全剧借助灯光的明暗交替与婴儿哭声的互相应和，没有一句话，短短 35 秒钟，却将人生的短暂与徒劳栩栩如生地呈现出来。

贝克特一直在寻找一种最佳的途径来表达他的生命理念。即便他在剧中使用的词语越来越少，他要传达的意思却丝毫不比早期剧作少——存在本质上是艰难而又短暂的，但是人却有能力应对困境，并最终顽强地活下去。同样的思想，在贝克特早期创作中可能需要上千词语来表达，在后期剧作中却只需要寥寥数语，也就是说，在贝克特用词更加简约的创作过程中，他所要表达的思想也更加精炼凝重。贝克特曾经这样评价乔伊斯的语言观：

> 乔伊斯先生将语言去复杂化。值得一提的是，没有哪一种语言像英语这样复杂，它抽象至极。以单词"怀疑"（doubt）为例：它几乎没有给我们任何有关犹豫不决、选择的必要性以及静态的优柔寡断等方面的感性暗示。而德语的"怀疑"（Zweifel）就可以，此外还有意大利语的"怀疑"（dubitare）。乔伊斯先生意识到英语单词"怀疑"在表达极度不确定状态时的不足，遂用"双重思想"取而代之。在意识到词语不仅是单纯的礼貌性象征符号这一点上，他绝不是第一人。……你们发现如此晦涩难懂的这部作品是语言、绘画和姿势之精髓的结晶，带有全部旧式非清晰表达不可避免的明晰性。这是文字的极度节俭。他的文字没有被 20 世纪的印刷机和墨水所玷污，它们

是活生生的，跃然纸上，闪耀着光芒，燃烧着，直至熄灭、消失。①

这段话也揭示出贝克特的语言观。首先，他抨击了英语的复杂性和不确定性，并以"怀疑"一词为例，指出英语没有德语或意大利语更有感官性，对英语语言的不满是导致他后来使用法语创作的原因之一。其次，他提出词语的功能不仅止于符号、象征，它应该有更多的功能指向，而贝克特在戏剧创作中孜孜以求的就是开发语言的更多非传统功能。再次，贝克特明确赞赏文字的节俭风格，主张使用活生生的、未经歪曲矫饰的语言，这也是他终生努力的目标。而且，在这段话里，贝克特也流露出使用多种表意手段的观点，而不是拘泥于语言文字的传统使用范畴。实际上，贝克特戏剧创作所使用的语言策略在其青年时代已经初露端倪，只是到了创作的成熟期及后期，他的美学主张更加明确，因而他能更自觉地践行自己的创作理念。

与大多数剧本不同，贝克特1982年的剧作《大灾难》（Catastrophe）为我们描述了一个真实可辨的场景，但这反倒使该剧更像一个剧中剧：一个演员在舞台上排练一出剧的最后一场。主角受导演和他的女助理支配，这种人际关系似乎在影射人权压迫，而这正是贝克特认为的灾难之所在。撇掉其明显的政治倾向不言，该剧依然描写了艺术家的创作困境，如诺尔森所言，《大灾难》"表明艺术家不可能按照自己的方式去塑造自己的作品；艺术最终逃离了他"②。《大灾难》篇幅很短，只有导演和助理之间几句简短的交流，而主角却从头至尾没有一句台词，贝克特的寓意正在于此：作为主角的演员是个牺牲品、受难者，更是艺术家注定要失败的一个象征。贝克特在该剧的舞台说明中指出，导演的年龄与外形无关紧要，但他要穿裘皮大衣、戴皮帽子；同样，女助理和主角的年龄、体型也无所谓。显然，贝克特刻意去掉了他认为无所谓的细节。主角被要求穿黑衣、戴黑帽，这样的妆扮可以掩盖他作为人的基本特征，使之褪变成一个无生命的物体，好像是一个等待雕琢的艺术模具。贝克特用静态方法塑造这样一个类似雕塑的人物，使视觉成像凌驾于语言表达之上，烘托出人类的失败与失望情绪。

---

① Samuel Beckett, Disjecta: Miscellaneous Writings and a Dramatic Fragment, London: John Calder, 1983, p. 28.

② J. Knowlson, Damned to Fame: The Life of Samuel Beckett, London: Bloomsbury, 1997, p. 679.

《大灾难》中的导演是个令人厌恶的形象，脾气暴躁、傲慢自大、自以为是，他很容易让人联想到喜怒无常的艺术家。女性助理看起来与导演合作顺利，虽然她讲话声音不高，但是有自己的想法，并不是一个随声附和的形象，可是她的创意并不被导演欣赏，后者只满足于塑造自己心目中完美的形象，根本没有意识到艺术完美的不可能性。当主角脱掉大衣、摘掉帽子等修饰物后，这个作品的隐喻色彩就呈现出来：我们看到一个饱受"纤维化"病变折磨、已经非人化的人：他头皮斑驳、头发稀疏，双手退化成动物的爪子模样，身体羸弱不堪，在导演眼中，他已经毫无价值。在舞台灯光的作用下，我们只能看到主角，他身上的光线逐渐暗淡，最后只剩下他的头部还能看见，这样一个特写式的灯光手段凸现出人物沮丧无助的精神状态，语言在这里完全没有存在的必要了。可是，当主角慢慢抬起头来，我们却惊讶地发现，这是一张倔强而不驯服的面孔，目光中充满蔑视和反抗。他在抵制被语言操控的命运，一言不发最终战胜了语言——这是语言的灾难。

贝克特戏剧探讨了表达的困境和语言的退化这一主题，他栩栩如生地描述了语言濒临死亡的痛苦与挣扎，他用"虚无"的语言使戏剧拥有了诗一般的美感，创造出"非语言的文学"①。贝克特将语言比作面纱，认为"必须将它扯下来才能看清楚背后的事物"②，"非语言的文学"是贝克特通往表达虚无的路径，而沉默则是虚无的表现之一。对语言、形式、语义的人为处理容易使作品显得难以捉摸、晦涩难懂，贝克特戏剧追求节俭风格，力图让语言在表达虚无的同时传递出无尽的人生真谛，迫使词语承认自己作为艺术表达形式的无能为力，这是语言的悲剧，可是在几近衰亡的词语中却蕴涵着巨大的诗性美，可以捕捉到传统诗学无法体验的美学层面。可以说，贝克特使用凝缩的语言去捕捉人类与艺术共有的悲剧，他抛弃了传统叙事中的诸多成分，将世界剥离得只剩下一片虚空，从而解构了宏观世界，转向探索人的内心世界和艺术创作的本质。在他的戏剧世界中，岛屿消失了，海洋消失了，语言也消亡了，因为它已经无法完成描摹人类走向虚无命运的悲剧。

在贝克特的戏剧作品中，一直贯穿着一个潜在的主题，即创作过程的复杂

---

① Samuel Beckett, Disjecta: Miscellaneous Writings and a Dramatic Fragment, London: John Calder, 1983, p. 173.

② Samuel Beckett, Disjecta: Miscellaneous Writings and a Dramatic Fragment, London: John Calder, 1983, p. 171.

性，而语言则是其中一个核心问题。1970 年，他曾对约翰·格鲁恩（John Gruen）谈及语言之死这个问题，他说自己已经转向"一种抽象的语言"①。对贝克特而言，死亡的语言并不像拉丁语这样的语言，其早期作品已经展示了一种死亡的语言，而语言之死是"真正的幸福"："这是会计的合唱，他们发表各自意见，时而异口同声，时而各说各话，但是没有人感到满意。在无数神明背后需要一个最高神，在无数证人背后需要一个最终证人。幸好它失败了，幸好一切都没有发生，这是一种真正的幸福，一切都不存在，只剩下僵死的词语。"② 贝克特需要一种风格来承载原本无形的经验世界，传统的戏剧情节、人物、场景都不能彻底表达这种经验，只有将语言载体拆解、粉碎、销毁，才能描绘出一个分崩离析的现象世界。换言之，贝克特戏剧同时消解了人类存在和艺术传统，少而又少成为他追求的语言风格。具有讽刺意味的是，贝克特仍然只能用语言本身来表现语言的失职，他用蹩脚的词语彰显词语的苍白无力以及人性的恶化，语言的凋敝与人类存在境遇的恶化相辅相成，互为补充。他将语言推到极限，迫使自己面对并摧毁语言的种种可能性，这种极度抽象的语言实验有时使贝克特的戏剧显得更加晦涩。如考尔德所说："这种风格不断将原本只属于想象力的各种东西及其对立物并置到一起，无论可行与否，它成为一种新的语言。"③ 维维安·梅西埃也说："在专注于探索一种媒介的可能性方面，贝克特是最彻底的艺术家。"④

当一切都变得越来越糟时，词语与其新的组合形式揭示了语言与生活的紊乱状态。贝克特承袭约定俗成的表达模式，同时致力于创造一种新的非言说体系，实现了用没有意义的词语表达意义的艺术创新。可以说，贝克特是为了破坏语言而发明了新的语言表达方式，在不断的解构与建构过程中，贝克特找到了最佳的语言表达形式。从对语言的不信任出发，贝克特发起了一场语言革命。他写道：

---

① K. Worth, Beckett the Shape Changer: A Symposium, London & Boston: Routledge and Kegan Paul, 1975, p. 79.

② 塞·贝克特著、余中先等译：《看不清道不明》（贝克特选集 5），湖南文艺出版社 2006 年版，第 344 页。

③ J. Calder, The Philosophy of Samuel Beckett, London: Calder Publications; New Jersey: Riverrun Press, 2001, p. 102.

④ V. Mercier, Beckett/Beckett, Oxford: Oxford University press, 1977, p. 182.

不，没有灵魂，没有身体，没有出生，没有生命，没有死亡，必须没有这一切而继续下去，这一切都是因词语而死亡，这一切都是太多的词语，他们不知道表达其他的东西……但他们不会继续这样说，他们不会总这样说，他们会找到这个东西，至于它是什么并不重要。我会继续，不，我会停下，或者我会开始，创造一个最新的谎言，创造我的时间，创造一个地点，一个声音和一刻安静，一个安静的声音，安静的声音。①

当语言变得越发令人费解，语言也就超越了此前任何语义表达模式，达到了更高的艺术效果。这样，语言与艺术的二律背反为贝克特进一步探讨非语言的世界提供了良好的契机。

三、能指的非联想性

在贝克特看来，语言危机深重，到了濒死的境地，已经无法完成使用恰当的词语来表达虚无与空洞的任务。面对语言的困境，贝克特开始抵制语言，创造"非语言的文学"。在 1937 年给阿克塞尔·考恩（Axel Kaun）的信中，贝克特写道：

由于我们不能一下子根除语言，至少我们可以竭尽所能地让语言名誉扫地。我们必须让语言千疮百孔，让隐藏在语言背后的东西，或者让乌有显露出来；我想这可能就是当代作家最崇高的理想了吧。难道还要让文学固守着早已被音乐和绘画摈弃的老路，踟蹰不前？……何不让语言表象这种可怕的物质像声音一样融化呢？在贝多芬的第七交响曲中，语言被巨大的停顿撕裂了，我们只能听到徘徊在令人眼花缭乱的高空中的声音，与深不可测的沉默连在一起。②

贝克特深切感受到传统语言和形式在表达战后体验时的无能为力，这是一

---

① 塞·贝克特著、余中先等译：《看不清道不明》（贝克特选集5），湖南文艺出版社 2006 年版，第 334 页。

② Samuel Beckett, Disjecta：Miscellaneous Writings and a Dramatic Fragment, London：John Calder, 1983, p. 172.

个表达的困境。如果顽固地坚持传统文学套路，势必导致文学的死亡，为了避免这一悲剧发生，也为了更准确地表达时代声音，贝克特掷地有声地提出"让语言名誉扫地"，"让语言千疮百孔"，只有撕裂语言，抵制语言，才能达到无以言表的边缘，此时，非语言表达登堂入室。卡拉·洛卡特利指出，"对贝克特许多沉默的界定占据了大量阐释文章的核心内容，而沉默本身的问题性、歧义性也是阐释的明显结果。"① 实际上，对沉默与停顿的理解不能仅停留在表层，在贝克特剧中，当讲话停止时，沉默和停顿仍在充当语言的功能，永远能够发出自己的声音。摆脱语言的束缚，表达虚无与空洞，成为贝克特的美学追求，这一点在其后期戏剧创作中表现得尤其明显。声音渐行渐远，在生命与语言逐渐消亡的过程中，沉默发出了振聋发聩的声音。

在早期剧作中，贝克特已经大量使用沉默和停顿等非语言手段，在后来的创作中，沉默甚至成为作品的主导力量，可见他摆脱语言的决心。他曾经表达过通过貌似无形的艺术手段来捕捉无形的经验世界从而达到"无形胜有形"的艺术目标："我要声明，沉默是比任何时候都更胜任、更好的人，它闪耀着蝴蝶般炫目的光芒。"② 在贝克特的剧本中，沉默是对虚空最好的诠释，也是他最推崇的反语言策略。关于沉默，他这样写道："我的读者的理解体验应该是在叙述语句之外的沉默中，通过间歇而不是词语来进行交流，在无法共生的花朵中，体味意思完全对立的词语（没有什么比对立更简单）。读者的体验应该是威胁、奇迹，和对不能言说的轨迹的记忆。"③ 换言之，贝克特希望读者的注意力离开文本的字面含义，注意字里行间的言外之意，这些言外之意由大量充斥于文本之中的沉默、停顿传递出来，因此对读者的理解力提出更高的挑战。在不协调的词语间，读者应该能够发现其中的和谐之美，一旦做到这一点，他就能体验到阅读的快感。

电视剧《鬼魂三重奏》（Ghost Trio）创作于1975年，原名为《幽会》，全剧分三部分，第一部分是序幕，第二部分是主体，第三部分是对第二部分的变相重组。剧中有三个人物：男人、女人和一个男孩，由标题推测，这几个人

---

① C. Locatelli, Unwording the World, Philadelphia: University of Pennsyvania Press, 1990, p. 24.

② Samuel Beckett, Dream of Fair to Middling Women, London & Paris: Calder Publications, 1993, p. 138.

③ Samuel Beckett, Dream of Fair to Middling Women, London & Paris: Calder Publications, 1993, p. 138.

都已经死去，这是一个关于"死后"的故事。1968 年，贝克特曾与乔赛特·海登（Josette Hayden）谈过该剧的创意，这是海登当时的记录："一个男人在等待，读报，往窗外看，镜头由远及近，特写给人以强烈的亲近感：男人的面孔、手势。几乎没有声音。厌倦了等待，男人上床。床上特写。没人说话，几乎没有，或许只是几句喃喃低语。"① 这个剧本使我们想到著名的《等待戈多》，不同的是，《等待戈多》描写的是活人，该剧却描写鬼魂，贝克特似乎在告诉我们，即使在死亡世界，孤独依然与人难解难分，内心的平静依然难以获得，所有的努力终归于沉寂。该剧的第三部分与第二部分相似，但是变成完全的哑剧，"第三幕镶嵌在第二幕中……这次是哑剧，没有叙述，只有镜头偶尔捕捉到主人公的视线"②。面对虚空的存在，也许只有沉默无语才是最好的呈现。

　　尽管很少有人将《鬼魂三重奏》与《录音带》相提并论，但是稍加分析，我们就会发现二者之间的联系。海伦（G. Herren）指出："二者都聚焦在一个寡居一室的男人身上，想着失去已久的他人。二者都借助于录音机陷入更深的冥想中。二者都时不时被磁带分散精力，磁带反复开关若干次。但是每个人最后都回归到静穆专注的姿态，防御性地、甚至自怜地蜷缩着，沉入冥思中。"③他们等的是谁并不清楚，也许是已经分手的恋人，也许是死亡，但这似乎并不是贝克特最关注的问题。诺尔森认为，《鬼魂三重奏》里的主人公是介于提线木偶和人之间的一个形象，游走于两个世界，"一个束缚在物质世界的生物，并非像他表现的那样静止不动，也非像镜子中的眼神所流露出的完全失去了自我意识，或者对非自我的世界毫无知觉"④。在这部静默剧中，音乐起到十分重要的作用。贝多芬的钢琴三重奏与镜头移动相呼应，只是音乐不是来自录音机，而是"存在于人类控制之外，超乎语言、时间、空间以及任何人为的范畴"⑤。音乐的流淌烘托出主人公的心绪，表现出他对失去恋人的渴望之情，

---

① J. Knowlson, Damned to Fame：The Life of Samuel Beckett, London：Bloomsbury, 1996, p. 555.

② C. J. Ackerley & S. E. Gontarski, The Faber Companion to Samuel Beckett, London：Faber and Faber, 2006, p. 226.

③ G. Herren, "Ghost Duet, Or Krapp's First Videotape", Samuel Beckett Today/Aujourd'hui, Vol. 11, No. 8, 2000, pp. 159~166.

④ J. Knowlson, Damned to Fame：The Life of Samuel Beckett, London：Bloomsbury, 1996, p. 633.

⑤ C. J. Ackerley & S. E. Gontarski, The Faber Companion to Samuel Beckett, London：Faber and Faber, 2006, p. 226.

在某种意义上，音乐被人化为主人公心中的"她"。

沉默和停顿在贝克特的剧作中无所不在，凌乱的语言传达出静谧难以表达的尴尬，而沉默给主人公带来了暂时的灵魂慰藉。"理论上讲，用语言来书写自我、阐述虚无意味着艺术家的死亡，因为一旦达到这一最高审美境界，必将无法再次超越。但是，贝克特的创作过程表明，他在朝着这个'目标'努力，'语言的堕落'则促成他表达虚无、拥抱沉默的愿望，而这又出人意料地为他带来艺术的超越。……矛盾的是，没有被言说的反倒跃居被清楚表述的内容之上，在寂寞之中我们感受到一种语言无法企及的平静。"① 一定意义上，哑剧因素代表了贝克特的审美取向。除了两部完整的哑剧《哑剧》（一、二）和《游走四方形》（一、二），贝克特在其他剧中也大量使用哑剧因素，哑剧背后隐藏着复杂的思想性。它彻底排除语言的介入，却吸引观众在凝固的戏剧场景中开始思索，由此避免了言过其实带来的艺术上的尴尬。

贝克特给《终局》的美国导演阿兰·施奈德写信说："我的作品是关于基本声音的问题（不开玩笑），尽可能完全的声音，我只为这一点负责。"② 艾德里安·杰纳斯认为，贝克特所说的基本声音具有双重含义，一方面是指我们生活中能够感知到的不和谐音，需要以艺术的方式在某种程度上加以规约和克服；另一方面是指我们听不到的和谐音，因为我们自身的闭塞对其充耳不闻。③ 在沉默的边缘倾听人物喋喋不休的絮语，在近乎机械的声音里品味沉默的厚重，在收放自如间，思想与世界、主体与客体建立起关联。贝克特的寺意手段捕捉到语言的极限给人们带来的焦虑，沉默最终发出了声音，主客体的交流中断之后能否重新恢复？聆听贝克特剧中的声音或沉默此时变得同等重要，除了用耳朵聆听，贝克特显然也要求我们用心灵去感受，并给予我们思考的力量。

从怀疑语言、质疑语言，到摧毁语言、使用非语言表达，贝克特在不断消减、否定语言的过程中，完成了一种语言的革新创造。他用语言颠覆语言，在颠覆中又为语言赢得了新生，这是对语言的一种极端解放，非语言表达最终超

---

① K. White, Beckett and Decay, London & New York: Continuum, 2009, p. 149.

② Samuel Beckett, Disjecta: Miscellaneous Writings and a Dramatic Fragment, London: John Calder, 1983, p. 109.

③ Adrienne Janus, "In One Ear and Out the Others", Journal of Modern Literature, Vol. 30, No 2, 2007, pp. 180～196.

越了语言表达成为一种新的表达形式。贝克特戏剧以非语言表达的形式探索了主观与客观、存在与非存在、内与外等哲学问题，他抵达语言表述的极限，并跨越过去，用沉默清晰表达了语言无法把握的东西。但是贝克特所要寻找的风格实际上是难以企及的，怀特写道："也许使用语言不能表达真正的沉默，但是我们承认，贝克特的创作捕捉到了人生与语言的幻灭感，他想要摆脱语言束缚的愿望产生了一系列刻画通往非存在的栩栩如生的文本。既然一切似乎终将消亡，贝克特收缩的艺术描摹了存在与衰亡的体验……"① 贝克特通过挑战语言的极限而创立了一种独特的表达形式，如他所言："语言在继续，错误的语言，直到秩序到来，阻止了一切，或者使一切继续，不，多余的，一切都会自动继续，直到秩序来临，阻止一切。也许它们就在某个地方，那些有价值的词语，存在于刚刚说过的话里，理所应当的话，它们只有有限的几个。"②

在贝克特这里，语言死而复生。现实世界的荒诞不经迫使艺术家以全新的方式表现现实。贝克特通过贬抑语言达到了诗学的意境，语言虽然退居次要位置，人物的语言也已经不能完成表达的使命，但是舞台上发生的一切已经超越了语言的限度。德里达这样评论贝克特："他作品的组成、修辞、结构、韵律，甚至看起来最凌乱的部分，正是其最有趣之处。这才是真正的作品，刻着他的印记，即使主题被穷尽时，这一部分依然会保留下来。"③ 也就是说，在贝克特看似凌乱的戏剧语言中，存在着一种秩序。福柯在《事物的秩序》中指出，在"经验秩序"与"科学理论"之间，存在一个"更混乱、更晦涩、也许更难分析的场域"④，秩序具有主观性和可变性，混乱是秩序的一个有机组成部分，而语言的不确定性形成一个独特的场域，只能通过紊乱的组合拼接才能达到秩序，这是贝克特戏剧语言的匠心所在。

四、双语写作

贝克特的双语写作一直是评论界热衷的话题之一。如前所述，贝克特最初用英语从事创作，战后大约十年主要以法语创作（此处指用法语创作第一文

---

① K. White, Beckett and Decay, London；New York：Continuum, 2009, p. 152.

② S. Beckett, Molloy, Malone Dies, The Unnamable, London；Montreuil；New York：Calder Publications, 1994, p. 373.

③ D. Attridge, Acts of Literature, New York：Routledge, 1990, p. 60.

④ M. Foucault, The Order of Things：An Archaeology of the Human Sciences, New York：Vintage Books, 1970, p. xx.

本），1955 年以后又回归英语创作（此处指用英语创作第一文本）。无论使用哪种语言创作，贝克特都亲自将其翻译成另一种语言，双语写作几乎伴随贝克特的后半生。评论家倾向于把贝克特同一部作品的两个文本均看作是原创，主要是因为文本的翻译是由原作者亲自完成，这种自我翻译等同于作家的再次创作，而研究贝克特两种文本之间的关系将为翻译理论研究提供一个绝佳的视角，但这已经超出本文的研究范畴。我们在这里将从更宏观的角度探讨贝克特双语创作，而不是局限在具体作品的不同版本上，以便综合考察其语言观。

关于贝克特的双语文本，存在两种比较有代表性的观点。巴特勒（Lance Butler）指出，贝克特创作第二文本是出于"外部语言、文化和自我一致的需要"①，理解贝克特双语创作涉及到两种语言体系、文学传统、批评传统、文化、社会、母语与第二语言等多种因素。根据巴特勒的总结，英语与法语的区别主要有五个方面：1）法语比英语更加人格化；2）法语强调理解与意识，英语侧重真实性；3）英语有动态的需求；4）法语更加言简意赅；5）两种语言并非完全一一对应，翻译会造成信息的丢失。② 据此分析，贝克特的双语文本代表了两个不同的语言与文本世界。

另一位贝克特研究者布莱恩·费奇（B. T. Fitch）的观点正好与巴特勒相反，他认为贝克特的双语作品实际上是同一部作品的两个版本，同时表达作家的意图与社会现实，贝克特的每一个新文本"都在一个业已存在的互文体系中拥有自己的位置，在该体系中，它会与即将出现的其他文本共同演进，没有这个体系，文本将不成其为文本，"因此不同文本之间的区别本质上讲"不是类型的差异，而是程度的不同"③。

总体来说，两种观点各有其合理之处，也有其偏颇之处。实际上，两种语言的差异无法抹杀，由此导致的双语文本之间的差异为我们提供了研究贝克特作品的另一个切入角度；同样，由于两种文本均出自同一位作家之手，其间的联系自不待言，因此完全割裂两种文本的研究方法也不足取。当然，由于研究

---

① Lance Butler, "Two Darks: A Solution to the Problem of Beckett's Bilingualism", Samuel Beckett Today/Aujourdhui: An Annual Bilingual Review/Revue Annuelle Bilingue, No. 3, 1994, pp. 115~135.

② See Lance Butler, "Two Darks: A Solution to the Problem of Beckett's Bilingualism", Samuel Beckett Today/Aujourdhui: An Annual Bilingual Review/Revue Annuelle Bilingue, No. 3, 1994, pp. 115~135.

③ B. T. Fitch, Beckett and Babel, Toronto, Buffalo & London: University of Toronto Press, 1988, p. 78.

视角不同，对贝克特双语文本的侧重也有所不同，我们不赞成以一种文本压倒另一种文本的做法，而提倡综合、客观、多元的研究方法。每一种语言产生的作品都会给另一种语言文本带来某种启示，同时为我们考量贝克特全部作品提供了新的参照系。

卡里埃·朱利安（Julien F. Carrière）指出："1945 年贝克特开始法语创作标志着其作家生涯的一个重要转折点。法语写作使贝克特前所未有地掌控了风格，并且创作出与先前英语作品完全不同的东西。当然，某些核心主题在贝克特的创作生涯里基本没有变化，如异化、孤独、绝望等。"① 贝克特一直致力于创造一种没有风格的写作风格，可是文学上几乎不存在没有风格的作品，贝克特所谓的无风格不过是要创建一种超越自己此前风格，又不同于前人的风格而已，法语创作帮助他实现了这一愿望。而回归英语写作，在一定程度上，是贝克特对自我的又一次超越。这段时间，贝克特无论在创作的数量还是速度上，都有了明显提高，而其作品的内涵也向更深、更广处掘进。卡里埃认为，贝克特再次转向英语写作在很大程度上具有偶然性，但却产生了意想不到的结果。这种观点有一定的道理，但是我认为，这一转折的必然性还是大于偶然性，因为在这一转向发生之前，贝克特已经陷入法语创作的困境而踯躅不前，作为一位勇于创新、敢于否定自我的艺术家，他不会允许自己就此沉默，思考与沉淀的结果必然是新一轮突破。法语创作体验使贝克特意识到非母语创作同样有其局限性，广播剧的出现给他提供了回归母语的契机，同时扩展了他的艺术视野。有着丰富创作经验的贝克特借助母语和各种媒介之翼，迎来写作事业的再次升华。

尽管贝克特后期的创作没有达到其法语创作期的辉煌，但是他通过诗性语言描写人类生存状态的不懈追求和巨大付出给我们带来精神上的启示，而他的语言实践成为后继者创作的动力。费奇这样评价贝克特的双语写作：

> 诚然，个体使用的母语永远也不仅属于个体，因为它是所有以该语言为母语的人的共同财富，而且它显然先于任何个体使用者而存在。但是，单一语言使用者的内心思想也许永远不能借助其他表达方

---

① J. F. Carrière, Samuel Beckett and Bilingualism, Ph. D. dissertation, Louisiana State University, 2005.

式呈现出来，而只能依靠其母语——这也是事实。两种情形互相印证，缺一不可。也就是说，在某种程度上，所有的语言都有自相矛盾的一面，即使对使用单一语言进行创作的个体而言也是如此。语言既是我们的，也是别人的，它只在一定程度上属于我们，是我们存在的组成部分，但是由于其起源和同时被他人使用的事实，它对我们依然显得陌生。从这个意义上讲，语言本质上具有书面文本的特征，虽然它只在我们自己的思想过程里得到体验。语言体现了解释过程的本质所在：熟悉与陌生。因此，可以说，双语作家的体验只是强化了所有语言的这种矛盾意识。①

总而言之，贝克特选择双语写作是由主客观条件决定的，既有历史、政治与文化的深层原因，也是他艺术上求新求异的有效尝试，是合力作用下的艺术自觉。贝克特的双语写作经验为我们更宏观地理解语言提供了成功范例，他为我们敞开一扇通幽之门，深藏其中的矿藏有待于我们不断开掘。正如克里斯托弗·里克斯（Christopher Ricks）所说，"无论贝克特的法语是否和他的英语，甚或他的爱尔兰英语一样，成为其恰当的表达工具，也无论是否因为与贝克特或者法语有关——这些都不重要，重要的是我们能够欣赏到他多才多艺的双语创作表明一种真正的智慧，用 T. S. 艾略特的话说：'这种智慧也许是一种认识，隐含在每一次体验的表述中，各种可能的体验。'对另一种语言的体验是这种认识的最高境界。"② 尽管学术界和读者对贝克特的双语创作仍存有分歧理解，但是如费奇所说，读者大可不必"为了认同两种文本之间存在差异，而对每一种文本的意义和重要性达成一致，因为每个人对两种文本的阅读体验、欣赏和感受都不尽相同"③。因此，本文认为，与其不厌其烦地探讨两种文本的细微差异，不如将视线拉长一点，放远一点，这样才能理解贝克特在两种语言间游移的真正原因。

---

① B. T. Fitch, Beckett and Babel, Toronto, Buffalo & London：University of Toronto Press, 1988, pp. 159～160.

② C. Ricks, Beckett's Dying Words, New York：Oxford University Press, 1993, p. 141～142.

③ B. T. Fitch, Beckett and Babel, Toronto, Buffalo & London：University of Toronto Press, 1988, p. 60.

第四节　非理性的形式

一、表现混乱

"对贝克特来说，创造性思考的任务就是找到一种能够'涵盖混乱'的形式，而不是通过理性秩序压制它。"① 传统戏剧以秩序为美德，尊重时间和空间的基本规律，具有鲜明的确定性特点，给人以纯净、对称、严谨的审美愉悦。在追求世界与人性的完美中，戏剧需要秩序化的形式来对抗混乱的现实，所以在传统戏剧形式中，完整的故事情节、人物、语言都显得十分重要和必要。可是艺术的本质是不断否定、不断超越，在贝克特生活的时代，人性欲望的过度膨胀以及社会秩序的消失使人类世界陷入一片狼藉，信仰已经被无情的现实摧毁，对意义的追求已经成为奢侈的幻想，原有的艺术形式已经无法完成表现混乱内容的任务。在这种情况下，贝克特提出创造一种"表现混乱"的戏剧形式，一种没有风格的风格，赋予碎片以意义，通过直面物化时代人类的精神贫困和人类社会的无序性，寻找新的戏剧表现形式。贝克特曾经这样谈过艺术的形式问题："我这样说并不是从此以后艺术就不需要形式了。这只意味着将有一种新形式，这种新形式接受混乱，而不是将它抛弃。形式与混乱彼此分离。后者不能压缩成前者。形式之所以变得如此重要，是因为它与其表现的材料相独立而存在。给混乱找到一个表现形式，这是艺术家现在的使命。"② 这样，贝克特明确提出戏剧形式应该独立于戏剧内容的观点。

贝克特对于传统戏剧形式深感绝望，他怀疑传统戏剧形式已经承担不了对生命、对人生、对世界、对伦理的终极追问和深度思考，复杂的情节、强烈的冲突、丰满的人物、细腻的情感、拖沓的内容——这些传统戏剧表现形式相对于巨变的时代已经严重过时。当传统形式已经成为表达现代意识的障碍时，贝克特意识到扬弃传统、创新形式的迫切性。在抵制传统戏剧形式的同时，贝克特开始着手建构自己独特的表现混乱内容的新形式。贝克特说过："我对任何

① S. D. Henning, Beckett's Critical Complicity, Lexington: University Press of Kentucky, 1988, p. 87.

② L. Graver & R. Federman, Samuel Beckett: The Critical Heritage, London, Henley & Boston: Routledge and Kegan Paul, 1979, p. 219.

体系都不感兴趣。我在任何地方都没有看到过体系的痕迹。"① 这句话显示出贝克特挑战传统的勇气和建构体系的气魄。传统戏剧也描写混乱，但是它所倚重的方式是秩序、体系化和客观化，贝克特清楚认识到这个世界的腐败，乱象横生，不可救药，曾经如魔术般精美绝伦的物体都了无生机。而艺术作为精神引领的担当职责也已经走到尽头，失去了独创的源泉和动力，毫无价值。创立任何一种新的艺术形式都面临来自各种外部力量的威胁，但是贝克特对传统艺术表现形式的怀疑态度十分坚决，在他坚持不懈的努力下，一种具有革命性意义的艺术形式呼之欲出。对贝克特来说，形式承载了意义，戏剧形式的改变也就意味着戏剧意义的改变。

生逢乱世，思想几乎成为奢侈品，寻找意义的过程实际就是对意义缺位的证明。阿多诺认为，戏剧中的"意义"是多元的，它可以指形而上学的内容，在作品中自我呈现，可以指作品作为一个意义整体的意图，还指人物的语言所传达的含义。但是，在《终局》里，所有这些戏剧的意义都有一种内在连续性和统一性，折射出当时的历史、哲学、社会背景。② 《终局》是二战结束后社会现实的具体化呈现，没有一个完整意义的人存在，人类摧毁了自己精心营造的社会，自然面目全非，灾难的阴影笼罩着一切，文明尚在恢复和重建的道路上徘徊，人类一边舔舐着身上未干的斑斑血迹，一边目睹尸横遍野的战场徒劳地反思。

诚然，贝克特没有为紊乱无常的世界开出一剂良药，我们在他的戏剧中也找不到唯一性的、终极的解答。"《终局》没有给出答案，而是激发了对新理论的探索，一种能够批判性地应对非理性或'无意义'的理论。"③ 由此看来，全剧的终局设定就有了明显的象征主义色彩，终局是一种结束，但它何尝不是指向无限的又一个开始呢？况且，谁又确知它是真的结束呢？当人将自己置于极限之境时，他也就超越了存在，反而获得了回顾的勇气和内心的宁静，新生的希望便不再遥远。因此，没有一个明确而一劳永逸的答案等于向终极意义敞开，表面看起来杂乱无章的形式、意义与价值实际隐含着一个更完整的文

---

① I. Shenker, "Moody Man of Letters", New York Times, 6 May 1956.

② T. W. Adorno, "Trying to Understand Endgame", The New German Critique, No. 26, Spring – Summer, 1982, pp. 119 ~ 150.

③ S. D. Henning, Beckett's Critical Complicity, Lexington: University Press of Kentucky, 1988, p. 86.

化叙事，这种叙事因其强大的开放性而消蚀了推翻旧有戏剧体系所带来的焦虑和压力。

历史消失了，世界只剩下混乱的结果。承认混乱，接受混乱，在混乱中依然保持思考的能力，并将混乱赋予艺术化的形式，这是贝克特在戏剧方面的独特贡献。

二、形式即内容

传统理论认为，戏剧与形式是矛盾统一体，其中内容是本质、第一性的，形式为内容所决定，服务于内容；二者的关系又是矛盾的，体现在旧有形式的相对稳定性和表现新内容的必要性上。只有克服二者之间的矛盾性，作家才能创造出形式与内容完美结合的作品。贝克特意识到，在现代社会，传统的戏剧形式已经成为阻碍戏剧发展的制约因素，全新而复杂的社会形象必然需要全新的艺术形式与之匹配。于是，他提出新戏剧形式创新想要达到的最终目标，将形式与内容同一起来。在《但丁…布鲁诺．维柯..乔伊斯》中，贝克特曾大胆地为乔伊斯尚未完成的《芬尼根的觉醒》辩护道：

> 形式即内容，内容即形式。你会抱怨说这东西不是用英语写的。它根本不是写的。它也不是被阅读的——或者说不仅仅是被阅读的。它是用来看和听的。他写的不是某物，它就是某物本身。……当感觉睡去时，词语也跟着睡去。当感觉起舞时，词语也翩翩。①

在贝克特眼里，英语是一种半死不活的语言，它所产生的文学形式已经陈旧不堪，只有彻底粉碎这一古老表达形式，创造出有意义的新形式，文学才有希望。后来，他借评价普鲁斯特再次强调了"形式即内容"的观点：

> 普鲁斯特不迷信形式一文不值而内容决定一切的观点，同样，他也不盲目地认为，理想的文学杰作只能以一系列绝对而单调的命题呈现。对普鲁斯特而言，语言的质量远比任何伦理或美学体系来得重要。事实上，他根本没有试图把形式同内容分开。二者相辅相成，共

---

① Samuel Beckett, Disjecta, London：John Calder, 1983，p. 27.

同呈现世界。①

　　贝克特深刻认识到传统的形式已经无法把握现实社会的混乱无序，只有无形的形式才能对应无形的现实内容，所以他大胆创新，以乱治乱，将戏剧的形式问题提升到与主题、内容同等重要的程度。在毫无价值的外在想象中创造出一种新形式，来抵御存在的痛苦，沉入到精神的最底层，于是贝克特找到了非理性主义的形式。怀特这样评论道："表达的义务与成功的艺术表达之不可能性主宰了贝克特对自己作品的看法，他承认语言注定要失败。如上所述，贝克特努力寻找一种能够同时涵盖存在与语言混乱的形式：一种本质上没有形式的形式。因此，作品的结构与风格与其要传达的信息变得同样重要。为了捕获存在的无形性，贝克特努力打破传统形式的规约。因此，形式与主题同等重要起来，作品的风格本身就包含了其主题。没有艺术上的创新，作品所蕴含的哲学理念也许就成为多余物。"②

　　《哑剧》（一）和《哑剧》（二）是贝克特"形式即内容"的形象诠释。这是贝克特 1956 年创作的两个短剧，最初用法语完成，后由贝克特译成英语。《哑剧》（一）主要表现一个人经历的各种挫折，面对舞台上方不断垂下来的各种物品，他可望而不可及。他只能用双手和大脑，借助简单的工具（剪刀、木块、绳索），设法在沙漠中存活下去。在使用工具的过程中，他逐渐有了想象力和思考能力，明白了剪刀可以剪指甲，也能伤到人；绳索、木块可以帮助取物，也能变成绞刑架。可是就在他刚刚学会分析推理并尝试使用时，这些简单的工具却被无情没收了。最后他筋疲力尽地坐在地上，对唾手可得的水也无动于衷，只是呆呆地盯着自己的双手。《哑剧》（一）里的人物使人联想到希腊神话中的坦塔洛斯（Tantalus），他是宙斯之子，西皮罗斯城的统治者。坦塔洛斯因为偷窃神的食物和饮品给自己的臣民，泄露了天机，被惩罚站在没颈深的水中，头顶是棵枝繁叶茂、果实累累的大树。可是，当他口渴难耐、低头饮水时，水就退去；当他饥肠辘辘、伸手摘果子时，风便把树枝吹走。所以他只能永远忍受饥饿与口渴的折磨。坦塔洛斯遭受惩罚是因为触犯了神灵，可是《哑剧》（一）中人所受的折磨从何说起？也许是人的原罪、堕落，也许是出

---

① S. Beckett, Proust and Three Dialogues with Georges Duthuit, London: John Calder, 1987, p. 88.

② K. White, Beckett and Decay, London; New York: Continuum, 2009, p. 154.

生、存在，但是贝克特认为原因并不重要，他只想把人类无法生存又不能逃脱的两难处境展示出来。人被迫从母腹中出来，从无形到有形，从出生到坟墓，其间必然经历诸多挫折与失望，而在不断失望的过程中，人艰难获得了一种可贵的认识，即在这个世界上，能够信赖和依靠的只有人本身。

伯纳德分析指出，主人公在结尾一动不动，表面看来似乎已经放弃斗志、接受失败的结局，"但是在这个明显的传统式结尾中，贝克特表现出其高超的技艺，因为真正的戏剧正在结局里延生。哑剧的高潮部分也许并不是可悲的失败暗示，而是有意识的反抗，表明人类拒绝听命于人的坚强信念，如幸运儿终于向波卓发起反攻。具有讽刺意味的是，当主人公静止不动时，也是他思想最活跃的时刻，他的人生在最后一刻获得了意义。在拒绝中，在切断与绳索脐带般的联系时，他获得了新生，作为人的再生。"① 也许放弃意味着死亡，但是他的意志战胜了对生命的恐惧，从这个意义上讲，人意战胜了神意。

《哑剧》（二）中有两个人物 A 和 B，分别装在两个袋子中，一根长棍先捅了两下 A 的口袋，A 醒来，开始做各种各样的琐事：吃药、祈祷、胡乱穿衣、吃胡萝卜等。他的动作邋遢，没有逻辑性，主要工作是搬运装着 B 的口袋，然后再钻回自己的口袋。长棍再次出现，只用一下就弄醒了 B。与 A 相反，他效率很高，做事有条不紊。虽然 B 的任务比 A 多，但是他用和 A 同样的时间完成了工作，钻回口袋。长棍第三次出现，A 还是需要被捅两次才醒，然后重复开始时的动作，这个过程中，全剧结束。剧中的长棍代表一种外力，驱使两个人机械地工作，如此循环反复。等待他们的最终结果是什么？如果没有长棍的刺激，他们会不会永远蜷缩在口袋中，直至死亡？这两个人使我们很自然地想到《等待戈多》中的戈戈和迪迪，他们也是不停地做各种小动作，排解无聊，打发时间，而对终极的目标一无所知。从他们身上我们看不到成功的喜悦或者失败的痛楚，也没有解释的欲望，似乎人生就是无穷无尽的重复和等待。贝克特剧中人物似乎都带着原罪的重负，像西西弗一样遭受永罚，不停地推巨石到山顶，再看着它滚落到山下，徒劳而可笑。

《呼吸》是贝克特在戏剧形式探索上的一个典型代表。按照贝克特的剧本说明，该剧长度大约是 25 秒。剧中先是初生婴儿的啼哭，然后是被放大了的某人缓慢的呼吸声，忽明忽暗的灯光与之相呼应。接着又传来一阵新生儿的哭

---

① S. E. Gontarski, The Beckett Studies Reader, Gainesville: University Press of Florida, 1993, pp. 29~34.

声，全剧结束。全剧没有一个完整的人物，没有一句台词，贝克特强调舞台布景应该是一片狼藉的废墟，一个硕大的垃圾场。《呼吸》是贝克特回归纯粹戏剧的尝试，现代戏剧已经死亡，只有消除陈腐的戏剧观念，使戏剧回归最原始的仪式状态，才能有真正的现代戏剧诞生。从这个角度理解，《呼吸》的形式恰如其分地表现出其内容，有即是无，无即是有。在分崩离析的戏剧形式之下，在体味生存痛苦与无奈之际，人们不由自主地沉入对人生与世界的思考，而思考是寻求心灵突围的开始。

贝克特认为，赋予无形以形式并不是说从此以后艺术不再需要形式，相反，这意味着将有新的形式诞生，它将接纳混乱而不是排斥混乱。为了表现存在的嘈杂纷乱，贝克特刻意选择了一种与变形的生活样态相匹配的写作形式——不拘于传统形式的形式，一种"无形式"的新风格，两个哑剧是贝克特对戏剧形式追求的一次有益尝试。表面看来，贝克特戏剧的内容大多指向一个渺茫的未来，死亡似乎不可避免，但是死亡并不是万劫不复的灾难，而只是一个暂时的停顿，是生命归零之后生发的种种可能性。反之亦然，现实虽然难以忍受，时序已经混乱，我们面对的只是前进的徒劳，但是还要从容面对。生即是死，死即是生。等待戈多时的心不在焉表明人对戈多的矛盾心情，可是，换个角度看，无论戈多来与否，处于乱世的人不也得做出自己的抉择吗？所以，戈多是谁不重要，他到底能不能来也无所谓，贝克特只是抽象出人类生存的现状，引发我们去做更深刻的叩问。

亨宁指出，贝克特的剧作具有狂欢化的特征，他说："对贝克特而言，创造性思维的任务是去寻找'一种表现混乱的形式'，而不是通过理性主义的秩序来压抑它。在这种语境下，狂欢化的讽刺成为穷尽'混乱'关系的一种手段，以至于由混乱关系所产生的焦虑都具有一种更积极的姿态。"① 赋予混乱和无意义以形式是一个巨大挑战，因为和任何文学体裁一样，戏剧终究要凭借意义来实现其美学追求。阿多诺认为，形而上的意义的膨胀使戏剧内容分崩离析，戏剧形式必然要与不完整的内容相适应，于是和谐的美学意境被否定，现代戏剧就在完整世界的陷落中诞生。② 早期戏剧的形式要求建立在一般经验的

① S. D. Henning, Beckett's Critical Complicity, Lexington: University Press of Kentucky, 1988, p. 87.

② T. W. Adorno, "Trying to Understand Endgame", The New German Critique, No. 26, Spring – Summer 1982, pp. 119 ~ 150.

反映之上，其中的情节、语言、空间、时间都必须井然有序，自成体系。贝克特的戏剧拒绝任何既定形式，他要让沉默和静止振聋发聩，要在无形中塑造永恒。

贝克特所追求的戏剧形式是无形而形，他所表现的内容也因无内容反而充盈起来。于是，内容与形式的双重无序使一种更高层次的秩序渐次清晰开来，贝克特通过混乱的戏剧形式表现混乱的现实世界，特殊的内容与特殊的形式达成完美的默契，形式成为内容，内容成为形式，二者的一体化产生了超越混乱的奇特的和谐之美。

三、乱中有序

厄内斯特·费舍尔（Ernst Fischer）说过："在衰亡的社会里，艺术也必须反映衰亡，如果它是真诚的。除非艺术想要背弃其社会功能，否则它必须展示变化的世界，帮助改变世界。"① 贝克特戏剧给人的印象是以描写杂乱无章和无意义为目的，实际上，这正是剧作家想要达到的美学效果。他的戏剧形式与结构表明，混乱只是表象，作品要传达的真实讯息则隐藏其后。综观贝克特戏剧，不难发现有一个更高层次的秩序存在，无形中协调着无助的个体与未知世界的关系。在杂乱、破碎的感性形式中，贝克特戏剧一直存在一个中心指向，它潜藏于貌似混乱的形式之下，构成作品的秩序感，表达了剧作家发自内心的对世界与生命秩序的召唤。换言之，贝克特戏剧通过表现混乱的形式达到对混乱的认识，并进而否定和超越了混乱，上升到理性和秩序的层面，因此可以说，贝克特戏剧的形式是有意义的混乱，是乱中有序。"形式最后与最深刻的作用在于，它不只化实在为空灵，引起精神飞升，遁入美境；它还能引领我们'由美入真'，深入生命节奏的核心。世界上唯有最抽象的艺术形式……乃最能象征人类不可言状的心灵姿式与生命律动。"② 在贝克特戏剧中，混乱产生了一种特殊的抽象美，它使我们超越杂乱的表象而进入生命的内核，体验到在那个特殊年代人类"不可言状的心灵姿式与生命的律动"。

贝克特戏剧的文本形式实际上蕴含着一个潜文本，揭示了现代文明被解构的事实。读者/观众在欣赏戏剧的同时，不自觉地化身为剧中人物，与他们共

① Ernst Fischer, The Necessity of Art, trans. Anna Bostock, Baltimore and Harmondsworth, Middlesex: Penguin, 1963, p. 48.

② 宗白华：《宗白华全集》（第 2 卷），安徽教育出版社 1994 年版，第 70～71 页。

同体验暗黑迷茫的世界，并清醒地意识到舞台上呈现的一切就是活生生的现实，个体在行将崩溃的宇宙之中显得绵软无力，理解外在世界也是徒劳。从更广义的角度看，这种新奇的认知体会构成了贝克特戏剧形式的一部分。贝克特专注于展现个体与社会存在的碎裂感，放弃了对客观问题的具体阐释，借助抽象的形式将紊乱的世相提升到一个秩序层面，这就是戏剧体验的意义。观众只能和剧中人物一道刺破形式的外衣，进入意义的底层，而自我否定之后意义才能生成。贝克特很早就抛弃了模仿原则，他坚持艺术是一种否定美学传统与思维习惯的工作，艺术家不应该满足于充当形式的继承者，还应是形式的叛逆者、摧毁者与建构者。传统的形式与内容被毁灭之后，在长久的深渊一般的静默中，读者与观众开始思考毁灭背后贝克特要传达的意图。也许贝克特本人对答案也不甚了了，但这不妨碍其作品已经产生的心理与审美作用。艺术作品的形式与内容不必再严格遵循模仿原则，也不必一定克服分裂感，形式与为容在描写混乱方面实现了奇特的统一，"矛盾的是，艺术家正是通过形式找到了一种解决方案——赋予形式以虚无。也许正是在这个层面，有了一个潜在的肯定。"① 这个"潜在的肯定"就是隐藏于混乱的形式与内容之下的秩序，它将我们引领到信仰的边缘地带，迫使我们在几近无意义的存在中寻找意义的可能。无所求无所得，无所得无所失，无所生无所死，这是生存宿命，是生存的必然，也是最深层次的生存之秩序。贝克特正是用现实的混乱无序，证明这种无可更改的宿命之序，生存之必然。

卡萨诺瓦提出，在考察贝克特作品的形式问题时，要进行历史的追问："为了理解贝克特提出的形式与美学问题（提出问题是他解决问题的方式），为了捕捉他文学事业的风险与'纯粹性'，以及与外部确定性渐行渐远的努力，我们必须重新踏上他获得形式与风格自由的路途。这条路就是历史。"② 从这个意义上说，贝克特戏剧具有现实主义文学的模仿特征，是一种高度抽象的现实主义。贝克特写道："一直以来，艺术就是这样——纯粹的追问，修辞性的质疑而非修辞本身——以及'社会现实'所赋予它的各种义务，但是现

---

① C. Juliet, Conversations with Samuel Beckett and Bram van Velde, trans. Janey Tucker. Leiden: Academic Press, 1995, p. 149.

② Pascale Casanova, Samuel Beckett: Anatomy of a Literary Revolution, trans. Gregory Elliott. London & New York: Verso, 2006, p. 27.

在不再那么随心所欲了，因为社会现实已经割断了这种联系。"① 通过刻意隐藏和收缩其再现现实的目的，贝克特为我们展示了一幅更加真切的生存图景，因此可以说，贝克特的戏剧艺术既是非模仿性的，又是高度仿真的，这种双重模式与贝克特对艺术之不可能的种种判断是一脉相承的。

贝克特追求一种动态的、生机勃勃的艺术形式，而客体介于有与无之间，似有若无，难以捉摸，抗拒着具体化，这种情况下，表达或再现本身就成为不可能，所以他经常体会到创作才思的贫乏、枯竭与无助，这种矛盾性也正是那个时代的整体文化心理体认。贝克特深知，"时代也许已经完全不适合再提倡艺术无关明晰的观点了，艺术不再涉猎清晰明了，也不再追求明晰，正如白天（或夜晚）的光制造出太阳下面的、月球和其他星球的废弃物一样。艺术是思想的太阳、月亮和星星，是整个思想。"② 以艺术的形式反抗无法容忍的现实，这是贝克特诚实而无奈的选择。

贝克特戏剧作品的创造性在于用看似非理性的形式表现人生的荒诞性，真正实现了他"形式即内容，内容即形式"的艺术主张。贝克特对戏剧形式的着力经营，实际上已超越了形式，进入更高一级境界，"它是一首诗，一首关于时间、时间的稍纵即逝性、存在的神秘性、变化与稳定的似非而是性、必要性和荒诞性的诗。"③ 经过多年不懈的艺术实践，贝克特形成了日臻完善、独具一格的艺术形式，对人类生存的困境做了有历史深度的写照。而在他扬弃传统的背后则隐藏着一种进取的追求，"黑暗本身将成为光明，最深的阴影将是光源所在。"④ 这句话精准地概括了贝克特剧作艺术形式与思想内容的统一，充分肯定了贝克特在戏剧形式经营方面不断进取、勇于创新的艺术本质。

在艺术中，形式是最能体现历史现象的，因为形式里面包含着自足的内容。贝克特秉承艺术上的自觉，其作品间接发出对新型结构与存在模式的召唤。亨宁评论说："贝克特不可避免地与传统模式和价值体系相妥协，其作品不但再现了传统，而且在一定程度上，强化了传统，并使其更加合法化。……

---

① S. Beckett, Disjecta, Miscellaneous Writings and a Dramatic Fragment, London: John Calder, 1983, p. 91.

② S. Beckett, Disjecta, Miscellaneous Writings and a Dramatic Fragment, London: John Calder, 1983, p. 94.

③ 马丁·艾斯林著、华明译：《荒诞派戏剧》，河北教育出版社 2003 年版，第 21 页。

④ 焦洱、于晓丹：《贝克特——荒诞文学大师》，长春出版社 1995 年版，第 268 页。

过去的秩序不断浮现，然后被粉碎，以实现创造性超越。"① 形式与内容的悖论曾经使现代戏剧很长一段时间裹足不前，贝克特在谙熟传统的基础上，创造出适合表达时代内涵的戏剧形式，为现代戏剧发展洞开了一个全新的天地。

在分析贝克特艺术形式的重要性时，卡萨诺瓦指出了将贝克特归于纯粹形式主义者的危险："文学上追求适合的抽象艺术道路不但使贝克特改变了文本的组成形式，而且动摇了文学的根基。在形式发展史上，他作品中主体、内心世界或者想象的问题化也许第一次揭示出……文学完全依赖主体哲学的假定。通过这一简单置换，贝克特抨击了整个文学大厦赖以生存的、习以为常的现实主义想象。"② 追求形式是艺术家难以割舍的情结，形式是艺术本体存在的基础，而艺术品的审美价值与审美形式互相依存。贝克特对戏剧形式的创新与所表现内容不能分离，形式为贝克特戏剧营造了一个自足的意象世界。毫无疑问，贝克特戏剧形式的创新与实践为现当代戏剧提供了宝贵经验，其形式实验标志着戏剧新时代的来临。

但是，不可否认的是，相对于形式创新，贝克特在内容上的创新略显不足。综观贝克特戏剧作品，我们不难发现，在形式不断演变的同时，其戏剧主题却没有发生明显变化。在这一方面，怀特的评价十分客观："贝克特在风格与形式上超越了传统文学与艺术的疆界。因此，也许可以这样讲，贝克特在风格上的创新要大于主题上的创新，因为我们发现，在他的作品中，主题基本保持不变，而形式却在不断演进。当然，也许有人说，这个世界以及生活于其中的人的处境是始终如一的，所以贝克特作品的主题始终没有变化。于是乎，我们承认写作的矛盾性，因为我们认识到贝克特为了表现一成不变的主题而不断发展变化的风格。"③ 由于时代的局限，我们不能苛求贝克特走得更远，毕竟戏剧的发展与完善需要几代剧作家不懈的努力。

本章小结

20 世纪戏剧的发展轨迹证明，戏剧与构成剧作家创作蓝本和素材的传统

---

① S. D. Henning, Beckett's Critical Complicity, Kentucky: The University of Kentucky, 1988, p. 28.

② Pascale Casanova, Samuel Beckett: Anatomy of a Literary Revolution, trans. Gregory Elliott. London & New York: Verso, 2006, p. 26.

③ K. White, Beckett and Decay, London; New York: Continuum, 2009, p. 154.

因素日益分离，这体现在形式、结构、题材等多方面。在戏剧发展史上，从来没有哪个时代对文化史上已经占有稳固地位的艺术形式进行过如此大规模地质疑、修正、解构和重组工作。虽然不同的思想流派对这种裂变给出不同的诠释，但还有很多领域仍然处于空白，比如，我们还不能完全阐明剧作家意图与其所采用的表现形式之间的内在关联，或者戏剧长度与张力的关系等。实际上，戏剧在摆脱了传统的束缚，向多种可能性敞开之后，反倒给戏剧的质的规定性带来了某种困惑与不安。换言之，文本革命与传统保持多大的距离，才能使戏剧仍不失为戏剧？是否存在一个结点，可以一劳永逸地解决戏剧的本体存在问题，而不至于将戏剧变成哲学或科学的随扈？这些都是贝克特给我们带来的启示。

在世界文学史上，像贝克特这样能在很短的时间内获得如此多的评论界关注的作家并不多见；而随着作家作品产出的下降，评论界的关注却持续上升，这种截然不同的反向运行趋势更是少之又少。贝克特执着的戏剧文本实验与实践在戏剧史上是独一无二的。他的文本实践挑战了传统戏剧要素的界定，拓宽了既定的戏剧体验阈限，迫使我们去重新思索究竟何为戏剧的本质性要素。在追索时代人生与艺术本质问题的进程中，他遵循简约主义路线，得出彻底决绝而又引人瞩目的结论，塑造了一种新的思维与认知方式的可能性。

第四章

贝克特戏剧的美学观照

　　贝克特戏剧美学思想的形成是一个艰苦而漫长的过程。一来因为戏剧艺术在 20 世纪中期遭遇了发展的瓶颈，二来由于剧作家的高寿及其对艺术的热爱，使他的创作活动持续了半个世纪之久，其间他不断尝试各种风格与体裁，艺术足迹涉及多个领域。尽管如此，洋溢于贝克特戏剧的精神品格却始终如一，超越了传统、狭隘的"戏剧美"，使戏剧这门古老的艺术在 20 世纪中叶的西方世界再次焕发青春。贝克特戏剧的精髓在于，他真实把握了时代气息，积极体验生命与存在，致力于超越环境与成规，以独特的体认方式表现了时代的生存状况，反映出现代人的精神状态与价值追求，这也正是戏剧精神的体现。

第一节　悲喜剧性

一、界限的消弭

　　贝克特戏剧兼具悲剧和喜剧的特点，但又绝不是将二者进行简单叠加，相反，他将二者巧妙融合，使戏剧具有了明显的悲喜剧色彩。悲喜剧的类型古已有之，贝克特对其进行了现代演绎，使之发扬光大，为戏剧的发展做出了独有的贡献。贝克特采用悲喜剧范型有其深层次的历史、文化原因。艾里克·甘斯曾经指出，如果说传统文化属于历史范畴，那么现代文化就属于人类学范畴。擅长描摹重大事件的悲剧与热衷于展示人类缺陷的喜剧之间的区别正在消失，贝克特戏剧呈现的是一段没有意义的历史时期，他的戏剧人物构成一个新的社会模型，一个没有交流与互动、没有意义的世界。艺术注定要失败，因为没有重大经验可以表述；可是重大经验缺位的表象遮盖了人类存在的真实状况。显然，贝克特的"失败"是种自我嘲讽，是艺术家企图超越主体欲望制约的努力，"需要把握的不是世界，而是自我；既然无法再按照自己的意愿去创造，艺术家必须将各种欲望从其作品中清除。在这个过程中，他获得了知晓社会根本问题的洞察力。"① "贝克特意识到，文学的把握和艺术的把握一样，已经走到了尽头。由于这种把握恰好是'文化'的最高价值，我们就与现代文化的核心问题正面交锋了。"② 面对传统高雅文化的解体，贝克特戏剧虽然没能带给我们文化上的新生，却昭示了一种姿态，给我们提供了看待这一文化现象的新视角，这也是其悲喜剧范型的文化渊源。

贝克特的故事具有双重性，是悲剧性与喜剧性的合体，悲剧性意味着绝望，喜剧性则意味着反抗。在他的戏剧世界中，想象的情节悬浮在坟墓与子宫之间，人物给人以既像尸体又像胚胎的意象，这种自相矛盾的态度与贝克特的观点相一致，即虽然永远不确知，却总怀有一线希望。贝克特认为活着是种痛苦，而痛苦是邪恶的，因此人生在本质上也是邪恶的，与人生息息相关的稍纵即逝感、孤独寂寞、脆弱易碎等联想充满悲剧色彩，却无法回避。克里斯托弗·默里写道："对贝克特来说，真理就在绝望中。正是从这一点出发，他踽踽独行，至少在想象中。这与但丁在黑森林中的行进相仿，只不过贝克特的行进过程或多或少有了喜剧色彩。"③

贝克特是一位彻底的人文主义者，他的戏剧人物都背负着沉重的责任感与道义感，有着无法逃遁的负罪感，即出生的原罪。存在的罪恶感决定了贝克特戏剧在主题上和表现方式上带有浓郁的悲剧性。传统悲剧中，必经的灾难与灵魂的净化是表现人类痛苦的主要手段，而灾难的原因可以归咎于英雄人物自身的过失。贝克特打破了传统悲剧的惯例，他将人类痛苦的根源悬置起来，并使之神秘化，与此同时，他的悲剧里又夹杂着戏谑的喜剧成分。默里认为贝克特的悲喜剧是一种面对困境的积极姿态，死亡、自杀这样的话题在贝克特这里都有了欢愉的成分："我们称之为荒诞的喜剧，或者绝望的喜剧，但无论如何，这有积极意义，是面对即将来临的黑暗展示出的生命力与高昂意志。它不只是掠过墓地的笛声；各色喜剧演员也参与其中……从来没有一位作家能够像他这

---

① Eric Gans, "Beckett and the Problem of Modern Culture", Sub – Stance XI, Vol. 11, No. 2, 1982, pp. 3 ~ 15.

② Eric Gans, "Beckett and the Problem of Modern Culture", Sub – Stance XI, Vol. 11, No. 2, 1982, pp. 3 ~ 15.

③ C. Murray, Samuel Beckett – 100 Years, Dublin: New Island, 2006, pp. 1 ~ 11.

样，从死亡及其累赘中发现幽默。"①

人类文化在希腊达到了一个难以企及的高度，古希腊社会的某些基本品质在 19 世纪的欧洲还有所留存，形成了文化形式上两千五百年的连续性，其中尤以戏剧为代表。广义地说，尽管索福克勒斯时代的雅典与拉辛时代的巴黎有诸多不同，但二者的共同特征十分明显，那就是由法律和习俗确立的森严的等级制度，这种制度为中上层个体从事创造性活动提供了足够的空间。而在现代社会，每个人都有了双重身份，每个人都既是主人，又是奴隶，社会角色定位变动不居，艺术家的创作空间也相应地发生急剧变化。一定意义上，只有艺术家还可以被称为主人，因为至少他可以表达自己的情感，并超越现实存在的界限。但是，此时可供艺术家占有的空间已经十分稀薄，创作的欲望很难得到满足，于是，诗意地表达受压抑的欲望成为艺术家唯一可以感知到的快乐。艺术上的尴尬折射出文化精神的失落，"悲喜剧是一种情结，它蕴涵着剧作家和戏剧人物对正在失去的东西的眷恋之情，同时也表现出他们对即将来临的东西的渴望，这种复杂的心情通过剧作家的戏剧创作流淌出来，使这种精神的、情绪的东西像血液一样流入戏剧的方方面面。"②

贝克特善于用反讽来表现存在的两难窘境，"在悲剧性作品中，戏剧的反讽体现在貌似合理的话语中，天真无邪地打听丢失的手帕，暗示出脚踝受伤的原因。而在喜剧中，戏剧的反讽通常存在于荒诞中。"③ 实际上，现代悲剧与喜剧之间界限的消失与人文价值的变迁关系密切，是艺术家对新型社会与文明类型进行调适的正常反应。沃德·胡克指出，在新形势下，仅靠信仰已经无法参透宇宙，社会已经病入膏肓，于是戏剧中的人物只好转向自身，无限丰富的表情其实都隐藏在面具下，"半数观众将这个面具看作是悲剧性的；另一半观众将之看作是喜剧性的。观众是对的，因为人类的处境没有变化，我们面临同样古老的选择：要么笑，要么哭"④。换句话说，虽然人类社会经历了千百年的变迁，人类的生存状态并没有发生根本性的改变，生存是一个古老而又常新

① C. Murray, Samuel Beckett – 100 Years, Dublin: New Island, 2006, pp. 1 ~ 11.

② 冉东平：《从传统悲剧与喜剧的夹缝中破土而出》，《解放军艺术学院学报》2009 年第 3 期，第 32 ~ 36 页。

③ Ward Hooker, "Irony and Absurdity in the Avant – Garde Theatre", The Kenyon Review, Vol. 22, No. 3, 1960, pp. 436 ~ 454.

④ W. I. Thompson, "Freedom and Comedy", The Tulane Drama Review, Vol. 9, No. 3, 1965, pp. 216 ~ 230.

的命题，而对普遍性的人生进行评估和审视，是作家不可逃避、义不容辞的责任。在病态的、充满敌意的现代社会，戈戈和迪迪焦急地等待也许永远不会来的戈多，等待象征着他们对失落的信仰的追寻。被剧作家无限延长的等待的焦虑具有极强的反讽效果和隐喻色彩，舞台上发生的一切对剧中人物和观众产生了同样的震慑力，等待是徒劳的，哭也罢，笑也罢，人必须做出选择。这里，戏剧的反讽强化了人生真实、彻骨的绝望感，这种绝望感促使我们去思考人生的迷题。

对贝克特而言，人生既非悲剧，也非喜剧，而是一场悲喜剧。传统意义上的悲剧与喜剧有各自不同的走向，从幸福到不幸，从秩序到混乱，或者反过来，从不幸到幸福，从紊乱到有序。贝克特打乱了正常的戏剧程式，在他的戏剧中，我们看不到始终，看不到大喜大悲，看不到行动与结果，单调的对白、独白、停顿、沉默填充了戏剧时空，没有命运的起伏跌宕，没有激动人心的戏剧冲突。在静穆平淡的戏剧叙事中，人物夸张的动作、滑稽的表情令人忍俊不禁，可是笑过之后，人生的悲怆感油然而生，戏剧上展示的不正是我们每个人的现实写照吗？悲剧性和喜剧性在贝克特作品中达到了高度统一，浑然天成，他用喜剧的智慧表现人类深沉的悲剧意识，使人在笑与泪中获得顿悟。

伊诺克·布拉特指出："贝克特的成就不在于将悲剧性结局引入喜剧模式，而在于他点明，悲剧性寓意早已存在于喜剧性之中。"① 贝克特戏剧挣脱了英语戏剧的传统，打破了剧作家全知全能的观念，理性与逻辑在他的戏剧世界里集体失语，悲剧意识与喜剧元素的奇妙组合给戏剧带来全新的体验。几个世纪以来，观众习惯了为喜剧发笑，为悲剧饮泣，贝克特戏剧却告诉我们，笑与哭完全可以在同一部戏剧中同时实现。

二、悲剧意识

自从亚里士多德将悲剧定义为"对一个严肃、完整、有一定长度的行动的摹仿"之后，他的悲剧理念一直被西方戏剧界奉为经典。19 世纪末以前，虽然黑格尔提出悲剧是带有普遍性伦理力量的矛盾冲突的观点，有力发展了亚里士多德的悲剧理论，但是西方悲剧传统中的理性主义始终占据主流，悲剧以崇高、庄严、神圣为美学旨归。20 世纪以来，西方悲剧观念开始发生重大改

---

① Enoch Brater, "Beckett, Ionesco, and the Tradition of Tragicomedy", College Literature, Vol. 1, No. 2, 1974, pp. 113 ~ 127.

变，带有现代特征的反传统悲剧观念逐渐为西方戏剧界所接受。从古希腊的命运悲剧、文艺复兴时期的性格悲剧到易卜生的社会悲剧，西方的悲剧意识逐渐平民化，越来越关注民生疾苦。

20世纪中后期，贝克特等剧作家将悲剧意识进一步深化，悲剧的视角从外在的实体世界转向异化的心理世界，因此具有了更深刻的哲学底蕴。雅斯贝尔斯这样评价悲剧认识："不幸本身并不就是悲剧，它只不过是一切人应当承受的负担。悲剧知识侵入实在、突破了实在，但并未控制实在——悲剧知识遗留下的、没有提及的、被遗忘的或不加解释的东西太多了。它引诱我们进入更为崇高的领域；它不顾清澈诚实的目光，遮蔽了真理。"① 现代戏剧消解了传统悲剧的美学特征，情节、性格、人物等戏剧基本要素面目全非，从根本上颠覆了亚里士多德以来戏剧的崇高感与神圣感。但是，以贝克特为代表的现代戏剧在反叛传统戏剧框架的同时，却继承了传统戏剧形而上的思辨与理性特点，只是理性的拷问更深地沉潜到非理性的文本后面。总起来说，贝克特戏剧在理性与非理性、个体与人类、主观体验与客观世界等方面，充分展示出悖论式的辩证性与矛盾性，因而深化并超越了传统的悲剧观。

贝克特戏剧首先体现出一种泛化的灾难感与悲剧意识。生存宿命中虚无的、荒诞的、无意义的必然性是无可救赎也无须救赎的，类似于死亡之无可免也不必免，这种生存即死亡的意识，便是贝克特的悲剧意识，其悲剧性在于它揭示了死的必然性。20世纪的人类社会在经过战争的创伤、工业化的锤炼之后，已经发生深刻改变，人类在变幻莫测的世界面前失落了主宰者的尊严与信念，现代人普遍存在一种无法排遣的生存焦虑和压抑。贝克特以悲悯的目光重新审视个体存在与人类文化的关系，强烈体验到人之本体的悲剧感，他的戏剧作品描写的正是现代人这种广义的、普遍的悲剧意识。传统悲剧描写崇高的英雄人物，注重外部冲突与情节的刻画，尽管悲剧的结局往往是英雄人物的死亡或者美好事物被毁灭，但是通过个体的消亡，人们可以获得幸福与尊严，整个人类还在延续，正义的力量终究战胜邪恶；与此同时，悲剧给观者带来悲悯与敬畏之情，人类的灵魂因此得到升华，体验到崇高的快感。也就是说，传统悲剧在描写个体悲剧的同时，肯定了人类的力量，悲剧的审美效果是唤起自信和

---

① 雅斯贝尔斯著、余灵灵等译：《存在与超越——雅斯贝尔斯文集》，上海三联书店1983年版，第159页。

行动的力量。可是在贝克特戏剧中，个体的悲剧已经被人类的普遍性悲剧意识所替代，所以在他的作品中，悲剧英雄不见了，只剩下不知名的小人物，迷失在信仰危机中不能自拔，此时人的类的属性成为戏剧关注的对象。奉行千年的理性价值已经轰然倒掉，在阴暗沉郁、混乱无序的非理性世界里，弥漫着消极的悲观失望情绪。贝克特戏剧呈现的就是这样一个普遍异化的人类社会，传统的道德判断业已失效，于是剧作家转向高度抽象的、隐喻的人类整体生存。对于观者而言，戏剧的体验并没有强化他的道德意识，反而使他与剧中情形感同身受，更痛切地体味到生存之苦难。可以说，现代的悲剧意识产生于人类存在本体，因此现代人的悲剧感来得更加彻底、广泛，这也凸显了现代人生存与精神的双重困境。

其次，贝克特将关切的目光投向整个人类，在看似无意义的世界中追求意义，彰显出一种悲壮感。古希腊悲剧的精髓不是悲伤绝望，而是哀而不伤，是痛定思痛，是悲壮与不屈。饱受命运蹂躏的俄狄浦斯王勇于担当、甘于自我惩罚，哈姆雷特几经犹豫终于为父报仇、伸张正义，娜拉幡然醒悟、毅然出走，从这些鲜活的戏剧形象中，与其说我们愤怒于命运的不公、正义的乖戾，不如说他们逆境中的坚毅神情撼动了我们。在贝克特的戏剧里，我们看到荒谬的世界、荒诞的人生、无意义的存在，可是剧中那些静默的人却在努力超越无意义，或者说，努力为无意义找到意义，在他们看似木然、实则倔强的表情中，人之为人的尊严与价值表露无遗。也许他们的努力只会像西西弗一样，周而复始，无始无终，但是在一次次推石上山、下山的行动中，人类古老的英雄主义情怀得以彰显，所以加缪由衷地赞赏西西弗，认为他高于他的命运，比石头更强大，他是幸福的。从这个意义上讲，虽然灾难、死亡、痛苦不可避免，这是人无法摆脱的悲剧性境遇，但是人的精神与追求崇高的愿望不能被摧毁，所以人类能够以超常的生命力和意志力超越苦难、死亡，获得生命的终极意义。贝克特式的人物正是秉持这种信念，在山穷水尽的境况中踯躅而行，期冀柳暗花明的日子有一天会来临。这样的日子很可能永远不会来临，无妨，因为他们以个体生命为代价，实现了人类永恒的生存法则。

另外，贝克特继承了悲剧的自我拷问精神，昭示了现代人内心深处激烈的冲突与斗争，以及在巨大的痛苦与压力下自省自赎的努力。乔恩·埃里克森说过："悲剧告诉我们，最广义地讲，人生对我们似乎是不公平、不正义的，而我们向人生索要的恰恰就是正义和公平。这种要求并非社会形成的，所以我们无法简单消除向往公正的愿望：它植根于人类的本性。"① 恩格斯也指出，悲剧的本质是"历史的必然要求和这个要求实际上不可能实现之间的悲剧性的冲突"②，历史的必然局限性，人们所渴望的公平、正义往往被无情蹂躏、扭曲、延宕，悲剧展示的正是人类的有限性。贝克特以人类的自我怀疑和自我否定为立足点，淋漓尽致地描绘了一个被自以为是的人类文明毁掉的世界，他剥离掉戏剧浮华的表象，将我们带进赤裸裸的戏剧情境中，体会着死一般的寂静与压抑感，完成了一场与自我灵魂的赤诚对白。这是一种残酷的自我惩罚，可是，只有滤掉所有的伪饰，沉潜到生命的最底层，才能抵达人性的边界，有望洞见人生的悲剧性底蕴，而这种深刻的体验成为超越存在、获得自由的保障。贝克特将人生美好的事物撕得粉碎，展示给我们一个满目疮痍的世界，体现出剧作家严肃的创作态度和自我否定的勇气。贝克特作品的悲剧性实则是关于生存与价值的隐喻，在貌似反悲剧的外表下，潜藏着更深刻的悲剧性，一种人类存在之大悲伤、大悲痛，一个后悲剧时代的泛悲剧。

质言之，贝克特作品的悲剧意识是其观审人生的严肃态度，因为悲哀与痛苦、恐惧与惶惑往往只是开始，而不是结局。当人被推向生存的极限，一切意义都被消解时，戏剧粉墨登场，它帮助我们脱离了传统、文化、意识形态的种种约束，同时呈现出生存的物质性与非物质性。一定意义上，戏剧是现实的答案，悲剧则是人类不屈不挠精神的反映。从这个角度而言，悲剧意识弘扬了一种乐观主义精神，其结果是使人对自身增加了自信。人类文明与悲剧的历史教诲我们，体验深刻的恐惧并不妨碍人类采取行动的能力。古往今来无数的苦难经历不但没有让人类萎靡消沉、一蹶不振，反而助长了人类超越苦难、收获同情的力量，并且指引我们追求新生的行动。灾难也许会复现，实际上，我们生活中的灾难数不胜数，自然灾害、生态灾难、侵略战争、恐怖威胁、核威慑，这些词汇已经进入我们的日常话语体系。在众多生存困扰面前，我们该如何生活？我想，贝克特的戏剧给出了答案：在盼望、爱和回忆中获得安慰，在废墟中屹立，重建充满希望的世界。这样，《等待戈多》便是一出现代悲剧，虽然它已经偏离了亚里士多德的古老定义，但是它给我们带来变革的希望，在精神上与古希腊悲剧一脉相承。贝克特谙熟哲学的精华，回归原初的悲剧观念，以

---

① Erickson, Jon. Is Nothing to Be Done? [J]. Modern Drama, 2007, 50 (2): 258~275.

② 马克思、恩格斯：《马克思恩格斯全集》（第4卷），人民出版社1972年版，第346页。

真诚的目光面对现实，在人类短暂的生存中瞥见了永恒的人性的力量。

三、喜剧智慧

贝克特在创作中大量使用喜剧元素，源自于他对悲剧性解决戏剧冲突的怀疑。在他的想象世界中，噬人的焦虑永不止息，悲剧虽然可以给出一个决绝的解决方案，但是它过于激进，喜剧则不然。喜剧也是基于种种不和谐，但是它不必承载过于严肃的期许，也没有过多的禁忌，所以心领神会的笑声为贝克特进入困境的艺术想象力提供了一种破解的可能。贝克特的喜剧观念与传统喜剧有明显区别，传统喜剧美学上要求秩序、理性，以及对作品的宏观把握，贝克特戏剧则完全逾越了这些限制。尽管如此，贝克特作品中的喜剧成分仍然铭刻着传统的印记，这就是不灭的喜剧精神。

喜剧最早源于古希腊的酒神祭祀仪式，大多取材于日常生活，用滑稽幽默的语言表现严肃的主题，讽喻社会。作为一种戏剧类型，喜剧出现的时间要晚于悲剧，亚里士多德从阶级立场出发，将喜剧打上了低人一等的烙印，对喜剧的观念产生一定的不良影响。尽管背负了沉重的十字架，喜剧类型还是获得了长足的发展，文学史上曾经涌现出一大批有影响的喜剧作家：阿里斯托芬、米南德、莎士比亚、莫里哀、果戈里，等等。贝克特秉承古希腊喜剧精神，吸收不同时代喜剧大师的精髓，创造性地将喜剧元素应用到自己的作品中，突破了内容与形式、本质与现象之间的不和谐，将人生的荒诞与不确定表达得淋漓尽致，取得了意想不到的美学效果。喜剧是贝克特否定文本、践行文本多元化的手段，同时也促成他认识论上的提升，换言之，喜剧来源于人的智慧，却又超越了人。在贝克特作品中，喜剧智慧表现为一种自由精神、自嘲的勇气、对人性弱点的智性认知，以及接近真理的意志。

贝克特戏剧沿袭了喜剧的自由精神。威廉姆·汤普森（W. I. Thompson）说过："笑是超脱，而超脱是自由的基本形式。这种自由是喜剧的核心价值。"[1] 当人洞明了自己的悲剧命运，反观自我与宇宙，他发出会心的笑，这是因为他"超脱了邪恶，超脱了阈限，超脱了身体，当然，也超脱了死亡"[2]，

---

[1] W. I. Thompson, "Freedom and Comedy", The Tulane Drama Review, Vol. 9, No. 3, 1965, pp. 216~230.

[2] W. I. Thompson, "Freedom and Comedy", The Tulane Drama Review, Vol. 9, No. 3, 1965, pp. 216~230.

这时候他获得全身心的解放，实现了精神的自由。从这个意义上，汤普森指出：“喜剧提供了一条出路，是新生；悲剧也提供一条出路，却是通过邪恶，通过死亡而实现。喜剧避开邪恶；悲剧则与它迎面相对。”① 喜剧的自由精神可以使人在死亡中获得再生，甚至是永生，也许这是贝克特如此热衷于刻画人物介于生死之间样态的原因之一。从克拉普、梅、到哈姆、温妮，以及后期作品中的无名氏们，他们都对身体的衰退、畸变、肢解表现出某种不屑的神情，坦然面对迫近的死亡，依然故我，也许他们意识到死亡之后并非彻底的完结，而是永远的解脱，永恒的自由：

> 在悲剧的终点，我们感到喜剧存在的可能性……我们嘲笑荒谬的世界，为的是超越它。生命再次成为可能。如果哈姆雷特笑了，他就不会为弥合思想与行动的裂痕而焦虑。死亡教会他快乐：这是他的悲剧。战场上，克利须那神的笑声召唤我们去行动，获得自由。喜剧将降临。②

贝克特戏剧的主人公大多历经劫难，生活在废墟里，看不到未来，可是他们总有活下去的动力，哪怕希望像永远不会出现的戈多，他们也顽强地坚持。可以想见，在他们看不出悲喜的表情下面，一定是将生死了然于心的澄明与豁达。面对虚无、荒诞、无意义、死亡，而不必去追求实在、正常、意义与活，超越死生，坦然面对这一切，这就是一种解脱的自由，这就是贝克特喜剧精神的实质，即是说，生存宿命是悲剧的，而对于生存宿命的态度则是喜剧的。

贝克特戏剧具有自嘲精神，同时又用宽容的胸襟去包容人性自身的弱点，表现出成熟的喜剧观。正视人自身的缺陷，表现人的局限性，接受人的愚蠢与错误行径，在诙谐与笑声中，人的自我意识得到提高，满含信心地憧憬新世界，并轻松愉悦地为之而努力，这是喜剧的美学追求。人最大的敌人是自己，人类的可笑在于他一方面渴望自由，一方面渴望权力，而实施权力必然要限制他人的自由，反过来，他的权力也要受到限制。喜剧揭露的正是人本性中顽劣

① W. I. Thompson, "Freedom and Comedy", The Tulane Drama Review, Vol. 9, No. 3, 1955, pp. 216~230.

② W. I. Thompson, "Freedom and Comedy", The Tulane Drama Review, Vol. 9, No. 3, 1965, pp. 216~230.

的部分，既然无法从生存中去除谬误，何不将人生或者生存变成嘲笑的客体？通过在舞台上演绎人天性中邪恶的成分，我们在自嘲的同时净化了思想，还享受到娱乐的快感。喜剧意在表明，世界本质上是向善的，人类的无节制和过失将邪恶带到人世间。贝克特背离了秩序、严整、和谐等古典戏剧价值，挑衅传统的真善美原则，建立了一个似乎中立的戏剧王国，身体与社会的禁忌均被打破，人受制于自己的思想，像个可笑的丑角徒劳地追逐着什么。凭借自嘲和宽容之心，贝克特将人类谬误造成的恶果无限放大。人类在获得驾驭世界的正能量时，也同时收获了摧毁它的负能量，而后者的破坏性是毁灭性的，既颠覆了物质世界，也蚕食了人的身体，更侵害了人的精神。

被放大了的谬误其实就是人类的镜像写照，只有以自娱的精神接受它，才有彻底超脱的希望。"接受意味着洞悉了可能的、可信的、或者不可避免的事物，并设法实现，尽管它们不见得是我们满意的、渴望得到的。接受意味着洞明了未来之事，从容应对，并使之令人满意；发现失望与不完美是可以理解的，同时对不可原谅之处（邪恶、破坏性）绝不姑息。"① 我们接受的世界也许喧嚣嘈杂，缺乏公正，令人失望，但这就是我们的生存环境，与其为之痛苦彷徨，不如先把人性中不洁的成分展示出来，或许能引起疗救的希望。

贝克特作品中的幽默非常有特点，他利用时间与重复产生的喜剧效果，展示人类的焦虑与不幸，使人在会心的笑声中流淌出辛酸之泪。在戏剧作品中，贝克特不滥用幽默，而是非常有节制地制造喜剧效果，笑声来自于对不幸的思考，而笑声也会给人带来不幸。贝克特没有把赚取廉价的笑声当作唯一的戏剧追求，他的作品悲中有喜、喜中有悲，悲喜交加。只有基于对历史与现实的清醒认识，对人类命运的深切关怀，才能透过浮华的表象，在面对挫折和灾难时保持理性的乐观抗争精神，在众人皆笑的浮光掠影中体味人生的悲凉与无奈。惟其如此，贝克特固执而寂寞地坚持自己的创作之路，与尘嚣保持适度距离，拥有了理性观审人类喜忧悲欢的智慧与从容。

贝克特的喜剧更接近于黑色幽默，体现出能从死亡和孤独中获取乐趣和睿智的勇气。英国哲学家西蒙·克里奇利（Simon Critchley）认为，贝克特式的幽默是反抗的一种表现形式，"贝克特作品萦回在读者或观众心中的嘲讽的笑

---

① R. B. Heilman, "Comedy and the World", The Sewanee Review, Vol. 86, No. 1, 1978, pp. 44～65.

声，是无法移植的反抗之所，它对抗着所谓的全部社会体制，是理想化调适中非同一性的结点，它无意让我们重归完全统一和谐的世界，而是点燃我们自身虚弱的喜剧之光。"① 换言之，贝克特的幽默使人类认识到自己的局限，朗声大笑是一种态度，是对虚无的解放和超脱，是对现实世界的蔑视。和自己笔下的人物一样，贝克特不懈而无畏地面对困难，坦然接受失败的宿命，在有节制的笑声中，我们恍然大悟：舞台上的人就是自己！于是人们感受到命运悲剧的残酷，充满悲天悯人的情怀，并激发了自觉的担当意识，获得了面对现实、重塑生活的勇气和力量，由此完成了一次审美意识的超越。

喜剧也是贝克特接近真理的途径之一，喜剧帮助他实现了表达的冲动，并且窥见到古希腊的喜剧神韵。贝克特的喜剧范式唤起人们对存在的嘲笑，这种嘲笑本身蕴含着一种对人生、甚至对整个宇宙的态度。贝克特用黑色幽默表现人间悲剧，但是他的态度是异常严肃的，绝无半点冷嘲热讽。他站在20 世纪人类历史与文化的至高点上，以智者的目光凝视人类自身的缺欠，饱含深情地展望未来。他洞穿人性的弱点，醉心于挖掘人的内心世界，却对命运之神讳莫如深，在真理面前保持着本真的敬畏之情。当全人类面临世界性荒诞之时，有人选择消极避世、郁郁寡欢，甚至以结束生命来控诉这个世界，有人选择迎头痛击，不惜头破血流，贝克特做出别样的选择——用智慧哂笑错乱的世界，用幽默嘲弄自己的生存境遇。与前两者相比，在纷纭变幻之际，贝克特的方式显然更加理性、现实，也更加积极、有效，喜剧的智慧与力量也正在于此。"最广义地说，喜剧考察的是想象或者阐明的理想与人类现实之间的差异：我们赞美真诚，可是我们并不完全真诚。"② 喜剧的方式可以让我们在轻薄自己的同时，更严肃地认识自我，使我们摆脱小我的苦恼，转而关注人类的整体境遇。

喜剧是贝克特经验世界的一种模式，一个视角，是他对自我和人类的智性把握。德尔莫特·莫兰这样评价贝克特："在年轻时的百无聊赖和老年时的孤独寂寞中，生命悄然前行。但是，在全部枯燥乏味里，在贝克特身上，尤其在他的小说和剧作中，有一种几乎狂热的、狂喜的欢欣。人生就是如此。接受

---

① Simon Critchley, Very Little··· Almost Nothing: Death, Philosophy, Literature, London: Routledge, 1997, p. 159.

② R. B. Heilman, "Comedy and the World", The Sewanee Review, Vol. 86, No. 1, 1978, pp. 44 ~ 55.

它，或者放弃。但是，享受这个笑话。"① 他的人物具有较强的喜剧精神，他们是现世的，同时又是超脱的，他们填充了我们想象的空间，使之更富诗意。像古希腊人一样，他们接受客观世界，用理智、常识、正直之心观审事物，他们的喜剧精神是非个体的，彬彬有礼的，更像是对人生无常、人性的弱点所发出的宽容的微笑。这种笑声来自人的思想深处，由大脑支配，闪烁着雅典的智慧光芒。感知到人类的脆弱与可笑并不减损我们对人类的热爱，反而增加了对人的敬畏之情，也证明了人类宽广的胸怀。喜剧的智慧在于揭穿我们的英雄、朋友、亲人、或者人类自我的矫饰做作、自以为是，这是一种自我修正精神，没有怨尤，没有刻薄。贝克特捕捉到古希腊喜剧的智性品质，以原初的和谐感与分寸感把握 20 世纪人类经历的劫难，在无边的伤痛里释放出小心翼翼而又启迪性灵的微笑。

四、悲喜剧蕴涵

布拉特认为贝克特是一位自觉的艺术家："贝克特是一位形而上学的作家，他的思想充斥于其创作的全过程——之前、之中、之后——他的作品首先是本体论问题的阐释。他是殚精竭虑的思想家，同时对自己的所作所为有着痛苦的意识。"② 出于艺术上的自觉，贝克特对西方现代戏剧的积弊感到无法容忍，锐意进行革新。无独有偶，法国戏剧理论家安东尼·阿尔托也曾经表示过对西方现代戏剧命运的担忧。他认为，在一个混乱的时代，现实主义戏剧形式上的生命力已经衰竭，现实主义戏剧只专注于表面的现实主义，事件与场景的随意组合给观众带来现实的错觉，因此极有可能将戏剧带入死胡同。他在《戏剧及其双重性》一书中指出："当代戏剧正在衰落，因为它一方面失去了严肃感，另一方面失去了对笑的感觉；因为它已经远离庄重，远离迫近而痛苦的效果。"③ 流于表象化的现实主义已经无法承载深刻的时代内涵，只有诗和幽默的结合才能破除理性与逻辑的阻碍，赋予剧作家创作上的自由，使他有机会驰骋想象，构筑艺术空间。阿尔托的理论探索与贝克特的戏剧创作实践相得益彰，揭开了现代戏剧形式变革的帷幕。

---

① C. Murray, Samuel Beckett – 100 Years, Dublin: New Island, 2006, pp. 93 ~ 110.

② Enoch Brater, "Beckett, Ionesco, and the Tradition of Tragicomedy", College Literature, Vol. 1, No. 2, 1974, pp. 113 ~ 127.

③ Antonin Artaud, The Theater and Its Double, trans. M. C. Richards, New York: Grove Press, 1958, p. 42.

　　悲剧与喜剧在古希腊时期分属于两个不同的美学范畴，界限分明，难以逾越。从文艺复兴时期开始，两者的界限才有所松动，但是悲喜剧仍没有一个明确的界定，尚属于萌芽期。早期的悲喜剧只是将悲剧与喜剧的元素简单拼贴在一起，还不能达到水乳交融的境界。在创作上对悲喜剧最先有所突破的是莎士比亚，他的很多作品严格说来并不符合希腊戏剧美学的要求，往往兼具悲剧和喜剧的特征，可以说是悲喜剧创作的先驱。18 世纪戏剧理论家狄德罗提出"正剧"的概念，用来指同时含有悲剧与喜剧因素的戏剧类型，他在创作中也进行了有益的探索，促进了两种戏剧类型的融合。19 世纪戏剧家雨果为悲喜剧的发展做出了积极的贡献，他提出的"美丑对照"原则打破了悲剧、喜剧叙事模式互相对立的概念，是戏剧美学史上一次重要的思想解放。尽管如此，作为一种戏剧类型，悲喜剧真正的发展与成熟是在 20 世纪，其中契诃夫、贝克特等剧作家的创作实践为悲喜剧的最终完善起了决定性作用。悲喜剧在 20 世纪堂堂正正登上戏剧舞台，有其时代与社会的客观原因，也与剧作家复杂的审美体验相关，二者相辅相成，促成了这一戏剧类型的繁荣。

　　"高度的喜剧性经常接近于悲剧性，这正是悲喜剧产生的根源，因为悲剧性和喜剧性这两个范畴，乍一看来似乎是互相对立的，实际上二者又相互联系，在一定条件下还可以相互转化、相互渗透。"[①] 悲喜剧的形式是抽象的、隽永的，同时又不是单向度的，它迫使我们在笑声中去严肃地思考人生中许多悬而未决的问题，而思考的过程催生了行动的意愿。悲喜剧洋溢着透彻的乐观主义精神，它不但昭示了人类的未来，也指引了文学的未来，因为悲剧精神与喜剧精神的结合揭开了世界的神秘面纱，也为戏剧敞开了充满无限可能性的大门。贝克特戏剧的独到之处在于，它让我们啼笑皆非，它是苦恼人的笑。悲喜剧并不是贝克特逃避现实的法宝，也不是他抨击现实的利剑，而是他对人类历史、社会、文化的再想象，他将现代人文图景赋予美学的形式，藉此削弱传统戏剧的权威，沉潜到人类悲喜交加的悖论式生存中。

　　悲剧精神与喜剧意识的精髓都是超越精神，悲剧是以行动、抗争实现超越，喜剧是以反思、智慧实现超越。贝克特的戏剧打破了悲与喜的情感界限，消解了各自的情感特征而使对立面相互转化，相互混同，彼此同一，以悲为

---

　　① 彭吉象：《试论悲剧性与喜剧性》，《北京大学学报》（哲学社会科学版）2004 年第 4 期，第 126～131 页。

喜，以喜当悲，原来各自对立的关系演化为互为表里的关系，以至绝望的大悲转化为荒诞的大笑，荒诞的大笑表现的却是撕裂的痛感和惨烈的大悲。这一点充分体现出贝克特戏剧超越传统美学观念的叛逆特征。贝克特从戏剧形式出发转向了内容，并上升到哲理的高度，将悲剧与喜剧的概念嫁接到对人类存在的认识上，即人的悲剧性和喜剧性，存在的悲剧性和喜剧性。这是形而上的终极问题，也是戏剧古老的命题。在贝克特的戏剧中，动机的不可理喻以及人物行动具有的无法解释的神秘性，有效阻止了认同感，这样的戏剧就是喜剧，尽管实际上它的主题是忧郁的、狂暴的、痛苦的。惟其如此，贝克特的戏剧才超越了悲剧和喜剧的范畴，将笑声和恐怖奇特地结合在一起，用喜剧的形式表达了悲剧的内容，带有了强烈的悲喜剧色彩。尤内斯库这样评价贝克特："贝克特本质上是悲观的。悲观，因为其戏剧描写的是整个人类的处境，而不是某个社会中的人，或者被某种意识形态所左右或扭曲的人。意识形态简化并阻断了历史与形而上学的现实，而这正是人存在于其中的真实现状。悲观或者乐观则是另外一个问题。真实且重要的问题是，应该更深刻、更多层面地呈现人。贝克特提出人的终极目标这个问题；所以他描绘的历史和人类处境更复杂，有更坚实的基础。"①

　　贝克特戏剧作品产生的悲喜剧张力产生于失调、错位、矛盾的对抗之中，他所标示的悲剧的生存宿命与面对生存的喜剧态度之间的张力将二者统一起来，并在接受中产生贝克特式的悲喜剧效果，也即他采用喜剧的形式与手法表现悲剧性的世界。但是，这样的概括难免有些冒险，实际上，悖论与矛盾是他唯一能够把握的世界特征，他的敏感使他能在笑声中品味到一丝悲苦，因为他生活的世界是混乱的、颠倒的，具有反讽意义的悲喜剧成为他传达心声的最有效方式。尽管悲喜剧形式并非贝克特独创，但是在 20 世纪，是他将这一戏剧体裁的内蕴发挥到极致，表达了艺术的时代要求。在悲喜剧的外衣下，我们体会到贝克特戏剧的崇高之美。

---

　　① Eugene Ionesco, Notes and Counter Notes: Writings on the Theatre, trans. Donald Watson. New York: Grove Press, 1964, p. 135.

第二节　否定意蕴

一、不确定性

贝克特戏剧挑战了理性考量艺术与现实关系的极限，颠覆了传统戏剧所认同的积极的崇高美，在否定传统戏剧美学的基础上，他建立了一种消极的崇高美，他笔下的人物走到理性的对立面，生活在意识极度不确定的状态中。贝克特的否定性美学在很大程度上倚重简省的风格和对理性的排斥，但是这样的价值取向却产生了积极的审美体验。

贝克特曾经用"也许（perhaps）"一词来形容自己的戏剧作品，这个用词是策略性的，表明他不屈从戏剧传统的决心，但是这个用词又是神秘而狡黠的，给后人解读其戏剧作品及美学思想留下巨大的悬念和阐释的空间。半个多世纪以来，众多观众、读者、学者和评论家绞尽脑汁，试图准确定义贝克特戏剧，可是至今没有一种公认的结论产生，答案反倒是越来越难以统一。贝克特似乎在嘲弄众人的智慧与耐心，从这个意义上说，他不确定性的戏剧策略似乎占了上风。"也许"的模棱两可似乎暗示出，贝克特戏剧文本的费解不过是构成其巨大歧义性体系的一部分而已，贝克特式的狡黠可以让艺术家与受众之间的游戏一直进行下去，而伴随着每一次接受活动，他的戏剧就获得一次再生，我们却不见得离贝克特更近。然而，在这种看似迷宫一样的僵局里，我们还是有可能穿越文本的羁绊，窥视到贝克特戏剧潜藏的整体美，这就是贝克特戏剧独具魅力的不确定性。

贝克特戏剧所展示的不确定性打破了素以追求理性、真实、永恒为终极目标的西方文学传统。这里的不确定性是指历经各种努力、各种希望而不得其结局的不确定性，是传统的性格逻辑与情节逻辑被解构之后所展示出的人物行为的不确定性，并以此揭示命运与宿命的确定性。因此，不确定性并非认知主体在认知对象面前无所适从的心智表现，而是对象世界的一种存在状态，具有未完成性、不可论定性。文学作品是艺术家对生活的审美掌握，是对人生经验的艺术开掘，是从物理时空的生存状态向心理时空存在状态的转化，审美对象世界的变化必然反映在艺术家体察世界的方式上，而文本创作本身就是一个生成的、动态的、开放的过程，这两种因素共同作用于贝克特身上，使不确定性成为其创作与审美的交集性特征。

贝克特戏剧的不确定性美学特征首先体现在戏剧创作技巧的创造性颠覆，主要包括人物塑造、消解情节、语言碎片化、时空陌生化等各个方面。以人物刻画为例，在传统戏剧领域，人物的行为和心理都有一条明晰的逻辑线索，人物的性格也有一个主要特征为引导，脉络清晰，细节真实。可是，贝克特戏剧中的人物几乎不能按照严格的理性主义逻辑来阐释和解读，因为他摈弃了古典戏剧理论强调的体系性、秩序感、客观性等原则，这样的审美取向使一切急于得出的结论都可能显得有些浮躁。贝克特的戏剧人物令人困惑、不安，考验着我们的智力和审美的极限，他们专注于构建自足的、自封的世界，有意回避外部世界的种种猜度，对外部世界似乎具有一种先天免疫力，我们跟他们似乎永远隔着一层薄纱。

在贝克特的戏剧世界中，个体的面目、身份、人格气质、行为动机等等都在抗拒着评论家敏锐的、求索的目光，这种模糊性使他们的存在具有了鬼魅的色彩，他们身后显露的则是影影绰绰的现实世界。贝克特戏剧在很大程度上依赖一系列的否定、简省，这为理性诠释设置了人为障碍，具有反讽效果的却是，这一不确定的美学诉求却产生了积极的审美体验。贝克特的戏剧形象抗拒着外部理解的可能，舍弃了明晰性，其晦涩暧昧的气质格调阻碍了外界抵达它的通路。但是，在极端的否定中，人物形象不但没有崩塌，其个性身份反而给人留下更加深刻的印记，成为更有效的戏剧表达。贝克特的舞台形象只是其通达客观世界的一个工具，在看似散漫的编织过程中，他们具有了某种确定性和整体性。

戏剧构成要素的不确定性必然导致戏剧接受与阐释上的不确定性。传统戏剧美学对读者／观众有所期待，将其视为感知者，他们对剧中人物的命运有先知先觉的特权。贝克特颠覆了这种审美期待，在其戏剧中，读者／观众看不到预期中的人物形象、戏剧结构，以及精心编织的情节，相反，他们遭遇到荒诞、混乱、困惑，体验到冥界才有的气息与氛围，矛盾、模糊与歧义完全超出了他们此前的戏剧经验，他们越是深入到剧中，越发觉对其了解得更少。受众的期许与剧作家的戏剧呈现无法再圆融统一，戏剧营造的不确定形象影响了受众的传统价值评判与意义阐释功能，但是在逆转传统戏剧美学观念的同时，贝克特创造出一种新的艺术表现域——无能、无知、变形、碎裂，这些新的戏剧元素对受众的智力和审美期待构成挑战。贝克特建构的戏剧世界既表达了对已经失去与受众沟通能力的戏剧尴尬现状的控诉，也以切身实践证明了发现新的戏剧表现形式之可能。创作主体与客体之间这样一种崭新的视角表明，艺术家越来越多地趋向于自由的主观性创作，削减了具有普适性的客观性原则，这种新的主体性可以使艺术家重新审视主－客体关系。

对贝克特来说，再现的客体并非是艺术创作过程中不可分割的一部分，也不是表现的主体，现代艺术追求的是"表达表现的困境，任何一种表现的困境"①，这种艺术"既完全可解，又完全费解"②，这种创作原则无疑给阅读和阐释带来很多困难。因此，苏珊·布里恩扎提出，贝克特戏剧同时质疑了语言的极限与诗歌的新形式，当读者对贝克特戏剧的双重性感到束手无策时，应该用"分析诗歌的敏感与对散文的习惯性反应"③ 来理解。贝克特的戏剧有极强的实验色彩，戏剧史上已有的认知范畴尚不足以囊括经他融会贯通出来的新形式，贝克特一再表达出他对作品归类的不屑，如此看来也容易理解了。贝克特描写不确定性的真正意图是"为不可表达找到一个准确的形式"，所以他"苦行僧一样地追求精确，极度小心翼翼地刻画虚无"，"在无情剔除非本质东西的过程中，他的作品流露出新教徒对肤浅和修饰的抵触态度。它保留了新教徒日渐式微的追求真理的狂热，即使对真理本身的信心已经匮乏。如果它表明一个现代主义者对语言的怀疑，那么这种怀疑也掺杂着一个准理性主义者对半透明的追求。"④

对读者/观众来说，贝克特的戏剧世界是一幅扭曲的现实图景，反映出剧作家追问现实的努力，同时也是对读者/观众发出的召唤，他们被迫要与剧作家一起面对黑暗，填充空虚，穿越其戏剧晦暗的表象，与剧中人物感同身受。感受到了什么？什么也没有，这就是戏剧与受众之间关系的准确描述。传统戏剧中观众与剧中人物可以分享的时空全然消失了，只剩下空荡荡的舞台。德国演员克劳斯·赫姆（Klaus Herm）回忆参与贝克特指导的《那时》的感受："我跟一些观众交流，他们说，最开始，你认真倾听，努力弄明白。然后你就迷失了，只听到滔滔不绝的词语，接着猛然醒悟：'天啊，那些话正是我想说

---

① Anthony Cronin, The Last Modernist, New York：Da Capo, 1999, p. 357.

② Samuel Beckett, Disjecta, London：John Calder, 1983, p. 9.

③ S. D. Brienza, Samuel Beckett's New World：Style in Metafiction, Norman：University of Oklahoma Press, 1987, p. 5.

④ Pascale Casanova, Samuel Beckett：Anatomy of a Literary Revolution, trans. Gregory Elliott. London & New York：Verso, 2006, p. 6.

的.'当然，这样的反应让我开心。换句话说，我相信通过对文本的非个人化和中性化处理，他（贝克特）希望能够给观众一个自我思考的机会。"① 安娜·麦克米伦也认同这种观点，她说："面对创作素材，作家不仅是在对自己（或者他的另一个自我）发问，读者、评论家，或者戏剧的导演、演员、观众都在对作品进行追问。于是，戏剧成为作家本人、导演、甚或评论家试图阐释或者萃取作品所蕴含真理的一种戏仿……"② 也就是说，在理解贝克特作品的时候，有必要时不时游离到文本之外，换一个视角，这时候某种确定性就会代替不确定的观感，一种审美的共鸣才能实现。贝克特的戏剧世界因为描写非存在而永存，因为描写超现实而更接近现实，在这种悖论似的不确定性美学间隙，我们看到无数扇门打开，通向不同的路途，而在遥远的天际，依稀有颗明星在闪烁。

事实上，贝克特戏剧的不确定性特征是那个时代终极真理失落的写照。在工业文明日益走向极端的 20 世纪中叶，各种非理性思潮粉墨登场，对戏剧等传统艺术带来强烈冲击。传统戏剧中许多确定无疑的概念与命题都开始倾覆、模糊起来，与现实世界的不确定性相呼应，戏剧呈现的世界也不复完整，笼罩着一层飘忽不定的迷雾。贝克特戏剧的不确定性不仅体现在新奇技巧的运用、创作格局的革新、意义阐释的模糊性等方面，更是剧作家对混乱客体世界认知体验的一个缩影，因此具有更深层的美学内涵。贝克特在戏剧创作中，综合运用各种手段，使严峻的人生哲学思考与滑稽的戏剧形式巧妙结合，精确描绘出失却信仰与追求的末世图景：终极真理变得虚无缥缈，饱受创伤的灵魂与肉体仿佛空气中的浮尘，游移不定，原本清晰的道德与价值判断标准顷刻间坍塌。从社会功能、创作诉求等角度看，贝克特作品形式上的不完整性、开放性具有审美上的不可预知性，但是，在当时的语境中，敢于触及现实，深刻揭示人们存在的焦虑状态，与时代对话，为社会问题把脉，不惧怕流露创作主体内心的挣扎与游移，这样的作品所产生的审美震撼远胜于那些中规中矩的作品。在时代的不确定性中，贝克特发现了表达的困境，也即思想危机的外现，他用道德的担当和审美的坚持在彷徨迷惘中上下求索，显示出作家的良知和勇气。

---

① Jonathan Kalb, Beckett in Performance, Cambridge：Cambridge University Press, 1989, pp. 197 ~ 205.

② Anna McMullen, Theatre on Trial：Samuel Beckett's Later Drama, New York：Routledge, 1993, p. 44.

总而言之，不确定性是贝克特戏剧一个重要美学特征，这是由剧作家的创作意图和审美趣旨决定的，其文本的表层符号与深层意蕴在呈现混乱主题方面取得惊人的一致，揭示出剧作家鲜明的创作个性与风格。作为人类经验的存在本体，任何作品都有确定性和不确定性的二重特征，这一原理同样适用于贝克特。贝克特将其戏剧建立在客观物质世界与其个体经验基础之上，经过艺术加工进入超验层次，具有了艺术品的稳固性，这是其作品的确定性所在。同时，他以不确定性的诉说方式进入无限的人类经验领域，在新的历史语境和文化背景中以怀疑、否定的态度和方法对传统戏剧进行颠覆，对戏剧美学的诸多命题展开追问和反思，形成了有独创性的艺术见解。贝克特戏剧的确定性与不确定性美学特征体现在黑与白、可见与不可见、逻辑与荒谬、现实与超现实、艺术与生活的鲜明对比中，引起强烈的审美效应，给文本阐释增加了丰富性、多样性，并为无限敞开的戏剧美学提供了一个诗意的、智慧的美学范型。弗莱彻对此有十分中肯的评价："如果贝克特的作品艰涩难懂，那是因为生活本身就复杂无常，如他所言'一团糟'。"① 贝克特更关心阐释的过程和形式，而不是其结果，所以，对待贝克特的作品需要细细品读，而不是急于得出一个放之四海而皆准的结论。

二、贫困的艺术

贝克特是一位崇尚简洁的艺术家，他尽量控制创作中使用的戏剧手段，甚至到了近乎苛刻的地步，这是贝克特所追求的贫困、枯竭、失败的艺术。贫困、枯竭、失败并不等同于虚无，而是贝克特戏剧追求的一种艺术境界，在这里，微乎其微可以衍生出丰富斑驳的世界，这是贝克特戏剧美学的又一个悖论。解读贝克特迫使我们放弃惯性思维，因为他给我们提供的视角"不是艺术的救赎潜力或者人道价值，而是其难以逾越的贫困。在梦想家中，贝克特显得有些特立独行，他并不梦想着使艺术更加丰富，相反，他的每个梦都充满不和谐、令人吃惊的元素。"② 为了追求"难以逾越的贫困"，贝克特背离了理性叙述传统，以少总多，有时少到几近于无，其中却蕴含着无穷的意味。显然，这样的作品意在赤裸裸地展现艺术与人类共处的贫困境地，它不急于修

---

① John Fletcher, Samuel Beckett's Art, London: Chatto & Windus, 1967, pp. 139~140.

② L. A. Duerfahrd, The Work of Poverty: The Minimum in Samuel Beckett and Alain Resnais, Dissertation, Yale University, 2002, p. 10.

饰，不刻意遮掩，似乎也失去了交流的兴致。

贝克特所谓贫困的艺术并非彻底的贫穷，一无所有，而是将戏剧的基本要素化约到最简，达到一个量的极限，恰好形成一种似无若有、欲说还休的审美状态。卡维尔评论说："孤独、空虚、虚无、无意义、沉默——这些并非贝克特人物的赠与，而是他们新英雄主义事业的目标"[1]。他们在从事什么样的"新英雄主义事业"呢？面对灾难过后万物凋敝、荒凉破败的景象，肤浅的乐观主义早已荡然无存，家园被毁意味着历史与记忆的消失，而他们还有未来吗？这个问题在当时的场景下显得多么奢侈、冷酷而又愚蠢！他们只剩下眼前这满目疮痍和伤痕累累的心灵，这就是他们拥有的一切"财富"，赖以继续生存下去的资源。作为战争的亲历者，贝克特对这样的体验刻骨铭心，他深知，艺术上过多的修饰对涂炭的生灵将会是怎样的亵渎，崇高的艺术法则已经无法给人们麻木的精神以慰藉，卡塔西斯也会露出其虚伪的一面。选择是艰难的，却是必须的，那就是直面惨淡的人生。贝克特的剧中人物必须做出庄严的抉择——面对虚无，破解虚无，这就是他们新的伟大事业；剧作家贝克特也沉淀出自己的选择，即"收缩的艺术"形式，用贫瘠的戏剧表现贫瘠的现实。贝克特让戏剧在平淡、沉静的叙述中慢慢流动，人物没了吼叫宣泄的快感，剧中的一切都好像无关紧要，却又不可或缺，戏剧被剥夺了炫目的光芒，只剩下黑白两色的世界和人的梦呓。

在贝克特戏剧中，贫困是个绝妙的比喻，暗示这种状态是冗长人生旅程中的一个驿站，一个过渡阶段，一段无家可归的迷途。贝克特作品营造出的氛围是典型的世界末日图景，但是他并没有给出造成这种末世景象的原因，这导致评论界乐此不疲地猜测，比如阿多诺就认为原因应该是一场核战争，也有人认为是一场海难，像创世之初的那场洪水。贝克特始终没有正面回答这些猜测，也许在他看来，每一种猜度都有一定的合理性，但也有其牵强之处，而更为关键的是，贝克特一向反对将戏剧文本与现实一一对应，他只是呈现出自己那个时代的生存状态，期待能够对世人有所触动，有所启迪，仅此而已。艺术家毕竟不同于科学家，在解读贝克特时，科学的实证精神也许要打个折扣。贝克特将其戏剧设置成一个几乎一无所有的终局景象，但是我们并没有看到结束的迹象，无论是人物，抑或作者的主观意图，还是客观环境所传递出的讯息，时间

---

[1]　Stanley Cavell, Must We Mean What We Say, Cambridge: Cambridge Press, 1976, p. 156.

在拉长，痛苦在延续，世界依旧一贫如洗，在这样一个非生存的赤贫中生存下去，为了什么？我想这是贝克特想要揭示的问题。虽然我们无法从剧中找出明确的答案，可是我们相信还有某种值得坚持下去的东西存在，否则人们没有必要忍受生之艰辛，这样就不难理解贝克特选择贫困的寓意了。贫困是当时人们生存状态的精当概括，无论是物质还是精神，人们都在体验着前所未有的匮乏，同时，贝克特用人物的坚持表明，这种状态不会永恒存在，终究会有云开雾散、阳光重现的时刻。黑暗最重的时候，光亮应该不会远了，挨过了人类历史上最严峻的匮乏时期，经历过浩劫的人们有理由期待明天。

贝克特所追求的贫困艺术也反映出他对艺术家与现实关系的看法，其中"失败"是一个核心概念。在《三个对话》中，贝克特提出"艺术家注定要失败"的观点："……首先要承认，艺术家注定要失败，因为别人不敢失败，失败是他的世界，是被抛弃之后的退缩，艺术与手工艺，精心持家，生活。"①这句话表现出贝克特对表达的困惑和沉思，以及对资产阶级文学的不满。贝克特曾表示，他厌倦了资产阶级文学陈旧的表现手法，私下里或者公共场合中，他尝试过二三百中方法进行创作，他说："我尝试过很多方法来表达我无法表达的东西，结果说出来也是徒劳。"②在后期创作的文本《向最糟糕处》（Worstward Ho，1983）中，贝克特写道："试过。失败。再试。再失败。失败得更好。"③既然艺术家注定要以失败告终，那么"失败得更好"理应成为他们的目标。这是一个极端的艺术悖论，尝试一切，再尝试，向不可能处寻找可能性。贝克特认为，艺术家与现实的关系不再密不可分，究其原因，也许是艺术失去了对现实的观照与探讨能力，日益流于肤浅，所以他说："一直以来，艺术就是这样——纯粹的追问，不再具修辞性的修辞问题——无论'社会现实'强迫它以什么形式出现，但是都没有现在这样自由，现在，社会现实……已经使这种关系变得很严峻。"④贝克特认为艺术的责任是追问，但应该是洗尽铅华的纯粹的追问，而传统艺术已经无法满足这个要求。对旧式文学失去了兴趣，贝克特转而追求新颖的艺术表现形式，致力于表现"无可表现、

---

① Samuel Beckett, Disjecta, London: John Calder, 1983, p. 145.

② Samuel Beckett, Disjecta, London: John Calder, 1983, p. 144.

③ Samuel Beckett, Disjecta, London: John Calder, 1983, p. 7.

④ Samuel Beckett, Disjecta, London: John Calder, 1983, p. 91.

无以表现、无由表现、无力表现、无意表现，而又不得不表现"① 的东西。

于是，贫困与失败成为戏剧艺术时代创伤的显现，成为贝克特对既定文学样式与文化传统的反叛方式。《呼吸》是贝克特"贫困的艺术"的杰出之作，文本几近空白，舞台道具几乎被减少到无，只有一堆给人以废墟联想的废弃物，没有人物，没有语言，没有情节，几乎剥夺了戏剧本该拥有的一切。贝克特用这种极限的形式宣布旧戏剧消亡、新戏剧诞生的迫切性，由此该剧有了天启般的寓意，它强迫我们去感受思想与舞台间界限的消失，强迫我们去领悟意识自身深邃的戏剧性。《呼吸》就像一个没有肉体的空壳，一个戏剧的幽灵，可是在灯光闪烁和沉重喘息的间隙，我们隐约感受到人类进入现代社会、一步步走向灾难的历程，无限循环的戏剧建构模式也衍生出一种批判和虚幻的色彩。贝克特贫瘠的策略制造了一个戏剧的真空地带，给读者更多反思的时间与空间。在身体不能前进、也无法后退的僵局里，思想成为唯一的主宰，代表了人类的力量与尊严。

这样，贝克特所谓贫困、失败的艺术便有了悖论的狡黠。意识到艺术终究要失败，可是艺术家还要承担起义不容辞的表现的责任，所以我们看到《不是我》中的嘴、《脚步》中的梅、《灾难》的主人公等被困在笼子般的舞台上，与虚空对话，他们的动作、表情分明透露出，虚空之中确有某种东西存在。是什么呢？我认为，这首先是个体痛苦的时代体验。库比亚克指出："虽然表面看来，贝克特的戏剧好像在与人分享一种历史的、自我意识的体验，实际上却是自我及群体碎片化的记录。"② 也就是说，剧作家将自己的痛苦经验进行了戏剧化呈现，并引起群体的共鸣，戏剧于是还原为"仪式的场所"，讲述着人类长期被压抑的历史。在某种意义上，戏剧由历史决定，戏剧也影响着历史，因此戏剧必然首先面对各种各样的现实/历史问题。贝克特为我们展示了一个另类看世界的视角，绝望中渗透着洞明的微光，以及对超越的渴望。

贫困的艺术观也是戏剧本体陷入困境的体现。戏剧经过两千年的发展，到20世纪中期已经显露疲态，坚持以往的风格只能苟延残喘，突破与创新的难度加大，戏剧也到了一个危急存亡的时刻，非有石破天惊之举无以重振戏剧的

---

① Samuel Beckett, Disjecta, London: John Calder, 1983, p. 139.

② J. H. Smith, The World of Samuel Beckett, Baltimore & London: The Johns Hopkins University Press, 1990, pp. 113~114.

辉煌。对于艺术的困境，贝克特曾做过一个恰当的比喻："没有什么可画，也不知道用什么来画"①，贝克特的作品就是戏剧陷入困局的尴尬写照，是两种贫困叠加的产物：艺术本体面临的匮乏现状，以及艺术自身对改变现状的拒绝。贝克特担心的正是这种情况，艺术对其本身的赤贫状态并不反感，同时又对艺术原有的使命表现出不屑一顾，这将极大制约艺术的进一步发展。面临这样的贫困危机，艺术并不急于寻找填充物，也不积极寻求读者的支持，因此已经无法承担起精神指引的职责。贝克特戏剧表现的正是他对艺术无家可归的深切忧虑，从这一点看，贝克特虽然几乎抵达了戏剧的极限，却又灵巧地超越了极限而进入无限。贝克特贫困的戏剧蕴含着丰富的新生质料，看似一无所有，实则意味深长。所谓不破不立，他将戏剧的旧有模式捣毁，在废墟上重建，在赤贫的极限境遇中戏剧得以涅槃，从此戏剧踯躅不前的僵局被打破，进入柳暗花明的新境界。

当然，艺术上选择贫瘠与失败，与传统审美逆向而行，也要承担一定的风险。风险之一在于"少"激起的好奇心，促使读者、观众、评论界总是进行牵强、甚至过度的阐释，这种风险反映出贫困艺术本身的脆弱与危机。风险之二在于误读的系数较高，当人们执迷于细节的真实与否时，容易"只见树木不见森林"，从而忽略了对作品整体性的把握，无法上升到理性的审美层面。再者，过于收缩的艺术形式将线索减少到最低程度，也可能将读者引入不可知论的怪圈，最终失去阅读的兴致而放弃作品，这样反而会流失一部分读者而降低了作品的审美预期。贝克特通过作品婉拒了读者对文本求证发问的权利，他希望这种悬置可以帮助读者进入戏剧情境，设身处地地思索与追问，也就是说，他在提示我们如何通过不发问而提出问题，这样才能达到无问而无不问的境界。可是，并非所有人都能顺利穿越剧作家人为设置的幕障，进入他所预设的理想审美情境中，这不能不说是追求贫困艺术风格的一个缺憾。

三、缺失美

表现失落感是贝克特戏剧缺失之美的核心美学追求之一。失落感几乎是现代人的一种文化无意识，是主体异化、中心地位失落后的一种心理体验，描写缺失成为贝克特否定戏剧美学体系的有机组成部分。贝克特的戏剧世界仿佛一

① Samuel Beckett, Proust and Three Dialogues with Georges Duthuit, London: Calder Press, 1987, p. 120.

座现代的荒原，一个失乐园，充满终结与死亡的气息，上帝死了，人类死了，历史死了，哲学死了。死亡的威胁必然给主体带来一种沉重而持久的悲恸感和失落感，在体验失落的空虚中，主体感受到人格撕裂的痛苦，同时体会着再生的欣喜，换句话说，主体同时体验着在与不在。"因此，失落不仅是主体的情感反映，也是主体形成的哲学基础。失落并非负面的或者破坏性的，而是一种内在结构，可以使主体在虚无中获得完整性。"① 总体上说，表现失落感是贝克特用来抵制现代文化的一种戏剧策略，这种美学意图主要体现在主体失落、客观世界的失落与人生意义的失落等方面。

作为一种时代思潮，失落感背后隐藏着痛苦、逃亡、焦虑、异化、空虚以及末世的悲观意识。大机器工业虽然减少了人类劳动，提高了效率，却引起了饥饿和过度疲劳，技术革命换来的却是道德败坏。在试图控制自然的过程中，个人却日益被奴化，进步的力量赋予物质以强大的生命力，却使人的智慧消失殆尽。现代主体在企图控制自然的过程中，意外发现自身成为被奴化、被嘲弄的对象，技术进步的结果似乎只给物质赋予了智慧和力量，使之成为人的主宰，这是一个巨大的讽刺。主体的失落感实则是其身份危机的表现，意义的缺失，对人生的绝望，这些情绪体验成为现代社会主体的心理常态。失落本身成为意义，规定了主体的身份与宿命，逐渐成为社会文化的症候。但是主体并没有因为浓重而无以言表的失落感而死去，实际上，这是现代主义美学追求的一种理想状态：将生存的痛苦转化为艺术上的快感。

贝克特戏剧的缺失之美还体现在对残缺不全的呈现中。贝克特不可避免地受到这种时代思潮的影响，表现残缺与悲悼遂成为其戏剧的主题之一，这首先体现在人物主体精神与肉体的退化上。从前面的分析中可以看出，贝克特戏剧人物很多都没有行动的自由，无论是外力所致，还是主观意愿所致。身体活动受到限制等于是对肉体的否定，也是自我否定的第一步，没有身体的自由意味着价值的遗失，因为身体自由是一切价值的根本，是延续了上千年的生存之基本物质保障。肉体价值失落的同时，贝克特笔下的人物还深深体味着精神的分裂。对他们而言，思想不过是又一个一钱不值的处所，又一个无法忍受的禁锢之地。为了摆脱思考的痛苦，他们似乎只有两个选择：要么径直找出活着的意

---

① Colleen Jaurretche, Beckett, Joyce and the Art of the Negative, New York: Rodopi B. V. , 2005, pp. 235 ~ 246.

义，接受它，结束痛苦的思考；要么彻底放弃思考，也即放弃意义，自由也许会在否定思想之后出现。问题在于，贝克特式的人物在这个两难选择面前束手无策，冥冥中他们只能等待，期待某种宿命般的力量来解救他们，可是这种期待又十分渺茫。韦勒（Shane Weller）指出："将身体否定为一文不值，却还要依靠身体，因此身体不可能一文不值"，同样，"试图通过确立意义而否定思想，反倒无法再用意义或无意义来界定世界"①。否定身体的结果是身体的碎片化，否定思想的结果是文本的碎片化。主体自身双重否定的结果是，语言——使交流成为可能的手段——也被肢解了，在看似喋喋不休的话语中，我们找不到逻辑的曙光，片刻的沉默却反衬出苍白的真实。贝克特的戏剧人物意识到对身体与思想的自主权均已丧失，重新找回来几乎不可能，个体只能在监禁状态里存活。主体的失落意味着存在之不可能，存在成为一种求之不得的愿望，从这个意义上讲，主体成为不存在的主体。在身体、思想、语言都停滞的瞬间，一道灵光忽现，我们体会到贝克特言而未言的苦心孤诣，艺术已经无法挽救破碎的主体，"灾难的名字只能被无声地讲出来。"②

贝克特戏剧的缺失之美还体现在终极价值的迷失。在贝克特的戏剧场景中，理性主宰的时代一去不复返，随之而去的还有评判世界的标准。英格尔顿指出："贝克特的作品为我们展现了不再依赖主体哲学的文学的丑闻。成功的华丽辞藻被消蚀，谎言的修辞癖好不可避免地通过神秘化掩藏其恐怖面目。这已经不仅仅是提供一种'看的方法'，而是打上了持不同政见者的边缘印记，是一个从未曾停止过思考的作家对膨胀着意识形态谎言的 20 世纪进行的彻骨揭露。"③ 进入衰落期的资产阶级社会利用非理性来对抗理性，诠释与理解的努力只能自取其辱。贝克特戏剧呈现的是一个离奇怪诞、神秘诡异的世界，一个超现实的封闭世界，一个失落了自然景物与人文景观的荒原。贝克特的戏剧作品大多设定在一个类似终局的场景中，一个类似奥斯维辛集中营的非人世界，在弥漫的悲观情绪中，贝克特对缺失的描写约略具有了意识形态上的颠覆

① Shane Weller, A Taste for the Negative, London: Modern Humanities Research Association and Maney Publishing, 2005, p. 95.

② T. W. Ardono, "Trying to Understand Endgame", The New German Critique, No. 26, 1982 (Spring – Summer), pp. 119 ~ 150.

③ Pascale Casanova, Samuel Beckett: Anatomy of a Literary Revolution, trans. Gregory Elliott, London & New York: Verso, 2006, p. 2.

意义。

评论界对贝克特作品的缺失风格与否定倾向一直存有争议。剧作家爱德华·邦德（Edward Bond）曾说过："戏剧如果不弘扬生命就不是好戏剧。如果不关注终极生命，戏剧还能干什么？"① "我被贝克特的戏剧弄得疲惫不堪，虽然它经过精心编排，充满艺术性，但是除了遗憾它一无所有。"② 尽管后来邦德的态度有所转变，开始承认贝克特是在用自己的方式描写人类存在中犯下的错误，但他指出，仅仅描写和呈现问题远远不够："我们必须理解社会和社会记录，也即历史的性质。贝克特没能做到这一点。实际上，他的失败是彻底的，确实，他的思想竟然堕落到否认理解的地步。这一点削弱了他作为思想家的锐气，难免使他的艺术流于庸俗。"③ 邦德认为，作家的任务是解释事物，历史、技术以及社会自身都应该成为其写作的参照，广义的历史必须被纳入写作，而不应该一味沉溺于狭隘的个体感受。

而马丁·艾斯林、约翰·弗莱彻、迈克尔·罗宾森等则认为，在贝克特描写缺失与痛苦时，有某种高贵的东西存在，使人类精神得到净化与提升。在注定失败却义无反顾地前行的选择中，诞生了贝克特式的英雄。弗莱彻写道："如果贝克特对人生的态度是沮丧的，他对人类依然存有某种信心；这种信心不能用对帕斯尚代尔战役或者奥斯维辛集中营一无所知的时间段来表述，因为现在听起来这显然不是真实的。贝克特以自己的方式表达了对人类的信念，通过反抗暴君，他的英雄大无畏地与想要征服他们的各种力量斗争。"④ 无论贝克特式的隐忍表明人类精神的持久性，还是激起人们对自身脆弱性的自怜，不可否认的是，贝克特成功描写了特定时期人类生存的困境，启迪人们对这一问题的深入思考。就连对贝克特颇多微词的邦德也不得不承认，他的写作受到贝克特风格的影响。

贝克特戏剧缺失风格的似是而非之处在于：不充分描写是为了实现有效表达的目的，于是描写缺失成为一种恰当的、丰满的表达方式。贝克特戏剧没有

① Ian Stuart, Selections from the Notebooks of Edward Bond: Volume 1: 1959 ~ 1980, London: Methuen, 2000, p.181.

② Ian Stuart, Edward Bond: Letters (vol. 3), Amsterdam: Harwood Academic Press, 1996, p.23.

③ Ian Stuart, Selections from the Notebooks of Edward Bond: Volume 2: 1980 ~ 1995, London: Methuen, 2001, p.52.

④ John Fletcher, The Novels of Samuel Beckett, London: Chatto and Windus, 1964, p.14.

情节、没有人物、没有故事、没有时间、没有地点、没有声音、没有结局，在这里，缺失既是虚空的象征，也是向无限的延展。因此，阿多诺说："戏剧不可能仅仅把否定的意义，或者缺失，当作自己的内容，而不对任何与之相关的事情产生影响——实际情形恰恰相反。……如果戏剧想要实现美学上的意义，就应该简约到表现不充分的内容……"① 正是在这一美学原则指导下，贝克特准确捕捉到客观世界的失落感与残缺不全，并将其转化成文学表现上的缺失美，达到了以少总多、以虚喻实的戏剧美学效果。

四、否定的价值

贝克特用否定意义与价值，否定生存的传统意识或者理性意识的方式，肯定他所标示的生存宿命。他否定的是对于生存的非宿命的现实态度，肯定的是他所标示的宿命生存。这种对生存既否定又肯定的矛盾性是贝克特戏剧的又一主要美学特征。莱斯利·希尔（Leslie Hill）曾经写道："关于贝克特写作的问题实质就是否定的问题，因此很大程度上，贝克特文本的命运取决于如何理解其作品的否定力量。实际上，贝克特作品的接受史可以说就是对否定力量及其重要性的不同阐释的历史。"② 一般说来，在贝克特研究史上，关于其戏剧艺术的否定美学特征有两种主要观点，其中之一是认为贝克特作品单纯描写晦暗，是消极的艺术；另一种观点则认为贝克特的否定是一种积极的对抗，是否定之否定。

谢恩·韦勒（Shane Weller）是持第一种观点的代表人物，他这样批评贝克特的虚无主义："无论怎样强调我们这个时代的后人文主义或者后现代特征，创作嘲弄我们赖以生存、而且可能会继续遵循的意义、价值与目标的作品，在别人看到欢乐、爱或者友谊的地方发现痛苦和孤寂，在别人看到生长的地方发现衰败，在别人看到改良、进步与可能性的地方发现恶化、衰退与失败，无情地专注于描绘分裂、隔绝、无知与枯竭，反复强调体验虚无便是'感知幸福'——无疑，这已经不仅仅是虚无，而是虚无的极致。"③ 在他看

---

① T. W. Ardono, "Trying to Understand Endgame", The New German Critique, No. 26, 1982 (Spring – Summer), pp. 119~150.

② L. Hill, Beckett's Fiction: In Different Words, Cambridge: Cambridge University Press, 1990, p. 163.

③ Shane Weller, A Taste for the Negative, London: Modern Humanities Research Association and Maney Publishing, 2005, p. 5.

来，贝克特一味沉溺于描写存在的虚无，甚至到了极端的地步，完全走到人类素来奉行的道德准则与价值判断的反面，过于悲观、阴暗，是对艺术纯粹的否定，产生了一定的消极影响。

阿多诺、德里达、布朗肖、巴迪欧等批评家则赞同贝克特的否定艺术取向。阿多诺认为，艺术的本质特性是其否定性，艺术家的责任是以非同寻常的方式描述和批评社会，这种方式就是否定，对现实与艺术传统的否定。在阿多诺看来，贝克特采用否定的艺术形式正是为了对抗虚无，而非向虚无臣服。他这样为贝克特辩护："和诺斯替教徒一样，在贝克特眼里，上帝创造的世界本质上是邪恶的，否定它意味着可能会有另一个世界出现。只要这个世界依然故我，所有的和解、和平与安宁都形同死亡。虚无与安息的最细微差别之处可能就是希望的避难所，也即介于存在与虚无之间的无人之境。"① 阿多诺认为，贝克特为我们塑造了一个大屠杀过后的世界，一个酷似纳粹集中营的场景，这是虚无的终极形态，而只有在这种极致状态中人类才能反抗虚无并最终克服它，缔造出一个更美好的世界。从这个意义上讲，贝克特的虚无是否定之否定，是否定的辩证法，是希望的避难所，是世界达成新的和解的前奏，因此是非虚无主义的。法国文学评论家布朗肖赞同阿多诺的观点：不见得只有积极才能对抗消极，否定本身往往是其最好的反动，贝克特作品体现的正是虚无之不可能，或者是对非虚无的肯定。

在一次访问中，德里达坦承，他觉得自己跟贝克特"太接近"了，所以无法评论他。② 实际上，德里达认识到贝克特作品既虚无又非虚无的语义指向，因此他反对"超出文本范畴，把贝克特作品中的虚无当作哲学问题来处理"③，这是因为在否定与解构之外，贝克特作品中存在一种肯定性和积极性。虽然德里达没有给出具体的评论，但是他明确指出贝克特研究的复杂性，他提出的贝克特作品的双重性特点为我们开启了一个更加开阔的研究思路。同样，法国当代评论家巴迪欧认为，贝克特绝不是一个专事失败的作家，相反，他是充满喜剧性反抗精神的作家，其作品体现出不可化约的倔强与不屈，在道德判断失落的时代，反抗本身就是一种价值判断。

---

① T. W. Adorno, Negative Dialectics, trans. E. B. Ashton, London: Routledge & Kegan Paul, 1973, p. 381.

② See Derrida, J. The Acts of Literature, ed. Derek Attridge, New York: Routledge, 1992, p. 60.

③ Derrida, J. The Acts of Literature, ed. Derek Attridge, New York: Routledge, 1992, p. 61.

客观地讲，这两种较有代表性的观点各取一端，并不能完全涵盖贝克特戏剧艺术的否定性特征。鉴于贝克特作品的复杂性与歧义性，在这两极之间应该还有很多纵深角度可以延展，在笔者看来，否定之于贝克特与其说是一种美学自觉，不如说是其抵达诗化艺术效果的美学手段之一。借助于否定的审美方式，贝克特发现了整个人类生存世界的有限性，在他看来，艺术的目的不是粉饰太平，制造虚假幻象，自欺欺人，而是警醒世人面对异化的现实，滋养批判和行动的因子。从创作第一部剧作《自由》开始，贝克特就在寻求突破再现式戏剧传统的路径。谢恩·韦勒认为，在该剧中，贝克特既揭示了传统戏剧体裁在新现实情况下的软弱无力，也提出了什么样的戏剧实践可以传达新的生存体验的问题，"简而言之，该剧关注的是那些可以拯救世界秩序的戏剧性体制（家庭、医疗、戏剧等）与一个以彻底逃离再现世界为唯一目的的个体之间的冲突，其使用的手段是语言与行动的分离；而没有了语言与行动，作为变革、行动和改造之所的戏剧也将不复存在。"①

《自由》奠定了贝克特戏剧否定现实世界的基调，拒绝爱情与理性，投向宁静的虚空，这不见得是一个令人愉悦的选择，但是比起沉浸在戏剧呈现的虚幻世界里以逃避真实世界这种自欺的做法，这一选择显得更加冷静而理性，它意味着即使没有一个更可信的美好生活在等待我们，即使我们要面对无数的不可知与不可能，我们也要有打碎沉闷僵死的现实的勇气和决心。所以，贝克特毅然决然地背离了传统戏剧所追求的完整和谐之美，转而使用不和谐、不完美、碎片化的戏剧形式，对他来说，否定戏剧的外在美就是对产生虚伪艺术的异化世界的反抗，反抗传统的戏剧因此解放了艺术并使之获得新生，这是贝克特否定性戏剧的积极意义所在。但是，给出如此明确答案的情况在贝克特以后的戏剧创作中就很少见了，虽然他仍然在以不同的方式探讨几乎相同的命题。韦勒指出："贝克特后来的戏剧作品一方面深化维克托·克拉普体验虚无的主题，一方面致力于将戏剧彻底从再现世界解放出来的运动。可是与此同时，这些戏剧也在揭示一种'真空地带'的体验，介于可再现与非再现、存在与虚无、在场与缺场、活着与死亡、结束与终点之间。在向非戏剧、非再现接近

---

① Shane Weller, A Taste for the Negative, London: Modern Humanities Research Association and Maney Publishing, 2005, pp. 117~118.

时，贝克特戏剧一再返回到绝对自由的思想，它战胜了每一次体验自由的失败。"①

否定现实世界是否就是虚无本身？或者说，贝克特是否是个虚无主义的作家？部分评论家认为，贝克特的人物并非虚无主义者，贝克特的本意也不是表现虚无，相反，他要表现的是人处于绝境时依然不能真正进入虚无的状态，换言之，贝克特坚信即使生活在看似毫无希望的环境中，人生也是有意义的。他的作品揭示了人无法成为虚无者的自知之明，这才是其否定的实质。艺术的本质特性是否定性，面对异化的现实，艺术家应该担起批评的责任，而作品只有远离生活现实才能获得较高的审美意蕴。艺术的否定性既指对客观现实世界的远离和否定，也指对艺术秩序美的反拨，贝克特戏剧通过否定现实世界与传统的艺术形式展现现代社会压抑人性的严重后果，在批评的同时没有放弃疗救的努力，警示世人，促其反思，给人以绝望之后重新面对生活的理性和希望。从这个意义上讲，贝克特的否定性审美取向是基于深沉思索之上的积极反抗，他抨击现实主义戏剧的虚幻性，在当时的社会背景下，这样一种艺术实践无疑比因循守旧来得更震撼，其对现实产生的冲击力与影响力自然更加强大。

如此说来，虽然贝克特在其后续戏剧作品中再没有给出类似《自由》中的解决方案，但不可否认的却是，他为我们预设了希望——人类在牢笼般的生活压制下，在肉体与灵魂、希望与绝望、记忆与遗忘的互相撕扯中，始终还有活下去的意志，哪怕迎面而来的是死亡。贝克特剧中人物大都生活在一个无法忍受的世界里，到处散发着地狱的气息，可是没有一个人采取简单的自杀方式来结束生存之苦痛，相反，他们对生活依然保持强烈的渴望，无论生活是好，是坏，或者仅仅是过去的重复，或者也许不过是当下生活的延续——都无妨，生活下去、活下去才是第一位的。从贝克特作品中，我们似乎看不到对避世主义的谴责，也找不到现实生活的安慰剂，在这个虚无入侵之前的破碎世界里，人们试图在无意义中寻找意义，在救赎无望中梦想快乐，这几乎是一种不可救药的乐观主义。当人们不堪思考意义的重负，企图驱散它，或者沉入无意义时，它又悄无声息地回来，这种感觉与贝克特对戏剧的追求相仿。贝克特试图在戏剧创作中找到一个答案，一个未来，用以对抗虚无，换句话说，戏剧之于

---

① Shane Weller, A Taste for the Negative, London: Modern Humanities Research Association and Maney Publishing, 2005, pp. 123 ~ 124.

贝克特是其反抗现实的手段，是荒原里的希望之洲。所以德里达承认，贝克特的作品是反虚无主义的，在一系列否定之中有一种潜在的肯定精神，实际上贝克特一直在用作品诠释一种答案，即抗拒虚无的意识。

当然，对贝克特戏剧的否定性审美取向也不能一概而论。鉴于贝克特戏剧作品的复杂性与歧义性，否定作为一种戏剧表现手段，它的意义阐发是多元的，因此，将贝克特看作是虚无主义者或者虚无的反抗者，两种观点都显得有些天真。贝克特将否定美学升华为一种艺术的批评精神，深刻剖析了现代人类生存中具有普遍性的悲剧性主题：人类生存能力的有限性与欲望的无限性之间难以逾越的鸿沟。但是，希望与失望相伴相生，如果在等待的希望中认识到现实的荒诞不羁，人就超越了等待而进入意识的反抗层面，抗争就是否定与批评的外化，也是超越现实的基础。"美和艺术没有设定一个彼岸世界的终点，它是一个精神无限可能性的敞开结构"①，贝克特戏剧的力量在于艺术与现实、肯定与否定、坚守与放弃之间形成的美学张力中，而不是简单的肯定或否定这样一种二元对立关系，正是这种艺术张力强化了贝克特戏剧对现实的批判力度，将社会人生的窘境如实呈现出来。

也许我们应该设身处地地体会一下贝克特当时的处境，那种言不可言、为不可为、行不可行的两难痛楚。在作家使命感与表达的不可能、美学与伦理的冲突中，贝克特的否定必然有所保留，既非彻底的放弃，也非完全的肯定，而是一种介乎两者之间的美学诉求。这样一种辩证的、开放的思路对理解贝克特作品的诡异性与丰富性也许更可行。无论如何，贝克特否定的姿态像一粒种子，催生出旺盛的创造力和想象力，使他成为戏剧艺术的创新者和探险家，其作品对后几代剧作家的创作及当代戏剧表演艺术都产生了不可估量的影响。贝克特以生命的直觉、自觉和超凡的想象力对生存现象进行反思和发问，对若干命题进行创造性诠释，并赋予它们历史语境下的深邃与智慧。克里斯托弗·里克斯说过："艺术首先是生与死的中介，一种可以让人类个体或集体去认真思考非存在状态的手段。艺术可以在艺术家个体生命结束之后继续存在。"② 贝克特对生存宿命的追问，对历史、文化、宗教、哲学、人生的质询与求解，超越了有限的生存现实，获得了精神上与艺术上的智性升华。否定是贝克特对艺

---

① 颜翔林：《颠覆与原创——怀疑论美学》，《中国文学研究》2005 年第 2 期，第 6~8 页。
② C. Ricks, Beckett's Dying Words, New York: Oxford University Press, 1993, p. 107.

术与现实认识论的核心方式，而在否定背后是他所标举的对生存宿命的从容与肯定，这是其戏剧否定意蕴的内在矛盾性。

贝克特批评进行了 50 余年，贝克特几乎成为与莎士比亚齐名的艺术家典范，而这之中质疑的声音还不是很多。因此，剧作家邦德、评论家罗纳德·海曼（Ronald Hayman）对贝克特的质疑和批评显得弥足珍贵。海曼提出："当然，将贝克特与莎士比亚和托尔斯泰相提并论，几乎是用了最高评判标准。但是，他被称作伟大的频率太高，以至于有必要想一想，他为什么不伟大。"①海曼认为贝克特作品的关切点有狭窄之嫌，不及莎士比亚戏剧表现的人类经验那么丰富。邦德则尖锐地指出，学术界对于贝克特热情不减，原因之一是他的安全性：贝克特令人费解，对自己的作品不置一词，这为学术界提供了一个极好的机会，但是"戏剧不是评论——它是真实生活的一部分：它是一次行动，一个剧场事件。"②对于两人的批评我们暂且不论，但是他们质疑的声音对贝克特研究却弥足可贵。贝克特的伟大无可否认，但是我们应该记住，贝克特的伟大之一在于他否定的勇气和坚持，所以我认为，在贝克特研究领域，踏踏实实的钻研精神固然可取，但质疑和超越的勇气同样可嘉。我想，这样的治学思路会使贝克特研究获得更广阔的空间，而这种精神自然也是一向推崇否定的贝克特所乐于认同的。

第三节　超民族性

一、爱尔兰性

贝克特与爱尔兰的关系已经成为当下学术界的一个重要议题，有些研究侧重贝克特作品的民族认同问题，还有些研究从现代主义角度阐述贝克特回避爱尔兰的原因。实际上，这是同一个问题的两个方面。表面看来，无论生活中，还是作品中，贝克特都在有意回避爱尔兰，弱化爱尔兰的印记，可是稍作分析，便可以发现，在刻意弱化的外衣下，却流淌着浓重的爱尔兰元素。可以说，爱尔兰性是伴随贝克特终生的命题，他通过弱化的形式，实则强化了他生

---

① Ronald Hayman, Samuel Beckett , London：Heinemann, 1968, p. 80.

② G. Saunders, "'A theatre of ruins'. Edward Bond and Samuel Beckett：theatrical antagonists", Studies in Theatre and Performance, Vol. 25, No. 1, 2005, pp. 67 - 77.

存与创作体验中无处不在的爱尔兰性。

所谓"爱尔兰性",是指贝克特的生存体验与创作经验与爱尔兰民族不可分割的内在联系性,正是他的爱尔兰生活背景与爱尔兰文化规约,使其人生历程与戏剧实践充满了爱尔兰品质,即使这种品质很多情况下是以比较隐匿的方式传达出来。贝克特身上体现出复杂的民族性与世界性,而其作品时空概念的模糊性与歧义性使这个问题变得更加纠结,但是,如果将贝克特还原到爱尔兰的历史与文化语境中,就能发现他与爱尔兰牵扯不断的精神脐带。可以说,正是早年的爱尔兰生活与经验为贝克特后来的创作提供了重要的主题和宏观的背景。

首先,虽然贝克特剧作中从来没有明确指涉爱尔兰的地理、文化、历史性征,但是穿透贝克特刻意设置的文本障碍,不难发现其作品充满爱尔兰氛围。无论是《等待戈多》里的戈戈和迪迪,还是《终局》里的哈姆与克劳夫,《那时》里漂浮的头颅,他们讲话的方式基本相同,戏剧情境也类似,影射了同样的历史与政治环境。如前所述,贝克特戏剧这种明显的特征与爱尔兰革命之后的政治与历史氛围关系密切。贝克特作品经常被误解为非政治性的,这与爱尔兰动荡的时局给他带来的影响有一定关系。在《文化的定位》中,霍米·巴巴写道:"国内空间的深处成为历史最复杂的入侵之地。在这一置换中,家园与世界的界限混淆了;私人空间与公共空间神秘地互相融合,呈现出既分歧又令人迷惑的图景。"① 文学处在私人空间与公共空间的交汇处,必然刻上时代与历史的印记。贝克特作品体现的正是在殖民主义与民族主义相互作用下,私人空间与公共空间交织的产物。贝克特利用戏剧手段和效果消弭了观众与演员、读者与文本之间的界限,使其不知不觉参与到戏剧情境中,私人与公共空间融合到一起。在这个过程中,戏剧冲破爱尔兰家园的藩篱,以狂欢和对话的形式抵制了殖民文化的侵袭。通过揭示家园被毁灭所带来的灾难感,贝克特戏剧对殖民体系发出了掷地有声的控诉。

其次,贝克特的文学成就在很大程度上得益于其早年在爱尔兰受到的文化艺术熏陶。贝克特之所以能够清醒冷静地看待爱尔兰文化精神的狭隘之处,这是建立在他对爱尔兰文化遗产的充分了解基础上的。在贝克特早期作品中,爱尔兰意象非常清晰。贝克特将爱尔兰看作是自己的理想国,一个超离纯粹民族

---

① H. Bhabha, The Location of Culture, London and New York: Routledge, 1994, p. 9.

意识的涤罪之地。他以文学为武器，抵制风行的现实主义文学，为爱尔兰文学开拓了新的疆域。后来，随着剧作家视野渐宽，他在创作中有意淡化爱尔兰意象，使作品更具有普适性。但是，循着他作品的时间脉络，我们不难发现洋溢其间的爱尔兰民族情结，只是这种感情变得更加压抑、含蓄、深沉。在他的创作中，爱尔兰不是以具体物化形象出现，而是一种自我意识的自然流露，这是植根于剧作家骨子里的家园意识。实际上，创作中对爱尔兰性的有意遮蔽也是爱尔兰文学特有的现象，其代表性意象——如偏僻的乡间小路或者密室，不具名字的场景，鬼魅的氛围等——在贝克特作品中也时有体现。彼得·博克索认为，这些意象"承载着尚未被世界主义所接纳的爱尔兰性"，同时也表明爱尔兰文学"还没有找到一种能够发出自己声音的主要语言，或者还无法将自己推向前台"①。这一时期的爱尔兰叙述大多拒绝通过与英国文化的融合来重塑自我，同时又很难与欧洲的现代性相协调，甘于自我封闭状态。

在贝克特不断融入世界的过程中，我们依然能够看到这种爱尔兰性的遗留，只是弱化的表现形式与强烈的爱尔兰意识之间的矛盾更加明显。伊丽莎白·鲍恩（Elizabeth Bowen）则认为，这一文学传统源自某种"去域化"（deterritorization）："我们（英裔爱尔兰人）是半个陌生人，对我们来说，存在某种奇观的迷幻色彩。作为存在者，我们既杰出又狭隘；因此，迄今为止，我们那些无以伦比的先辈都从中受益匪浅：哥德斯密、谢里丹、王尔德、萧伯纳、贝克特。艺术与技巧密不可分：就此而言，戏剧才是家园。"②"半个陌生人"的命运一定程度上决定了这些剧作家的写作风格，没有家园的失落感在他们塑造的人物身上得到淋漓尽致的展示。贝克特作品描写的正是这种民族意识形成过程中的异化感，所以他的人物身上充满无处皈依的彷徨，一群无根的人游离在世界上，没有历史感，没有空间感。博克索用了形象的比喻来形容贝克特与爱尔兰的复杂关系——卵裂，"贝克特与爱尔兰的关系不是分隔或结合，而是卵裂"，"在其全部作品中，表面的国际化场景下——时而欧洲，时而不明确——一直流淌着一种自传式的爱尔兰图景。"③ 事实上，正是描写这种精神上

---

① Peter Boxall, Since Beckett, London & New York：Continuum International Publishing Group, 2009, p. 24.

② E. Bowen, The Mulberry Tree：Writings of Elizabeth Bowen, London：Vintage, 1999, p. 276.

③ Peter Boxall, Since Beckett, London & New York：Continuum International Publishing Group, 2009, p. 30.

的无家可归使贝克特成为真正意义上的爱尔兰作家，因为他去掉了矫饰成分，充分诠释了爱尔兰民族文化空白期的双重心理体验：定位与错位、熟悉与陌生、归属与异化。

再者，贝克特否定的美学价值取向也受到爱尔兰文化中素有的怀疑主义倾向影响。存在于爱尔兰知识界的怀疑主义表明，他们对世界上的真、善、美失去了信任感。爱尔兰人崇尚虚无，中世纪神学强调基督的渺小与脆弱，热衷于钻研否定论。到了现代，否定价值观有助于爱尔兰人审视自己的殖民身份，这种做法也进一步渗透到文学艺术领域。例如，贝克特反复引用的"存在就是被感知"是爱尔兰哲学家贝克莱的名言，贝克特将这一哲学理念用到文学创作中，使之成为一个标志性参照。贝克特对存在的虚无与不确定性感兴趣，他发扬了爱尔兰怀疑论传统，对世界采取质疑与批判的态度，这也是爱尔兰大多数知识分子的一个共有特征，与他们的殖民历史有密切关系。贝克特以文学的方式诠释爱尔兰的哲学观，拒绝具体化，轻视身体，追求灵魂的自由，所以我们在他的剧作中经常看到，躯体在不停的运转中渐渐淘空，直到最后失去了运动的意愿，也即放弃了对身体的控制，而身体停止处，正是思想开始时。

非存在状态也是贝克特作品经常出现的主题，他笔下的许多人物都患有失明症，皮肤干枯，似乎放弃了一切欲望，对外界无知无觉，失明意味着幸福感的缺失，有强烈的宿命论色彩。世界因为被感知而存在，因为不被感知而不复存在，贝克特作品中的世界拒绝被感知，所以只剩下黑暗、虚空。"它们只是在复述逻辑和形式之各种可能性的诞生，或者耗尽，以及任意给出的写作动力与原则的命题会带来的后果。"① 所以，正如前面已经提到的，在解读贝克特作品时，具体文本的分析十分必要，但是历史的观照会给考察贝克特全部作品提供一个更清晰的轮廓。

贝克特戏剧美学继承了爱尔兰文化中分裂、错位的部分传统，有一定的时代原因。皮尔森认为，"对于一个作家来说，处在同样无法忍受的过去与现在的夹缝中，受困于对神话般的过去的渴望及对现代性和后殖民性的了解，深知没有哪一个过去不曾受到现在的侵蚀，而且与清晰表达的愿望不可分割，而这个愿望又无法提供无可挑剔的形象或语言，使其获得自知之明，或者捕捉到民

---

① Pascale Casanova, Samuel Beckett: Anatomy of a Literary Revolution, trans. Gregory Elliott, London & New York: Verso, 2006, p. 74.

族的良心——这种情况下，摧毁精心搭建起来、使人饱受其困的语言体系成为明智的选择。"① 这是包括贝克特在内的很多爱尔兰作家独特的时代体验，在解构中心、重建中心的过程中，爱尔兰的经历构成他们挥之不去的深层记忆。贝克特通过颠覆时空界限完成了对爱尔兰传统的扬弃，在过去与现在、身体与精神、习惯与记忆等二元关系中建立新的话语体系，这种行为本身就是对爱尔兰性的继承和发展。

二、欧洲化

爱尔兰虽然是欧洲国家，但是因其特殊的地理、历史、文化身份，其与欧洲大陆有很大的差异。贝克特在欧洲大陆的学习与生活经历为其提供了看待民族问题的国际视角，也使他汲取了思想的力量和信心，使他能够重新评判自己对爱尔兰的观念。在爱尔兰文化与欧洲文化融合的过程中，贝克特的努力起到了枢纽的作用。帕斯卡·卡萨诺瓦指出："对贝克特而言，生活在法国首都，为那里产生的艺术辩护——这样做并非出于对法国的喜爱，那将会重复民族主义的假想；相反，这是他渴望获得国际自决权（反民族主义）的要求。"②

贝克特接受异质文化的经历颇具代表性。如前所述，初到欧洲大陆的贝克特首先以否定旧有一切的姿态来接纳新思想。他批评爱尔兰本土作家，指责他们狭隘的民族意识，同时也否定自我，患了典型的文化不适应症。文学上，当时爱尔兰人萧伯纳已经得到伦敦文学界的认可，他所走的文学道路既不是诗人叶芝式的民族主义，也非乔伊斯式的锐意创新，他无意将艺术提升到一个全新的高度，也拒绝伤感的民族主义，对此贝克特并不认同。对贝克特而言，离开都柏林并无遗憾，那里的空气令他窒息，但是他也不想向英国文学标准屈服，成为文学上的弄臣。在这种情况下，更广阔的欧洲大陆成为贝克特的文学救赎之所。某种程度上，战后爱尔兰与前宗主国英国的复杂关系导致贝克特不断向欧洲大陆靠拢。

欧洲文化在贝克特人生观与美学观形成的过程中起了至关重要的作用。如前所述，在贝克特形成自己的美学风格的过程中，有着多年欧洲体验的乔伊斯

---

① Colleen Jaurretche, Beckett, Joyce and the Art of the Negative, New York: Rodopi B. V. , 2005, pp. 141～170.

② Pascale Casanova, Samuel Beckett: Anatomy of a Literary Revolution, trans. Gregory Elliott, London & New York: Verso, 2006, p. 83.

起了重要作用。欧洲漫游的经历使乔伊斯的文化视野渐渐超出民族地域的限度，他综合吸收欧洲语言的不同要素，削弱英国传统，再用爱尔兰的民族精神加以勾兑，以此来颠覆伦敦与都柏林之间的不对等关系，恢复爱尔兰语言、文学的独特性，一定意义上，正是他的文学努力促使爱尔兰文学最终获得了一定的独立性。

从文化认同角度看，离开爱尔兰以及伦敦，到德国、法国等历史上与爱尔兰少有纠葛的欧洲国家，这种经历使贝克特能够获得独立而理性的审美距离，进而能够反思和分析殖民生活给人们带来的深远影响。在贝克特的戏剧作品中，经常出现"门"和"窗"的意象，一定意义上，这是贝克特心中两种文化冲突与调适的象征，他在记忆与遗忘、固守与放弃的两难中挣扎、徘徊，试图在其中建立某种统一。

对贝克特来说，欧洲化的进程交织着矛盾与痛苦，这也是战后欧洲历史的缩影。后民族主义时代的爱尔兰与战后的欧洲同样面临重重困难，政治上、经济上、文化上都没有现成的答案可以依循，爱尔兰与欧洲的复杂关系也不能依靠文化健忘症就可以简单地解决。处于时代大潮中的贝克特隐隐约约预见到爱尔兰与欧洲之间会有一种新型范式出现，但是那只能出现在他的文学想象中，现实中他不得不在对故园的坚守和对世界化的向往中挣扎，在崎岖小路与大道通途间艰难取舍。

贝克特的欧洲化是一个调整——适应的过程，是同一性渗入异质，混沌中注入澄明，单一裂变为多重的过程。在调适过程中，贝克特坦然面对失败，于无声处发声，于无路处继续前行，深刻体验到文学改革与蜕变的阵痛。伊格尔顿评价说："一定意义上，贝克特从都柏林来到巴黎，是告别民族主义的爱尔兰，与现代主义、世界主义的欧洲相融合。但是，这个过程也有相当多的连续性。一方面，民族主义（一个彻底的现代现象）与现代主义的某些潮流有相同之处：两者都努力走向未来，却对过去难以释怀；另一方面，20 世纪早期的爱尔兰已经具备了创造其独特样式的现代主义的三个经典条件：它有引人注目的一脉相承的高雅文化可供艺术家攫取、解构；它正处于政治革命的剧痛中无以自拔；它正经历着有史以来第一次现代化的冲击。"[1] 换句话说，贝克特

---

[1] Pascale Casanova, Samuel Beckett: Anatomy of a Literary Revolution, trans. Gregory Elliott, London & New York: Verso, 2006, p. 7.

的去爱尔兰化是历史的必然，也是其主体意志的结果。

三、贝克特的世界性

贝克特戏剧获得世界影响的起点在欧洲，然后很快延伸到美洲大陆，逐渐成为西方戏剧的经典。1953 年《等待戈多》法语版在巴黎首演，两年后，伦敦首演了英语版《等待戈多》。此后，巴黎和伦敦成为贝克特戏剧的福地，这一出"双城记"将贝克特逐渐推向世界舞台的中心。在德国，《等待戈多》同样获得巨大成功，某种意义上说，该剧契合了战后德国民众的心理，因为多数德国人还沉浸在失败、分裂、对峙、沮丧的战败情绪中，此时的戈多对他们无异于心灵的救赎。《等待戈多》在伦敦首演后，很快就传到贝克特的祖国爱尔兰。近些年，爱尔兰对贝克特戏剧的推广和研究更是不遗余力，都柏林的研究成果对全球贝克特研究正起到越来越重要的作用。1960 年，西方戏剧始祖地希腊上演了《终局》，标志着贝克特开始被欧洲正统戏剧界接受，并逐步进入经典行列。贝克特戏剧走出欧洲，很快被美国主流社会接纳：1956 年美国版《等待戈多》在迈阿密上演，1957 年在旧金山上演，1961 年纽约上演《快乐时光》。至此，贝克特戏剧的触角延伸到不同文化、不同背景的西方人群中，进入西方主流世界。

在东方，有悠久戏剧史的日本是较早介入贝克特戏剧的国家之一。1965 年，《等待戈多》日本版上演，此后学术界开始注意贝克特。由于历史的原因，中国对贝克特戏剧的介入较晚。1980 年，上海译文出版社出版的《荒诞派戏剧集》首次收录了施咸荣翻译的《等待戈多》。《等待戈多》使 80 年代的中国青年戏剧爱好者窥见到新戏剧理念的微弱光芒，1982 年高行健的独幕剧《车站》是对《等待戈多》的一种戏仿，虽显稚嫩，但是它第一次为国人直面荒诞人生提供了一个窗口，成为中国先锋剧的开山之作。1991 年，孟京辉导演的《等待戈多》在中央戏剧学院小礼堂上演，是《等待戈多》公认的国内第一个版本。1998 年，北京首都剧场公映了林兆华执导的《三姐妹·等待戈多》，将契诃夫的传统戏剧与贝克特的先锋戏剧进行拼贴。2001 年，上海演出了女性版《等待戈多》，试图在小剧场与民间表演的夹缝中寻求突破。2004 年，爱尔兰都柏林的盖特剧团在首都剧场上演《等待戈多》，引起强烈反响，中国人第一次领略了原汁原味的贝克特戏剧。贝克特戏剧在中国遭遇的被解构和重构的命运，是由东西方文化诉求的差异性造成的，当然也与贝克特在中国的研究现状有一定干系。从这个意义上讲，在历史和文化语境中还原贝克特十分必要。同样重要的是，新世纪贝克特研究要有全球化意识，这样才能站在历史与现实的高度，更全面、客观地理解贝克特，因为贝克特连同他的作品早已超出特定社会、时代与历史的局限，升华成人类共有的精神财富。

在民族性与世界性相交融的过程中，贝克特一方面为爱尔兰民族文学参与世界文学格局争得了前所未有的话语权，另一方面为世界文学在全球化景观中勾画出一个更具开放性、超越民族性的图像。在民族文化与世界文化互相磨合、互相渗透的同时，民族文化的独立性和开放性得到强化，世界文化则变得更加多姿多彩，更具包蕴性。在介入世界文学的过程中，民族文学的生存能力面临考验，但却并不意味着身份的消失。贝克特等爱尔兰作家的努力诠释了多元化背景下民族文化的生存策略，再次证明了民族性与世界性跨文化生存的必要性和可行性。贝克特与爱尔兰和主流世界一直保持着理性的距离，这为他客观看待文学的发展提供了重要基础，并最终使他克服了地域文化的狭隘，获得更丰富的文化体验，完成了文学创作的世界性飞跃。

在《贝克特与世界》一文中，史蒂文·康纳（Steven Connor）提出，将贝克特放到民族与全球化的参照系中有歪曲贝克特的风险，同时他又反对将贝克特禁锢在地域性研究范围。在康纳看来，贝克特的作品是个悖论的集合，其作品中的人物一方面要摆脱世界的桎梏，或者以小世界对抗大世界，一方面又不得不在世界内存在，这种自相矛盾的特征恰好启发我们去想象一个"世界的贝克特"。康纳认为，世界的贝克特与民族的贝克特并不矛盾，"在这里，全球与地方、非历史与隔代遗传完美结合。乔伊斯与贝克特都成为凯尔特虎的公共财产，成为其所谓的欧洲的爱尔兰、世界主义的爱尔兰——世界的爱尔兰之象征。"[①] 康纳指出，贝克特的人物实际上都有一种关于空间的全球性或者地理性意识，同时又退守在一个封闭的自我世界中，所以贝克特的人物既有地域性，又向外部世界开放，换言之，贝克特的世界是"未完成的、无序的、无疆界的"[②]，无可逃遁又难以描摹。贝克特曾说过这样一段意味深长的话："我的作品没有地标，我们都在四处漂泊。我们必须创造一个世界来生存下

---

① Russell Smith, Beckett and Ethics, London & New York: Continuum International Publishing Group, 2008, pp. 134~146.

② Russell Smith, Beckett and Ethics, London & New York: Continuum International Publishing Group, 2008, pp. 134~146.

去，但是就连这个被创造出来的世界也充满恐惧和罪恶。我们的存在令人绝望。"① 在解构现有世界的同时，贝克特试图建立一个理想的世界，虽然他没有给我们提出明确的构想或者导引，但是他的作品表现出对物质世界无从适应下的建构性努力，也即康纳所说的"建构性失调"②，这个过程具有生成性意义。因此康纳得出结论说，贝克特的作品不但告诉我们该如何理解我们所生存的世界，同时还引领我们去思考世界的真正含义，以及创建理想世界的可能性。

贝克特的世界性还可以从更广义的角度来看。他在人类身体最虚弱、思想最困顿的时候，完成了自我与他者、局部与一体关系的裂变，在沉默中，在简约中，在片刻的停顿后，人类恢复了思考的功能。从爱尔兰到欧洲大陆，到全球化的乌托邦想象，贝克特将过去、现在与未来融为一体，促使现代的畸形人直面生存困境，勇于求索。贝克特虽然没有提供一种可以讲述全球民主的语言，也没有提供任何线索来塑造美好的政府，但是他的创作却引领人们走向民主所能企及的视野，使其窥见民主的某些端倪。

贝克特既是民族的，又是超越民族的，因而也是世界的，其艺术思想已经成为西方反思现代性的重要资源，是对时代深刻思考、探索的记录。人类社会进入 21 世纪，贝克特想象中的全球化已然降临，他的作品依旧活跃在世界各地的舞台上，而且大有与时俱进的趋势。在文学艺术领域，全球化的到来必然将民族文学与世界文学的研究引入一个多层次、多维度的新境界。贝克特不畏人生旅途的艰难与孤独，艺术上锐意创新，勇于超越现实、超越疆界、超越自我，以当下的全球化美学视角观之，这种超越精神依然具有超时代的意义。正如默里所说："贝克特改变了我们对自身混乱身份的理解方式。他集诗人、小说家、剧作家于一身，以迥异多姿的风格为我们重新定义了世界。他塑造了惊人的、基督一样的形象，自闭，孤独，精神困顿，束手无策，在他们身上我们羞愧地看到自己的影子。同易卜生的戏剧一样，贝克特的作品是一次穿越困境的无畏旅行，其目的地则是笃行所带来的释然与温馨。"③ 贝克特的创作影响

---

① Charles Campell, "Samuel Beckett: Playwright, Winner of Nobel Prize", Boston Globe, 27 December, 1989.

② Russell Smith, Beckett and Ethics, London & New York: Continuum International Publishing Group, 2008, pp. 134 ~ 146.

③ C. Murray, Samuel Beckett – 100 Years, Dublin: New Island, 2006, p. ix.

了二战以后整整一代剧作家及当代的许多作家，范围早已超出爱尔兰、英国、法国等物理时空的界限，遍及世界各地。一定意义上，超越性是文学艺术价值存在的基础，是作品的生命力所在，贝克特的作品之所以长盛不衰，是因为它超越了人类特有的经验领域，借助于形象抵达更深远、更内在的超验层次，从而获得了超越时空的艺术生命力。

第四节　戏剧精神

20 世纪中叶，当现代人以为戏剧已经穷尽其性灵，希腊戏剧千百年的文化积淀日渐式微之际，贝克特戏剧犹如惊天之雷，在刺痛人们几乎麻木的审美神经的同时，也唤醒了沉睡已久的戏剧精神，将戏剧艺术引入柳暗花明之境。贝克特戏剧所要揭示的一个重要问题是，人的宿命有相悖又相谐的两个方面，一方面是意义，是价值，是发掘，一方面是贝克特式的虚无与荒诞。贝克特在那种特殊的时代，特殊地体验了后者，并真诚而深刻地揭示了它。在体验与揭示的过程中，贝克特以戏剧的方式超越了生存宿命，将人类存在的残酷现实进行艺术升华，使人在观赏中反思自身与生存宿命，由此展开对生命意义与生存宿命的深度追问与思考。贝克特化简了戏剧的物质外衣，以强烈的人文关怀审视生命体验的终极样态，将枯燥乏味的生活彻底粉碎，在人生的畸零处震撼心灵，用怀疑精神、批判精神、超越精神去追求戏剧的人学内涵与艺术高度，将人学与审美融合于戏剧创作，探求人性价值与戏剧精神的恢复与重建。质言之，这就是贝克特人生体验与戏剧创作所体现出来的戏剧精神，它主要表现为强烈的人文指归，深沉的伦理标示，艺术上的超越意识以及人的独立自由追求等几方面。

一、人文关怀

人文关怀是西方文学的根基。现实生活中，当精神陷入绝境、文化纽带断裂之后，作家深厚而浓烈的人文情怀就会肩负起传递人类信心、责任感和坚忍不拔精神的责任。20 世纪文学既是经典频出的时代，也是个性活跃的时代。贝克特深谙时代危机与苦难，他从人性的本源出发，诠释对人类生存的终极关怀，积极为时代课题求解，体现出为人生的文学观。在他的作品中，死亡、肉体与精神的割裂、终局意象等随处可见，表明他内心深刻的挣扎与思考。他思考人类的生存困境，他洞悉一切的凌厉目光穿越爱尔兰与欧洲大陆，穿越悠长的人类史，在物质世界的尽头探寻精神家园与路径。文学史的进程已经证明，贝克特是有历史意识与前瞻性的思想家，他的忧患意识，对存在的终极关注，以及文学上的自我救赎精神将一直闪烁着深邃的光芒，慰藉人们的灵魂，在新时代里依然迸发出苍劲的力量。

忧患意识伴随贝克特的一生，其作品因此也渗透着浓厚的忧患意识与批判精神，浓缩了作家对人类存在的永恒思考。贝克特长于冷静、理性的思考，漫长曲折的人生经历使他具有浓重的人文主义者的忧患意识与使命意识。他立足20 世纪的人类现状，秉持独特的个性，不断反思人类行为，把自己对社会、人生的独特感悟以抽象画一样的作品呈现出来。他的作品历经时代与读者的考验，在新世纪焕发出更加鲜活的生机，这来自于作家的使命感与责任感，其中，人文精神是构成其经典的精神内核与高贵品质。贝克特积极参与20 世纪的历史事件，并以艺术的方式回应和反观新现实情况下的主客体关系，将关切的目光投向主体的内心世界。他一生保持着作家单纯而善良的悲悯情怀，诺尔森在其著名的贝克特传记《去你的，名声》中说过，贝克特一定"不希望被当做圣人"①，他有着"修道士般的冷静"，回避着"名声的羁绊"②。不为名声所累，不为商业利益左右，这种超然物外的创作心态使贝克特能够以更澄明的目光关注人生疾苦，以批评和否定的姿态超越人类历史与现实。

对存在的终极关怀是贝克特戏剧人文精神的重要体现。贝克特对注重细节真实的现实主义十分不屑，他的戏剧作品洗尽铅华，对存在进行了更本质的审美把握，因此超越了传统意义上的真实论，接近了更高层次、更本质的真实。正是出于对20 世纪人类社会现实的切身体会与深切忧虑，他的作品才具有了更广泛、更有穿透力的艺术质感，饱含了对民族与世界、历史、现实与未来、个体命运与人类整体生存状态的焦虑与思考。只有敢于否定与超越历史与现实、对个体与人类命运充满忧患意识的文学作品，才能从人类存在的意义和生命价值的高度把握和洞悉人类命运，因而具有恒久的艺术生命力。贝克特对历史与现实的关注脱离了简单、狭隘的政治层面，指向人类共同的命运，他以非理性的艺术形式呈现非理性的现实生活，达到内容与形式的完美统一，取得了前所未有的审美高度与思想深度。20 世纪是旧信仰崩塌瓦解、新的信念尚未

---

① James Knowlson, Damned to Fame: The Life of Samuel Beckett, London: Bloomsbury, 1996, p. 22.

② James Knowlson, Damned to Fame: The Life of Samuel Beckett, London: Bloomsbury, 1996, p. 567.

建立起来的时代，人类经历了精神上的重重黑暗，贝克特的作品正是这一时代人类悲剧的缩影，他极具穿透力的艺术表现形式渗透着他对历史、人生与现实的叩问。人类生存的出路在哪里？这个问题困扰着贝克特等众多现代知识分子。他们以文学为武器，积极参与到社会变革的洪流中，将知识分子的忧患与焦灼化作一部部具有史诗性的巨作，探究现代人类的不幸际遇与未来走向。

理查德·基尔尼指出，贝克特天启式的想象提醒我们，"主宰我们当今世界、带来诸多战争与暴力的意识形态和宗教式的狂热，源自于对存在的多义性和悖论性体验的武断拒绝，来自于对人类现实复杂性的否认。贝克特拒绝为人生的终极问题——生与死、有神论与无神论、意义与荒谬、自我与他者——给出轻而易举的答案，这是他留给我们的永恒馈赠之一。"[①] 贝克特以反思、批评和否定的视野考量存在的终极问题，同时又承认现实的复杂性与多义性，拒绝主观臆断，拒绝为人生的疑问轻松作答，这是向文学本体的主动回归，使文学告别工具与附庸的尴尬地位，恢复其个性鲜明的人间指归，体现出时代的完整风貌。

勇于承担作家的职责，履行表达的义务，这是贝克特给我们留下的又一文化遗产。贝克特生活的时代，宗教、哲学、政治的确定性被战争击得粉碎，旧有的信仰与价值体系全面瓦解。在这样的环境中，艺术家遭遇到前所未有的创作窘境，写无可写，言无可言，可是艺术家的使命却迫使他们要行使表达的义务。在两难中，贝克特选择勇敢担当。1961 年，马丁·艾斯林将贝克特归类于"荒诞派戏剧"，认为他是一位难于理解、阴郁消极的作家。后来，他修正了这一观点，认为贝克特并不是精英主义者，相反，他在以最平实的风格探讨人类生存的基本问题。马丁·艾斯林写道："表达的义务包含伦理的必须：真实，有勇气面对无边无际的消极的宇宙，而其意义，如果有的话，将永远难以企及。于是，真实和勇气成为人类行为新价值体系的基石。去除所有无关紧要的细节，不耽于描写偶然事件，直抵赤裸裸的生存的现实，面对它们，遵循内心的冲动与职责，不计任何次要因素——观众的反应、经济收入、名誉、个人知名度，表达自己对世界的体验。"[②] 贝克特的真实性为我们展现了一幅苍凉

---

① C. Murray, Samuel Beckett - 100 Years, Dublin: New Island, 2006, pp. 111 ~ 121.

② J. H. Smith, The World of Samuel Beckett, Baltimore & London: The Johns Hopkins University Press, 1990, pp. 204 ~ 216.

的图景，从他这里也许找不到宗教式的慰藉，或者极权主义者的激昂情怀，但是，面对浩瀚无垠的宇宙，他以苦行僧似的虔敬之心履行作家表达的使命，唤起人类的同情之心、敬畏之情。更重要的是，他以一己之力反思人类存在的种种不幸，然后又以超凡的勇气和智慧对其极尽嘲讽，显示出人类不甘于命运摆布的抗争精神，同时也实现了作家文学上的自我拯救。

贝克特似乎正在远离我们，可是，他好像又从不曾离开。我们正生活在一个全新的文化时代，网络的力量已经渗透到社会、经验、思维与日常生活的每一个角落，它正在改变和重塑我们的社会与生活方式。破与立之际，贝克特的身影再度清晰起来，他可贵的人文精神、普世情怀将一如既往地烛照我们前行之路。他提醒我们，人文关怀不会因为时代的变迁而失去光泽，相反，在新的信仰危机面前，它依然是文学创作的精神皈依。21世纪充斥着商业气息，欲望化、感官化、片面化、私人化、媚俗化成为当代文学的典型症候，解构主义大行其道，大有将价值关怀与人文承担也解构的趋势。欲望的狂欢背后，少了作家深邃而仁慈的凝视，道德坚守似乎已经不合时宜。信息时代与全球化给人们的生存处境和精神状态带来广泛而深刻的影响，消费主义、市场经济、享乐主义、物质主义正在消解宝贵的人文精神，这种新的文化现象给人文知识分子提出新的挑战。文学如何在全球化进程中把握自身的历史机遇，在建构物质家园的同时，重建精神家园——在解答这个时代命题的时候，我们又一次与贝克特不期而遇。怀着深沉的悲悯之情，直面生存困境，抗拒危机四伏的时代，握笔立言，在存在的终极之处超越生死，用厚重的人文关怀帮助人类重拾信心——在这方面，贝克特为当代知识分子提供了不可或缺的借鉴。

二、伦理标示

新世纪以来，西方对贝克特的研究方兴未艾，学术界甚至提出贝克特研究的"伦理学转向"一说。实际上，伦理主题一直镶嵌在贝克特庞杂而丰富的作品体系中，从伦理角度阐发贝克特的戏剧精神并不鲜见，比如早期对贝克特的人文主义研究阶段关注人类的存在状态，20世界80年代末90年代初的后结构主义研究阶段侧重解构贝克特作品的伦理性，等等。但是近些年来，贝克特的伦理学研究变得更加引人注意，正在从一个隐性话题变成显性话题，当然这也再次证明了贝克特作品强大的艺术生成能力。首次明确提出贝克特研究"伦理学转向"的是法国哲学家阿兰·巴迪欧，他指出，"从1960年开始，贝克特作品的重心转向同一与他者的关系问题"①，它没有告诉我们真理是什么，却给我们"真理的希望"② 和向真理敞开的情怀。在巴迪欧看来，贝克特的伦理性主要体现在他百折不屈、一往无前的坚忍精神。巴迪欧的观点对近年来的贝克特批评产生强烈冲击，并掀起了贝克特伦理学研究的热潮。当然，在提倡学术研究多元化的今天，它能否真正构成一次研究重心的转向，还需要时间来考证。

在对贝克特和巴迪欧做了大量研究之后，安德鲁·吉布森教授（Andrew Gibson）宏观考察了政治与美学的关系，指出巴迪欧拒绝将悲怆用在贝克特身上是出于学术上的谨慎。他认为，贝克特等作家的价值在于，他们在肯定一种冷静的、实事求是的伤感，这也是他们继续前进的方式，是真理被遮蔽时短暂的缓冲，所以贝克特是否定的、忧郁的，但他不颓废，承认这一点无损于他坚忍不拔的进取精神③。谢恩·韦勒则认为，贝克特的人物在各种关系中挣扎，实际上表明通向伦理彼岸之不可能，这种犹疑不决并不是一种新的艺术形式或者新的伦理模式，而是艺术与伦理割裂体验的外现，所以贝克特自我强迫式的前进既非肯定，也非否定，而是保持一种理性的克制与平衡，以避免主观判断的过多渗透④。

从以上分析可以看出，现阶段贝克特的伦理研究并没有形成一致的观点，每个人都从不同的角度得出不同的结论。这种现象既涉及伦理自身定义的复杂性，也与贝克特作品给伦理解读造成的困难有关。西方的伦理学历史悠久，其源头可以追溯到最古老的史诗、神话。作为哲学的分支，伦理学的主要目的是系统研究人类道德生活，以期在理论上建构一套指导人类行为的法则。"伦理"一词源于希腊语，意为风俗、习惯、性格等。希腊时期，西方伦理学的奠基者之一亚里士多德将伦理定义为通过道德德性的培养形成的好品格，他强调习惯与习得的力量，认为好的德性是伦理的基础，是获取幸福的途径。中世纪，伦理学的重心从性格与习惯的培养转向行动与决策，强调个体对外在律法

① Alain Badiou, On Beckett, eds. Nina Power & Alberto Toscano, Manchester: Clinamen, 2003, p. 4.

② Alain Badiou, On Beckett, eds. Nina Power & Alberto Toscano, Manchester: Clinamen, 2003, p. 22.

③ See Andrew Gibson, Beckett and Badiou: The Pathos of Intermittency, New York: Oxford University Press, 2006, pp. 93 ~ 107.

④ See Shane Weller, Beckett, Literature and the Ethics of Alterity, Basingstoke: Palgrave, 2006, p. 194.

的服从与接受。到了近现代，伦理学更多关注自我与他者的关系，以及如何在同一性中保持差异性。一定程度上，法国哲学家列维纳斯的他者研究促成了90年代后期文艺批评的伦理学转向，使文艺批评摆脱了八、九十年代形式主义研究的禁锢，进入一个更宏阔的场域。为了论述的需要，这里仅列举几个比较有代表性的观点，实际上，伦理学的博大精深远非寥寥数语所能涵盖。

回到贝克特，我们不难发现他解构伦理传统的倾向：他的人物在伦理上是非亚里士多德的，他们不会为了追求幸福而践行美德，充其量他们是在努力摆脱痛苦，而这种努力往往又是徒劳的；同样，作为伦理主体，贝克特的人物也缺少行动的力量，他们只有残存的理性，在生与死、去与留间徘徊不定；在自我与他者的关系上，他们自我封闭、退缩，自欺欺人地否定他人的存在，生活在伦理的空白地带。显然，在贝克特作品中，传统意义上的伦理是缺位的。由此，我们不禁要问，贝克特与伦理有怎样的关联？其作品的伦理价值何在？

在《贝克特与伦理学》一书的序言中，拉塞尔·史密斯提出，贝克特的伦理意义恰恰体现在他对传统伦理的消解行为本身。他从几个角度阐释了贝克特解构伦理的含义：其一，通过瓦解伦理关系的术语来消解伦理自身；其二，贝克特孜孜不倦地摧毁主体、客体及其与伦理关系的可能性，这种坚持本身就是一种伦理行为；其三，根据亚里士多德的观点，伦理是一种实践性科学，那么贝克特笔下的人物乐此不疲地追求虚无，这一行为本身也就有了伦理色彩[①]。也就是说，应该从更广义的角度理解贝克特与伦理的关系，按照传统的界定，贝克特的写作与伦理也许很难搭界，但是，换个角度想，也许正是由于传统伦理价值在贝克特作品中有所遗失，反而给我们提供了一个反思伦理的机会。这样，贝克特的作品就有了伦理阐释的可能，并且具有了开放性和对未来的指向性。

首先，贝克特作品代表了一种反抗美学，是对刻板体制展开的深沉伦理追问。杰基·布莱克曼（Jackie Blackman）指出，贝克特对政治问题并非漠不关心，他只是小心翼翼地规避各种体系与教条的纠缠，这体现在他对生活和艺术的态度上，"他对痛苦的反应是个体性和伦理性的，而不是集体性和政治性

[①] See Russell Smith, Beckett and Ethics, London & New York: Continuum International Publishing Group, 2008, pp. 1~20.

的"①。《自由》中的维克托身上有贝克特的身影，面对各种梦魇般的重大事件，面对劫难过后的废墟世界，维克托对自己追求的自由百思不得其解，这也是贝克特的难题。从《等待戈多》开始，贝克特刻意走上简约的美学道路，即布莱克曼所说的"反抗的美学"②，像《自由》那样直白的表述越来越少，越来越隐蔽。布莱克曼认为，这是贝克特对大屠杀、政治恐怖的一种伦理反应，也与他战争中从事秘密抵抗活动的经历有关。欧洲史上各种压迫、不公正现象引发了伦理危机，与不公同流合污，成为硕大的破坏性机器的一部分，这于贝克特是不能接受的。他选择沉默的抗拒，而拒绝本身就是一种姿态，是对现实体制的无声控诉。

其次，贝克特作品展示了人类的暴行与残酷，是对人类自以为是习性的伦理挑战。伊格尔顿指出："在现代主义艺术家中，贝克特显得与众不同。这位被假想为虚无主义代言人的作家不是右翼主义者，而是一位左派斗士。他是歧义与不确定性的倡导者，其碎片化、随机性的艺术是极端反极权主义的。它诞生在奥斯维辛集中营的阴霾里，将语言、人物与叙事削减到近乎于无，专注于沉默与恐怖。只有洞悉到冷静而苍凉的现实主义要比耽于幻想的乌托邦更忠诚于人类的解放事业，他才能创作出这样的作品。"③ 在贝克特眼里，世界首先是充满痛苦与灾难的地方，而灾难往往是由人类自身愚蠢行径造成的。贝克特揭示人类的痛苦除了满足艺术审美需求外，还有伦理上的寓意。贝克特作品表现了战争给人们带来的精神创伤，也有反思历史的成分。残酷的暴行是把双刃剑，对自我与他人的身体、情感、精神均造成巨大伤害，而充斥暴行的世界表明，正常的伦理行为已经不可能实现。于是，在贝克特的世界中，残酷暴力与伦理完成了置换，这为我们对艺术作品常规性的伦理追问设置了障碍只有突破这层雾霭，我们才能醒悟到贝克特作品的伦理价值。

再者，贝克特作品中的微观世界与外在客观世界的关系为世界秩序提供了一个新的伦理可能。理查德·基尔尼指出贝克特作品对当今时代的重要现实意

① Russell Smith, Beckett and Ethics, London & New York: Continuum International Publishing Group, 2008, pp. 68 ~ 85.

② Russell Smith, Beckett and Ethics, London & New York: Continuum International Publishing Group, 2008, pp. 68 ~ 85.

③ Terry Eagleton, "Champion of Ambiguity", The Guardian, 20 March, 2006. http: //www. guardian. co. uk/commentisfree/2006/mar/20/arts. theatre.

义："他所描述的想象与真实间难以界定的区域，也许正是我们现在所处的高科技虚拟世界的预言。在这个世界里，我们大量体验着隔膜、错位、非人化……现代人正在快速进入充斥批量生产的同质化与偷窥癖的消费时代，最终我们可能会丧失创造力，沦为自我毁灭的观众——甚至不需要眨一下眼睛。"① 从这个意义上讲，贝克特作品为全球化时代提出一个新的伦理可能，在恐怖袭击、局部战争、核威胁、种族与宗教冲突等问题层出不穷的21世纪，这个命题变得尤其迫切。"9·11恐怖袭击"迫使人们反思全球化与乌托邦之间的平衡关系，西方的自由民主理念受到质疑，各种文明之间的冲突与碰撞不可避免。在这种情况下，贝克特的全球化构想给我们提供了一个宽泛的借鉴，他将过去、现在与未来、历时性与共时性、暂时与永恒有机结合起来，完成了爱尔兰与欧洲、与世界的衔接，在极其困难的历史条件下思考人类存在的意义。当思想与世界的关系已经分崩离析，当传统价值体系发生倾覆，当一切变成废墟，贝克特告诉我们，完结之后，会有一个新的世界在等待我们，我们必须前进。

不是每一位作家都能预见到未来，贝克特也没有做到这一点。但是，"贝克特的作品瞥见了一种民主，一种后主权、后民族主义的全球统一的可能……为了实现这种可能性，贝克特创造出一些形式，让我们'重新思考我们的处境'，这些形式在当代文化表达中一再出现，从中我们可以碰触到一种伦理生活，一种难以企及的民主的清晰召唤。"② 这是贝克特带给我们的伦理启示。

三、超越精神

没有戏剧理论家和剧作家追求创新与超越的精神，戏剧艺术不可能发展到今天。20世纪的西方戏剧发生了许多根本性改变，对当今世界戏剧舞台的多样性做出了重大贡献，其中，贝克特在20世纪后半叶的戏剧实践与成就显得尤其重要，而创新与突破是他毕生追逐的目标。贝克特蔑视现实主义和自然主义的写作手法，不满足于描摹表象遮蔽事实。贝克特的浪漫主义在于他用感性代替理性，在于他用一种特定的感性的事件对抗细微的逻辑求证，他拒绝概念而拥护印象，质疑传统的因果关系。反传统的审美意识决定了贝克特戏剧理论

---

① C. Murray, Samuel Beckett – 100 Years, Dublin: New Island, 2006, pp. 111～121.

② Peter Boxall, Since Beckett, London & New York: Continuum International Publishing Group, 2009, p. 198.

与实践的大胆创新，总体说来，这主要体现在戏剧形式的自觉、美学观念的革新、对传统的扬弃等几方面。

文学上自觉求新是贝克特毕生的努力方向。他开创了抽象的戏剧形式，颠覆现实主义戏剧表现手段，摆脱语言的规约，将戏剧的关切点从外部表层真实转向主体内心真实的呈现，为戏剧文学在 20 世纪赢得了新的发展空间。卡萨诺瓦曾经写道："由于不得不在乔伊斯之后从事写作，为了不重复前人，也为了超越，贝克特在形式层面走上了一条迥然不同的现代之路。他发明了抽象文学样式，并为之倾其一生地努力，只为文学能够在 20 世纪各种重要艺术革新——尤其是绘画艺术中，获得一席之地。……不知不觉中，整个文学史的大厦在质疑声中建立起来，在黑暗与虚空中，文学的意象渐渐抹平。"① 贝克特摒弃了"第四堵墙"理论所强调的生活真实与细节真实，抛开了现实主义戏剧以社会问题为核心的创作模式，将社会历史转变为戏剧的背景，转而展示人的内心世界，以令人耳目一新的戏剧形式追问人的本质存在。如比·科恩总结说，贝克特把艺术看作是抵达自我认知的唯一通道，他"以自我对抗社会，以微观世界对抗宏观世界，以深邃对抗肤浅，以直觉对抗理智"②，惟其如此，被现实主义文学所蒙蔽的真实世界才能显现。

从古希腊开始，形式美就是西方美学关注的对象。19 世纪的现实主义戏剧更加重视对外在物象的描摹，艺术表现形式讲求物理上的真实。写作伊始，贝克特就举起反对现实主义的旗帜，他超越物质的极限，反叛常规舞台表现手段，将传统戏剧元素缩减到最低限度。贝克特批评现实主义作家和自然主义作家所推崇的经验是垃圾，指出他们所膜拜的不过是表面事物和癫痫病发作一般的突发事件，并且"满足于抄写表象、描述外观而将其后的印象掩盖起来"③。于是，他用反现实主义对抗细微的逻辑求证，弃绝概念，质疑因果关系，依次摆脱传统戏剧时间、空间与逻辑的限制，抵达了超越物质束缚的审美境界。

但是，贝克特也没有因此走上超现实主义道路。他反对将艺术品看作是纯然想象的产物，而是博采众长，综合各种艺术形式，将现代绘画与音乐、广播、电视等媒介手段引入戏剧，使之成为戏剧表现不可或缺的元素，改写了戏

---

① Pascale Casanova, Samuel Beckett: Anatomy of a Literary Revolution, trans. Gregory Elliott, London & New York: Verso, 2006, p. 12.

② S. Beckett, Disjecta , ed. by Ruby Cohn, London: John Calder, 198, p. 12.

③ 塞·贝克特等著、沈睿等译：《普鲁斯特论》，社会科学出版社 1999 年版，第 50 ~ 51 页。

剧循规蹈矩的历史，加速了戏剧现代化的进程。马丁·艾斯林说过，贝克特将电视、广播媒介运用到戏剧中，表明"他彻底洞悉了 20 世纪及其技术"①。确实，对现代艺术造诣颇深的贝克特一直致力于在现代艺术与戏剧表现之间找到一个契合点，最终，戏剧征服了其他媒介，并使之为自己效力，"非语言的文学"就是这种努力的直接结果。为了达到消解传统戏剧的目的，贝克特不懈地进行文本实验，用近乎零度的风格表达了他对传统戏剧的蔑视。

实际上，戏剧形式上的革新只是贝克特否定传统艺术全部审美价值和经验的途径。也就是说，形式上的创新只是其美学观念创新的物化，在更深层次上，这是一种文化自省与自新的精神，是哲学、美学、价值取向整体追求的文化精神。卡萨诺瓦指出，将贝克特的文学创新全部归结于纯粹形式主义未免有简单化的倾向，"文学史寻求抽象的艺术道路使他不但变革了文本的组织形式，而且动摇了文学的根基"②。贝克特的艺术探险在 20 世纪是无与伦比的，他专心致志、坚持不懈地与语言抗争，摈弃文学的杂质，从现实主义文学传统的底部出发，推翻文学赖以生存的主体哲学的一切假定，将抽象文学发挥到极致。"历史的考察会使我们发现，主宰贝克特创作的机理，并非像某些正统评论所称，非常怪异——仿佛一颗陨石，突然而神秘地从空中降落，前无古人，后无来者，不知所云。相反，他的伟大在于敢于与一套蔑视他的美学问题和争议对抗。贝克特没有被存在论的夸夸其谈所左右，他比任何人都更关注美学现代性问题。从二战开始，他刻意将自己沉浸于他在巴黎曾经耳濡目染的文学与绘画等先锋艺术中——绝不是存在主义或者荒诞派戏剧，它们的种种假定对贝克特是陌生的。"③ 存在主义的解读和荒诞派的界定一度遮蔽了贝克特戏剧深厚的美学意蕴。他毅然决然地与主流美学原则决裂，不惜冒着成为又一个文学献祭者的危险，以另类的方式制造经典，终于建构起自己的艺术王国，这需要何等的美学智慧与勇气！

严格说来，贝克特是一位敢于打破陈规的艺术家。贝克特具有敏锐的艺术

① J. H. Smith, The World of Samuel Beckett, Baltimore & London: The Johns Hopkins University Press, 1990, pp. 204～216.

② Pascale Casanova, Samuel Beckett: Anatomy of a Literary Revolution, trans. Gregory Elliott, London & New York: Verso, 2006, p. 26.

③ Pascale Casanova, Samuel Beckett: Anatomy of a Literary Revolution, trans. Gregory Elliott, London & New York: Verso, 2006, p. 13.

触角，他深刻意识到 20 世纪初期的艺术实践无论从内容还是形式，都已经不能完成表达当代文化思潮的重任了，只有革命性的文学实践才能激荡人类保守的审美习惯，新的审美理念才能穿越既定价值与秩序登堂入室。"即便最成功的唤醒实验也只能投射出以往感觉的回声，因为，它作为一种智力活动已受制于人们理解上的偏见，这种理解力可从任何特定的感觉中抽象出来，它不合逻辑，也不说明问题，不过是一个不协调的无意义的闯入者，无论是词语或姿态，声音或香味都无法与概念的复杂难懂的迷题相吻合。"① 贝克特一生都在努力化解美学与文学的矛盾，不断挑战、变换风格与形式，以实现他的文学冒险。为此，他付出了巨大的代价，误解、绝望、失败、困惑，这些在他作品中反复出现的主题，何尝不是他饱尝艰辛的创作之路的缩影。可以说，艺术是他对无序现实的有序超越，是他美学困境的逻辑出口。贝克特终其一生追求一种诗意的艺术，实现了几乎不可能实现的解构意义的目标，文学的抽象革命最终与社会现实握手言欢。

贝克特曾为现代艺术家指出三条道路："1）在旧的主 - 客传统中做个考古家，2）在建立新传统的路上冒险走几步，不知深浅，3）在传统关系与客体的缺位中，发现新的关系和客体。"② 这段话道出艺术家处理创新与传统关系的艰难，同时我们也看出，贝克特选择的是第三条道路。创新是艺术的生命力，对现实的不满和怀疑使艺术家常常怀着创造新价值的冲动，以及超越旧有体制的强烈欲望，在新事物诞生的过程中，他们体验到不可言说的创造的快乐和审美愉悦。创新意识可以使创造主体向更广阔的艺术范式敞开，从而超脱传统中狭隘的一面，但是创新依然离不开传统。通过与传统模式和价值体系不可避免的合谋，贝克特的作品不但复制了传统，而且一定程度上还强化了传统，甚至将其合法化。不过，由于贝克特作品新奇的表现手法与传统样式相距甚远，他因此招致很多的非议和误解。对这一点，贝克特似乎早有预见："对我来说，剧场不是席勒意义上的道德机构。我无意展开说教，提升心灵，或者使人们不生厌倦。我想把诗引入戏剧，让诗歌凌驾于虚空之上，在新的天地有一个新的开始。我用全新的视角思考，一般说来，我也不介意人们是否能够理

---

① 塞·贝克特等著、沈睿等译：《普鲁斯特论》，社会科学出版社 1999 年版，第 46 页。

② S. Beckett, Disjecta, ed. by Ruby Cohn, London: John Calder, 198, p. 14.

解。我无法给出大家想要的答案。根本不存在轻而易举的解决方案。"① 也许，从来没有一位作家像贝克特一样遭遇过如此多的误解，这恐怕来自于他挑战文学传统的大无畏精神以及忠实于内心的创作态度。正是凭借这种心无旁骛、义无反顾的执着精神，他完成了颠覆传统、重塑传统的艰巨任务。艺术的生命力来自于对自身的否定与超越，毫无疑问，贝克特的创新精神将戏剧带入一个更广阔的审美关怀情境中，为现代艺术提供了一个崭新的视角，促使戏剧在更大的历史视域中完善了其现代转型。在继承、挑战传统的同时，贝克特超越了传统，最终他也不可避免地成为传统的一部分，等待被超越，这大抵也是艺术发展的规律吧。正如乔纳森·卡尔布所说："在传统文学看来，贝克特属于先锋派，在先锋派看来，贝克特又是传统的；他游走在两者之间，似乎很难准确定位，也许这正是他刻意追求的状态。"②

四、戏剧之魂

安东尼·库比亚克写道："戏剧永恒的梦想——戏剧的存在，一直是现代戏剧刻意的追求。从斯特林堡的心理戏剧，到阿尔托的梦幻实验，到毕斯卡托和布莱希特的戏剧改革，到热内与六七十年代的戏剧运动，直到也许走向极端的贝克特，抵达戏剧最原始的冲动及其边界一直是现代舞台追逐的戏剧之梦。"③ 这里，"戏剧最原始的冲动"也就是古希腊的戏剧精神，即西方传统审美中的苦难意识与抗争勇气，追逐这种精神也是西方剧作家重要的品格与内涵。别林斯基这样评述希腊艺术："对于缺乏基督教启示的希腊人来说，生活有其暧昧的、阴沉的一面，他们称之为命运，它像一种不可抗拒的力量似的，甚至要威胁诸神。可是高贵的自由的希腊人没有低头屈服，没有跌倒在这可怕的幻影前面，却通过对命运进行英勇而骄傲的斗争找到了出路，用这斗争的悲剧的壮伟照亮了生活的阴沉的一面；命运可以剥夺他的幸福和生命，却不能贬低他的精神，可以把他打倒，却不能把他征服。"④ 西方戏剧传承了永恒追求与不屈从于命运的民族精神，以追求个性自由和人性解放为己任，《俄狄浦斯

---

① James Knowlson, Damned to Fame: The Life of Samuel Beckett, London: Bloomsbury, 1996, p. 477.

② Jonathan Kalb, "The Question of Beckett's Context", Performing Arts Journal, Vol. 11, No, 2, 1988, pp. 25～44.

③ J. H. Smith, The World of Samuel Beckett, Baltimore & London: The Johns Hopkins University Press, 1991, pp. 107～124.

④ 别林斯基著、满涛译：《别林斯基选集》（第二卷），上海译文出版社 1979 年版，第 87 页。

王》中的俄狄浦斯、《雅典的泰门》中的泰门、《美狄亚》中的美狄亚、《安提戈涅》中的安提戈涅，这些古希腊悲剧英雄在洞见了命运的残酷与人生的虚无之后，依然洋溢着生命的激情，表现出不屈服的意志力。

古希腊戏剧忠实地表现生活，包括生活中最阴暗的一面，但是它并没有让人感到压抑、绝望，反而唤起对普世价值的道德把握，这是其伟大之处。贝克特戏剧萃取了古希腊戏剧的激昂精神，对生与死、人与命运、个体与世界等问题做了深邃的思考，用对生命的执着来体验生存之艰难，将人的精神升华为不可战胜的意志，超越了存在的桎梏。贝克特简化了戏剧的物质外衣，以强烈的人文关怀审视生命体验的终极样态，将枯燥乏味的生活彻底粉碎，在人生的畸零处震撼人的心灵，用怀疑精神、批判精神、超越精神去追求戏剧的人学内涵与艺术高度，将人学与审美融合于戏剧创作，探求人性价值与戏剧精神的恢复与重建。20 世纪中叶，当现代人以为戏剧已经穷尽其性灵，希腊戏剧千百年的文化积淀日渐式微之际，贝克特戏剧犹如惊天之雷，在刺痛人们几乎麻木的审美神经的同时，也唤醒了沉睡已久的戏剧精神，将戏剧艺术引入柳暗花明之境。

进入 21 世纪，无论在东方还是西方，戏剧都面临着边缘化的危险，戏剧精神正在萎缩。戏剧连同文学日益游离出文化中心，受到现代影视媒体的挑战，戏剧在各艺术门类中渐趋式微，甚至有人提出"戏剧已死"的担忧。戏剧的边缘化是个不争的事实，这与消费文化、大众文化的发展有关。商业文化正在消蚀着精英文化、传统文化，快餐文化风行一时，在这种背景下，戏剧昔日的辉煌日渐消褪，在市场经济的洗礼中艰难踱步。为了生存，戏剧甚至放弃了艺术本体地位，甘愿沦为商业的奴仆，丧失了独立的戏剧品格。戏剧正面临着哈姆雷特式的命题：生存还是死亡？毫无疑问，市场化、商业化、全球化是历史发展的必然趋势，不可阻挡，但是，商业文化与戏剧、或者广义的文学艺术真的水火不相容吗？我以为，也不尽然。实际上，在人类社会不同的发展时期，每当新旧意识形态处于胶着状态时，文学艺术都及时起到精神引领的作用，或为纷乱的世相条分缕析，或者尝试找到各种各样的出路。安东尼·库比亚克一针见血地指出："戏剧，像复现的创伤梦一样，不断重复其病症：它无意识地极力掩饰的创伤正是戏剧本身的创伤；它试图解决的罪行便是戏剧本身之罪恶；它的困扰即是戏剧自身痛苦的来源——戏剧意识之痛。因此，戏剧的问题源于戏剧自身，它必须自我'克服'，在这个世界上，也许只有戏剧才能创造性地完成这个任务。所以，历史以及创伤意识的问题就是'纯'戏剧与其梦想的问题。质言之，就是戏剧本身的问题。"① 文学不会死去，也不应该死去，毋宁说，社会愈是处于转型时期，愈显出文学艺术的不可或缺性。只有担当起知识分子的社会职责，勇敢地面对挫折与混乱，坚持独立、崇高、前瞻性的美学追求，以深广的历史与人文情怀关注恢弘的生命气象，超越狭隘的物质因素，才能拥有更广阔的人类学视野，才能创作出清新、昂扬的作品，同时收获市场和观众的认可。

戏剧的困境归根结底是艺术精神的困境。贝克特的人生经历、艺术实践及其在当代的强大生命力为我们突破困境提供了极具说服力的范本。现在，在互联网上快速查找集剧作家、小说家、诗人、评论家于一身的贝克特，很容易就获得成千上万个链接，有传记性介绍，有文本，有舞台、电视剧、广播剧片段，以及无数学界、非学界的评论，不胜枚举。21 世纪是媒体融合的时代，贝克特在其戏剧中大量引用各种媒介手段，可谓开风气之先，一定程度上，这也揭示了贝克特作品在新世纪依然大受欢迎的原因。贝克特在现代媒体技术与经典文学或戏剧体裁的结合方面做出有益的尝试，肖恩·麦卡锡认为，贝克特在戏剧中积极引进新技术，使古老的戏剧形式得以振兴，但是他又不为技术所囿，成功地将媒介手段为戏剧艺术服务，因此获得了持久的生命力。他写道："在这方面，贝克特是个恰如其分的例子，部分原因是他创造性地使用了技术手段。他的戏剧简洁直观，易于搬演，遂成为网络传播的宠儿。贝克特在网上的传奇人生不仅是重要的文献资料财富，也是其戏剧实验性演出的迷人场所——其中很多演出都是业余的，应该没有得到有关方面的授权。"② 贝克特作品不但吸引着无数专业批评家，对非专业人士也同样具有无穷的魅力，他们不拘一格的评论和排演不断丰富着贝克特的艺术生命，正可谓每个人心中都有一个不同的戈多。贝克特已经成为一种奇特的文化现象，其作品旺盛的生命力与跨越时空的穿透力为我们提供了正视生命与困难的勇气和创造与变革的力量，正是这种精神使贝克特在不同的时代都有了再生的可能。

只有经得起历史的筛选，耐得住岁月的历练，并在人类文明史的各个阶段

---

① J. H. Smith, The World of Samuel Beckett, Baltimore & London: The Johns Hopkins University Press, 1991, pp. 107 ~ 124.

② Sean McCarthy, "Giving Sam a Second Life: Beckett in the Age of Convergent Media", Texas Studies in Literature and Language, Vol. 51, No. 1, 2009, pp. 102 ~ 117.

散发出永恒的人性光辉的作品，才是真正的文学瑰宝。贝克特之所以能够在文学上取得如此辉煌的成就，是与其令人钦佩的精神高度、坚忍不拔的人格力量分不开的。他承继了西方戏剧积极探索人生意义与价值的现世精神，勇于暴露生存困境，并勇敢超越它，在看似不可抗拒的命运面前，显示出顽强不屈的抗争精神。世界可以被毁灭，人可以被打倒，直至被剥夺得一无所有，但是人的意志不可被征服。在没有希望的人生中坚持活下去，这个行动本身就是希望，就是生命的胜利。千百年来，戏剧追求的就是这种人类共同的精神价值取向。在认识自我与世界的过程中，获得完美的、终极的、一劳永逸的答案几乎不可能，我们只能在体验生命与生存的过程中，超越环境，追求自由与幸福，这才是真正的戏剧精神。戏剧精神扩大了人类的精神空间，使人能够在自由狂欢中进行灵魂的对话。

本章小结

戏剧发展史业已证明，每当戏剧发展的节奏缓慢或停滞下来时，就会有新的审美范式诞生。贝克特顺应艺术的时代召唤，把历史、文化与戏剧从深层次打通，更本质、更核心地呈现戏剧的本源精神。他将个体人格精神与戏剧艺术完美结合，其作品具有历史的厚重感和强烈的人文旨归，所以才能在当代依然焕发出创新的文化潜力与生命魅力，这正是戏剧的精髓所在。如果艺术家都能做到这一点，戏剧的消亡自然将成为一个伪问题。安东尼·库比亚克以《呼吸》为例对贝克特戏剧做出了切中肯綮的评价："《呼吸》的空旷暗示出一种愿望——净化已经混乱不堪的卡塔西斯，或者被它净化。某种程度上，这种净化标志着向一种'更纯粹'的戏剧回归的需要，一种元素，一种元物质，一种冲动的戏剧。矛盾的是，这种戏剧既是向戏剧本源的回归，也是向其具有天启意义的消亡靠拢，因此也就接近历史与意识本体的消亡/幻影。正如阿尔托所述，这一直是戏剧的梦想———一个没有戏剧的世界，同时也是纯戏剧的世界，一个纯粹意识的戏剧，一个除了它本身绝对而无目的的存在别无他物的舞台。"[①] 广而言之，当艺术家具有了纯粹的艺术精神，整个文学、艺术界也将能够更加从容地应对任何挑战。

[①] J. H. Smith, The World of Samuel Beckett, Baltimore & London: The Johns Hopkins University Press, 1991, pp. 107～124.

余 论

一、戏剧的隐喻

"人生的最高价值，人类生存的真正本质，就在于它的审美性。人世间，唯有审美活动，才使日复一日的平庸生存过程和有限的语词符号，变成富有诗性魅力和充满创造性的奇幻艺术力量，带领我们永不满足地追求、超越、鉴赏和回味人生及其历史的审美蕴涵，将历史从过去的牢笼中解脱出来，使它顷刻间展现成五彩缤纷的长虹，架起沟通现实与未来的桥梁，穿梭于生活世界，引导我们飞腾于人类文化与自然交错构成的自由天地，在生命与死亡相交接的混沌地带实现来回穿梭和洗心革面，一再获得重生，使短暂的人生重叠成富有伸缩性的多维空间，开拓同各种可能性相对话和相遭遇的新视阈。"① 这段话是高宣扬对福柯生存美学观的概括，一定意义上，福柯对人生与创作关系的分析也适用于贝克特，略有不同的是，审美活动并非贝克特摆脱平庸生存的方式，因为他的人生经历绝不平庸。事实上，文学创造活动是贝克特人生体验的浓缩与升华，他将生存的惨淡转化为艺术的超越，并最终摆脱小我的狭隘视线，投身到人类精神文化的建构事业，他的人生因此而充盈起来。

贝克特的一生经历丰富，几经离乱。生身之地爱尔兰铭刻着天真烂漫的童年记忆，幸福温馨的家庭生活，渴求知识的青春岁月，却也激荡着时局动荡残留下来的伤痛。爱尔兰文明与智慧是贝克特从事创作的原初动力，爱尔兰的殖民历史则成为他一生挥之不去的潜意识，沉积在他的心灵深处，隐现于他的作品中。战争也是贝克特无法抚平的记忆。年幼时，他亲历爱尔兰内战和第一次

---

① 高宣扬：《福柯的生存美学》，中国人民大学出版社 2005 年版，第 1 页。

世界大战，成年后，他投笔从戎，积极参加到二战反法西斯抵抗运动中，几次出生入死，体现出知识分子的良心与道德感。战后，他抛却战争为他带来的荣誉，万分珍惜来之不易的和平时日，重新拾起文学信念，却饱受大器晚成的煎熬。当成功终于降临，贝克特却选择远离名声的漩涡，继续沉迷在创作的纯粹体验中。痛苦的体验几乎伴随他的一生，但是在痛苦中，贝克特练就了坚强的意志，逾越了有限的经验世界，以背叛者和建设者的姿态在文学世界中证实了自己存在的另一重价值。

贝克特的戏剧世界看似贴满荒诞的标签，实际在荒诞的外衣下，掩藏着剧作家理性观审世界的深邃目光。他以戏剧的方式追问存在的意义，挑战时间与秩序，颠覆基督式的灵魂救赎，生与死主宰了其笔下世界的基调。贝克特将世界置于生与死的临界点，以宏阔的时空视野透视现实人生，面向萧索凋敝的现实世界探寻重建希望的路径。贝克特戏剧的人文关怀指向体现出剧作家敢于直面存在的勇气，反思人类生存的恶劣境遇使他能够超越现实生活，与周遭世界和人类的终极归宿建立起更深层的关联，而戏剧成为他追问人类存在之价值的有效手段。贝克特是一位成功的人类文化探险家，在充满变化和不确定性的现实世界中，他始终保持创造的激情，独立的思考和坚韧的人生态度，为戏剧建立起一套全新的话语体系。

戏剧文本实践是贝克特摆脱生存困境、实现自我超越的诗学努力。博克索指出："塞缪尔·贝克特的写作既是关于枯竭的诗学，也是关于坚持的诗学。他的写作标志着一系列文化与文学可能性的终结，同时又扩大了这些可能性，发明了全新的、极富创造力的方式……'搅动了可能的领域'。……理解或者继承贝克特的遗产必须一开始就考虑到继续写作与无法继续写作的矛盾性。"[1]贝克特深刻地体认到，失去上帝宠爱的人类仿佛遁入末世，同时走上穷途的还有20世纪中期的文学。贝克特为迷惘中的文学找寻出路，左奔右突，不遗余力。他将绘画与音乐等艺术形式大胆引入现代戏剧，塑造"没有语言"的文学，在解构传统戏剧模式的过程中为戏剧注入新的生命力，开辟了戏剧的新天地。从这个意义上讲，人类的末日正是写作的开始。贝克特的戏剧创作颠覆传统的同时，也给陷入困境的戏剧注入鲜活的生命力，他解构了经典的悲剧英雄，推翻了拖沓的叙事模式，运用多重语言手段形成诗性的广阔视野，在生存

---

① Peter Boxall, Since Beckett , London & New York: Continuum, 2009, p. 1.

与死亡的罅隙中开掘出旺盛的艺术生命。

贝克特的人生经验及其艺术生涯恰到好处地诠释了戏剧精神，他以喜剧情怀观照悲剧性的存在，以否定精神挑战既定传统，并在这一过程中重塑了传统。他念念不忘祖国爱尔兰，却有容纳世界的胸襟和气度。他顺应时代要求，怀抱人文主义者的道德使命，将人生与创造完美结合起来，在创造中实现了生命的飞扬。在我们这个时代，贝克特的生命智慧与艺术光芒依然熠熠生辉，他开放式的戏剧结局蕴含着大师的深谋远虑，"每一个目的地都是一个新的出发点，每一个结局都是一个序曲"；"贝克特超越了上个世纪后半叶的其他作家。他发现并说出的话语将我们的时代引向消亡的门槛，在那里，现代性终于与其有争议、却不可避免的宿命相遇。"① 作为 20 世纪一个特殊的文化现象，贝克特的人生传奇与艺术创造像一座无限丰富的宝藏，必将吸引越来越多的人走近他。

贝克特的一生即是一个戏剧的隐喻。他一直认为，自己是以小说家的名义进入戏剧情境中，戏剧是其创作过程中的一种偏移，但是一经进入，戏剧便成为他生命中不可或缺的因子。戏剧曾经帮助他解决了经济困境，戏剧也拯救了他的文学生命，戏剧改变了他的人生走向，戏剧使他成为一个完整、和谐的人。在创作中，他一再遭遇困境，但每每又气象丛生，他的艺术实践证明了艺术创新之可能性无处不在，只要遵照心灵与艺术的召唤，戏剧等文学样式将永葆旺盛的生命力——这是贝克特给予我们的当代启示。诚如爱尔兰作家约翰·班维尔评论所言："贝克特是一个典范。他为后世作家提供了刚正不阿、坚忍不拔的榜样，这是文学遭受威胁的时代力量的神秘源泉。他拒绝随波逐流，在喧嚣浮躁的世界中保持可贵的沉默。他生活，他写作；其余的事情，借用亨利·詹姆斯的箴言，就是对艺术的狂热。"②

二、不朽贝克特

在新世纪，贝克特研究呈现出愈加繁荣兴旺的景象，除了传统的文本研究，各种新兴研究视角不断涌现。我认为，在当下语境中，贝克特研究仍应提倡在文本研究的坚实基础上，进行多层面的拓展性研究。

---

① Richard Begam, Samuel Beckett and the End of Modernity, Stanford, California: Stanford University, 1996, pp. 184 & 187.

② C. Murray, Samuel Beckett – 100 Years, Dublin: New Island, 2006, pp. 122～131.

　　首先，随着贝克特在世界范围内影响的不断深入，贝克特的接受与影响研究已经提上日程。世界范围内的许多当代重要作家都承认，他们继承了贝克特的文学遗产，可以说，贝克特是现代主义的终结者，同时也为当代文学艺术提供了取之不尽的灵感源泉。在这方面，英国学者彼得·博克索进行了开拓性研究，2009 年，他出版了《贝克特之后》（Since Beckett），该书以当代视角为切入点，重读贝克特作品，考察不同国家、不同政治背景的当代作家对贝克特遗产的继承，从崭新的当代文化层面探讨贝克特的影响，将贝克特研究推向纵深。鉴于贝克特在世界各地的接受史不尽相同，且有不同的时代烙印，我认为，开展贝克特的地域接受史研究将是非常有意义的，从较为宏观的方面讲，可以进行贝克特在欧洲、美洲、亚洲的影响与接受研究，从较为微观方面，可以进行国别研究，如爱尔兰、英国、法国、美国、日本、中国等。由于政治的、经济的、历史的、文化的原因，贝克特的接受在不同国家和地区呈现出迥然相异的走势，这方面的研究将是一个极富挑战的新领域。

　　其次，由于贝克特是一位才华横溢的剧作家，其戏剧作品大量借鉴绘画、音乐、新兴媒介等现代艺术手段，因此开展贝克特与现代艺术形式之间的跨界研究将非常具有建设性意义。目前，这方面的研究还不成体系，亟需有志之士拓荒开路。当然，在这方面开展深入探索的挑战性也是巨大的，需要研究者有深厚而广博的理论与艺术功底，以及恢弘的学术气度，其难度也是显而易见。

　　此外，贝克特双语创作模式也为我们进行翻译学与文化学研究提供了极好的范本。双语写作承载着剧作家创作转型的阵痛与欢欣，铭刻着他文化认同上的焦虑与妥协，也充盈着他艺术成熟期的洒脱与自如。同一部作品的不同文本一定透露出关于剧作家的诸多信息，这一方面的研究可以从单体文本进行，也可以综合考量，总之都将极具开掘性，且意义重大。

　　总而言之，在贝克特研究中，应该遵循的基本原则是避免一元化、扁平化。贝克特漫长而丰富的人生经历和艺术上创新不止的执着精神，要求我们必须以发展和变化的思想考察其艺术生涯，想要抽象出既真实又有意义的一句话式结论要冒很大的风险，事实上也几乎是不可能的。贝克特力图在写作中发现理想、永恒、真理，其作品的精神本质是解放与自由。只有把握贝克特的艺术精神，才能在客观、科学的前提下，进行具有开拓性的贝克特研究，这也是贝克特给当代学界的精神馈赠。

参考文献

▲中文著作

［1］焦洱、于晓丹：《贝克特——荒诞文学大师》，长春出版社1995年版。

［2］孙惠柱：《第四堵墙：戏剧的结构与解构》，上海书店出版社2006年版。

［3］张容：《荒诞、怪异、离奇：法国荒诞派戏剧研究》，社会科学文献出版社1995年版。

［4］朱光潜：《西方美学史》（上卷），人民文学出版社1983年版。

▲中文译著

［5］爱德华·赛义德著、单德兴等译：《知识分子论》，三联书店2002年版。

［6］彼得·斯丛狄著、王建等译：《现代戏剧理论》，北京大学出版社2006年版。

［7］布莱希特著、丁扬忠等译：《布莱希特论戏剧》，中国戏剧出版社1990年版。

［8］罗伊丝·戈登著、唐盈等译：《塞缪尔·贝克特和他的世界》，敦煌文艺出版社2000年版。

［9］马丁·艾斯林著、华明译：《荒诞派戏剧》，河北教育出版社2003年版。

［10］塞·贝克特等著、沈睿等译：《普鲁斯特论》，社会科学文献出版社1999年版。

［11］斯蒂芬·恩威著、周豹娣译：《二十世纪西方戏剧指南》，百家出版社2006年版。

［12］亚里士多德著、罗念生等译：《诗学》，人民文学出版社1997年版。

［13］詹姆斯·诺尔森著、王绍祥译：《贝克特肖像》，上海人民出版社2006年版。

▲英文著作

［14］Anna McMullan & S. E. Wilmer, *Reflections on Beckett*, Ann Arbor：University of Michigan Press, 2009.

［15］Anthony Cronin, *Samuel Beckett：The Last Modernist*, London：Flamingo, 1997.

［16］ B. T. Fitch, *Beckett and Babel*, Toronto, Buffalo & London: University of Toronto Press, 1988.

［17］ C. Murray, *Samuel Beckett – 100 Years*, Dublin: New Island, 2006.

［18］ C. Ricks, *Beckett's Dying Words*, New York: Oxford University Press, 1993.

［19］ E. Brater, *Beyond Minimalism: Beckett's Late Style in the Theatre*, New York: Oxford University Press, 1987.

［20］ Jacques Derrida, *Dissemination*, Trans. Barbara Johnson, Chicago: Chicago University Press, 1981.

［21］ James Knowlson & John Pilling, *Frescoes of the Skull*, London: John Calder, 1979.

［22］ James Knowlson, *Damned to Fame: The Life of Samuel Beckett*, London: Bloomsbury, 1996.

［23］ J. Calder, *The Philosophy of Samuel Beckett*, London: Calder Publications; New Jersey: Riverrun Press, 2001.

［24］ J. H. Smith, *The World of Samuel Beckett*, Baltimore & London: The Johns Hopkins University Press, 1991.

［25］ John Fletcher, *Samuel Beckett's Art*, London: Chatto & Windus, 1967.

［26］ John Pilling, *Samuel Beckett*, London: Routledge & Kegan Paul Ltd, 1976.

［27］ Jonathan Kalb, *Beckett in Performance*, Cambridge: Cambridge University Press, 1989.

［28］ Kathryn White, *Beckett and Decay*, London & New York: Continuum, 2009.

［29］ Lawrence Graver & Raymond Federman, *Samuel Beckett: The Critical Heritage*, London: Routledge, 1997.

［30］ Linda Ben – Zvi, *Samuel Beckett*, Boston: Twayne Publishers, A Division of G. K. Hall & Co. , 1986.

［31］ Lois Gordon, *The World of Samuel Beckett: 1906 – 1946*, New Haven: Yale University Press, 1996.

［32］ Martin Esslin, *Meditations: Essays on Brecht, Beckett and the Media*,

London：Methuen，1980.

［33］Pascale Casanova，*Samuel Beckett：Anatomy of a Literary Revolution*，trans. Gregory Elliott，London & New York：Verso，2006.

［34］Peter Boxall，*Since Beckett*，London & New York：Continuum International Publishing Group，2009.

［35］Porter Abbott，*Beckett Writing Beckett*，Ithaca & London：Cornell University Press，1996.

［36］Richard Begam，*Samuel Beckett and the End of Modernity*，Stanford，California：Stanford University，1996.

［37］Richard Lane，*Beckett and Philosophy*，New York：Palgrave，2002.

［38］Ruby. Cohn，*From Desire to Godot*，London：Calder Publications；New York：Riverrun Press，1998.

［39］Ruby Cohn，*Back to Beckett*，Princeton：Princeton University Press，1973.

［40］Russell Smith，*Beckett and Ethics*，London & New York：Continuum International Publishing Group，2008.

［41］Samuel. Beckett，*Disjecta：Miscellaneous Writings and a Dramatic Fragment*，ed. by Ruby Cohn，London：John Calder，1983.

［42］Samuel Beckett，*Proust and Three Dialogues with Georges Duthuit*，London：Calder Press，1987.

［43］Samuel. Beckett，*Dream of Fair to Middling Women*，London；Paris：Calder Publications，1993.

［44］Samuel Beckett，*The Complete Dramatic Works*，London：Faber and Faber，1990.

［45］Samuel Beckett，*Worstward Ho*，London：John Calder，1999.

［46］S. D. Brienza，*Samuel Beckett's New World：Style in Metafiction*，Norman：University of Oklahoma Press，1987.

［47］S. D. Henning，*Beckett's Critical Complicity*，Lexington：University Press of Kentucky，1988.

［48］S. E. Gontarski，& Anthony Uhlmann，*Beckett after Beckett*，Gainesville：University of Florida Press，2006.

附录

贝克特戏剧作品年表

创作时间	首演时间	汉译作品标题	原作标题	剧本类型
1946 年 （1995 年出版）	——	自由	Eleutheria	舞台剧
1948～1952 年	1953 年	等待戈多	Waiting for Godot	舞台剧
1954 年	1957 年	终局	Endgame	舞台剧
1956 年	1957 年	那年秋天	All That Fall	广播剧
1956 年	1957 年	哑剧一	Act Without Words I	舞台剧
1956 年	1959 年	哑剧二	Act Without Words II	舞台剧
1957 年	1958 年	克拉普的最后一盘录音带	Krapp's Last Tape	舞台剧
1958 年	1976 年	剧场速写一	Rough for Theatre I	舞台剧
1958 年	1976 年	剧场速写二	Rough for Theatre II	舞台剧
1959 年	1959 年	灰烬	Embers	广播剧
1960 年	1961 年	快乐时光	Happy Days	舞台剧
1961 年	1962 年	词语与音乐	Words and Music	广播剧
1961 年	1976 年	广播剧速写一	Rough for Radio I	广播剧
1961 年	1976 年	广播剧速写二	Rough for Radio II	广播剧
1962 年	1963 年	加斯坎多	Cascando	广播剧
1962 年	1963 年	戏剧	Play	舞台剧
1963 年	1965 年	电影	Film	电影
1965 年	1966 年	来来往往	Come and Go	舞台剧

续表

创作时间	首演时间	汉译作品标题	原作标题	剧本类型
1965 年	1966 年	乔	Eh Joe	电视剧
1969 年	1969 年	呼吸	Breath	舞台剧
1972 年	1972 年	不是我	Not I	舞台剧
1974 年	1976 年	那时	That Time	舞台剧
1975 年	1976 年	脚步	Footfalls	舞台剧
1975 年	1977 年	鬼魂三重奏	Ghost Trio	电视剧
1976 年	1977 年	可是云	…but the clouds …	电视剧
1979 年	1979 年	独白	A Piece of Monologue	舞台剧
1980 年	1981 年	乖乖睡	Rockaby	舞台剧
1980 年	1981 年	俄亥俄即兴	Ohio Impromptu	舞台剧
1982 年	1982 年	四胞胎	Quad	电视剧/舞台剧
1982 年	1982 年	大灾难	Catastrophe	舞台剧
1982 年	1983 年	夜与梦	Nacht und Tr? ume	电视剧
1983 年	1983 年	什么哪里	What Where	舞台剧